KiWi
PAPERBACK
1206

Das Buch

Wie kann man heirats- und arbeitswillige Frauen auf die kleine norwegische Insel Hogna locken, damit der Junggesellenclub endlich seine Existenzberechtigung verliert? Klar, mit einem Junggesellenfestival, auf dem neben Schlammcatchen Robbie Williams als Zugpferd auftreten soll. Der Megastar sagt tatsächlich zu, die Vorbereitungen laufen an, denn neben anderen Kleinigkeiten verlangt Robbie nach einem Bentley. Leider ist das Geld knapp, doch wo ein Wille ist, ist auch ein Weg. Und der führt über explodierende Spielautomaten, verdorbenen Rakefisch, eine vergiftete finnische Rockgruppe und andere lästige Leichen mehr oder weniger direkt auf einen Kartoffelacker, auf dem der beglückende Event stattfinden soll.

Ein Bombardement von irrwitzigen Ideen, ein Füllhorn von Absurditäten und eine hemmungslose Komik – dieses Buch wird Sie vor Lachen zum Japsen bringen.

Der Autor

Bjørn Ingvaldsen wurde 1962 in Odda/Norwegen geboren. Er war einige Jahre Journalist und arbeitete am Museum für Archäologie in Stavanger. Er hat bisher vor allem Kinderbücher verfasst, von denen zwei auf Deutsch erschienen sind.

Die Übersetzerin

Obwohl *Christel Hildebrandt* Germanistik, Soziologie und Literaturwissenschaft studiert hat, übersetzt sie seit mehr als 20 Jahren aus dem Norwegischen, Schwedischen und Dänischen und hat immer noch Spaß daran. Und daran, neue Autoren für den deutschen Markt zu entdecken.

Das Buch

Der Autor

Die Übersetzerin

Bjørn Ingvaldsen

TOTE FINNEN
ESSEN KEINEN FISCH

Roman

Aus dem Norwegischen
von Christel Hildebrandt

Kiepenheuer & Witsch

1. Auflage 2011

Titel der Originalausgabe: *Ungkarsfestivalen*

Aus dem Norwegischen von Christel Hildebrandt

Umschlaggestaltung: Barbara Thoben, Köln
Umschlagmotiv: © patrimonio designs – www.fotolia.com; piumadaquila – www.fotolia.com; RoHe – www.fotolia.com; Loic Le Brusq – www.fotolia.com
Gesetzt aus der Trump Mediaeval
Satz: Pinkuin Satz und Datentechnik, Berlin
Druck und Bindung: CPI – Clausen & Bosse, Leck
ISBN 978-3-462-04281-8

Zur Erinnerung an Kolbjørn

Es war meine Mutter, von der ich lernte, das Meer zu lieben. Für sie gab es nichts Schöneres, als die Klippen entlangzulaufen oder auf einem Felsen zu sitzen und auf die offene See zu starren, Wasser soweit das Auge reichte. »Wir stammen aus einer Seefahrerfamilie«, sagte sie immer, »einer Seefahrerfamilie, in der die Frauen es gewohnt waren, in die Ferne zu schauen und an die zu denken, die sich irgendwo dort hinter dem Horizont befanden.«

Wir haben oft Spaziergänge gemacht und auf die Wellen geschaut, sie und ich. Mein erster Gedanke war, dass ich sie hierher einladen musste.

Ich stand am Bug des Schiffs und blickte meiner neuen Welt entgegen. All die kleinen Inseln. Hier sollte ich also wohnen. Ein Stück Land, das gerade eben aus den Wellen hervorlugte. Der Leuchtturm stand auf dem höchsten Punkt, ein Hügelchen, kaum mehr als zwanzig Meter über dem Wasser. Eigentlich war es merkwürdig, dass sich überhaupt jemand so weit draußen im Meer angesiedelt hatte, auf dieser kargen Inselgruppe. Vielleicht war es aber doch nicht so merkwürdig, schließlich besteht die gesamte Küste aus solchen Ortschaften. Seltsam war doch eher, dass die Leute immer noch hier wohnten und nicht schon vor langer Zeit weggezogen waren. Dass nicht alles verlassen war.

Auf einer Landzunge unterhalb des Leuchtturms entdeckte ich eine Gestalt. Zunächst konnte ich nicht viel erkennen, aber als das Schiff näher heranfuhr, sah ich, dass es sich um eine Frau handelte. Sie schaute mit festem Blick auf den Horizont, ganz wie meine Mutter. Vielleicht war es ja auch die Fähre vom Festland, auf der ich mich befand, der sie entgegensah. Ihr langes Haar flatterte im Wind. Wie ein Sturmvogel, dachte ich. Plötzlich warf sie sich in die Wellen. Einen Moment lang überlegte ich, ob ich die Besatzung alarmieren sollte, doch dann tauchte sie einige Meter weiter wieder auf. Sie entdeckte mich an der Reling, sah, dass ich sie beobachtete, und winkte mir zu.

Hartvigsen erwartete mich am Kai in Hognavåg. »Dann bist du also nicht ganz freiwillig hier«, sagte er.

»Hat es sich schon herumgesprochen?«, fragte ich.

»Nein, und das soll es auch nicht. Die Wohnung ist geputzt und bezugsfertig. Das hat die Frau für mich gemacht, die auch in der Bank putzt. Die meisten Möbel gehören dem Hausbesitzer, ein paar Stühle mir. Aber die kannst du ruhig behalten, ich will sie nicht mehr haben. Außerdem bleibst du ja nicht lange.«

»Ein halbes Jahr«, sagte ich. »Die Leitung hat beschlossen, dass die Filiale vor dem ersten Oktober geschlossen werden soll. Und ich habe nicht vor, auch nur einen Tag länger zu bleiben.«

»Sei nicht so negativ«, sagte Hartvigsen. »Wenn das Wetter gut ist, kann es hier draußen richtig nett sein. Und die meisten Einwohner sind ganz in Ordnung. Vielleicht ein bisschen einfach gestrickt, einige jedenfalls. Aber es wohnen trotz allem eine ganze Menge Leute hier. Auch wenn man sich oft fragt, wo eigentlich. Es ist eine spannende Gegend, geografisch. Mit ein bisschen gutem Willen und wenn man ein paar Felsen dazuzählt, kommt man auf gut 365 Inseln, die zur Gemeinde gehören. Es war mein Hobby hier, so viele wie möglich davon zu besuchen.«

Ich schaute mich auf dem Kai um. Ein paar Lagerhäuser mit eigenem Anleger davor schienen leer zu stehen. An der Straße, die vom Kai wegführte, konnte ich Gebäude erkennen, die aussahen, als wären die Läden darin schon vor Jahren geschlossen worden. Ein Schild an der Fassade eines Lebensmittelladens deutete darauf hin, dass das Postamt als »Postshop im Supermarkt« eingezogen war. Zwei rostige Fischerboote waren nicht weit vom Fähranleger entfernt an einer Boje vertäut. Ich sehnte mich schon jetzt zurück in die Stadt.

»Dann wünsche ich dir viel Glück«, sagte Hartvigsen und gab mir ein Schlüsselbund. »Was du sonst noch wissen musst, steht alles in einem Brief auf meinem … äh, auf deinem Schreibtisch. Ich habe dir alles Wichtige für die ersten Tage aufgeschrieben. Für alle Fälle.«

Ich winkte hinter ihm her, als er an Bord der »Hogna« verschwand, der Fähre, die den Namen der Inselgemeinde trug, in der ich wohnen sollte.

Zwölf Jahre lang hatte ich in der Bank auf eine Beförderung hingearbeitet. Als einer der Abteilungsleiter zum Jahreswechsel in Pension ging, rechneten alle damit, dass ich den Posten bekam. Ich auch. Doch dann hatte mich der Bankdirektor mit seiner Frau im Bett erwischt. Da war es leider Essig mit der Beförderung. Und als sie kurz darauf ans andere Ende des Landes zog und die ganze Bank von der bevorstehenden Scheidung wusste, musste ich mir eingestehen, dass meine Tage in der Bank gezählt waren. Da mein Chef mich natürlich nicht mit so einer Begründung rausschmeißen konnte, musste er dafür sorgen, dass ich aus freien Stücken kündigte. Er konnte mir also entweder so langweilige Aufgaben geben, dass ich nicht mehr bleiben wollte, oder er ließ mich die schlimmste Dreckarbeit erledigen. Der Bankdirektor entschied sich für Letzteres. Er veranlasste meine Versetzung hierher. Dazu gehörte die Spezialaufgabe, die Filiale abzuwickeln. Der Auftrag war geheim: Man wollte so lange wie möglich damit warten, diesen Beschluss bekannt zu geben, wahrscheinlich fürchtete man sich davor, dass die Aktionäre auf Hogna ihren Anteil verkaufen würden, wenn das herauskäme. Und wenn alle verkauften, dann konnte das schnell eine Kettenreaktion bei den anderen Aktionären an ähnlich kleinen Standpunkten nach sich ziehen. Was dem Ruf einer Bank schaden würde, die gut hundert Jahre dazu gebraucht hatte, sich als *die* Bank dieser Region zu positionieren. Dabei war der Ruf momentan ganz besonders wichtig: Sie wurde nämlich gerade von einem großen Bankkonzern geschluckt. Wenn sie erst einmal Teil der großen Bank war, konnte der Ruf so sein, wie er wollte, der Konzern war zu groß, um sich um solche Kinkerlitzchen zu kümmern. Deshalb war es mein Job, dafür zu sorgen, dass alle mit der Filiale vor Ort zufrieden waren, bis die Neuigkeit der Fusion in einer Pressekonferenz veröffentlicht wurde. Dann konnte man behutsam andeuten, dass es notwendig war, den Betrieb ein wenig zu rationalisieren. Abgesehen von der Lokalzeitung würde niemand von der Schließung einer Filiale hier draußen im Meer berichten.

Als ich das Angebot annahm, freute ich mich, für ein paar Monate von der Zentrale wegzukommen. Erst im Nachhinein wurde mir klar, dass der Bankdirektor mich gelinkt hatte. Denn wenn die Bank verkündete, dass die Filiale auf Hogna geschlossen werden sollte, dann war ich ja als einziger Mensch dort angestellt. Und wenn mein Arbeitsplatz wegrationalisiert wurde, konnte mir gekündigt werden. Ich konnte zwar fordern, bei der Vergabe freier Stellen bevorzugt zu werden, aber die würde es nach der Fusion nicht geben. Ich musste also die Zeit hier draußen im Inselreich dazu nutzen, mir Gedanken über meine Zukunft zu machen. Vielleicht war die Zeit reif, etwas Neues anzufangen.

Die Bank lag ungefähr in der Mitte der einzigen Straße des sogenannten Zentrums von Hogna. Ich blieb auf der anderen Straßenseite stehen und musterte das Gebäude. Die Bankfiliale lag im Erdgeschoss, während das, was für das kommende halbe Jahr mein Zuhause werden sollte, sich im ersten Stock befand. Wie alle Zweigstellen hatte man auch diese Filiale optisch angepasst. Gleichwohl sah sie ein wenig zusammengezimmert aus. Trotz des Logos, das vor ein paar Jahren eingeführt worden war, und der Plakate mit der Aufforderung, das Geld in unsere spannenden Aktienfonds zu investieren, lag ein Hauch von den Sechzigern über dem Ort. Ich wartete fast darauf, auf ein kleines Mädchen mit langen geflochtenen Zöpfen zu stoßen, das mit dem Sparschwein unter dem Arm eintrat.

Der Eingang zur Wohnung befand sich auf der Rückseite des Hauses. Ich schloss auf und fand die vier Pappkartons, die mein vorläufiges Umzugsgepäck ausmachten, unten im Treppenhaus. Hartvigsen hatte sich nicht die Mühe gemacht, sie hochzutragen.

Nachdem ich mir die Wohnung angeschaut hatte, trug ich die Kartons nach oben. Sie enthielten in erster Linie Kleidung und andere Dinge für den Hausgebrauch, die ich vorausgeschickt hatte. Ich würde ja meine Wohnung in der Stadt behalten, während ich hier wohnte, sie würde zur Ferienwohnung werden und sicher zum notwendigen Refugium, um sich am Wochenende zu erholen, wenn ich das Gefühl hatte, dass das Dorfleben mir zu sehr auf die Pelle rückte. Vom Wohnzimmerfenster aus schaute ich direkt auf eine Hauswand. Nach dem Fensterschmuck zu urteilen, handelte es sich um ein Altersheim. Mit anderen Worten: Die Aussicht verhieß nicht gerade beste Unterhaltung. Ich dachte kurz nach. In der Stadt besitze ich eine Wohnung mit großer Veranda und Blick auf den Fjord, mit Whirlpool und einem Extrakühlschrank für Wein. Diese Räume hier, mit ihrer Hintertreppe in den Kassenraum, konnte man höchstens als »Unterkunft« bezeichnen. Ja, genau, wenn man etwas als Unterkunft definieren wollte, dann musste es sich um so etwas wie das hier handeln. Ich stopfte meine Kleider in die Schränke und Schubladen des kleinen Schlafzimmers, bezog das Bett, das Hartvigsen bis vor Kurzem benutzt hatte, warf Handtücher ins Bad und setzte mich in den Sessel vor den Fernseher. Es war Freitagabend, und ich hatte nicht daran gedacht, etwas fürs Wochenende einzukaufen. Tveits Kolonialwarenladen ein Stück die Straße hinunter schloss in der Woche um 17 Uhr und am Samstag um 13 Uhr. Nach einer Tankstelle oder einem Kiosk mit heißen Würstchen und Hamburgern brauchte ich gar nicht erst zu suchen. Wenn Hartvigsen nicht ein Paket Knäckebrot im Küchenschrank zurückgelassen hatte, würde das ein magerer Abend werden. Hätte ich doch wenigstens ein paar Weinflaschen mitgenommen …

Es vergingen einige Sekunden, bevor mir klar wurde, woher das Geräusch kam. Ich glaube, das Pfeifen der hellgrauen Telefonapparate habe ich seit den Achtzigern nicht mehr gehört. Das Telefon stand auf einem Regal hinter der Tür.

»Die Bank hier, guten Abend«, war das Beste, was mir einfiel.

Sie stellte sich als Nancy Nordbø vor. Ich wusste, ich hatte den Namen schon einmal gehört, konnte ihn aber nicht gleich einordnen, bis sie sagte: »Ich bin die Bürgermeisterin dieser Gemeinde.«

Nancy lud mich zu sich nach Hause ein.

»Es ist sicherlich nicht besonders gemütlich, an so einem Abend allein zu Hause zu sitzen. Am ersten Abend an einem neuen Ort und nichts zu tun? Hast du keine Lust, bei mir vorbeizuschauen? Ich bin allein mit den Kindern, Eddi ist auf der Nordsee, und das Lammen hat angefangen.«

Dankend nahm ich an. Ich hatte bereits herausgefunden, dass auf dem kleinen Fernsehapparat nur die beiden öffentlichen Kanäle liefen, sonst nichts. Ein Besuch bei der Bürgermeisterin würde Zerstreuung und vielleicht auch etwas zu essen bedeuten.

Ich musste ein paar Kilometer laufen, aber bei so wenigen Straßen war es leicht zu finden. Ich klopfte an die Tür, und ein verwuschelter Jungenkopf schaute heraus und verkündete, dass Mama im Schafstall war. Glücklicherweise tauchte Nancy im gleichen Moment auf, sodass ich keine gebärenden Schafe betrachten musste.

»Das war das Letzte für heute Abend«, verkündete sie, »jetzt werden bis morgen früh keine mehr kommen.«

Ich hätte sicher fragen sollen, woher sie das so genau wissen konnte, ließ es aber bleiben. Es gibt Menschen, die wissen wollen, wie Rindviecher sich fortpflanzen. Und es gibt Menschen, die nicht sonderlich daran interessiert sind. Ich gehöre zu Letzteren.

Nancy Nordbø, die Bäuerin von Nedre Nordbø, war eine muntere Frau Ende dreißig. Sie begrüßte mich herzlich, bevor sie mich in die Stube schob und selbst unter die Dusche ging. Ich guckte dort zusammen mit dem Hoferben Håvard Fernsehen. Er kannte alle Figuren eines Zeichentrickfilms, in dem sich gute und böse Kräfte in einer Galaxie weit draußen im Sternennebel bekämpften. Laut diesem Zeichentrickfilm würde die Menschheit alleine mithilfe von Laserpistolen und Schwert überleben.

»Ich hoffe, du bist hungrig«, rief Nancy von der Küche her, »denn ich habe großen Hunger, wir haben seit heute Mittag nichts mehr gegessen.«

Ich schaute auf die Kaminuhr im Wohnzimmer. Es war fast sieben Uhr. Zu dieser Tageszeit aß ich sonst auch immer. Was ich ihr gegenüber aber nicht erwähnte. Sie kam mit einer Platte belegter Brötchen herein.

»Du musst entschuldigen, dass die nicht selbst gebacken sind«, sagte sie, als sie die Platte hinstellte. »Bei all dem Lammen schaffe ich es einfach nicht.«

Noch ein Junge tauchte auf, mit ebenso zerzausten Haaren wie der erste. Wir aßen Brötchen und sahen zu, wie ständig neue Horden von Raumschiffen Laserbomben auf die Zivilisation des Planeten X29 fallen ließen. Einige Male nahm Nancy die Fernbedienung, um den Kanal zu wechseln, dann tauchten Bilder schlafender Schafe auf dem Schirm auf.

»Ist das ein Teil des Standardfernsehangebots hier in der Gemeinde?«, fragte ich.

»Nein, nein«, wehrte Nancy ab. »Eddi hat eine Kamera draußen im Schafsstall installiert, damit wir sehen können, ob mit dem Lammen alles klappt. So muss ich nicht alle halbe Stunde rübergehen, um nachzugucken.«

»Vielleicht sollte ich mir so einen Kanal auch besorgen. Dann hätte ich schon drei zur Auswahl.«

»Und was willst du überwachen? Das Leben im Altersheim?«

»Das schaffe ich vom Fenster aus«, erwiderte ich. »Vielleicht gibt es irgendwelche Schafe, die ich beobachten kann?«

»Ach, das ist nicht so spannend«, sagte sie und schickte die Jungs raus, damit sie sich den Rest des Zeichentrickfilms in ihrem Zimmer ansahen. »Aber es gibt sicher so einige Leute hier auf der Insel, die dir gern in die Karten gucken würden.«

»Mir? Das ist aber nicht besonders spannend.«

»Sag das nicht. Jeder Neuankömmling ist spannend. Und jemand mit deinem Ruf ist besonders interessant.«

»Was für einen Ruf habe ich denn?«

»Wir sind eine kleine Gemeinde. Und dein Vorgänger als Filialleiter war nicht gerade der Diskreteste, wenn du verstehst, was ich meine. Wir haben so einiges über dich gehört, wie du dir vielleicht vorstellen kannst.«

»Dann muss ich wohl davon ausgehen, dass das nicht besonders vorteilhaft für mich ist«, erwiderte ich.

»Kommt drauf an. Die Fantasie so manchen Kerls wurde wieder ordentlich auf Trab gebracht.«

»Dann wissen die Leute …?«

»Genau, es wissen ziemlich viele, warum du bei deinem Direktor in Ungnade gefallen und hier ans Ende der Welt versetzt worden bist. Aber nimm es nicht so schwer, die Menschen in einem solch winzigen Ort tratschen halt gern. Bis eine neue Kuh durchs Dorf getrieben wird. Und da du einen wichtigen Posten bei der Bank hast, wird sich niemand trauen, hinter deinem Rücken zu reden, aus Angst, du könntest davon etwas mitbekommen und eine Kontoüberziehung oder einen Kredit verwehren. Wird schon gut gehen. Man muss hier draußen geboren sein, um alle Mechanismen und Meinungsschwankungen zu kennen. Und um richtig dazuzugehören, musst du mindestens in der dritten Generation einen Hof besitzen. Davon kann ich ein Lied singen, denn ich bin selbst nur zugezogen.«

»Und trotzdem hast du es geschafft, Bürgermeisterin zu werden?«

»Nun ja, das war nicht besonders schwer. Wenn man eigene Ansichten hat und sich traut, bei den Zusammenkünften das Wort zu ergreifen, dann wird man schnell auf irgendeinen Posten gewählt. Einer wird Vorsitzender des Elternrats, ein anderer landet im Gemeinderat, der Dritte wird Geräteverwalter im Sportverein oder bekommt die Verantwortung für die Kuchenlotterie des Spielmannszugs der Schule. Jeder, der den Mund aufmacht, bekommt ein Amt.«

»Aber Bürgermeister«, sagte ich, »dafür muss man ja wohl Mitglied einer Partei sein und …«

»Nein, nein«, wehrte Nancy ab. »Parteien machen nur Politik. Die Leute, die hier leben, sind bodenständige Menschen, die so etwas nicht mögen. Politisches überlassen sie den Politikern in der Stadt. Hier haben wir Ortslisten. Die sind so unpolitisch, dass alle dafür stimmen können, ob sie nun gläubig sind oder Heiden. Nachdem ich beantragt hatte, am Nordbøveien Straßenbeleuchtung zu installieren und dass die Fähre am Samstagabend eine Fahrt zusätzlich macht, wurde ich gefragt, ob ich nicht auf der Liste ganz oben stehen wollte. Und zu so einer Ehre sagt man nicht Nein, zumindest nicht, wenn man zugezogen ist.«

»Ist es nicht schwer, das alles zu schaffen? Kinder, Haus, Tiere? Und dann auch noch die Politik?«

»Doch, natürlich ist es das. Manchmal muss ich andere um Hilfe bitten. Eddis Eltern wohnen in der Nähe, wenn ich in die Stadt zu Sitzungen muss, passt die Schwiegermutter auf die Kinder auf und der Schwiegervater auf die

Schafe. Wenn man Bürgermeisterin ist, stellt man den Terminplan selbst auf. Und deshalb richten sich die Termine der Gemeindesitzungen größtenteils nach Eddis Schichtplan. Die Leute, die im Büro in Tananger sitzen und die Schichten auf der Ölplattform Valhall zusammenstellen, wissen garantiert nicht, dass sie gleichzeitig die Gemeindesitzungen an einem Ort weit draußen in Norwegen planen. Aber so ist es nun einmal.«

»Ist das viel Arbeit? Die Politik? Im Gemeinderat zu sitzen?«

»Viel mehr, als ich gedacht hatte, bevor ich gewählt wurde. Und obwohl ich vorher schon eine Wahlperiode lang als einfaches Mitglied dabei war, hatte ich keine Ahnung, wie viel Arbeit es bedeutet, Bürgermeisterin zu sein. Ich muss die Finger in allem haben, was hier draußen passiert. Es wird kaum eine Baugenehmigung für eine Garage erteilt, ohne dass irgendjemand beim Gemeinderat Einspruch erhebt. Und dann muss ich mich jedes Mal um die Sache kümmern.«

»Dann wird hier also gerne diskutiert?«

»O ja, in gewisser Weise schon. Aber nicht so, wie man in der Stadt diskutiert. Hier steht keiner auf und vertritt seine Meinung. Sondern es geht darum, möglichst raffiniert vorzugehen. Oft habe ich den Eindruck, dass es wichtiger ist, dafür zu sorgen, dass die anderen ihre Wünsche nicht durchkriegen, als die eigenen durchzusetzen.«

»Das hört sich ziemlich anstrengend und nicht gerade sehr kreativ an.«

»Als ich anfing, habe ich das auch gedacht. Aber nach einer Weile habe ich eingesehen, dass das System funktioniert. Viele sinnlose Pläne treffen auf so viel Widerstand, dass sie gar nicht erst durchgeführt werden. Und die Projekte und Pläne, die überleben, sind so gründlich diskutiert und durchgetestet worden, dass sie sich in der Regel dann auch wirklich durchführen lassen. Du wirst sicher einige Anträge auf Kredite bekommen, die du nicht gern bewilligen wirst. Aber wenn in deiner Bank kein Geld zu holen ist und trotzdem Interesse am Projekt besteht, dann gibt es andere Möglichkeiten, die Sachen zu finanzieren.«

»Durch eine andere Bank?«

»Nein, das macht man selten. In der Regel sind es nur Zugezogene, die daran denken. Wenn was dran ist an einem Projekt, dann gibt es immer jemanden, der die Möglichkeit sieht, daran ein wenig Geld zu verdienen. Und dagegen haben die wenigsten etwas. Also wird eine Genossenschaft gegründet, die Geld in das Projekt steckt. Und wenn die Genossenschaft anfängt, Geld zu verdienen, dann wird sie wiederum Genossenschaftsmitglied in einem neuen Projekt. Die meisten, die hier wohnen, haben Genossenschaftsanteile an fast allem, was man sich vorstellen kann, ob direkt oder indirekt.«

»Dann ist die Bank ja überflüssig?«

»Ach, das will ich nicht sagen. Aber wir würden wohl auch ohne auskommen. Und bald müssen wir das ja ohnehin. Du bist doch hier, um die Filiale zu schließen, oder?«

»Woher weißt du das?«

»Das ist nicht so schwer zu erraten. Filialleiter hier zu sein, das wäre der Traum eines treuen Bankangestellten, der aufs Land ziehen, Schafe züchten, sich im Sportverein und in der Kirche engagieren wollte. Du bist das absolute Gegenteil. Und du willst doch nur für kürzere Zeit hierbleiben, oder?«

Ich nickte.

»Du hast recht. Aber erzähle das bitte keinem weiter. Wenn jemand bis jetzt noch nicht weiß, was da im Gange ist, dann braucht er es auch jetzt nicht zu erfahren. Das nützt weder der Bank noch der Gemeinde. Sonst kommen plötzlich alle auf die Idee, ihre Sparkonten auf andere Banken zu überführen. Unsere Bank ist bemüht, ihre Kunden als Kunden zu behalten, solange diese Filiale hier besteht.«

»Dann kommt hier ein Geldautomat hin?«, fragte Nancy.

»Wohl kaum«, antwortete ich. »Bei einem Geldautomaten muss ja jemand kommen und Geld nachfüllen. Und das kostet. Ich schätze, ihr werdet euch mit Onlinebanking und Geldabheben im Laden begnügen müssen. So läuft das im Bankwesen. Man möchte möglichst ohne Bargeld auskommen und den Kunden auch keins geben. Als ich meine Ausbildung gemacht habe, da haben wir gelernt, an der Kasse zu sitzen, heute soll man ein möglichst guter Portfolioverwalter sein.«

»Mein Portfolio ist mein Kredit bei der Landwirtschaftsbank«, erklärte Nancy.

»Das ist ein wertvolles Portfolio!«, nickte ich.

Nancy nahm die Fernbedienung und schaltete auf den Schafskanal.

»Na, da lammt doch noch eine«, sagte sie. »Ich habe heute Abend keins mehr erwartet. Dann muss ich mich wohl wieder in meinen Overall schmeißen und helfen.«

»Ich werde dann mal aufbrechen«, sagte ich.

»Ach was. Du kommst mit. Du hast bestimmt noch keinem Lamm auf die Welt geholfen. Oder einem anderen Lebewesen. Ich suche dir einen Overall, und dann kommst du mit. Wenn du in einem Schafsdorf wie diesem wohnen willst, dann musst du in der Lage sein, ein oder zwei Lämmer in Empfang zu nehmen.«

Und somit hatte ich keine andere Wahl, ich musste in einen Overall vom Konsum schlüpfen und in Anglerstiefel, die vier Nummern zu groß für mich waren. Eines der Schafe lag auf der Seite, als wir in den Schafstall kamen. Nancy scheuchte einige Schafschwestern in einen anderen Pferch und ließ sich neben der werdenden Mutter auf die Knie nieder.

»Sie ist ein bisschen eng. Es ist das erste Mal für sie.«

Das Schaf blökte und wusste wohl nicht so recht, was da hinten vor sich ging. Nancy schob einige Finger in die Öffnung, aus der das neue Lamm herauskommen sollte.

»Das wird schon klappen«, erklärte sie mir.

Das Mutterschaf zappelte mit allen vier Beinen und sah nicht so aus, als ob es auch dieser Meinung wäre. Eine Flüssigkeit lief aus ihm heraus, und das Ganze sah ziemlich eklig aus. Kurz darauf guckte ein strubbeliger Kopf aus dem Hinterende der Mutter hervor. Nancy packte den nassen, glitschigen Kopf am Nacken und half, das Lamm herauszuziehen. Mit einem leisen *Plopp* verließ das Junge die Gebärmutter seiner Mama. Nancy wischte das Gesicht des Lamms mit etwas Heu ab und vergewisserte sich, dass es atmete. Ein jämmerliches kleines Blöken verriet uns, dass in dem Kleinen Leben war und die Lunge funktionierte. Nancy legte das Lamm vor den Kopf der Mutter. Die schaute sowohl Nancy als auch das Lamm ein wenig verwundert an, bevor die richtigen Instinkte im Schafskopf klickten. Die Mutter fing an, den schleimigen Matsch abzulecken, der das Lamm immer noch umhüllte. Beide blökten ein wenig, als wollten sie einander begrüßen.

»Das war ja eine Vorstellung«, sagte ich, als Nancy sich aufrichtete. »Und was machen wir jetzt?«

»Jetzt warten wir auf das nächste Lamm«, antwortete sie. »In der Regel sind immer zwei Lämmer in einem Wurf.

Und dieses Mutterschaf ist noch nicht fertig, das kann ich ihm ansehen. Da kommt bald noch ein Lamm.«

Das neugeborene Lamm versuchte bereits, auf die Beine zu kommen. Zuerst musste es die Hinterbeine unter sich ziehen, um dann zu versuchen, die Vorderbeine aufzustellen. Nach ein paar Versuchen richtete das Lämmchen sich auf.

»Mit dem sieht es schlechter aus«, sagte Nancy. Sie hatte die ganze Hand da reingesteckt, wo die Lämmer rauskommen.

»Es scheint festzustecken.«

»Soll ich den Tierarzt anrufen?«, fragte ich. Ich suchte schon in der Tasche nach dem Nokia.

»Ja, und bitte ihn, den Hubschrauber anzufordern«, antwortete sie.

»Ist das … ist das möglich?«

»Wenn du so spät einen Tierarzt haben willst, dann brauchst du ihn. Jetzt fährt keine Fähre mehr.«

»Das heißt, dass der Tierarzt vom Festland kommt?«

»Alles, was wir hier brauchen, kommt vom Festland. Wenn es einem meiner Jungs so dreckig ginge, dann könnten wir wohl einen Hubschrauber anfordern. Aber um Haustiere, die Probleme haben, kümmern wir uns selbst. Zumindest, wenn es etwas Akutes ist. Wenn wir den Pechvogel nicht retten können, dann steht dafür auf jedem Hof ein Gewehr. So sieht es aus. Aber ein Lamm, das sich in der Mutter verhakt hat, das haben wir immer noch rausgekriegt. Gib mir mal das Seil, das da hinten an der Wand hängt!«

Ich tat, worum sie mich gebeten hatte.

»So, und nun guck zu«, sagte sie kurz darauf. »Jetzt habe ich einen Fuß zu fassen gekriegt. Das heißt, ich kann das Seil um den Fuß binden und den Wurm rausziehen.«

»Und wie ergeht es dem Lamm dabei?«

»Das zeigt sich, wenn es draußen ist«, antwortete Nancy.

Es sah brutal aus, aber jedenfalls kam das Lamm heraus und schien in guter Verfassung zu sein. Nicht lange, dann stand auch das zweite Lämmchen auf zitternden Beinen und erhob Anspruch auf die Milch der Mutter.

»Dann gehen wir jetzt mal davon aus, dass diese Nacht keine weiteren kommen. Und du siehst aus, als könntest du ein Glas Wein vertragen«, schmunzelte Nancy.

Womit sie sicher recht hatte. Am liebsten wären mir ein paar große Gläser Cognac gewesen. Aber wahrscheinlich hatte sie die nicht im Haus.

Etwas Aufregenderes als das würde ich bestimmt während meines gesamten Aufenthaltes auf Hogna nicht mehr erleben.

Nancy holte eine Flasche Rotwein hervor und stellte sie auf den Küchentisch. Ich nahm den Korkenzieher, den sie hingelegt hatte, während sie sich im Bad umzog. Als sie herauskam, trug sie einen Bademantel.

»Lass uns hier sitzen bleiben«, meinte sie und setzte sich an den Tisch. Ich goss uns beiden ein.

»Also«, sagte ich, »wenn die Fähre ihre letzte Tour abends gemacht hat, dann ist man hier draußen verraten und verkauft.«

»Das hört sich an wie eine Strafe.«

»Ja, aber ... bevor es Hubschrauber gab, was hat man da gemacht?«

»Man ist halt gestorben«, antwortete sie. – »Nein, so schlimm war es nicht. Vergiss nicht, das ist eine Inselgemeinde. So gut wie jeder hier hat sein eigenes Boot. Und früher gab es auch einen Arzt, der auf der Insel gewohnt hat. Nicht, dass er viel hat helfen können, Klistier und Wollschal, das war meistens die gesamte Behandlung. Wenn es sich um etwas Ernstes handelte, dann hatten wir das Rettungsschiff, das Tag und Nacht bereitstand. Das gibt es immer noch, aber nicht mehr rund um die Uhr. Der Hubschrauber kümmert sich um die schlimmsten Krankheiten oder Unfälle. Und wenn etwas passiert und es nicht möglich ist, dass der Hubschrauber kommt, dann kriegt man immer einige Männer zusammen, die mit dem Boot aufs Festland fahren. Das ist alles.«

»Und wenn man auf dem Festland mal was unternehmen will? Ins Theater oder Kino gehen will?«

»Glaubst du, es gibt viele Theaterbesucher hier auf Hogna? Ein paar ältere Damen fahren ein paarmal im Jahr nach Stavanger oder Bergen, um sich eine Vorstellung anzuschauen. Zumindest, wenn Herborg Kråkevik mitspielt. Die nehmen die Fähre. Wenn du sonst was unternehmen willst, dann musst du selbst dafür sorgen, hin und zurück zu kommen. Jemanden überreden, dich in Nesset abzuholen.«

»Und damit sind alle zufrieden?«

»Zufrieden? Bist du verrückt? Hier draußen ist niemand zufrieden. Niemals. Alle jammern die ganze Zeit. Das ist es, was die Gemeinde zusammenhält. Aber wenn du wissen willst, ob an einer festen Verbindung zum Festland gearbeitet wird, ja, das wird es. Da kannst du dir sicher sein. Es gibt zwei Alternativen. Beide kosten ein Vermögen. Du wirst schon sehr bald in deiner Bank Besuch von einigen Herren bekommen, die möchten, dass du dich an der Finanzierung eines Planungsprojektes beteiligst.«

»Das hört sich ja spannend an«, sagte ich. »Wie sehen denn die Alternativen aus?«

»Die eine ist ein Tunnel unter dem Meer. Zuerst müsste

man dafür zwischen Hogna und ein paar kleineren Inseln im Süden Land anschütten. Dann müsste eine Brücke nach Hognekalven gebaut werden und von dort der Tunnel unter dem Fjord nach Amnes und Kvitle.«

»Verstehe.«

»Die Alternative geht Richtung Norden. Eine Brücke von Brekstadhavn nach Mangøy, die Nachbargemeinde. Die haben bereits eine Festlandverbindung.«

»Und beide Projekte sind kostspielig?«

»Natürlich. Gut und gern jeweils eine Milliarde Kronen, so ungefähr. Wozu dann noch die unvorhergesehenen Kosten kommen.«

»Dann ist man schnell bei zwei Milliarden.«

»Kann sein. Ich weiß es nicht. Aber beide Alternativen haben ihre Fürsprecher, was dazu führt, dass der Gemeinderat mehr oder weniger in zwei Hälften zerfällt. Die Sache ist nämlich die, dass es, auch wenn die Verbindung mit dem Festland an sich schon wichtig ist, noch viel entscheidender ist, wo man an Land kommt. Mangøy hat eine Verbindung mit Skålvik. Von dort sind es sechzig Kilometer Richtung Süden nach Amnes. Für diejenigen, die etwas in einer der beiden Städte zu erledigen haben, ist es schrecklich unpraktisch, wenn sie in der anderen Stadt ankommen, was hohe Kosten mit sich brächte. Die Hummerzüchter liefern nach Skålvik. Die weiterführenden Schulen liegen auf Amnes. Wenn die Schüler von Skålvik aus mit dem Bus fahren müssen, würde das furchtbar lange dauern. Wenn die Hummerzüchter über Amnes fahren müssen, vergeht der ganze Tag, bevor sie ihre Tiere abliefern können. Und das sind nur zwei Beispiele des Für und Widers. Ich könnte noch viele andere aufzählen.«

»Und das Ergebnis ist …?«, fragte ich.

»Das Ergebnis bis jetzt«, antwortete Nancy und schenkte Wein nach, »das Ergebnis bis jetzt ist, dass es für viele, viele Jahre zu überhaupt keiner Festlandsverbindung kommen wird. Und darauf lass uns anstoßen.«

»Darf ich das so interpretieren, dass du so eine Verbindung gar nicht haben willst?«

»Ganz genau. Ich möchte gern weiterhin das Meer zwischen uns und dem Rest der Welt behalten.«

»Um das Böse abzuhalten?«

»Nein, das kriegen wir hier auf den Inseln schon selbst ganz gut hin. Ich möchte den Zusammenschluss von Gemeinden möglichst lange vermeiden. Wenn wir eine feste Verbindung zu einer anderen Gemeinde bekommen, dann wird nicht viel Zeit vergehen, bis jemand auf die Idee kommt, die Gemeinden zusammenzulegen. Dann werden wir ein Teil einer Großgemeinde.«

»Was möglicherweise für dich das Gleiche ist wie das Böse an sich?«

»Ja, das stimmt. Ganz gleich, welcher Großgemeinde wir zugeschlagen werden, wir werden immer ein Randgebiet sein. Ein Randgebiet, zu dem man lange unterwegs ist. Zu lang für die Kommunalregierung. Und deshalb würden wir dann diejenigen sein, die zum neuen Gemeindezentrum fahren müssten, wenn wir nur eine Briefmarke kaufen wollten. Ich habe schon überlegt, eine dritte Alternative vorzuschlagen.«

»Damit der Streit sich noch ausweitet?«

»Auf jeden Fall gibt es dann noch mehr zu beraten und zu überprüfen.«

»Und was willst du mit Hogna verbinden?«

»Ich habe mich noch nicht ganz entschieden. Am liebsten einen kleineren Pupsort, mit dem wir uns zusammentun könnten, damit uns dann die gesamte Gemeindeverwaltung zufällt.«

Ich musste lachen.

»Den Plan unterstütze ich«, erklärte ich und hob das Glas. Nancy antwortete, indem sie anstieß.

»Natürlich kann ich mir auch gut vorstellen, wie schön es wäre, eine sichere Verbindung zum Festland zu haben«, erklärte sie dann. »Es ist nicht witzig, wichtige Termine platzen lassen zu müssen, nur weil ein Unwetter es unmöglich macht, über den Fjord zu kommen. Wenn der Orkan sich am dritten Tag noch nicht gelegt hat, dann fangen wir schon mal an, uns isoliert zu fühlen. Wenn der Laden keine Waren mehr hat und wir eine Krisensitzung mit der Gefriertruhe halten müssen. Das ist schon klar.«

»Aber es ist eine schöne Bootsfahrt, die Fahrt über den Fjord.«

»Ja, schön ist sie, aber nur wenige können von dem Schönen leben. Touristen und Leute aus Oslo, die wissen so etwas zu schätzen, zumindest, wenn sie nicht abhängig davon sind. Aber Mütter, die ihre Kinder in die Schule schicken wollen, freuen sich weniger über Straßen mit Lawinengefahr und eingestellte Fährverbindungen.«

Eine Weile saßen wir nur schweigend da. Der Wein wärmte angenehm, langsam hatte ich das Bild von gebärenden Mutterschafen verdaut. Auf jeden Fall hatte dieser Abend mich eines gelehrt: Ich würde niemals Schafe züchten wollen. Aber wer weiß, vielleicht würde ich ja hier draußen mitten im Meer wohnen bleiben, wenn meine Zeit in der Bank vorüber war? Sehr wahrscheinlich erschien mir das zwar nicht, aber unverhofft kommt bekanntermaßen oft. Das ist es wohl, was das Leben ausmacht. Der eine Zufall jagt den anderen. Niemand weiß, was kommt. Banal, aber wahr. Als ich in die Oberstufe ging, war mir der Gedanke, in einer Bank zu arbeiten, ungefähr so fremd wie die Überlegung, zum Mond zu reisen.

Während des Konfirmandenunterrichts fühlte ich mich auserwählt und beschloss, Medizin zu studieren und nach Afrika zu gehen, um den armen, Not leidenden Kindern dort zu helfen. Als ich wieder zur Vernunft kam und mich vom Kinderglauben verabschiedete, blieb ich dennoch bei der Idee eines Medizinstudiums. Aber nicht mehr mit dem idealistischen Ziel, kleinen Kinderchen in Afrika zu helfen. Einige meiner Bekannten wurden revolutionär und nahmen an Demonstrationen teil. Andere wurden wirtschaftsliberal und von der Wirtschaft geschluckt. Die Revolutionäre haben heute Jobs in der Kulturverwaltung der Landkreise, während die Anhänger des Marktliberalismus die Investitionen der Börsenmakler verwalten. Ich hatte mich in eine verliebt, die bei einer Zeitung arbeitete, und besorgte mir dort auch einen Job, statt nach Oslo zu gehen und Medizin zu studieren. Meine Zensuren waren sowieso nicht gut genug. Als meine Angebetete mit einem Typen aus Alta zusammenzog, hörte ich bei der Zeitung auf und besorgte mir stattdessen eine Stelle bei der Bank. Viele Jahre und einige Fusionen später saß ich also hier in der Küche der Bürgermeisterin der Kommune als Chef in der Bankfiliale. Eine Karriere mit ebenso vielen Höhepunkten wie ein Familienbegräbnis.

Nancy schien zu wissen, woran ich dachte.

»Du könntest dir nicht vorstellen, hier für immer zu bleiben?«, fragte sie.

Ich schluckte den Wein hinunter, bevor ich antwortete.

»Hier? Wenn die Bank geschlossen wird? Was sollte ich dann hier noch tun? Ich habe ja nichts …«

»Hast du denn so viel mehr in der Stadt? Nach allem, was Hartvigsen erzählt hat, steht deine Bank-Karriereleiter nicht besonders sicher, wenn du verstehst, was ich meine. Und bei den wenigen Banken findest du sicher nicht so schnell einen Konkurrenten, zu dem du gehen kannst. Außerdem haben auch die Leute in der Stadt inzwischen begriffen, dass man nicht so ohne Weiteres einen Job *im Ölgeschäft* kriegt und dann viermal so viel wie normale Menschen verdient. Wobei ich mir nicht denken kann, dass die Ölbranche dich locken könnte. Zumindest nicht draußen auf der Nordsee. Nach allem, was Eddi erzählt, kommen damit nur diejenigen zurecht, die in ihren freien Wochen viel um die Ohren haben. Die können damit leben, da draußen rund um die Uhr zu arbeiten, um dann die verdienten Wochen an Land zu genießen.«

»Ja, ja«, stimmte ich zu. »Aber wenn ich mich hier niederlassen wollte, wovon sollte ich dann leben? Ich kann doch schlecht eine eigene Bank gründen. Und ich denke, weder fischen noch Schafszucht ist was für mich.«

»Ich gebe dir mal einen Tipp«, sagte Nancy. »Viele hier in der Gemeinde sind selbstständige Unternehmer. Deshalb brauchen sie Hilfe bei der Buchführung. Und der Typ, der die Firma Hogna-Buchhaltung leitet, ist alt und vergesslich. Keiner traut sich mehr, sich an ihn zu wenden, aus Angst vor einer Buchprüfung. Und als Bankperson hast du doch sicher viel Ahnung von Buchführung, oder?«

»Doch, das stimmt schon«, antwortete ich und dachte darüber nach. »Buchhaltung kann ich und ein Revisorexamen könnte ich auch noch schaffen, falls es nötig sein sollte. Ich kann mir das ja mal überlegen.«

Nancy holte noch eine Weinflasche hervor.

»Mein Schwiegervater kümmert sich morgen früh um die Schafe. Damit ich länger schlafen kann.«

»Hat er auch Schaf-Fernsehen?«

»Ja klar, er kann die Schafe sehen wie wir. Manchmal habe ich den Verdacht, dass meine Schwiegermutter auch gern eine oder zwei Kameras hier im Haus hätte.«

»Es ist bestimmt nicht immer einfach, so nahe bei den Schwiegereltern zu wohnen?«

»Das kann man wohl sagen«, seufzte sie. »Es hat ein paar Jahre gedauert, bis sie mich akzeptiert haben, das haben sie mich spüren lassen. Anfangs wohnten Eddi und ich in einem kleinen Haus, während sie hier wohnten. Als wir den Hof übernommen haben, haben sie sich ein Altenteil gebaut, sodass wir hier im Haupthaus wohnen konnten, wie Schwiegermutter es immer nennt. Es fiel ihr nicht leicht zu akzeptieren, dass ich einiges anders haben und machen wollte als sie. Deshalb war es wichtig für mich, so viel wie möglich zu ändern. Um sie irgendwie loszuwerden. Dafür war es nur gut, dass Eddi durch seinen Job so viel Zeit hatte, um die Küche zu erneuern und ein neues Bad einzubauen. Schwiegermutter und Schwiegervater hatten nur eine Dusche draußen in der Scheune. Das war mir zu umständlich.«

»Aber jetzt läuft es gut zwischen euch?«

»Na ja, solange wir uns nicht zu sehr auf den Füßen herumtrampeln, geht es. Ich glaube, es war nicht nur das Problem für meine Schwiegermutter, dass sie eine Schwiegertochter bekam, mit der sie nicht klarkam. Sie hätte es sicher gern gesehen, wenn es eine hier von den Inseln gewesen wäre. Eine, deren Eltern und Großeltern sie kannte und die gelernt hatte, genauso wie sie zu denken. Denn auch wenn ich auf einem Bauernhof aufgewachsen bin, sind es doch ganz andere Verhältnisse, aus denen ich stamme. Ein Gebirgshof tief im Hardangergebirge wird anders geführt als ein Hof hier draußen auf den Inseln. Wir haben die Schafe im Sommer auf die Alm getrieben und sie den ganzen Winter über im Stall gehabt. Hier laufen die Schafe das ganze Jahr über draußen auf den Weiden herum.«

Nancy teilte den Rest des Weins zwischen uns auf.

»Sag mal«, wechselte ich das Thema, »als ich heute mit der Fähre angekommen bin, da habe ich eine Frau draußen auf einer Landspitze stehen sehen, gleich neben dem Fähranleger. Sie ist ins Meer gesprungen. Zuerst habe ich gedacht, sie wäre hineingefallen, aber als sie wieder auftauchte, hat sie fröhlich gewinkt. Weißt du, wer das gewesen sein kann?«

»O ja«, nickte Nancy. »Das weiß ich. Das ist Ann. Sie kommt aus Thailand und ist mit Toralf verheiratet, das ist derjenige, der den Laden unten in Vågen betreibt. Eigentlich heißt sie anders, aber keiner kann ihren Namen richtig aussprechen, und ein Teil davon klingt so ähnlich wie ›Ann‹, deshalb wird sie so genannt. Er hat sie wohl durch eine Partnervermittlung kennengelernt, die Reisen für heiratswütige Junggesellen organisiert. Ich glaube, das ist jetzt so zehn, zwölf Jahre her. Sie arbeitet zusammen mit Toralf in dem Laden. ›Tveit Handel‹ hieß er früher, jetzt gehört er zu einer Kette. Sie haben auch die Post übernommen, du hast doch bestimmt das Schild unten bei der Bank gesehen.«

Ich nickte.

»Geht sie immer im Meer schwimmen?«

»Jeden Tag, das ganze Jahr hindurch. Toralf behauptet, sie wäre daheim in Thailand Perlentaucherin gewesen. Lange Zeit war es fast eine Attraktion zuzugucken, wie sie sich in die Wellen wirft, aber inzwischen haben wir uns daran gewöhnt. Vor ein paar Jahren stand sogar mal was in der Zeitung über sie, eine Reportage über die furchtlose Frau aus dem warmen Thailand, die in den kalten Norden gekommen ist und selbst mitten im Winter im Meer badet, bei Wind und Schnee.«

Nancy lachte. Ich auch, aber sie lachte am lautesten. Sie war schön, wie sie so lachte, ihr ganzes Gesicht schien zu strahlen. Ich versuchte mir vorzustellen, wie sie vor zehn, fünfzehn, zwanzig Jahren ausgesehen hatte. Bevor sie Eddi traf, bevor sie Kinder bekam, bevor sie hierher zog.

Die Flaschen und die Gläser waren leer, und ich sah, dass Nancy ein Gähnen unterdrückte. Ich wäre gerne noch etwas geblieben, beschloss aber, höflich zu sein, und bedankte mich für den Abend.

»Das … das war richtig nett«, sagte ich, als ich ihre Hand schüttelte und mich verabschiedete. »Du hast mir den Abend gerettet. Und mir ein Erlebnis geschenkt, das ich nie vergessen werde. Mit anzusehen, wie Lämmer geboren werden, das war schon heftig.«

Sie grinste.

»Vielleicht sollte ich eines nach dir benennen«, sagte sie.

»Das wäre doch schön. Aber sie werden später geschlachtet, oder?«

»O ja, aber nicht vor dem Herbst. Und bis dahin ist die Bank geschlossen und du bist verduftet.«

»Dann werde ich im Herbst kein Lammfleisch essen«, erwiderte ich. »Der Gedanke, etwas zu essen, was nach mir benannt wurde, ist nicht gerade verlockend.«

Als ich nach Hause in die Bank kam, blieb ich in meinem Wohnzimmer sitzen. Komisch, der Gedanke. »Nach Hause in die Bank.« Fast als hätte ich ein persönliches Verhältnis zu ihr. Im Radio lief das Nachtprogramm, Menschen schickten Grüße an ihre Bekannten und Liebsten in der weiten Welt. Vielleicht saßen die von ihnen Bedachten ja mit ihnen in einem Zimmer. Und bestimmt schickte auch jemand sich selbst Grüße. Vielleicht sollte ich das auch tun. Anrufen und einen Gruß schicken an einen einsamen Bankmenschen irgendwo draußen im Meer.

Das Bett war ungewohnt, und ich wachte mehrere Male in der Nacht auf. So ist es fast immer, wenn ich an einem fremden Ort übernachten soll. Als ich am nächsten Morgen gegen neun Uhr aufstand, freute ich mich schon auf Freitag. Dann würde ich die Fähre zum Festland und von dort den Bus nach Hause nehmen. Nach Hause, dorthin, wo ich eigentlich wohnte. Weg von meiner Bankheimat. Ich hatte Lust, jemanden anzurufen. Nur um zu hören, wie ein Mensch, der sich in einer Stadt befand, anhörte. Aber mir fiel niemand ein, der so früh an einem Samstagmorgen schon wach sein könnte.

Mein Kühlschrank war immer noch leer, also zog ich mich an und ging die paar Meter die Hauptstraße von Hognavåg hinunter zum Supermarkt von Toralf Tveit. Obwohl der Laden schon seit Langem zu einer großen Kette mit einer Fernsehreklame gehörte, die die meisten mitsummen können, hieß der Laden immer noch wie sein Besitzer. All die Jahre über hatte es zwei Einkaufsmöglichkeiten hier gegeben, den Genossenschaftsladen und Tveit. So war es immer noch, auch wenn der Genossenschaftsladen inzwischen Plastiktüten mit gelbem Logo verteilte und Tveit zu der Kette mit den grünen Tüten gehörte.

Ich hoffte, ich würde die badelustige Ann dort treffen, aber offenbar hatte sie frei; die Dame, die an der Kasse saß, sah aus, als wäre sie fast achtzig. Es hätte mich nicht verwundert, wenn ihr Name Tveit und sie Toralfs Mutter gewesen wäre. Ich nahm ein Glas Marmelade und geschnittenes Dauerbrot. Vielleicht sollte ich den Genossenschaftsladen testen, wenn ich meinen Einkauf für den Sonntag machte? Als Repräsentant des Bankwesens durfte ich ja keinen Unterschied zwischen den Betrieben machen, die ich betreuen sollte.

Da stand ein Typ vor der Bank und rüttelte an der Tür. Als er merkte, dass das nichts nützte, trommelte er gegen die Scheibe.

»Wir haben geschlossen«, sagte ich. »Heute ist Samstag.«

Der Typ drehte sich um und sah mich an.

»Snypsjonkkoiik«, sagte er. Oder etwas, das sich ungefähr so anhörte.

»Closed«, sagte ich. *»Gelsyssd. Finito. Komm Montag zurück. Monday.«*

Ich zeigte auf meine Uhr, damit er verstand, was Montag war. Er murmelte irgendwelche Phrasen in einer Sprache, von der ich annahm, dass sie auf den Balkan gehörte, und ging seines Weges.

Eigentlich hätte ich die Stunden nutzen sollen, um die Papiere in der Bank durchzusehen und herauszufinden, was in den ersten Tagen getan werden musste. Aber ich ging davon aus, dass Hartvigsens Notizen so deutlich waren, dass ich keine Probleme haben würde. Auf jeden Fall hatte ich jetzt keine Lust dazu. Ich frühstückte und überlegte kurz, was ich machen konnte. Dann entschloss ich mich, das zu tun, was die meisten tun, die sich an so einem tristen Ort aufhalten: Ich ging spazieren.

Ich drehte eine Runde durch Hognavåg. Eine Schule gab es hier, die Kirche, einige Kapellen. Ich fand die Konsumgenossenschaft und das Jugendzentrum, ich fand zwei Fischanlandestellen und ein paar Läden. Nach zehn Minuten hatte ich alles erkundet, was mit einigem guten Willen als Zentrum bezeichnet werden könnte. Dann ging ich weiter die Küstenfelsen entlang, um mir die Natur anzusehen. Vielleicht würde ich ja auch Ann treffen. Der Leuchtturm war leicht zu finden, ich ging in seine Richtung.

Meine Güte, wie schön das hier draußen war! Das Wetter war angenehm, eine leichte Brise wehte von der Nordsee her, und die Sonne hatte schon einige Kraft, obwohl es doch noch so früh im Jahr war. Ich ärgerte mich, dass ich meinen Fotoapparat nicht mitgenommen hatte, daran musste ich unbedingt beim nächsten Mal denken, wenn ich wieder in der Stadt war. Als ich mich dem Leuchtturm näherte, entdeckte ich einen Graureiher weit draußen auf einer Landspitze, es sah aus, als spähte er auf etwas in weiter Ferne. Ich weiß nicht, ob Reiher so weit draußen in der Fjordmündung beheimatet sind, bisher hatte ich sie nur in Fjorden und auf Wiesen gesehen. Ich musste unbedingt nächstes Mal auch mein Vogelbuch mitbringen. Und ein Fernglas. Im Laufe des Frühlings würde es sicher eine Menge interessanter Vogelarten zu sehen geben. Ich hockte mich hinter einen Felsen, um den Reiher zu beobachten. Vielleicht sollte ich versuchen, mit meinem Handy ein Foto zu machen. Der Graureiher stand auf beiden Beinen und reckte seinen Hals, um ihn gleich wieder einzuziehen. Er versuchte etwas zu fokussieren. Vielleicht einen Fisch. Ein Frosch konnte es ja hier draußen kaum sein …

Aus einer Bucht tauchte der Kopf eines Mannes auf und schaute in die Richtung, aus der ich gekommen war, aber er entdeckte mich nicht. Ich wollte gerade aus meinem Versteck hinter dem Felsen hervortreten, da hatte der Mann es plötzlich so eilig wegzukommen, dass ich ihn nicht stören wollte. Er kletterte auf einen Felsen und lief auf den Leuchtturm zu. Verwundert schaute ich ihm nach. Der Mann war ziemlich klein und mager, mit grauem Haar. Er trug einen blauen Overall und grüne Gummistiefel. Eine Minute später hörte ich beim Leuchtturm einen Motor starten, und auf der Straße nach Hognavåg sah ich einen kleinen roten Trecker, der so schnell fuhr, wie man es von so einem Fahrzeug kaum erwartet hätte. Ich ging zu der Bucht, aus der der Mann gekommen war, und schaute auf die Uferfelsen. Abgesehen von einigen Algenbüscheln und an Land gespültem Müll konnte ich nichts Spannendes entdecken. Und in dem leicht gekräuselten Meer auch nicht. Oder …? Doch, da war etwas, tief im Wasser. Ich ging weiter auf die Landzunge hinaus, um besser sehen zu können.

Das war eine Gestalt, ein Mensch. Jetzt konnte ich es erkennen. Zwei Arme, zwei Beine. Ist das Ann?, dachte ich einen Moment lang, verwarf den Gedanken aber gleich wieder. Oder konnte sie hierher geschwommen sein, aus der Bucht hinten beim Leuchtturm? Oder war sie von der Strömung erfasst worden? Was war mit dem Mann, der weggelaufen war? Ich schleuderte meine Schuhe von den Füßen und zog Jacke und Hose aus, um ins Wasser zu springen und zu der Gestalt zu waten. Sie lag einige Meter vom Land entfernt und folgte den sanften Bewegungen der Wellen im Meer. Sie trug einen verschossenen, grünlichen Overall und lag mit dem Gesicht nach unten im Wasser. Als ich so weit im Wasser war, dass es mir bis zu den Schenkeln reichte, gelang es mir, einen Arm der Person zu fassen zu kriegen, sodass ich sie an Land ziehen konnte. Als ich sie packte, kam mir der Gedanke, dass es Leute geben soll, die Puppen ins Wasser werfen, um anderen einen Streich zu spielen. Vielleicht war das eine Art Begrüßungsritual für Neuankömmlinge auf der Insel? Aber nein, dazu war die Gestalt zu schwer. Und warum sollte jemand so etwas tun? Ich watete rückwärts, während ich den Verunglückten mit mir zog. Der Kopf lag so tief im Wasser, dass ich das Gesicht nicht erkennen konnte, aber die Haarsträhnen am Hinterkopf verrieten mir, dass es sich um einen Mann handelte und auf keinen Fall um Ann. Ich hatte ihn inzwischen so weit an Land gezogen, dass er den Grund berührte. Ich packte ihn noch fester am Jackenärmel, um ihn weiter herauszuziehen, als sich plötzlich der Arm löste. Nicht nur der Ärmel des Overalls, der ganze Arm fiel ab, und ich kippte rittlings auf die Steine. Ich bin mir sicher, dass ich geschrien habe, und ließ sofort den Arm los. Ein Knochen und einige Fleischfasern ragten aus dem abgerissenen Ärmel hervor. Ich kam wieder auf die Beine und kletterte auf den Felsen, auf dem meine Kleidung lag. Igitt, fast hätte ich mich übergeben. Eine Leiche, eine Wasserleiche, eine Wasserleiche, die sich auflöste. Ich musste versuchen, mich zu beruhigen, zog meine Jacke heran und fischte mein Handy heraus. Hoffentlich gab es hier draußen Empfang. Ich atmete tief durch, zitterte aber immer noch so sehr, dass ich wohl kaum eine vernünftige

Nachricht zustande bringen würde. Noch nicht. Das Wasser war eiskalt gewesen, und dann kam noch der Schock dazu. Ich zog mir Hose und Jacke wieder an, Strümpfe und Schuhe. Dann lief ich ein wenig auf und ab. Ich musste erst einigermaßen warm werden und mich beruhigen. Mit der Zeit wurde ich gefasster. Der Mann musste schon lange im Wasser gelegen haben, da kam es auf ein paar Minuten mehr oder weniger auch nicht an.

Vielleicht hatte sich ja der Mann, den ich hatte weglaufen sehen, so beeilt, weil er Hilfe holen wollte. Ganz bestimmt. Er hatte die Leiche im Wasser gesehen und war jetzt unterwegs, um den Dorfpolizisten zu benachrichtigen. Selbstverständlich. Aber warum hatte er dann nicht zunächst versucht, ihn an Land zu ziehen? Bei der Strömung hier bestand doch das Risiko, dass die Leiche ins Meer getrieben wurde und dann für immer verschwand, noch bevor er zurückkäme. Das war merkwürdig. Ich musste doch telefonisch Hilfe holen.

Da ich die Nummer des Polizisten von Hogna nicht kannte, rief ich die offizielle Notrufnummer an. Die Dame, die antwortete, reagierte auf meine Mitteilung aufreizend gelassen. Nachdem sie sich notiert hatte, wie ich hieß und wo ich wohnte, bat sie mich, eine möglichst genaue Beschreibung des Fundorts zu geben. Der Leuchtturm war nicht einmal zweihundert Meter entfernt, das war also kein Problem. Sie sagte, dass es keine Meldungen zu Vermissten aus der Gegend gab und dass sie den Beamten auf der Insel benachrichtigen wollte. Der würde sich dann um alles Weitere kümmern. Ich sollte bei der Leiche bleiben und mich ihm zu erkennen geben. Das würde wohl so eine halbe Stunde dauern. Dann legte sie auf.

Ich ging zwanzig, dreißig Meter näher an den Leuchtturm heran und setzte mich auf einen Stein, um auf die Ordnungsmacht zu warten. Jetzt hatte ich schon etwas daheim in der Stadt zu erzählen: Am ersten Tag auf der Insel fand ich gleich eine Wasserleiche. Vielleicht sollte ich den Zeitungen auch einen Tipp geben, die bezahlten schließlich gut für solche Anregungen. Das Geld konnte ich gut gebrauchen. Aber man soll im Leben ja nicht über Leichen gehen, um etwas zu erreichen. Auf jeden Fall musste ich warten, bis der Polizist kam und sich den armen Teufel ansah. Es war ja gar nicht sicher, dass die Lokalzeitung etwas darüber bringen würde. Vielleicht war der Kerl im Winter über Bord eines Schiffes gefallen. Es konnte ein polnischer oder portugiesischer Seemann sein. Das war nicht ausgeschlossen. In diesem Fall gab es bestimmt eine Familie daheim, die darauf wartete, etwas von ihm zu hören. Vielleicht hatte er Frau und Kinder, die darauf angewiesen waren, dass die Leiche auftauchte, damit die Versicherung endlich zahlte …

Ich war ganz vertieft in die Formulierung eines Briefes an die Angehörigen, als ich das Tuckern eines Bootes hörte. Ich drehte mich um und sah ein kleines offenes Motorboot mit direktem Kurs auf die Bucht, in der die Leiche lag. War das der Polizist, der über den Seeweg kam? Aber woher wusste er denn, in welcher dieser vielen kleinen Buchten ich den Toten gefunden hatte? Das Boot wurde langsamer und trieb die letzten Meter in die Bucht hinein. Ich gab mich zu erkennen. Es war der Mann in dem Overall, der mit dem Traktor weggefahren war. Er war offenbar erschrocken, mich zu sehen.

»Bist du von der Bank?«, wollte er wissen.

Ich nickte als Antwort.

»Ich habe die Polizei schon wegen des Toten benachrichtigt«, sagte ich.

»Das ist doch wohl nicht dein Ernst, oder?«

»Doch. Sollte ich das denn nicht?«

»O Mann, das ist doch immer das Gleiche mit euch. Hier draußen haben wir gelernt, uns um unsere eigenen Sachen zu kümmern. Was soll denn deiner Meinung nach jetzt passieren?«

»Nun ja«, antwortete ich. »Ich für meinen Teil habe jedenfalls vor, hier zu warten, bis die Polizei kommt, und ihr dann die Leiche zu zeigen.«

»Das fehlte gerade noch«, sagte der Mann im Boot. »Lass uns lieber zusehen, dass wir den Toten wegschaffen, bevor der Polizist kommt. Aber keine Sorge, wir haben genug Zeit, der ist nämlich heute auf dem Festland und kommt frühestens mit der Fünf-Uhr-Fähre zurück.«

»Aber du kannst die Leiche doch nicht einfach verschwinden lassen«, sagte ich. »Wir müssen warten, bis …«

»Hier wird überhaupt nicht gewartet. Aber mach dir keine Sorgen, der da, der gehört zu mir.«

»Zu dir?«

»Ja, er hatte eine Hütte von mir gemietet. Und ein Boot. Und dann war er plötzlich weg. Ohne zu bezahlen. Ich dachte schon, er wäre einfach abgehauen, um die Miete zu prellen, weißt du. Und hätte das Boot mitgenommen. Mit Außenbordmotor.«

»Aber dann ist er also verunglückt?«

»Tja, sieht ganz so aus, wie er da im Wasser liegt. Er wird ja wohl kaum nach Krabben Ausschau halten. Aber er ist das, ich erkenne ihn an dem Overall, den hat er nämlich auch von mir geliehen. Ohne ihn zurückzugeben. Der ist gefüttert, schön warm. Und winddicht.«

»Aha«, sagte ich. »Dann hast du den Mann nicht als vermisst gemeldet?«

»Nein, spinnst du, er ist doch ein Deutscher!«

»Ach, und du magst die Deutschen nicht?«

»Die Deutschen? Die haben mir nichts getan. Haben sie dir denn was getan?«

»Nein«, antwortete ich, »aber ich will ja auch keinen Deutschen einfach so verschwinden lassen.«

»Ich habe doch gesagt, dass er eine Hütte von mir gemietet hat«, sagte der Mann. »Und wenn ich das jetzt den Behörden melde, dann fangen die an, nach der Hütte zu fragen. Und das eine kann ich dir sagen, dann quatschen sie auch über Steuern und Versicherung und Krankenkasse und diesen ganzen Mist. Deshalb will ich das nicht melden, wie du dir denken kannst. Und ich habe doch geglaubt, er wäre abgehauen, ohne zu bezahlen. Und das mit meinem Boot. Das war mehrere Tausend wert, das sag ich dir.«

»Aber hat er denn nichts in der Hütte zurückgelassen?«

»Doch, ein paar Kleinigkeiten, Kleidung und Angelzeug und einen Fotoapparat und ein Fernglas und ein Handy und so'n Kram. Ein bisschen Bier und Schnaps und ein paar Büchsen mit Sardinen. Das war alles.«

»Ist das immer noch da?«

»Also, so viel Blödheit ist mir noch nicht untergekommen, wieso sollte ich das in der Hütte liegen lassen? Dann hätte ich sie doch nicht weiter vermieten können. Einiges habe ich verbrannt. Und den Rest verkauft.«

»Verkauft? An Leute von der Insel?«

»Nee, wie kommst du denn auf die blöde Idee? Das habe ich bei einer Auktion verkauft, ist doch klar. Im Internet. Bis auf den Pass, den habe ich einem Typen aus dem Asylantenheim verkauft. Dem gleichen, der den Toten entdeckt und mich gewarnt hat. Das ist nicht so einer, der gleich zur Polizei rennt. Aber er war schon etwas baff, als er den

Kerl gefunden hat, von dem er den Pass hatte, deshalb ist er lieber so schnell wie möglich von der Insel abgehauen. Er hatte Angst, jemand könnte da weiter nachforschen. Ich glaube, er wollte zur Bank, um Geld abzuheben, bevor er abgehauen ist. Du hast ihn bestimmt getroffen.«

»Ja, ich glaube, ich habe ihn getroffen«, nickte ich. »Aber hat der Deutsche denn keine Angehörigen?«

»Nee, niemand wusste, dass er hier war. Er ist von einem Fischerboot von Hirtshals hierher mitgenommen worden. Da brauchst du keine Angst zu haben.«

»Angst ist gerade mein kleinstes Problem«, sagte ich.

»Ist ja auch egal. Ich habe ein Netz dabei. Ein festes Nylonnetz. Das lege ich jetzt über ihn und ziehe es dann unter ihm hindurch. Wenn du mir hilfst, geht es schneller.«

»Was geht schneller?«

»Ihn ins Netz zu kriegen. Dann schleppe ich ihn raus und versenke ihn. Guck mal, ich hab den alten Motor von einem Mazda dabei, der Bruder vom Pfarrer hat sich nämlich einen neuen gekauft, das war gar nicht so einfach, ihn ins Boot zu kriegen, das sage ich dir, ich musste die Schaufel vom Trecker benutzen. Und wenn ich jetzt weit genug draußen bin, dann binde ich das eine Ende vom Tau am Netz fest und das andere am Motor, dann zieht er den Toten bis auf den Grund. Und da draußen ist es tief, das kannst du mir glauben, da geht es fast hundert Meter steil nach unten. Niemand wird ihn da finden, den Deutschen, und es war wirklich ein verdammt gutes Boot, das er da verbummelt hat. Ein bisschen alt, aber richtig gut in Schuss. Und das Netz und das Tau, die sind aus feinstem Nylon, die werden in tausend Jahren nicht verrotten, das haben sie jedenfalls im Laden gesagt. Du brauchst keine Angst zu haben, der taucht nicht wieder auf.«

»Ich habe keine Angst«, erwiderte ich.

»Das ist ja gut, denn ...«

»Ich habe keine Angst, weil das nicht passieren wird«, fuhr ich fort. »Denn der Tote bleibt da, wo er ist, bis die Polizei kommt. Und dann kannst du dem Polizisten erklären, wer der Mann ist und warum du ihn nicht als vermisst gemeldet hast.«

»Na, das fehlte gerade noch«, sagte der Mann. »Nee, nee, du, das sage ich dir, hier auf Hogna, da halten wir zusammen. Und das gilt auch für irgendwelche Leute von der Bank, die gerade aus der Stadt geschmissen worden sind. So läuft das hier draußen, damit du es weißt. Es geht nämlich um die Wirtschaft, und davon verstehst du doch was, wenn du bei der Bank arbeitest, oder?«

»Die Wirtschaft?«

»Ja, es ist doch niemandem damit gedient, wenn die Polizei und weiß der Teufel wer noch herkommt und überall herumschnüffelt. Hilfst du mir, dann helfe ich dir. So funktioniert das hier.«

»Was meinst du?«

»Ich bin gerade dabei, was Neues anzufangen. Eine Touristenattraktion. Und da wollen viele einsteigen, das kannst du mir glauben. So machen wir das hier. Wenn du mir also hilfst, dann helfe ich dir. Du bekommst einen Anteil an meinem Projekt, sagen wir, ein Prozent, ohne dass du einen Heller zahlen musst. Und das Geschäft ist bombensicher, da gebe ich dir die Hand drauf, dass dieses eine Prozent viel, viel mehr wert sein wird, wenn die Touristen erst kommen. Verstehst du?«

»Ja«, antwortete ich, unsicher, was ich tun sollte. »Aber ich habe doch schon die Polizei verständigt. Die werden wissen wollen, wo die Leiche geblieben ist.«

»Das kriegen wir schon hin«, sagte der Mann. »Pass auf, ich ziehe einfach meinen Overall aus. Den werfen wir dann ins Meer. Und dann kannst du dem Polizisten einfach sagen, dass du geglaubt hast, es wäre ein Mann. Die Leute aus der Stadt glauben doch immer, dass sie eine Wasserleiche sehen. Aber wenn sie eine Weile hier draußen gewohnt haben, dann sehen sie keine Leichen mehr. So ist das immer. Übrigens heiße ich Lasse Litleberg. Kannst alle fragen. Die kennen mich alle hier.«

Und so kam es, dass ich dabei half, die Leiche eines deutschen Touristen beiseitezuschaffen.

Als der Dorfpolizist eintraf, lachte er herzlich, das war ja klar. Als sein grüner Toyota endlich hinten beim Leuchtturm aufgetaucht war, hatte ich gewinkt und gestikuliert, um ihn zu der Bucht zu dirigieren, wo der Deutsche gelegen hatte. Der Dorfpolizist holte hohe Stiefel und eine lange Stange aus dem Wagen und kam auf mich zu. Dann fing er an zu lachen.

»Sag mal«, prustete er, »wascht ihr in der Stadt keine Kleider?«

»Doch, natürlich«, antwortete ich.

»Aber ich hoffe, ihr ruft nicht jedes Mal die Polizei, wenn ihr nasse Klamotten entdeckt?«, kicherte er. »Man sieht doch wohl, was das ist, oder? Das ist ein Overall. Und wenn ich mich nicht ganz irre, dann ist es der alte Overall, den Lasse all die Jahre getragen hat. Der ist ihm bestimmt ins Wasser geweht. Und du denkst, das wäre eine Wasserleiche. Nur gut, dass du es nicht mit Mund-zu-Mund-Beatmung versucht oder einen Seelsorger informiert hast.«

»Nein, das habe ich nicht«, murmelte ich.

»Ohne das eine ist das andere ja auch nicht nötig«, lachte der Polizist und ging zurück zu seinem Wagen.

»Und falls weitere Leichen auftauchen, meld dich ruhig wieder. Bloß nicht bei mir«, rief er mir noch zu.

Am nächsten Morgen machten alle Kunden, die zu mir kamen, irgendwelche Witze über verschwundene Leichen und tote Overalle. Nicht zu vergessen die Scherze über Städter und die Dummheiten, die sie anstellten. Und aus der Wichtigkeit ihrer Anliegen konnte ich schließen, dass die meisten nur gekommen waren, um sich auf meine Kosten zu amüsieren. Ja, ja, so war ich zumindest nicht allein am ersten Tag in der Filiale. Denn so viel Spannendes gab es ansonsten nicht. Ich ging den Stapel mit den Papieren und Notizen durch, die Hartvigsen mir hingelegt hatte, es handelte sich größtenteils um das Einrichten von Sparkonten oder die Verlängerung von Kreditkarten. Das hatte ich nach wenigen Stunden erledigt, und Hartvigsen hätte das vor seiner Abreise sicher auch noch schaffen können. Aber vielleicht wollte er mir ein bisschen Arbeit übrig lassen, damit ich mich nicht allzu sehr langweilte.

Kurz vor zwei kam der Mann, der schon am Samstag an der Tür gerüttelt hatte. Ich rechnete damit, dass er sein Konto abräumen wollte, um zu verschwinden. Aber offenbar hatte er andere Pläne. Zuerst gab er eine ganze Tirade in einer Sprache von sich, die ich nicht identifizieren konnte. Dann sah er wohl ein, dass es nichts nützte, mir eine Hörprobe aller Doppelkonsonanten seiner Sprache zu präsentieren, und versuchte es mit Zeichensprache. Da das einzige Zeichen, das er beherrschte, daraus bestand, sich in die Handfläche zu zeigen, um sich anschließend dreimal an die Stirn zu tippen, verstand ich dadurch nicht sehr viel mehr. Was ihn wütend machte; besonders als ich anfing zu lachen, verletzte ihn das anscheinend. Er wirkte ziemlich bedrohlich. Einen Moment lang überlegte ich, ob ich Alarm schlagen und die Polizei rufen sollte, merkte dann aber, dass ich keine besonders große Lust hatte, den Dorfpolizisten so schnell wiederzusehen. Außerdem würde es sicher eine Weile dauern, bis er auftauchte, ein Kunde hatte mir erzählt, dass er in die Stadt gefahren war, um als Zeuge in einem Verfahren wegen illegalen Hummerfangs auszusagen.

»*Passaporto*«, rief der Mann. Das verstand ich.

»Hier gibt es keinen Pass. Bank«, sagte ich, ganz langsam und deutlich, in der Hoffnung, dadurch würde er plötzlich verstehen, was ich sagte.

»*Bank passaporto!*«, brüllte er mich an.

»*Nein, nein, no, no, njet, nix. No passaporto, banka.*«

Er rief etwas, was ich nicht verstand.

»*Dragan passaporta!*« Dragan, das war er wohl selbst.

»*Polisia passaporta Norway, njet banka*«, sagte ich.

Der Mann wischte ein Blumengesteck vom Tresen und streckte mir eine mächtige Faust entgegen. Ich wich zurück und packte eine große Vase, für den Fall, dass ich mich verteidigen musste. Da ging die Tür auf, und zwei Kerle kamen herein. Nie war ich glücklicher, Lasse Litleberg zu sehen. Und wenn er tausend tote Deutsche im Schlepptau gehabt hätte. Das hatte er nicht, sondern einen großen breiten Kerl in den Fünfzigern. Der Ausländer ließ von mir ab und konzentrierte sich stattdessen auf Lasse. Lasse schien auch nicht das Geringste seines Kauderwelschs zu verstehen.

»Was geht hier vor?«, fragte er mich.

»Dein Kumpel hier ist wegen irgendetwas wütend«, antwortete ich. »Er schreit dauernd *Passaporta*. Er glaubt wohl, dass er hier in Norwegen einen Pass bei der Bank kriegt.«

»Nein, nein, das stimmt nicht«, erwiderte Lasse. »Er ist wütend wegen dem Pass, den er von mir gekauft hat, den von dem Deutschen.«

»Aber das ist doch wohl kein Grund, auf mich loszugehen?«

»Doch, denn du hast die Polizei verständigt. Und das hat ihn nervös gemacht.«

»Hä?«

»Er hat Angst, jemand könnte den toten Deutschen finden. Weil ich seinen Pass an ihn verkauft habe. Und dieser Vollidiot wiederum hat ihn weiter an einen Kerl unten im Kosovo oder so weiterverkauft. Und dieser Kosovoalbaner hat den Pass benutzt, um nach Norwegen einzureisen. Womit in irgendeinem unchristlichen Register notiert wäre, dass ein Kerl mit dem Namen des Deutschen sich in Norwegen befindet. Falls sie den Toten finden, dann läuten alle Alarmglocken. Deshalb will er einen neuen Pass von dir haben. Am liebsten zwei. Damit er und sein Kumpel in ein anderes Land fahren können. Er redet von Kanada.«

»Aber ich habe keinen Pass! Das musst du ihm erklären.«

»Geht nicht, ich kann ihm gar nichts erklären. Er braucht einen Dolmetscher. Und den gibt es nur im Asylantenheim, nicht hier. Oder verstehst du vielleicht die Sprache, die er da brabbelt?«

Darauf gab ich gar keine Antwort.

»Jedenfalls habe ich keinen Pass. Nicht mal meinen eigenen, der liegt zu Hause in der Stadt.«

»Jetzt hör mir mal zu«, sagte Lasse lässig. »Er hat erfahren, dass es hier Bankschließfächer gibt. Und dass viele Leute ihre Pässe dort einschließen, wenn sie sie nicht brauchen. Deshalb will er, dass du ihm einen Pass besorgst.«

»Aber das ist doch Blödsinn! Wir haben keine Bankschließfächer hier, und wenn wir welche hätten, dann könnte ich sie gar nicht öffnen. Man braucht dazu einen Schlüssel oder einen Code. Und die hat nur der Kunde.«

»Das musst du mir nicht erklären, ich weiß, wie so was läuft. Nicht wahr, Magnus?«

Sein hünenhafter Kamerad nickte mit dem Kopf.

»Aber der Kerl hier, der weiß das nicht. Und ich weiß nicht, wie man ihm das erklären soll. Ehrlich gesagt, so ganz unter uns, ich glaube, der Typ ist ein bisschen gaga. Wir müssen uns gemeinsam etwas ausdenken, wir drei, wie wir ihn loswerden. Denn ich finde es nicht besonders angenehm, dass er hier auf der Insel herumläuft.«

»Habt ihr denn keinen Pass für ihn?«

»Na, das fehlte noch. Dass er mit meinem Pass abhaut. Nein, da musst du dir schon etwas Besseres ausdenken.«

»Warte mal, ich habe da eine Idee«, sagte ich und zog eine Schublade auf. »Vielleicht könnten diese alten Sparbücher etwas bringen? Sie haben die gleiche dunkelrote Farbe wie ein Pass. Vielleicht will er die ja haben?«

Das Gesicht des Kerls leuchtete auf, als er die Sparbücher sah. Ich gab ihm zwei Stück, er schnappte sie sich und verschwand durch die Tür.

»Ich möchte nicht in der Nähe sein, wenn er versucht, mit dem Sparbuch nach Kanada einzureisen«, meinte Lasse.

Ich atmete auf.

»Du kannst nur froh sein, dass wir vorbeigekommen sind, sonst hätte es schlecht für dich enden können.«

»Ja, ja, da magst du recht haben«, stimmte ich zu.

»Dann kann ich also davon ausgehen, dass du dich revanchierst?«, sagte Lasse.

»Was meinst du damit?«

»Hilfst du mir, dann helfe ich dir. So läuft das hier draußen bei uns.«

»Und was wollt ihr?«

»Nur, dass du zu einem Treffen kommst. Heute Abend. Es gibt da eine Sache, die wir gern mit dir diskutieren würden.«

»Etwas, bei dem ich euch vielleicht helfen könnte?«

»Das denke ich schon, ja, schließlich bist du die Finanzelite hier auf der Insel. Wenn es etwas gibt, wofür wir Geld brauchen, dann gehen wir zur Bank. Stimmt's, Magnus? Dann gehen wir zur Bank.«

Ich schaute ihnen nach, als sie die Straße hinuntergingen. Sie hatten sicher recht. Ich musste ihnen helfen, nachdem sie mir geholfen hatten. Aber ich überlegte dennoch, ob es wirklich so ein großer Zufall gewesen war, dass der Mann aus dem Asylantenheim kam, kurz bevor die beiden auftauchten.

Als ich nachmittags aus dem Supermarkt kam, traf ich Nancy. Ihr Auto parkte direkt vor der Bank und sie war gerade dabei, die Tüten mit Lebensmitteln zu verstauen.

»Hast du einen Großeinkauf gemacht?«, fragte ich.

»Einen Großeinkauf? Nein, nur das, was man so braucht. Mit zwei im Haus herumspringenden Kindern werden im Laufe eines Tages ziemlich viel Milch und noch mehr Butterbrote vertilgt.«

Wir plauderten ein wenig darüber, wie sich mein Leben in den ersten Tagen auf Hogna so gestaltet hatte. Die Geschichte mit der Leiche hinten beim Leuchtturm erwähnte ich nicht, und sie war höflich genug, nichts in der Richtung zu bemerken, aber ich war felsenfest davon überzeugt, dass auch sie davon gehört hatte.

»Ich habe heute Besuch in der Bank gehabt, zwei Männer haben mich zu einem Treffen heute Abend eingeladen. Du kennst sie bestimmt. Lasse Litleberg und Magnus irgendwas.«

»Magnus Storvik. O ja, das sind unsere Inselberühmtheiten hier. Wenn hier draußen etwas los ist, dann haben sie in der Regel ihre Finger im Spiel, und wenn nichts passiert, dann haben sie auch ihre Finger im Spiel.«

»Ach ja, und was machen sie so?«

»Auf jeden Fall sind sie im Vorstand des Junggesellenvereins von Hogna. Ein Verein, der sich vor allem für Saufen und Vögeln interessiert. Ich war nie bei ihren Versammlungen oder Festen. Aber ich habe davon gehört. Magnus spricht immer mal wieder im Namen des Vereins in meinem Büro vor und bittet um Unterstützung für irgendein Projekt. Und die Projekte bestehen meistens darin, dass die Mitglieder des Junggesellenvereins in die Stadt fahren wollen, um dort zu feiern und Frauen aufzureißen.«

»Und dafür wollen sie die Unterstützung der Gemeinde?«

»Ja, die Idee dahinter ist, dass sie Frauen kennenlernen, mit denen sie sich hier draußen niederlassen. Wir haben einen großen Männerüberschuss und eine sinkende Geburtenrate.«

»Das ist bestimmt ein löbliches Vorhaben«, murmelte ich.

»Und jetzt möchten sie sicher, dass die Bank einen ihrer Ausflüge unterstützt, wahrscheinlich mit der Begründung, dass diejenigen, die anschließend heiraten und Kinder kriegen, ein neues Haus bauen und dafür Geld leihen müssten.«

»Ich verstehe«, lachte ich. »Dann weiß ich, was ich zu erwarten habe.«

»Magnus Storvik nennt sich Berufsfischer«, erzählte Nancy weiter. »Das klingt sicher etwas feiner als ganz normaler Fischer, wo immer auch der Unterschied liegen mag. Er ist seit Jahren nicht mehr auf dem Meer gewesen, er hat es angeblich mit dem Rücken. Kein Wunder, groß und dick, wie er ist, aber das hindert ihn nicht an all den anderen Aktivitäten, er hat bei allem die Nase vorn. Zumindest bei allen Aktivitäten, die eine Möglichkeit bieten könnten, ein paar Kronen zu verdienen, ohne sich allzu sehr anzustrengen. Eddi hat mir einmal erzählt, dass Magnus in seinen jüngeren Jahren ein guter Musiker war, er hat E-Gitarre in einer Band gespielt, die ziemlich beliebt hier in der Region war. Aber dann hat er einen Finger in die Rolle der Angel bekommen und musste mit dem Spielen aufhören. Aber es kommt vor, dass er, wenn die Stimmung gut ist, nach dem Akkordeon greift.«

»Da er Mitglied im Junggesellenverein ist, kann man wohl davon ausgehen, dass er unverheiratet ist?«

»Ja, natürlich, er ist nicht verheiratet. Er lebt mit seiner Mutter zusammen. Und von ihrer und einer Invalidenrente, wie es heißt.«

»Kriegt seine Mutter denn eine so gute Rente, dass sie den Sohn auch noch versorgen kann?«

»Keine Ahnung. Und seit vielen Jahren hat niemand mehr seine Mutter gesehen. Eigentlich weiß niemand, ob sie überhaupt noch lebt. Jedenfalls gibt es Gerüchte, dass Magnus seine Mutter hinter dem Haus begraben haben soll, sodass er weiterhin ihre Rente kassieren kann. Aber ich habe natürlich keine Ahnung, ob das stimmt.«

»Müsstest du dann nicht mal dort nachsehen?«

»Ich? Nein! Ich habe damit nichts zu tun. Ich bin zwar Bürgermeisterin, aber das bedeutet nicht, dass ich für die Polizei oder das Finanzamt herumschnüffeln muss. Wenn etwas untersucht werden soll, dann müssen die das schon selbst tun. Sollte die gute Frau noch am Leben sein, wäre es ein Skandal, wenn man das infrage gestellt hätte. Falls sie aber unter einer Rhabarberpflanze begraben liegt, ist sie ja wohl tot genug, um selbst nicht mehr darunter zu leiden. Nein, um diese Geschichte sollen sich lieber andere Leute kümmern, ich nicht.«

»Und Lasse Litleberg? Was weißt du über ihn?«

»Lasse? Er ist mit Eddi verwandt, aber ziemlich entfernt. Der Neffe seiner Mutter, glaube ich. Wovon der lebt, das weiß niemand, den Steuererklärungen nach zu urteilen müsste er schon vor vielen Jahren verhungert sein. Er selbst behauptet, er würde von dem Fisch leben, den er fängt, und den Kartoffeln, die er pflanzt, und von sonst nichts. Er hat einen kleinen Hof, mit dem er immer wieder große Pläne hat, aber die scheitern stets an der Genehmigung des Gemeindeamts.«

»Ach ja?«

»Vor Kurzem wollte er eine Mülldeponie für die Ölindustrie einrichten, er hatte in der Zeitung gelesen, dass die Ölgesellschaften Millionen Kronen dafür zahlen, ihren Bohrschlamm loszuwerden. Lasse meinte, wenn er den Schlamm auf seinem Grund und Boden lagerte, dann würden gleich vier Gruppen daran verdienen. Die Ölgesellschaften würden auf einfache Art und Weise ihren Abfall loswerden, er selbst würde steinreich werden, die Gemeinde würde somit erhöhte Steuereinnahmen haben und die gesamte Hogna-Region würde profitieren.«

»Inwiefern profitieren?«

»Dem Gemeinderat das zu erklären, fiel ihm nicht so leicht. Abgesehen von der Beteuerung, dass es ein Vorteil wäre, kam nicht viel. Er war ziemlich verbittert, als er das Treffen verließ, das kann ich dir sagen.«

Ich lachte.

»Ich kann es direkt vor mir sehen.«

»Vor ein paar Jahren hat er ein altes Fährschiff gekauft. Ich glaube, das wurde vorher benutzt, um Touristen zum Preikestolen und dem Lysefjord zu kutschieren. Das Boot liegt jetzt unten in der Bucht, ab und zu puzzelt er daran herum, und jedes Mal, wenn jemand fordert, dass er es dort wegschaffen soll, behauptet er, dass er es für Touristenfahrten zwischen den Inseln benutzen will. Aber alle Zertifikate und Lizenzen für das Boot sind schon vor vielen

Jahren abgelaufen, er hat kaum noch die Genehmigung, selbst an Bord zu sein. Es kommt vor, dass er ab und zu auch mal damit rausfährt, aber ich hoffe, dass er dann keine Passagiere dabeihat. Sollte ein Unfall passieren, würde er wirklich Schwierigkeiten kriegen. Ansonsten ist er oft im Asylantenheim, er macht sicher seine Tauschgeschäfte mit den Bewohnern dort.«

»Das Asylantenheim, genau«, sagte ich. »Dauernd wird das erwähnt. Was ist das eigentlich?«

»Na, eben ein Heim für Asylbewerber. Eigentlich war es einmal das Landheim einer christlichen Jugendorganisation aus der Stadt, aber weil es keine Jugendlichen mehr gibt, die Lust haben, hierherzukommen, um etwas von Jesus zu hören und in harten Kojen zu schlafen, hat die Gemeinde es als Asylantenheim weitervermietet.«

Ein blonder Haarschopf schob sich aus dem Seitenfenster von Nancys Auto und fragte, ob Mama nicht bald losfahren wollte. Doch, das wollte sie.

Die Versammlung fand in einem der Packhäuser unten an der Bucht statt. Das Erdgeschoss des Hauses war leer, aber eine steile Treppe führte hinauf in den ersten Stock. Dort befand sich ein gemütlicher Raum, fast wie ein Wohnzimmer eingerichtet, mit einer Sitzecke und Bildern an den Wänden. In einer Ecke stand ein Bartresen, über ihm hing Reklame für dänisches Bier und amerikanischen Whisky.

»Ja, hier treffen wir uns also, der harte Kern sozusagen«, erklärte Magnus und hielt mir eine riesige Pranke hin. »Ich glaube, wir haben uns heute Vormittag noch gar nicht richtig begrüßt, aber mein Name ist also Magnus Storvik. Ich bin der Vorsitzende des Vereins. Und heiße dich so herzlich willkommen, wie es nur möglich ist. Ja, und dann wünsche ich dir einen schönen Abend.«

Er führte mich zu einem großen Ohrensessel.

»Du bekommst den Ehrenplatz, schließlich bist du unser Gast. Lasse kennst du ja schon gut. Das hier ist Sivert, er steuert die Fähre zur Insel. Dort sitzt Toralf, dem gehört der Laden, in dem du einkaufst, und der Kerl hier, das ist Selmer, Toralfs Bruder. Und wir alle zusammen sind der Junggesellenverein hier auf Hogna. Möchtest du einen Kaffee?«

Er stellte einen großen Becher mit Reklame für eine Versicherungsgesellschaft vor mich hin.

»Du kannst einschenken, Toralf.«

Toralf goss Kaffee aus einer Thermoskanne ein.

»Bist du denn nicht verheiratet, Toralf?«, fragte ich. »Man hat mir erzählt, dass es deine Frau war, die ich vor ein paar Tagen hinten beim Leuchtturm gesehen habe.«

»Hältst du schon wieder nach verheirateten Frauen Ausschau?«, warf Selmer ein. »Wir wissen genau, was da in der Stadt passiert ist und warum du gefeuert worden bist. Unsere Frauen lässt du aber bitte in Ruhe.«

»Ich bin nicht gefeuert worden, und ich denke gar nicht daran, euch eine eurer Frauen wegzunehmen.«

»Toralf ist mit dieser Ausländerin verheiratet, die er da hinten in Thailand aufgegabelt hat, aber er hat sie geheiratet, damit sie im Laden hilft und das Haus putzt, aber nicht, um Kinder mit ihr zu zeugen. Sollte eines Tages ein passendes Weibsbild auftauchen, würde er sich von ihr scheiden lassen und sie zurück in die Puffs da unten schicken. Stimmt doch, oder, Toralf?«

Toralf grinste.

Ich schaute mir die fünf Kerle an, die da um den Tisch herum saßen. Keiner von ihnen war unter fünfzig. Und alle fünf wollten heiraten. Man soll natürlich allen Menschen

Glück im Leben wünschen, aber ich hoffte inständig, dass keiner von ihnen »ein Weibsbild« finden würde, »mit der sie Kinder zeugen konnten«. Sowohl um der Frauen als auch um der Kinder willen.

»Ach, du würdest diese Ausländerin doch auch nicht von der Bettkante stoßen, Selmer«, grinste Lasse.

»So was Schwarzes kommt mir nicht ins Haus, aber wenn es eine Russin wäre, dann würde ich es mir überlegen. Zumindest, wenn sie sich wäscht und nicht nach Knoblauch stinkt.«

»Du möchtest sicher wissen, warum wir dich hierher gebeten haben«, wandte Magnus sich an mich.

»Ich hoffe, ihr rechnet nicht damit, dass die Bank euch Ehefrauen finanziert.«

»Nein, nicht so direkt. Aber es ist doch auch im Interesse der Bank, wenn die Einwohnerzahl der Gemeinde nicht weiter sinkt. Und das Problem hier ist, dass aus unserer Gemeinde so viele wegziehen. Vor allem Jugendliche. Deshalb herrscht hier Frauenmangel. Auf ein heiratsfähiges Mädchen kommen drei Männer. Und so kann es nicht weitergehen. Darum haben wir den Junggesellenverein gegründet, um dem abzuhelfen.«

»Ach, ja?«

»Und wir haben auch einen Plan«, warf Lasse ein.

Magnus nickte bedächtig.

»Wir wollen ein Festival organisieren. Ein Junggesellenfestival. Die Pläne sind noch geheim, aber wir brauchen jemanden in der Bank, der uns unterstützt, damit wir das Ganze auf die Beine stellen können. Denn es gibt noch viel zu regeln. Aber das ist etwas, was klappen wird, dessen kannst du dir sicher sein. Wenn deine Bank nicht mitmachen will, dann finden wir eine andere. Aber dafür müssten wir in die Stadt fahren und dort mit jemandem reden.«

»Oder wir nehmen eine Internetbank, so eine aus dem Netz«, erklärte Lasse.

»Danke, ich weiß, was eine Internetbank ist«, erwiderte ich.

»Deshalb haben wir dich zu unserer Versammlung eingeladen«, fuhr Magnus fort. »Sivert, guck doch mal nach, ob da im Schrank noch Würfelzucker liegt. Und vielleicht auch ein paar Kekse, schließlich haben wir einen Gast. Wir hoffen, dass du dafür sorgen kannst, dass wir einen Kredit kriegen.«

»Schon möglich«, sagte ich. »Und an wie viel habt ihr bei dem Kredit gedacht?«

»Eine Viertelmillion Kronen«, kam es sofort von Lasse. »Das ist die Summe, die wir brauchen.«

»Nun, das ist nicht unmöglich, aber ich muss das erst mit meinen Vorgesetzten bei der Bank besprechen, eine so große Summe kann ich nicht allein bewilligen. Aber wenn ihr als Sicherheit Grundbesitz habt, dann lässt sich das schon machen, das kann ich euch jetzt schon zusichern.«

»Grundbesitz? Was für Grundbesitz? Glaubst du, der Junggesellenverein besitzt so viel?«, fragte Lasse nach.

»Das mit den Sicherheiten werden wir schon regeln«, sagte Magnus. »Eins unserer Mitglieder wird seinen Grundbesitz für die gute Sache zur Verfügung stellen. Toralfs Laden genügt doch bestimmt als Sicherheit.«

»Ja, das dürfte genügen.«

»Nichts da«, widersprach Toralf, »ich setze doch nicht meinen Laden aufs Spiel, damit ihr irgendwelche Weiber kriegt. Da müsst ihr euch schon etwas anderes ausdenken.«

»Ich habe keinen Grundbesitz«, sagte Sivert leise.

»Nichts, kein Haus?«, fragte ich.

»Sivert besitzt gar nichts«, sagte Selmer. »Er wohnt in der Kabine auf der Fähre.«

»Er ist ein alter Seemann«, erklärte Lasse, »er hatte in jedem Hafen eine Braut. Und jetzt hat er in jedem Hafen ein Kind, und die Alimente sind höher als das, was er verdient.«

»Und trotzdem willst du heiraten?«, fragte ich.

Sivert nickte.

»Wenn ich verheiratet bin, können sie vom Lohn meiner Frau nichts abziehen. Dann bleibt ein wenig übrig, wovon ich leben kann.«

»Jedenfalls muss einer von euch sein Eigentum als Pfand für so ein Darlehen eintragen lassen. Sonst lässt sich nichts machen.«

»Lass uns mit Konrad reden«, meinte Magnus. »Er war schon letztes Jahr bei mir, weil er auch in den Verein eintreten wollte, aber damals habe ich Nein gesagt. Er ist so hässlich, dass alle Frauen sofort tot umfallen würden. Aber er hat Haus und Boot, das können wir beides als Sicherheit für den Kredit benutzen. Es nützt also nichts, wir müssen ihn im Verein aufnehmen. Er muss ja nicht von allen Veranstaltungen erfahren.«

»Na, das fehlte noch«, sagte Lasse.

Und damit hatten sie es wohl so beschlossen. Ich versprach, mich schnell um den Papierkram zu kümmern.

»Wie soll das Festival aussehen?«, fragte ich.

»Na, voller Frauen«, antwortete Lasse. »Massen von geilen und heiratswilligen Frauen, die sich ums Haus kümmern und Kinder kriegen können. Wir müssen ja eine gewisse Auswahl haben.«

»Dann denkt ihr also, weil ihr ein Junggesellenfestival organisiert, füllt sich die Fähre mit unverheirateten jungen Frauen, die sich darum prügeln, wer euch heiraten darf?«

»Hast du vielleicht einen besseren Plan?«, brummte Lasse.

»Um ganz ehrlich zu sein«, sagte ich, »kann ich nicht so recht an dieses Festival glauben. Wenn ihr etwas organisieren wollt, dann muss das etwas sein, wobei die Leute gern mitmachen. Und außerdem müssen auch Junggesellen aus anderen Orten herkommen und teilnehmen.«

»Bist du total bescheuert? Wenn andere Junggesellen herkommen, dann sind es ja nur noch mehr Männer, unter denen die Frauen aufgeteilt werden müssen. Ich bezahle doch nicht, um so etwas zu unterstützen!«

»Nun, nun, immer mit der Ruhe«, mischte Magnus sich ein. »Unser Gast von der Bank hat natürlich recht. Wir können kein Festival organisieren, nur um uns selbst zu vergnügen, das geht nicht. Wir müssen etwas arrangieren, was Aufmerksamkeit erweckt, Interesse, sodass viele Junggesellen herkommen. Und dann werden auch die Frauen herbeiströmen, da bin ich mir ganz sicher. Und dann können wir eine Teilnahmegebühr von den Männern verlangen, während die Frauen gratis Eintritt haben.«

»Gratis?«, wiederholte Lasse. Er sah skeptisch aus.

»Wir brauchen ein Programm«, fuhr Magnus fort. »Ein verdammt gutes Programm. Mit Attraktionen, über die man spricht. Damit ziehen wir Leute an. Und mit diesen Leuten wird es auch mit der Wirtschaft hier aufwärtsgehen. Denkt doch nur dran, was all diese Besucher hierlassen werden!«

»Wenn die ihre Kondome auf meine Wiesen schmeißen, können die Schafe dran ersticken«, bemerkte Selmer. »Und wer bezahlt mir dann den Schaden?«

»Es gibt keinen Schaden, Selmer«, beruhigte Magnus ihn. »Es wird für uns alle ein Gewinn. Wir müssen nur vorher genau überlegen, was wir mit unserem Festival erreichen wollen.«

»Weiber«, sagte Lasse.

»Ja, natürlich, das ist doch klar. Aber wir wollen noch mehr. Wir haben eine Vision.«

»Haben wir die?«, fragte Sivert.

»O ja, die haben wir. Unsere Vision heißt, dass wir unsere Insel zum Leben erwecken wollen. Wir wollen die Wirtschaft und den Tourismus stimulieren, wir wollen neuen Optimismus und neue Arbeitsplätze schaffen. Und den Gemeinsinn in der Gemeinde stärken.«

»Wow«, sagte ich nur.

»Und die Weiber?«, fragte Selmer. »Sollen die etwa nicht herkommen? Wenn das so viele Umstände macht, dann scheiße ich auf diesen ganzen Junggesellenquatsch und fahre lieber wieder nach Estland. Da gibt es Frauen, die nicht so anstrengend sind …«

»Eine Vision!«, rief Magnus erneut, »das ist die Grundlage für unser Projekt. Wegen der Vision werden wir Unterstützung in unserer Region kriegen, um unsere Pläne umsetzen zu können!«

»Wir brauchen auf jeden Fall Schlammcatchen«, warf Lasse ein. »Nichts ist so geil, wie zwei besoffenen Weibern zuzugucken, die sich prügeln, dass der Schlamm nur so spritzt.«

»Und dann brauchen wir so einen Wettbewerb, bei dem sie Wasser auf die T-Shirts der Frauen kippen«, fuhr Selmer fort. »Aber dann dürfen sie keinen BH drunter haben. So einen Wettbewerb habe ich schon mal gesehen. Im Süden. Das war richtig toll.«

»Vielleicht könnten wir auch so einen mechanischen Ochsen besorgen?«, überlegte Sivert weiter. »Den habe ich mal in Rotterdam ausprobiert, das war vielleicht was. Die

Leute bezahlen viel Geld dafür, von so einem Ding runtergeworfen zu werden.«

»Bungeejumping!«, rief Lasse, »dafür bezahlen die ja Unmengen. Wir können einen Kran im Hafen mieten, dann brauchen wir nur noch ein Seil oder zwei …«

»Jetzt kommt die Sache langsam in Fahrt«, schmunzelte Magnus. »Aber erst einmal müssen wir überlegen, wo das alles stattfinden soll.«

»Hier im Bootshaus?«, fragte Toralf.

»Nein, nein, nein«, widersprach Lasse, »so weit kommt das noch. Das muss natürlich auf dem Campingplatz stattfinden, ist doch klar.«

»Es gibt doch gar keinen Campingplatz hier auf der Insel.«

»Noch nicht, aber bald. Ich werde nämlich auf meinem Grund und Boden einen Campingplatz eröffnen.«

»Geht das denn?«, wollte Selmer wissen.

»Gehen? Ob das geht? Warum sollte das nicht gehen? Ich habe bereits mit der Bank wegen der Finanzierung gesprochen.«

Er nickte in meine Richtung.

»Das ist mir gar nicht bekannt«, sagte ich.

»Bekannt? Natürlich ist dir das bekannt. Ich habe dir doch ein sattes Prozent von meinem Projekt versprochen. Hast du das etwa schon vergessen?«

»Nein, aber ich wusste nicht, dass das bedeutet, dass die Bank den Campingplatz finanzieren soll.«

»Das wusstest du nicht? Glaubst du etwa, so ein Campingplatz baut sich von allein? Oder er ist umsonst? Dafür ist natürlich eine Finanzierung nötig. Und haben wir nicht genau dafür eine Bank?«

»Doch, schon, aber …«

»Holzzelte, das ist die geniale Lösung heute«, erklärte Lasse weiter. »Du weißt doch, was das ist, oder? Die Leute aus der Stadt, die möchten gern ein Häuschen auf dem Land haben, dürfen aber wegen dieser unchristlichen Gesetze zu Uferbebauungsverboten und ähnlicher Scheiße kein Grundstück kaufen. Deshalb kaufen sie sich stattdessen einen Wohnwagen, stellen ihn auf einen Campingplatz und schrauben die Schilder ab. Dann stellen sie ein Vorzelt auf und bauen sich eine kleine Terrasse davor. Aber wenn sie feststellen, dass es im Vorzelt zieht, dann bauen sie stattdessen ein Vorzelt aus Holz. Was sie für den Winter isolieren. Dann können sie es sich da drinnen gut gehen lassen. Im nächsten Jahr bauen sie dann ein größeres Holzzelt, und im vierten Jahr können sie den Wohnwagen ganz wegnehmen, dann ist ihr Holzzelt so groß, dass sie ihn nicht mehr brauchen. Dann werden noch Wasser und ein Abfluss gelegt, sie kriegen eine Parabolantenne, und dann haben sie es ganz nett in ihrem Zelt. Wandteppiche an den Wänden, Blumentöpfe vor den Fenstern und alles gemütlich.«

»Aber das ist doch nicht erlaubt?«, fragte ich.

»Erlaubt ist es wohl nicht. Aber das ist doch das Tolle daran, solange es ein Campingplatz ist, sind es die Camper, die dran sind, nicht der Besitzer. Und es dauert immer mehrere Jahre, bis sie wirklich ihr Bauwerk abreißen müssen, mindestens zehn. Vorher können sie alle Beschlüsse von Gemeindevorstand, Bischof und den Staatsanwälten und wer sich sonst noch da einmischt, anfechten, erst dann müssen sie abreißen. Und können auf einem anderen Campingplatz von vorn anfangen. Aber dann können diejenigen, die irgendwo anders schon ein Holzzelt hatten, den Platz übernehmen. Ich sage euch, das Holzzelt, das ist die Zukunft für das ländliche Norwegen.«

»Und die soll auf deinem Grund und Boden beginnen.«

»Ja, und nicht nur das, ich werde auch einen Laden für Baumaterial eröffnen und den Campern alles verkaufen, was sie brauchen für ihre Terrasse und das Holzzelt. Damit sie das Material nicht auf die Fähre schleppen müssen. Das ist doch so umständlich, weißt du. Und dann müssen sie Miete zahlen für den Platz bei mir und für Strom und Wasser und den Parkplatz. Vielleicht sollte ich auch noch einen Spielplatz für die Kinder bauen, wo sie auf Trampolins herumhüpfen können. Da steckt Geld in so etwas.«

»Hallo, hallo«, sagte Magnus. »Jetzt lass uns mal bei der Sache bleiben. Deine privaten Pläne haben keine große Relevanz für unsere Festivalidee.«

»Relevanz? Ich will dir mal was sagen, die haben eine so große Relevanz, dass es nur so knallt. Ich kriege keine Konzession für den Campingplatz, wenn ich an Leute vermiete, die ein Holzzelt haben wollen. Und ich brauche eine Konzession, wenn ich mein Land für was anderes benutzen will als für Kartoffeln und Schweinemist. Aber wenn es ein großes Festival hier gibt mit jeder Menge Besucher, die einen Zeltplatz brauchen, dann kriege ich die Konzession, das ist so sicher wie das Amen in ... Ach ist ja auch scheißegal. Aber erzähl du mir nicht, was eine Relevanz hat und was nicht.«

»Aber du willst doch an dem Festival verdienen«, wandte Toralf ein.

»Verdienen? Ich? Ja, und du? Du glaubst doch nicht, dass diese Städter das Gras von Selmers Weiden fressen, während sie hier sind! Du willst ihnen doch auch alles verkaufen, was sie zu essen und zu trinken brauchen, und daran verdienen, oder etwa nicht?«

»Braucht ihr dann nicht eine Alkoholschanklizenz und solche Genehmigungen?«, fragte ich.

Lasse sprang fast in die Luft.

»Alkohollizenz? Ja, das fehlte gerade noch. Hier draußen sind wir es gewohnt, ohne Lizenz auszuschenken, das sage ich dir.«

»Du hast ganz recht«, sagte Magnus und nickte mir zu. »Wir müssen ein Lokal eröffnen und uns die Lizenz holen. Die Gemeinde ist bestimmt damit einverstanden, wenn wir einen begründeten Antrag stellen.«

»Wir brauchen Musik«, sagte Sivert. »Das zieht die Leute an.«

»Wir trommeln das übliche Trio zusammen«, erklärte Toralf. »Magnus auf dem Akkordeon, Rolf Tore auf der Gitarre und Ellen mit der Geige. Und Eddi am Schlagzeug, wenn er nicht gerade auf See ist.«

»Meint ihr nicht, ihr solltet dabei etwas größer denken?«, fragte ich. »Namen finden, die ziehen?«

»Und wen?«, fragte Toralf. »Cowboy-Laila?«

»Nix da«, widersprach Lasse. »Wir holen Robbie Williams. Ist doch klar. Alle Frauen schwärmen für ihn. Sie stehen wochenlang Schlange, um Karten für seine Konzerte zu bekommen. Er war im Fernsehen, in den Wochenzeitschriften und überall.«

»In Ordnung, dann nehmen wir den«, sagte Magnus und notierte sich den Namen. »Die Pläne stehen also fest. Nun geht es darum, das ordentlich zu organisieren, damit alles seinen gesetzlich geregelten Lauf gehen kann. Als Allererstes: Wie nennen wir unser Festival?«

»Junggesellenfestival?«, fragte Toralf.

»Ein ausgezeichneter Name«, sagte Magnus. »Und dann brauchen wir eine Eigentümergesellschaft. Die können wir Hogna Management nennen. Unter der fungieren drei Gesellschaften: Hogna Booking, die sich ums Festival selbst und das Marketing kümmert. Dann haben wir Hogna Catering, die sich um die Bewirtung kümmert, und Hogna Event, die alle Attraktionen arrangiert. Konzerte, Tanz und alles so etwas. Ihr vier seid in allen Vorständen dabei. Ihr könnt jeweils für euren Bereich der Vorstandsvorsitzende sein. Und ich bin der Geschäftsführer aller Gesellschaften. Was bedeutet, dass ich den größten Teil der Arbeit übernehme, ihr aber das meiste an Ehre bekommt.«

Ich musste schmunzeln. Diese Organisationsform bedeutete gleichzeitig, dass Magnus der Einzige war, der nicht finanziell geradestehen musste, wenn es schiefging, während die anderen bezahlen mussten. Glücklicherweise nicht mein Problem, dachte ich. Spätere Ereignisse würden zeigen, dass ich mich gerade darin heftig irrte.

»Dann kann ich mich ja jetzt verabschieden«, sagte ich und stand auf. »Jetzt haben wir wohl den Teil des Arrangements geklärt, für den ihr Hilfe von mir haben wolltet, nämlich einen Kredit einzurichten. Schaut morgen Nachmittag bei mir vorbei, dann habe ich die notwendigen Papiere fertig, die der Bürge unterschreiben muss.«

»Na, das klappt doch prima«, nickte Magnus. »Und vergiss nicht: Hier draußen kümmert sich einer um den anderen und achtet darauf, dass es allen gut geht.«

Er zog etwas aus einer Plastiktüte hervor.

»Hier, guck mal, wir möchten dir gern diese geräucherte Hammelkeule überreichen, Selmer hat sie gemacht. Er und ein Schaf.«

Alle lachten über den Witz. Die Hammelkeule war groß und schwer, und sie sah bedeutend besser aus als diese Witzhammelkeulen, die in den Läden verkauft werden. Ich bedankte mich überschwänglich und fragte mich gleichzeitig, ob es ethisch zu verantworten war, so ein Geschenk anzunehmen. Aber, warum zum Teufel sollte ich mich an derartige Richtlinien halten? In der Situation, in der ich mich befand, galt es, so viel wie möglich für sich selbst zu …

»Du findest den Weg hinaus?«, fragte Magnus.

»Ja, natürlich, das ist doch nur die Treppe hinunter und durch die Tür?«

»Stimmt es eigentlich …«

Weiter kam Magnus nicht. Die Tür wurde aufgerissen, und Dragan, der wütende Kerl vom Balkan, stürmte herein, in der einen Hand ein riesiges Messer. Als er mich erblickte, hob er das Messer und versuchte nach mir zu stechen. *Passaporta* und *banka* waren Bestandteile seiner wütenden Tiraden. Ich ging davon aus, dass er herausgefunden hatte, dass es alte Sparbücher und keine Pässe waren, die ich ihm gegeben hatte. Plötzlich fühlte ich einen Schmerz. Er hätte fast mein Ohr mit dem Messer erwischt. Ich schwang die Hammelkeule, die ich noch in der Hand hatte. Was ihn dazu brachte, einen Schritt zurückzuweichen und sich wie ein Tiger zusammenzukrümmen, bereit für einen neuen Ausfall. Als er mit erhobenem Messer erneut auf mich zusprang, schlug ich ihm mit der Hammelkeule ins Gesicht, ungefähr so, wie ein Tennisspieler einen Ball pariert. Er kam mit aller Wucht auf mich zugeprescht, aber mein Schlag hatte mehr Kraft. Er hielt mitten in der Bewegung inne und wurde nach hinten geschleudert, auf die Tür und die Treppe zu. Dort versuchte er noch sein Gleichgewicht wiederzufinden, doch er hatte zu viel Fahrt und fiel rittlings die Treppe hinunter. Nach einer gefühlten Ewigkeit hörte ich, wie er unten im Lagerschuppen aufschlug.

»Wow, da steckt ja was hinter«, sagte Magnus. Er kam gerade erst wieder auf die Beine.

»Hast du ihn erwischt?«, fragte Lasse. »Hast du ihn bewusstlos geschlagen?«

Ich konnte nicht antworten. Es blutete aus dem Schnitt auf meiner Wange. Mein Herz klopfte wie wild, mir war übel.

»Komm, lass uns nachgucken«, sagte Sivert. »Am besten, wir schmeißen ihn raus und verschließen die Tür, bevor er wieder zu sich kommt.«

Sivert und Lasse liefen die Treppe hinunter.

»Dort liegt er!«, rief Lasse. Ich konnte ihre Schritte die steile Treppe hinunter hören. Kurz darauf kam es: »Er ist tot!«

Da musste ich mich übergeben.

»Ja, das sollten wir irgendwie regeln«, sagte Magnus. Wir saßen wieder um den Tisch herum. Ich hatte einen Cognac aus der Bar und ein Glas kaltes Wasser bekommen. Immer noch zitterte ich. Sivert hatte einen Eimer geholt und das Erbrochene vom Boden aufgewischt.

»Darum kümmere ich mich«, sagte er. »Es gibt genügend Leute an Bord der Fähre, die kotzen müssen, das bin ich gewohnt.«

»Die Sache ist also die, dass da unten im Lagerhaus ein toter Mann liegt. Wir alle sind Zeugen in dieser Sache, und wir alle wissen, dass unser Neuzugang bei der Bank in Notwehr gehandelt hat, ich würde fast sagen, in extremer Notwehr.«

»Ein Schafshirte in einem Wolfsrudel könnte in keiner größeren Not sein«, schob Lasse ein.

»Genau. Und darum die Frage: Was machen wir jetzt?«

»Ich werde den Dorfpolizisten anrufen und mich stellen«, sagte ich.

»Den Dorfpolizisten, nein«, widersprach Lasse. »Das ist nichts, womit man den Dorfpolizisten behelligen sollte.«

»Nun ja«, sagte Magnus. »Wir können natürlich die Behörden über alles informieren. Aber ob dabei was Gutes rauskommt, wage ich zu bezweifeln.«

»Das würde nur zu viel Staub aufwirbeln«, stimmte Lasse zu. »Die fangen dann an, nachzufragen, warum er hier war und was das für ein Pass war und was weiß ich noch alles.«

»Eines ist sicher«, sagte Magnus, »alle hier haben gehört, dass er wegfahren wollte. Und drüben im Asylantenheim werden sie ihn kaum vermissen, da verschwindet doch alle Nase lang jemand. Wenn sie riechen, dass eine Ausweisung ansteht, sind sie meistens ganz schnell weg. Ich glaube, es wird ihn wohl kaum jemand vermissen. Und selbst wenn wir alle bezeugen können, dass du aus Notwehr gehandelt hast, so wird es trotzdem ziemlich viele Unannehmlichkeiten geben, wie Lasse gesagt hat. Die werden wissen wollen, welche Verbindung wir zu ihm haben. Und dann kommt das mit dem Pass und den Sparbüchern ans Licht. Dann kommt noch jemand her und will wissen, warum wir hier oben eine Bar haben, in einem Haus, das als Lagerhaus geführt wird. Und bevor wir uns recht besinnen, ist das ganze Festival und alles andere gestrichen. Und wenn herauskommt, dass wir in so eine Sache verwickelt sind, wird keine Frau mehr mit uns zu tun haben wollen. Ganz zu schweigen von den Verwandten des Kosovoalbaners, wenn die das hören, werden die sich rächen wollen. Dann ist unser Leben keinen Pfifferling mehr wert.«

»Was sollen wir mit der Leiche machen?«, fragte Toralf. »Wir müssen sie loswerden.«

»Wir machen es wie immer«, erklärte Lasse. »Wir schmeißen ihn ins Moor, ins Blautmyra. Da wird man ihn nie finden.«

»Wie immer?«, fragte ich nach. »Müsst ihr häufiger irgendwelche Leichen loswerden?«

»Nun ja, wir sind es hier auf der Insel gewöhnt, die Dinge selbst in die Hand zu nehmen.«

»Was Lasse meint«, erklärte Magnus, »ist, dass es hier üblich ist, Rinder oder Schafe, die von allein gestorben sind, dort abzukippen, in dem sogenannten Blautmyra. Früher haben sie auch Pferde dort entsorgt. Die sinken innerhalb von wenigen Minuten ein, und niemand hat jemals erlebt, dass irgendetwas wieder zum Vorschein gekommen ist. Es heißt, dass zu alten Zeiten auch Mädchen, die vom rechten Weg abgekommen sind, im Moor verschwunden sind. Und auch einige Säuglinge sind wohl dort abgelegt worden. Es liegt eine Menge merkwürdiger Dinge dort im Moor, das sage ich dir.«

»Und ich wette, dass Erlings Sohn seinen Volvo auch dort losgeworden ist, bevor er ihn als gestohlen gemeldet hat«, grinste Sivert. »Er ist jedenfalls nicht mit mir aufs Festland gefahren.«

Also war es abgemacht. Lasse holte seinen Trecker. Gemeinsam verfrachteten wir Dragan in die Baggerschaufel und deckten ihn mit einer Plane zu.

»Du fährst mit Lasse mit«, entschied Magnus und nickte mir zu. Ich setzte mich neben Lasse in die Fahrerkabine.

»Jetzt kannst du sehen, wie das läuft«, sagte er, als wir losfuhren. »Du hilfst mir, und ich helfe dir.«

Gerade in dem Moment war ich mir nicht so sicher, wer da wem half. Was mich betraf, so konnte ich mir schon vorstellen, dass es einfacher gewesen wäre, der Polizei den Todesfall zu melden.

Wir fuhren einen holprigen Weg entlang, auf die Mitte der Insel zu. Nach einer Weile bestand der Weg nur noch aus zwei Reifenspuren. Lasse hielt den Trecker mit einem Ruck an. Die Schaufel vorn erzitterte.

»Steig aus und zieh die Plane runter«, sagte er. »Die ist zu schade, um sie ins Moor zu schmeißen.«

Ich stieg aus und wurde sofort von den Treckerscheinwerfern geblendet. Wir standen auf einem großen Holzstück, das jemand hier ausgelegt hatte, offensichtlich, damit es möglich war, ins Moor zu fahren, ohne einzusinken. Um meine Schuhe gluckste das Wasser. Ich streckte die Hand aus und zog die Plane herunter. Da spürte ich, wie jemand mein Handgelenk packte. Dragan war gar nicht tot! Er umklammerte mein Handgelenk und versuchte es umzudrehen, während er etwas murmelte. Lasse sah, was passierte, und zog den Hebel, sodass die Schaufel nach vorn kippte. Womit Dragan ins Moor kippte. Immer noch hielt er mich fest. Ich drehte und wand mich und kam aus seinem Griff frei. Als ich wieder zu Atem kam, stand Dragan bereits bis zur Brust im Schlamm.

Lasse kam heraus und stellte sich neben mich. Wir beide warteten eine halbe Minute oder wie lange es nun dauerte, bis der Mann im Moor verschwand, wobei er versuchte, uns etwas zuzurufen. Aber er brachte nicht viele Töne hervor.

»Verdammt, ist der Kerl zäh«, bemerkte Lasse. »Aber jetzt sind wir ihn los. Auf Blautmyra kann man sich verlassen. Da brauchst du gar keine Angst zu haben. Niemand entkommt dem Moor. Nun komm, ich fahre dich nach Hause. Du hast ganz nasse Füße, es bringt uns nichts, wenn du eine Lungenentzündung kriegst und auch noch stirbst. Nachdem du uns jetzt einen Kredit geben willst.«

Stärker als je zuvor wünschte ich an diesem Abend, ich hätte etwas Stärkeres zu trinken zu Hause. Viel Schlaf fand ich auch nicht, die ganze Zeit sah ich den Mann mit dem Messer vor mir, wie er im Moor verschwand und jetzt auf dem Weg ins Erdinnere war.

Kaum hatte ich am nächsten Morgen die Bank geöffnet, als Magnus bereits mit einem kleinen, runden Kerl auftauchte, den er mir als Konrad Vinde vorstellte. Ich war froh, dass Lasse nicht dabei war, nach den Ereignissen der letzten Nacht hatte ich keine große Lust, ihn zu treffen. Wenn er da war, war die nächste Leiche nicht weit.

»Konrad ist ein neues Mitglied unseres Junggesellenvereins«, erklärte Magnus. »Und er möchte sich gern an den geschäftlichen Seiten des Festivals beteiligen. Nicht wahr, Konrad?«

Konrad nickte. Sie hatten recht gehabt, er war wirklich hässlich. Er hatte keinen einzigen regelmäßigen Gesichtszug, alles an ihm war bucklig und schief, von den klumpigen Ohren bis zu den Zähnen, die aussahen, als wären sie in seinem Mund vergessen worden.

»Konrad ist so ein Typ, der ein gutes Geschäft wittert, wenn es ihm angeboten wird«, sagte Magnus. »Und jetzt will er für unseren Kredit bürgen.«

Ich zog den entsprechenden Stapel an Dokumenten hervor, der ausgefüllt werden musste. Während die beiden die Papiere durchlasen, schaute ich mir Konrads Konto auf dem Computer an. Es würde kein Problem sein, einen Kredit mit ihm als Bürgen zu bewilligen, er hatte mehr als zwei Millionen Kronen in verschiedenen Fonds und Aktien angelegt. Außerdem besaß er einen Bauernhof und ein Fischerboot. Magnus hatte das richtige Opfer gefunden.

»Wir werden in wenigen Tagen die Antwort von der Zentrale bekommen«, erklärte ich, »aber ihr könnt davon ausgehen, dass das in Ordnung geht.«

Konrad grüßte und verließ die Bank, während Magnus noch sitzen blieb.

»Wie hast du ihn denn dazu gekriegt?«, fragte ich. »Von welchem guten Geschäft hast du gesprochen?«

»Ach, ich habe ihm nur gesagt, er dürfte sich als Erstes eine Frau aussuchen. Und das ist für ihn das beste Geschäft, das es gibt. Wenn ein Mann in seinem Alter die Chance wittert, eine Frau zu kriegen, dann zählt nichts anderes.«

»Ich hoffe nur, dass er die Summe für die Bürgschaft nicht einlösen muss«, seufzte ich.

»Einlösen? Das muss er doch nicht, das ist doch nur so eine Formalität, damit du und die Bank kein Risiko eingehen. Du hast doch gesagt, dass ihr einen Bürgen braucht.«

»Ja, sicher, aber ich möchte nicht, dass Konrad das ausbaden muss.«

»Nein, nein, das muss niemand ausbaden, klopf auf Holz.«

Magnus streckte seine Pranke aus und schlug auf meinen Schreibtisch.

»Die Bank in der Bank«, sagte er. »Wenn das Geld kommt, dann musst du dafür sorgen, dass es dem Geschäftsführer der Gesellschaft zur Verfügung steht. Die Gesellschaft wollen wir heute Abend noch gründen. Ich habe einen Anwalt angerufen, er wird die Papiere für uns fertig machen, und bald fahren wir dann mit der Fähre zu ihm.«

»Geschäftsführer, das wirst du dann, oder?«

»Ja, irgendeiner muss es ja machen. Und ich bin der Einzige, der ein bisschen Ahnung von so etwas hat. Deshalb ist es die beste Lösung. Ich hab übrigens noch eine andere Idee, von der ich dir erzählen wollte.«

»Ach ja? Aber keine, für die du wieder Geld brauchst, oder?«

»Nein, wo denkst du hin, ganz im Gegenteil, könnte man fast sagen. Ich denke ans Fernsehen. Da gibt es doch all diese Realityserien, die sich die Leute jeden Abend angucken. Mädchen, die ein Filmstar werden wollen, und Jugendliche, die nicht singen können. Oder sie suchen sich einen Haufen von Leuten zusammen, die sich nicht benehmen können, und sperren sie irgendwo ein, um zu sehen, welche verrückten Ideen die dort ausbrüten. Ich habe gedacht, dass wir auch so etwas in der Art machen könnten.«

»Verrückte Ideen ausbrüten?«

»Nein, Realityfernsehen. Die Leute lieben doch so etwas. Ich habe gedacht, wir könnten eine Serie machen, die ›Junggesellenfestival‹ heißt und das ganze Projekt begleitet, vom ersten Aufkeimen der Idee bis zum Schluss. Und wo man die Leute kennenlernt, die hinter dem Projekt stehen. Ein ungeschminkter, ehrlicher Blick hinter die Kulissen, in die Privatsphäre der einzelnen Akteure und weit hinein in ihre Gedanken und Vorstellungen. Verstehst du? Wir folgen dem Projekt und den Menschen auf eine herzliche, freundliche Art und Weise. Mit ein oder zwei Hauptpersonen, die für Spannung und Drive in der Serie sorgen. Ist das keine gute Idee?«

»Doch, schon, die Idee ist gut«, stimmte ich zu, »solche Programme sind ja immer sehr populär, meine Mutter ist ganz wild auf diese Serie über die Leute im Wohnmobil. Ich habe zwar noch nie verstanden, was daran so interessant sein kann, ganz normalen Menschen zuzuschauen, wie sie sich lächerlich machen, aber es ist mir schon klar, dass da ein Potenzial drinsteckt.«

»Ja, nicht wahr?«, strahlte Magnus. »Ich wusste, dass du von dieser Idee begeistert sein würdest.«

»Aber wer soll die Serie machen? Du willst doch wohl

keine Videokamera aus der Schublade ziehen und dann glauben, da wird eine Fernsehserie draus.«

»Nein, nein«, erwiderte er. »Erst einmal müssen wir eine Holdinggesellschaft gründen. Hogna Media. Dann machen wir einen Vertrag mit einem Fernsehsender, der wiederum eine Produktionsgesellschaft beauftragt. Auf diese Art haben wir die Kontrolle darüber, was gefilmt wird, und können die Einkünfte kassieren, wenn sie eintrudeln.«

»Lass mich raten«, sagte ich. »Diese Produktionsgesellschaft soll von dir geleitet werden?«

»Nein, nix da! Ich habe doch keine Ahnung von solchen Dingen. Ich habe gedacht, du könntest diese Gesellschaft leiten. Du hast doch in der Stadt gewohnt und dich in Künstlerkreisen herumgetrieben, da bist du viel besser dafür geeignet.«

»Vielen Dank für das Vertrauen«, erwiderte ich, »aber der einzige Künstlerkreis, in dem ich mich herumgetrieben habe, das war ein Kunstverein, und das war geschäftlich. Ich muss also leider dein Angebot, diese Gesellschaft zu leiten, dankend ablehnen, außerdem gestattet die Bank es ihren Angestellten nicht, sich in Geschäfte mit Kunden verwickeln zu lassen.«

Magnus dachte nach.

»Das ist wohl nur recht und billig. Dann muss ich es wohl auf mich nehmen, auch diese Gesellschaft zu leiten. Das wird schon irgendwie gehen. Aber ich hoffe, dass du mir helfen kannst, den Kontakt zu einem Fernsehsender herzustellen. Das erlaubt die Bank dir ja wohl, oder?«

»Ja, natürlich, dabei werde ich dir helfen. Es ist ja mein Job, bei allem behilflich zu sein, was mit den Geschäften der Kunden zu tun hat, solange ich mich nicht direkt beteilige. Aber da gibt es noch etwas, was ich dich in Verbindung mit deiner Serie fragen möchte. Du hast gesagt, das Fernsehteam soll dabei sein, von dem Moment an, als die Idee geboren wird, bis zu dem Zeitpunkt, wenn das Festival zu Ende ist?«

Magnus nickte.

»Aber du … ihr hattet die Idee doch schon.«

»Ja, aber die muss fürs Fernsehen noch ein bisschen aufgepeppt werden. Und wir werden es schon schaffen, es so aussehen zu lassen, als würde direkt vor der Kamera eine echte Idee geboren. Lasse hat in seiner Jugend Theater gespielt, das wird schon klappen. Und Sivert ist es gewohnt, ein Pokergesicht zu zeigen, er hat so viele uneheliche Gören, dass er jeden unter vierzig verdächtigt, der könnte ihn Papa nennen wollen.«

Ich konnte nicht lange über das letzte Argument nachdenken.

»Also«, fuhr er fort, »wenn die Fernsehfritzen kommen, dann drehen wir den ersten Teil der Serie. Und dann lassen wir sie weiter zugucken, je nachdem, wie es sich entwickelt. Das heißt, natürlich nur, wenn nicht etwas Unvorhergesehenes passiert.«

»Was denn?«

»Dass du noch mehr Leute abmurkst oder dass sie anfangen, in Sachen herumzuschnüffeln, die sie gar nichts angehen.«

»Nein, das wäre natürlich nicht so gut«, stimmte ich zu. Wir machten ab, dass Magnus wieder bei mir vorbeischauen sollte, sodass wir gemeinsam versuchen konnten, Kontakt zu den Fernsehsendern zu bekommen.

»Du kannst ja schon mal anfangen, den Brief zu schreiben«, bemerkte er auf dem Weg nach draußen.

Nachdem er gegangen war, saß ich noch eine Weile da und überlegte, ob ich nicht lieber einen Brief an meine Vorgesetzten schreiben und ihnen erklären sollte, dass ich nicht willens war, noch länger auf Hogna zu bleiben, dass dieser Ort mir Angst machte und ich hier große Gefahr lief, einen Skandal zu provozieren, wenn ich nicht versetzt würde. Aber nach einigem Nachdenken beschloss ich, es lieber bleiben zu lassen, die Bank würde mir wahrscheinlich einfach nur kündigen. Und dann würde ich keine Abfindung bekommen. Wenn ich mir nur einen anderen Job hätte vorstellen können, eine andere Arbeitsstelle, die ich hätte antreten können. Aber wie die meisten war ich mit Haut und Haaren an die Bank verkauft, zumindest mein Gehalt, ich hatte mir eine Wohnung für fast drei Millionen gekauft, die würde ich nicht halten können, wenn ich arbeitslos wurde. Ich musste also die Zähne zusammenbeißen, weiter mit diesen Dorftrotteln spielen und die Gelegenheiten nutzen, die sich mir boten, ganz gleich, wie wenig attraktiv sie mir auch erschienen. Vielleicht würde im Schlepptau dieses Festivals, das die Junggesellen da planten, ja trotz allem noch etwas Interessantes auftauchen. Etwas, auf das ich aufspringen konnte, um mir damit meinen Unterhalt zu verdienen. So gesehen war die Idee mit einer Dokuserie im Fernsehen gar nicht so schlecht. Denn trotz allem machen sie solche Serien ja von fast allem, von Postschiffen, die die Küste entlang tuckern, oder Parlamentariern auf Busreise. Ich setzte mich also hin, um einen Brief zu entwerfen.

Es vergingen ein paar Tage, ohne dass ich etwas von Magnus oder Lasse hörte, fast fing ich schon an zu hoffen, sie hätten mich vergessen. Ich fand so langsam auch die Routine als Filialleitung wieder; es war Jahre her, dass ich das letzte Mal am Schalter gesessen hatte, jetzt durfte ich ein wenig die alten Künste reaktivieren, ich nahm Sparschweine mit Kronenstücken entgegen und sorgte dafür, dass die Stromrechnung alter Damen auch bezahlt wurde. Einige der Bewohner des Asylbewerberheims kamen auch vorbei, um Geld an ihre Familien in ihren Heimatländern zu überweisen. Glücklicherweise erwiesen sie sich als bedeutend friedlicher als Dragan. Reza, ein Mann mittleren Alters aus dem Iran, blieb eine Weile stehen und unterhielt sich mit mir, er hatte selbst in einer Bank gearbeitet, bevor er vor einigen Jahren aus Teheran hatte fliehen müssen, und er sprach gut Englisch. Ich versuchte ihn auszufragen, ganz vorsichtig natürlich, wie das Leben in dem Asylantenheim sich so abspielte.

»Crazy! Just crazy!«

Es gab zwei Gruppen, die um die Vorherrschaft kämpften. Die eine Gruppe bestand aus fanatischen Moslems, die das Asylbewerberheim nach den Gesetzen der Scharia führen wollten. Die andere Gruppe, das waren Osteuropäer mit Kontakten zu allem, was es an Mafia und Triaden so gab, wie er behauptete. Zum Glück waren diese Gruppen so damit beschäftigt, um die Macht im Haus zu kämpfen, dass er selbst und die anderen, die nicht an diesem Kampf teilhatten, in Ruhe gelassen wurden. Er hoffte nur, dass keine der Gruppen die Macht erlangte, sonst würde es dort die Hölle werden. Momentan hatte er Angst, dass die Mafialeute möglicherweise die Oberhand gewinnen könnten, denn der Schlimmste von ihnen war weggegangen, und alle im Asylantenheim fürchteten, er wäre weg, um seine Freunde zu holen.

»*Bad. Just bad.*«

Am liebsten hätte ich Reza erzählt, dass es dazu nicht kommen würde, da der Mafiatyp ja im Moor verschwunden war. Gleichzeitig war ich erleichtert, das zu hören; sollte Dragans Leiche doch irgendwann gefunden werden, dann würde man glauben, es wären seine Feinde im Asylantenheim gewesen, die ihn um die Ecke gebracht hätten.

Reza erzählte mir, dass er selbst bald Nachricht zu bekommen hoffte, ob er eine längerfristige Aufenthaltsgenehmigung für Norwegen bekäme. Wenn er die bekam, dann würde er sich in Oslo oder Bergen niederlassen und ein Finanzberatungsbüro für seine Landsleute eröffnen, die Geld nach Hause schicken wollten. Er zwinkerte mir zu und flüsterte fast:

»Wir haben da ein System. Geld aus Norwegen wird zu Geld im Iran.«

»Wie ist das möglich?«

»Das kann ich dir nicht erzählen. Aber so viel kann ich dir sagen, dass es über eine Steueroase im Pazifik läuft. Eine winzige Insel.«

»Ich werde mich an dich wenden, wenn ich mal Geld ins Ausland schaffen will«, sagte ich.

Reza zeigte ein breites Grinsen und pochte sich mit einem Finger neben die Nase.

»Clever, very clever.«

An diesem Nachmittag saß ich lange auf einem Anleger, nicht weit von der Fischannahmestelle entfernt, und dachte über das Leben und das Meer nach. Und natürlich über den Tod. Ein Fischkutter machte an der Anlandestelle fest, und eine hektische halbe Stunde lang wurde der Fang an Land gehievt und in Kisten ins Lager gefahren. Sobald das Schiff leer war, machte es die Leinen wieder los, fuhr davon, und es wurde erneut ruhig am Kai. Ich spazierte zu der Fischannahme, um zu fragen, ob sie mir nicht etwas frischen Fisch verkaufen konnten. Der Typ, der dort arbeitete, erklärte mir, dass es ihnen nicht erlaubt war, an Endverbraucher zu verkaufen – es gibt strenge Vorschriften darüber, sagte er. Entweder ich würde in die Stadt fahren und den Fisch in einem Fischgeschäft kaufen, oder ich könnte ihn in viereckigen blauen Paketen im Kühltresen der beiden Geschäfte hier auf der Insel finden.

»Wie schade«, sagte ich, »ich hätte so gern frischen Fisch gegessen.«

»Verschenken dürfen wir ihn«, grinste der Mann und packte einen schönen Dorsch für mich in eine Tüte.

Ich hatte gerade meine Mahlzeit beendet und überlegte, ob ich gleich abwaschen oder es lieber bleiben lassen sollte, müde, wie ich nach dem guten Dorschessen war, da bekam ich eine SMS von Lasse. Ich sollte hinunter ins Lagerhaus kommen, schrieb er. Ich beschloss, zunächst abzuwaschen, bevor ich mich aufmachte.

Auf dem Weg stieß ich auf Nancy.

»Magnus war heute Vormittag in meinem Büro«, erzählte sie mir. »Er hat mir erzählt, dass ihr zusammen große Pläne schmiedet.«

»Das ist wohl etwas übertrieben zu behaupten, wir hätten gemeinsame Pläne, Magnus und seine Gang sind für die Pläne verantwortlich.«

»Ja, er hat mir von diesem Festival erzählt, das ihr organisieren wollt. Die Gemeinde ist solchen Dingen gegenüber natürlich sehr wohlwollend eingestellt, alles, was Leben und neues Treiben bringt, ist gut. Und wenn sich herausstellen sollte, dass es ihnen tatsächlich gelingt, irgendwelche Frauen hierher zu locken, die sich hier ansiedeln, umso besser. So, wie die Lage momentan ist, steigt das Durchschnittsalter in der Gemeinde jedes Jahr um ungefähr ein Jahr. Aber ich habe ihm gesagt, dass alles gründlich vorbereitet und beantragt werden muss. Von der Aufsicht bis hin zum Abwasser und der Hygiene. Aber wenn sie alle Genehmigungen kriegen und die Bank die Garantie übernimmt, dann nur zu.«

»Die Bank übernimmt nicht die Garantie«, sagte ich. »Sie haben bei uns einen Kredit beantragt, und den kriegen sie gegen eine Sicherheit.«

»Besitzt denn einer von denen so viel, dass es als Sicherheit reicht?«

»Sie haben sich einen Bürgen gesucht. Ich darf dir nicht sagen, wer es ist, aber wenn der Kredit ins Grundbuch eingetragen wird, dann wird es ja öffentlich.«

»Ja – mit anderen Worten, sie haben einen Dummen gefunden, dem sie Geld aus der Nase ziehen können.«

»Kann sein, kann schon sein«, nickte ich.

Magnus stand mit einem Grinsen, das von einem Ohr bis zum anderen reichte, vor der Tür zum Lagerhaus.

»Es gibt reichlich gute Neuigkeiten«, sagte er.

Er schob mich durch die Tür.

»Als wir am Montag in der Stadt waren, waren wir bei einem Mann, um eine Jukebox zu kaufen. Aber guck nur, was er noch hatte: Spielautomaten und einen Roulettetisch!«

»Wow«, sagte ich nur.

Zwölf Spielautomaten standen an der Wand des Lagerhauses. Und davor stand ein Tisch mit einer schwarzen Decke darüber. Magnus hob die Decke an und zeigte mir den Roulettetisch.

»Jetzt kommt Geld in die Clubkasse! Wir werden ein paarmal in der Woche Spieleabende veranstalten. Das Geld wird nur so reintrudeln!«

»Ist das gesetzlich erlaubt?«, fragte ich.

Lasse tauchte hinter einem der Automaten auf.

»Erlaubt? Natürlich ist das nicht erlaubt. Das ist doch der Witz der Sache! Sonst würde doch nur die Seenotrettungsgesellschaft oder das Rote Kreuz und andere Bettlervereine mit dem Geld abhauen. Nein, eines will ich dir sagen: Drinnen in der Stadt, da stehen in jedem läppischen Einkaufszentrum jede Menge solcher Automaten, in die alte Tanten und drogenabhängige Jugendliche ihr Geld stecken, ohne dass es jemandem nützt. Zu uns jedoch können ehrliche Menschen kommen, um zu spielen und dabei zu wissen, dass ihr Geld einer guten Sache dient.«

»Wir eröffnen am Freitag«, erklärte Magnus. »Wir müssen es hier drinnen nur noch etwas nett machen und die Bar runterholen, dann können die Leute so viel spielen, wie sie wollen.«

»Habt ihr keine Angst, erwischt zu werden? Dass euch jemand anzeigt?«

»Uns anzeigen?«, fragte Lasse. »Wer sollte uns denn anzeigen? Du vielleicht? O nein, hier draußen kümmern wir uns um unsere eigenen Angelegenheiten und nicht um Dinge, die uns gar nichts angehen. Wir laden natürlich nur die ein, die gern spielen, und die werden uns nicht anzeigen. So weit kommt es noch.«

»Wie viel habt ihr dafür bezahlt?«

»Bezahlt? Fast nichts.«

»Wir haben den ganzen Kram für fünfzigtausend gekriegt«, erklärte Magnus. »Das ist doch eine gute Investition, nicht wahr?«

»Funktionieren die Automaten denn auch?«

»Das wollen wir jetzt testen. Lasse verlegt gerade die Stromkabel.«

Er zeigte auf ein Bündel mit Verlängerungskabeln, das sich den Fußboden entlang schlängelte. Offenbar hatten alle den gleichen Anschluss.

»Jetzt wollen wir mal sehen«, sagte Magnus, als Lasse den letzten Automaten angeschlossen hatte. Er schob den Stecker in die Steckdose, und in allen Automaten ging das Licht an. Einige von ihnen begannen so eine muntere Melodie zu spielen, wie es solche Automaten nun einmal tun.

»Das ist ja, wie den Tannenbaum am Heiligabend anzuzünden«, meinte Lasse.

Magnus schob eine Münze in den nächstbesten Automaten und drückte auf den Knopf, der verraten sollte, ob der glückliche Spieler einen Gewinn einstreichen konnte oder nicht. Die drei Räder im Automaten drehten sich, die Lichter blinkten. Dann gab es einen Knall, und alles wurde dunkel. Aus der Steckdose qualmte es.

»Ich glaube, der Stromkreis ist überlastet«, sagte ich. »Solche Automaten brauchen wohl so einiges an Strom.«

»Habe ich doch gesagt«, murmelte Magnus. »Wir haben nicht genug Strom hier für so etwas.«

Lasse hatte den Sicherungskasten geöffnet und versuchte, eine glühend heiße Sicherung herauszuschrauben.

»Verfluchter Mistdreck«, stöhnte er. »Wir hätten hier einen richtigen Anschluss legen sollen, nicht nur so ein Pupskabel, das nichts aushält.«

»Und wie sollen wir das bis Freitag hinkriegen?«, wollte Magnus wissen.

»Dann leihen wir uns eben den Strom vom Nachbarn«, schlug Lasse vor. »Die Bootswerft neben uns hat genug davon. Und zwar richtigen Industriestrom, mit dem man auch etwas anfangen kann, nicht diesen Nachttischlampenstrom. Ich werde ein Kabel besorgen und ihren Anschluss anzapfen, die haben bestimmt nichts dagegen. Schon gar nicht, wenn wir ihnen nichts davon sagen. Und dann sparen wir auch noch das Geld.«

»Ist das so schlau?«, fragte ich. »Und wenn sie es nun herauskriegen?«

»Die das herauskriegen?«, höhnte Lasse. »Wenn Geirmund von der Werft überhaupt mal etwas herauskriegen würde, dann hätte er viel früher herausgekriegt, dass seine Frau den Lehrer von Karmøy traf, wenn sie ihm erzählte, sie wäre auf einer Konferenz. Und dann wäre er nicht der Letzte auf der ganzen Insel gewesen, der davon erfahren hätte. Und dann wäre er heute vielleicht nicht geschieden und seine Frau hätte kein rothaariges Kind, das auch noch schielt. Also komm mir nicht und erzähl mir, der würde irgendetwas herauskriegen.«

»Schon gut, ist mir ja auch egal«, murmelte ich.

»Du musst am Freitag auch kommen«, erklärte Magnus mir, »wir brauchen jemanden hinter der Bar, der Kaffee und Bier verkauft. Die Leute werden immer so durstig, wenn der Spielteufel sie packt.«

»Das ist genau wie in der Kirche«, stimmte Lasse zu.

»Wenn sie so wundersam erlöst werden und der Heilige Geist über sie kommt, dann kriegen sie einen Wahnsinnsdurst und kippen den Kaffee literweise in sich hinein. Das ist wissenschaftlich bewiesen.«

»Hallo«, sagte ich. »Ich denke gar nicht daran, hier in eurer unerlaubten Spielhölle Bier zu verkaufen. Das müsst ihr schon selbst machen. Sobald ich am Freitag die Bank abgeschlossen habe, fahre ich in die Stadt und bleibe dort bis zur letzten Fähre am Sonntag.«

»Das wird nicht gehen«, widersprach Magnus. »Wir brauchen hier deine Hilfe. Und da wir dir auch geholfen haben, als du uns am meisten gebraucht hast, rechnen wir damit, dass du uns auch hilfst, wenn wir dich brauchen.«

»Als ich euch gebraucht habe? Ihr wart es doch, die keine Polizei dabeihaben wollten.«

»Das haben wir doch nur für dich getan«, erklärte Magnus mit sanfter Stimme. »Schließlich warst du es, du hast diesen Heiden erschlagen. Das darfst du nicht vergessen.«

»Ja, aber …«, resignierte ich.

»So läuft das hier draußen bei uns«, pflichtete Lasse ihm bei. »Wir helfen dir, und du hilfst uns.«

»Das wird sicher nett«, sagte Magnus. »Mit Kerzen und Erdnüssen in kleinen Schälchen. Davon kriegen die Leute dann Durst und kaufen mehr Bier. Und du hast die Gelegenheit, die Inselbevölkerung kennenzulernen. Wir haben schon mit vielen gesprochen, und alle wollen kommen. Die aus dem Altersheim kommen auch, die freuen sich so, wenn man etwas für sie tut. Es ist nicht so einfach, alt zu werden und in Vergessenheit zu geraten.«

»Verflucht, das ist doch die einfachste Sache der Welt, alt zu werden«, widersprach Lasse. »Da darfst du nur nicht zu früh sterben, dann wirst du von ganz allein alt und landest im Altersheim.«

»Kannst du Drinks mixen?«, fragte Magnus. »Schließlich kommst du doch aus der Stadt und kennst dich aus mit Bars. Solche blauen Drinks mit 'nem Papierschirm drauf.«

»Blaue Drinks?«, rief Lasse vom Sicherungskasten her. »Willst du jetzt den Leuten schon wieder so ein Abwaschwasser verkaufen? Findest du nicht, dass hier drinnen schon genug Leute gestorben sind?«

Nachdem ich am Freitag die Bank geschlossen hatte, machte ich einen langen Spaziergang. Es war schönes Wetter, der Frühling war auf dem Weg zum Festland, hier draußen wehte er mit warmen Windböen am Huflattich in den Felsspalten vorbei. Ich ging bis zum Leuchtturm und setzte mich hinter einem großen Felsen in den Windschatten und schaute der Fähre zu, die Richtung Nesset und Veien und weiter zur Stadt, meiner Heimat und Freiheit verschwand. Ein Wochenende in der Stadt hätte mir gutgetan, mit Barbesuchen und Freunden, einmal wieder in meinem bequemen Bett schlafen. Scheiße, warum war ich nicht einfach gefahren? Was hätten sie mir denn antun können? Mich anzeigen? Sie waren mindestens genauso in Dragans Tod verwickelt wie ich. Wenn nicht noch mehr. Hätten wir die Polizei gerufen, nachdem der Kerl die Treppe hinuntergefallen war, hätte diese festgestellt, dass er immer noch lebte, dann hätten sie einen Hubschrauber gerufen und ihn ins Krankenhaus gebracht. Jetzt war es zu spät, die Insel zu verlassen, die letzte Fähre war weg. Aber nächstes Wochenende, da würde ich nach Hause fahren … Ich schloss die Augen und lehnte mich gegen den Fels. Die Sonne wärmte angenehm, es war schön, so zu sitzen.

Plötzlich hörte ich jemanden lachen. Ich öffnete die Augen und blickte in ein lächelndes Gesicht.

»Hallo«, sagte sie, »du wohl geschlafen?«

»Nein, ich habe nicht geschlafen, ich habe mich nur ein bisschen gesonnt.«

Wieder lächelte sie.

»Nur komisch, dass du nicht gemerkt, dass ich hier, ich schon eine ganze Weile hier.«

Ich stand auf und reichte ihr die Hand, worauf sie sich vorstellte: »Ann.«

»Du bist es doch, die immer draußen an der Landspitze badet, oder?«, fragte ich.

Sie nickte.

»Ja, ich jetzt baden. Du nicht auch einmal reinspringen?«

»Nicht bevor die Temperatur von Wasser und Luft um mindestens zwanzig Grad gestiegen ist«, wehrte ich ab.

Ann lachte. Sie war schön.

»Alle über dich reden«, erzählte sie. »Es kommt nicht so oft vor, dass hier Neues passiert. Leute haben gern etwas, worüber sie reden. Und du gibst ihnen Gelegenheit.«

»Reden sie auch über dich?«

»Über mich? Aber natürlich. Ich bin ja Fremde. Aus einem anderen Land. Alle reden über Menschen, die aus einem fremden Land kommen. Und einige haben Angst vor ihnen.«

»Aber vor dir ja wohl nicht?«

»Vielleicht fürchten sie ja, ich könnte Bombe zünden? Oder den Kindern Drogen verkaufen? Ich weiß nicht. Wenn sie so über mich reden sollten, dann erzählt es mir niemand. Dir erzählt doch auch keiner, was sie über dich reden?«

»Du auch nicht? Willst du mir nicht erzählen, was sie so reden?«

»Mit mir sprechen nicht viele. Ich bin Fremde. Aber

einige sagen doch etwas. Schließlich führt mein Mann Laden. Du weißt schon? Da reden viele. Sie sagen, du magst Frauen. Sie vielleicht glauben, du bist gefährlich. Gefährlicher als die, die Kindern Drogen verkaufen oder Bomben herschaffen. Ich weiß nicht.«

Sie hatte fantastische weiße Zähne. In ihrer frühen Jugend war sie sicher so eine, wie sie viele Männer haben wollen. Jetzt war sie über dreißig, die Jahre hatten leichte Spuren in ihrem Gesicht hinterlassen. Aber die Schönheit war immer noch da. Ich hätte gern gewusst, warum sie Toralf Tveit das Jawort gegeben hatte. Hatte er sie damit gelockt, dass er ein Geschäftsmann war, dass er reich war? Oder war es einfach der Traum gewesen, der Armut zu entkommen, der sie dazu gebracht hatte, mit ihm zu gehen?

»Ist es ein großer Unterschied, hier oder in Thailand zu leben?«

»Ja, großer Unterschied und doch nicht so großer Unterschied. Hier ist es ganzes Jahr kalt, in Thailand ist es heiß. Hier wohnt keiner, da wohnen viele, hier haben alle großes Haus, in Thailand haben viele kleines Haus. Oder gar kein Haus. In Thailand alle müssen viel arbeiten, Junge, Alte, alle arbeiten, hier viele können faul sein. Das ist Unterschied.«

»Aber es gibt auch einige Gemeinsamkeiten?«

»Ja, Menschen sind gleich. Viele denken gleich, machen gleiche Sachen. Männer trinken gern Bier und reden mit Kameraden. Und Leute in Norwegen und Leute in Thailand denken oft gleich. Meine Stadt ist kleine Stadt, nicht Insel wie Hogna, aber klein, wohnen nur ein paar Hundert dort. Aber viele denken wie auf Hogna. Mögen keine Fremden, mögen nicht, dass andere kommen und sich einmischen in Dinge, die sie selbst entscheiden wollen. Das ist gleich. Und in meiner Stadt viele Familien sind im Streit, vielleicht weil Vater oder Großvater oder Urgroßvater etwas Dummes gemacht hat. Kuh verkauft, die krank war, oder sie sind nicht einig, wem Acker gehört. Deshalb man spricht nicht mit dem anderen. Wenn man das doch muss, dann andere müssen Nachricht überbringen. So ist es hier auch. Einige nicht wollen reden mit den anderen, weil schon lange Streit. Dann andere müssen für sie reden. Man kann für immer Feinde sein. Du kennen Jørn Tveit? Und Frau, die Gjertrud heißt? Er ist entfernter Verwandter von meinem Mann, aber Vater von Jørn und Vater von Toralf haben gestritten vor dem Krieg, wollten beide das gleiche Haus erben. Deshalb Jørn und Gjertrud kaufen nicht ein in unserem Laden und sie reden nicht mit mir. Mit Toralf auch nicht. Das ist gleich. Menschen sind auf der ganzen Erde gleich. Ich weiß das, habe viele getroffen. Du wirst das auch wissen. Du arbeitest in Bank. Wenn jemand will Grundstück kaufen, um neues Haus zu bauen, können die selbst nicht immer den fragen, dem Grundstück gehört, vielleicht, die reden nicht miteinander. Dann andere müssen für sie reden. Vielleicht fragen sie dich. Du bist Fremde. Deine Familie hat keine Konflikte. Nicht hier.«

»Ich glaube, ich verstehe, was du meinst.«

»Aber du kennst auch Konflikte. Das kann ich sehen. Du wirst auch neue Konflikte kennen. Das kann ich auch sehen.«

»Schaust du in die Zukunft?«

»Nein, nur in deine Augen. Aber da ist es zu sehen.«

»Gefällt es dir hier auf Hogna?«

»Wer weiß? Vielleicht eines Tages ich will weg. Wer weiß? Ich weiß nicht. Ich weiß nicht, wohin ich dann kann reisen.«

»Nach Thailand?«

Wieder lächelte sie.

»Thailand weit weg. Da gibt es nicht viel für eine Frau, nicht für eine wie ich. Man braucht Geld da. Ich habe kein Geld.«

»Toralf hat reichlich Geld.«

»Toralf hat. Ich nicht.«

»Nein, du nicht.«

»Hogna ist nicht für alle. Du musst aufpassen. Nicht alles gut. Vielleicht Hogna ist nicht gut für gute Menschen. Vielleicht du bist ein guter Mensch, wer weiß?«

»Ich nicht«, wehrte ich ab.

Ann nahm ihr Handtuch und ging zum Wasser. Einen Moment lang überlegte ich, sitzen zu bleiben und ihr beim Bad zuzusehen, entschied mich dann aber dagegen. Nicht alles ist für alle. Hogna nicht, Ann nicht. Vielleicht ich auch nicht.

Im Lagerhaus herrschte großer Lärm. Aber der stammte nicht aus dem Haus selbst, wie Magnus mir erklärte, er kam von der Bootswerft nebenan, in der von einem Algentrawler die Winde ausgewechselt wurde. Deshalb würde bis in den Abend hinein geschweißt und gehämmert.

»Was soll's«, meinte Lasse, »das übertönt dann die Jubelschreie, wenn die alten Weiber aus dem Altersheim den Jackpot gewinnen.«

Sie hatten das alte Lagerhaus richtig hübsch hergerichtet. In einer Ecke stand der Bartresen, an dem ich unerlaubterweise Alkohol ausschenken sollte. In einer anderen Ecke war ein Verkaufsstand, an dem Toralf und Ann Würstchen und Hamburger an hungrige Spieler verkaufen sollten. Sivert hatte eine alte Fahrkahrtentasche mitgebracht, um Scheine in Münzen für die Spielwütigen zu wechseln. Um sieben Uhr wurde die Hintertür geöffnet, und die ersten Gäste schlichen sich ins Kasino.

»Wir haben den Leuten unterschiedliche Öffnungszeiten mitgeteilt«, erklärte Selmer mir, »damit nicht alle gleichzeitig kommen. Sonst könnte das noch jemand mitkriegen, der auf der Jagd nach Sündern ist.«

»Und Jäger wollen wir hier lieber nicht haben«, warf Lasse ein.

Ich verkaufte mein erstes Bier. Magnus hatte ein Buch mit Cocktailrezepten gefunden, falls jemand einen exotischen Drink haben wollte, aber da wir lediglich Wodka und Gin mit Limonade, Cola oder Zitronenbrause anbieten konnten, rechnete ich nicht damit, dass ich es wirklich brauchen würde. Die Kunden sahen auch nicht so aus, als wären sie an speziellen Sondermischungen interessiert. Die meisten wollten Bier. Ich kippte heimlich einen guten Schluck Wodka in ein Glas Limonade. Das tat gut und legte ein warmes Ruhekissen auf die nervösen Nerven. Der Umsatz war gut, auch wenn die Preise gepfeffert waren. Das Lokal füllte sich mehr und mehr, und alle schienen ihren Spaß zu haben.

»Das wird ein Erfolg«, erzählte Magnus mir mit einem breiten Grinsen. »Du wirst sehen, so können wir das ganze Festival finanzieren.«

»Das könnte etwas problematisch werden«, erwiderte ich. »Das hier ist per definitionem eine ungesetzliche Veranstaltung, und das Geld, das ihr einnehmt, ist demnach Schwarzgeld. Die Behörden werden stutzig werden, wenn zu viel Geld auftaucht, für das ihr keinen Beleg habt.«

»Das wird schon gut gehen. Schließlich bist du unsere Bankverbindung. Du wirst es schon schaffen, dafür eine Erklärung zu finden.«

Einige fragten mich beim Bierkauf, ob ich ihnen nicht einen kleinen Kredit einräumen könnte, sie bräuchten Geld, um es verspielen zu können. Ich musste über sie lachen, wusste aber genau, wenn das hier herauskam, dann war mein Job bei der Bank keinen Pfifferling mehr wert.

Plötzlich blinkten die Lichter im Lokal ein paarmal auf.

»Das ist nur Geirmund, der sein Schweißgerät benutzt«, erklärte Lasse. »Dann blinkt das Licht immer.«

Die Bevölkerung von Hogna an einarmigen Banditen

spielen zu sehen, war, als würde man Kälber beobachten, die zum ersten Mal auf die Weide kamen. Mehr als hundert Menschen waren im Packhaus. Vor jedem einarmigen Banditen stand eine Schlange. Einige warteten, dass sie an die Reihe kamen, andere verfolgten das Spielglück desjenigen, der den Automaten mit Münzen und großen Scheinen fütterte. Sivert und Selmer versuchten, Ordnung in die Schlangen zu bringen und die Spielzeit unter den Gästen aufzuteilen. Was nicht so einfach war, einige der Spielwütigen wollten nicht vom Automaten lassen, auch wenn die ihnen zugestandenen zehn Minuten vorbei waren. Wenn sie größere Summen hineingesteckt hatten, wollten sie natürlich nicht, dass der nächste Spieler den Automaten übernahm und die große Ausschüttung bekam, auf die sie selbst den ganzen Abend gewartet hatten. Einige versuchten auch, dem Spielautomaten einen gezielten Tritt zu versetzen, in der Hoffnung, dessen Willen, eine Prämie auszuspucken, so etwas Nachdruck zu verleihen. So ein Verhalten wurde sofort von den Ordnungshütern gerügt und die Sünder wurden in Quarantäne an den Bartresen geschickt. Glücklicherweise nahmen es alle mit guter Laune hin. Da es eine illegale Veranstaltung war, gab es auch niemanden, der sich ernsthaft um ein Rauchverbot kümmerte, so langsam wurde es richtig neblig hier drinnen. Denn damit kein vorbeikommender Spaziergänger hineinschauen konnte, waren die Fenster verdunkelt und die Türen geschlossen. Die Luft war nach einer Weile zum Schneiden.

Einige der eifrigsten Spieler waren Bewohner des Altersheims. Ein paar von ihnen hatten mich an diesem Tag schon in der Bank besucht, sie wollten sichergehen, auch genug Bargeld für den Abend zu haben. Einer von ihnen kam zu mir an die Bar und bestand ziemlich nachdrücklich darauf, dass ich ihn zur Bank begleitete, damit er mehr Geld abheben konnte. Erst als ich ihm erklärte, dass die Stahlkammer ein Zeitschloss hatte und es nicht möglich war, vor Montag etwas herauszuholen, gab er auf. Es schien, als könnte er stattdessen Geld von seinen Mitspielern leihen.

Magnus selbst thronte am Roulettetisch. Um den Tisch hatte sich der harte Kern von Hognas Spielernaturen niedergelassen und setzte jetzt große Summen auf die richtige Zahl oder eine Zahlenkombination. Der Croupier, Magnus, sammelte alle Einsätze ein und zahlte die glücklichen Gewinner mit selbstverständlicher Miene aus.

Das Blinken wurde immer stärker. Lasse meinte, er könnte vielleicht den Strom an den Stromkreis angeschlossen haben, der den Schweißtransformator auf der Bootswerft speiste.

»Du glaubst ja wohl nicht, dass sie da nur so einen Pupskram benutzen?«, fragte er mich. »Die schweißen da richtige Schiffsteile. Das geht nicht einfach mit einem Lötkolben, weißt du.«

In dem Moment hatte ich eigentlich überhaupt keine Meinung dazu. Jedes Mal, wenn die Lampen an der Decke blinkten, blinkte es auch in den Spielautomaten, und die Spieler, die gerade davorstanden, ließen ein gemeinsames Stöhnen vernehmen, aus Angst, das Gerät und ihr Gewinnerglück könnten sich aufhängen.

Plötzlich blinkte es besonders heftig. Die Spielautomaten stoppten, und die Glücklichen, die gerade an der Reihe waren, fluchten laut. Dann kam der Strom zurück, mit einem heftigen Blitz in den Glühbirnen unter der Decke des alten Packhauses. Im gleichen Moment knallte es im ersten einarmigen Banditen. Eine Millisekunde später kam aus einigen der anderen Maschinen ein knisterndes Geräusch. Aus mehreren stieg Rauch auf. Dann hörten wir das Geräusch, das Geräusch, das Magnus viele Nächte lang Albträume bereiten sollte. Die Automaten zahlten aus. Es war, als hätte man einen Damm geöffnet und ließe jetzt das Wasser strömen. Zuerst ein Automat, dann ein zweiter und ein dritter. Im Laufe einer Sekunde hatten alle zwölf Automaten angefangen, sämtliche Münzen auszuspucken, die sie in sich bargen. Die Leute stürzten sich auf die Berge von Münzen und füllten sich die Jackentaschen und Beutel voll.

»Stopp, das gilt nicht, legt das Geld zurück, das gilt nicht«, schrie Magnus von seinem Platz am Roulettetisch aus.

Aber niemand hörte auf ihn. Einige der Rentner begannen sich um eine Handvoll Münzen zu prügeln. Von den Rückseiten einiger Automaten stieg Rauch auf.

»Macht eine Tür auf und lasst Luft herein, wir ersticken ja«, brüllte einer der Münzensammler aus dem Gewühle. Aber die Luft, die nun hereinströmte, wirkte wie Benzin auf das schwelende Feuer. Als die Flammen plötzlich die Wände hochschossen, hörte sich das an wie ein kläffender Hund. Magnus warf sich über den Roulettetisch und rettete die Scheine, die dort lagen, während Lasse versuchte, die Flammen mit seiner Jacke zu ersticken. Aber das nützte nichts, die Jacke fing Feuer, und Lasse hatte genug damit zu tun, das Feuer in den Kleidern zu löschen, die er am Leibe trug. Ich war unter den Letzten, die aus dem brennenden Gebäude wankten. Das Feuer hatte sich bereits bis zum Dach vorgearbeitet. Mir fiel auf, dass viele von denen, die mit im Haus gewesen waren, sofort verschwanden, um dann kurz danach wieder aufzutauchen, als kämen sie erst jetzt hier an.

Selmer und Lasse holten Feuerlöscher bei der Werft und versuchten, noch einmal ins Haus hineinzukommen, aber da schossen die Flammen bereits aus der Tür. Auch durch das Dach schlugen die Flammen, und sie mussten einsehen, dass das Gebäude nicht mehr zu retten war. Auf der Bootswerft herrschte panische Aktivität, schnell lösten sie den Algentrawler aus seiner Vertäuung, um ihn vor den Flammen in Sicherheit zu bringen. Ungefähr zur gleichen Zeit, als der einzige Feuerwehrwagen von Hogna aus seiner Garage hinter der Schule angetuckert kam, sah ich, dass die Fähre vom Kai abgelegt hatte und jemand mit einer kräftigen Feuerspritze auf dem Achterdeck stand und versuchte, Wasser in die Flammen zu spritzen. Aber weder die Bemühungen der Feuerwehr noch der Seeleute hatten Erfolg. Das Packhaus war alt und die Bretter trocken. Immerhin gelang es ihnen zu verhindern, dass das Feuer auf die Bootswerft übergriff.

Eine halbe Stunde später kollabierte das Dach des Packhauses, sodass der Funkenregen fünfzig Meter hochschlug. Danach gelang es den Feuerwehrleuten und Freiwilligen, den Rest zu löschen. Der ganze Kai und die Straße hoch zur Bank war voller Menschen. Das war sicher seit Jahren das größte Ereignis auf Hogna. Alle waren da. Der Redakteur der Lokalzeitung lief herum und machte Fotos, während der Dorfpolizist versuchte, die Schaulustigen im Zaum zu halten. Das Rote Kreuz und freiwillige Sanitäter leisteten den Verletzten Erste Hilfe, unter diesen befanden sich Lasse und einige Feuerwehrleute, die Brandwunden an den Händen und Armen erlitten hatten. Ich sah, wie Nancy mit den Feuerwehrleuten sprach, während Ann kalte Getränke an sie verteilte.

»So tolle Feuer bist du aus der Stadt bestimmt nicht gewohnt, oder?«, fragte Nancy, als sie mich entdeckte.

»Nun, es kam schon vor, dass eine alte Konservenfabrik zum passenden Zeitpunkt abgebrannt ist«, erwiderte ich.

»Du willst doch damit nicht sagen, dass das Feuer hier gelegt worden ist?«

»Nein. Ich bin mir ganz sicher, dass die Untersuchungen zeigen werden, dass der Fehler mit den elektrischen Anlagen zusammenhängt.«

»Das meinte einer der Feuerwehrleute auch.« Nancy nickte einem zu, den ich bereits in der Spielhölle gesehen hatte.

»Er ist Hausmeister im Altersheim. Die meisten, die hier bei der freiwilligen Feuerwehr auf der Insel sind, sind Hausmeister oder Handwerker. Und einige kommunale Posten bringen es mit sich, dass man bei der Bereitschaft mitmachen muss. Der Technische Direktor ist der Leiter der Feuerwehr, die anderen sind dann Feuerwehrmänner.«

»Und das Feuerwehrauto stammt aus einem Museum?«

»Nur ein Glück, dass der Motor angesprungen ist. Bei der letzten Übung wollte er nicht anspringen, und die alte Scheune, die sie zum Training löschen sollten, brannte total nieder. Wir müssen bald kommunale Mittel finden, um einen neuen Wagen zu kaufen. Vielleicht will deine Bank ihn ja sponsern? Schließlich ist bei euch der größte Teil des Grundbesitzes hier versichert.«

»Dann kann ich nur hoffen, dass dieses Lagerhaus nicht bei uns versichert war«, erwiderte ich.

Es stellte sich heraus, dass einer der Feuerwehrmänner so ernste Verletzungen erlitten hatte, dass er vom Sanitätshubschrauber abgeholt werden musste. Gleichzeitig wurden Lasse und die übrigen verletzten Feuerwehrleute mit dem Fährschiff losgeschickt, um im Krankenhaus versorgt zu werden. Johnny Oliversen, der Redakteur und einziger Mitarbeiter der Hognaposten, machte ein paar Fotos und sprach mit den Feuerwehrleuten.

»Das hier ist ein großes Ereignis«, erklärte Nancy. »Normalerweise kommt Johnny nicht aus seinem Haus, wenn er nicht unbedingt muss. Am liebsten sind ihm bereits fertige Berichte über Basare oder Kreismeisterschaften.«

Der Dorfpolizist bat alle, die neugierig den qualmenden Feuerresten näher kommen wollten, doch Abstand zu halten. Schließlich war das Grundstück ein Tatort, und es sollten Techniker aus der Stadt kommen, um die Brandursache herauszufinden. Er hatte eine Rolle mit rot-weißem Plastikband dabei und markierte damit das Gelände. Dann ging er nach Hause.

Was ich auch tat. Ich ging in die Wohnung, warf die Kleidung mit dem Rauchgestank in die Waschmaschine, nahm eine Dusche und ging ins Bett. Auch wenn ich schnell einschlief, so schlief ich doch nicht gut, ich träumte von qualmenden Spielautomaten und unerlaubtem Bierverkauf. Wenn die Polizei heranrückte, um die Brandursache herauszufinden, würde alles ans Tageslicht kommen. Der Stromanschluss und die Spielautomaten, der Bartresen und meine Rolle dabei. Mir war sonnenklar, dass ich noch nie einer Anzeige und einer Gefängnisstrafe näher gewesen war.

Um sieben Uhr wachte ich davon auf, dass jemand Steine gegen die Fensterscheibe in meinem Schlafzimmer warf. Ich kroch hin und schaute hinaus. Magnus stand unten mit einem Aktenordner unter dem Arm. Neben ihm stand Lasse, beide Hände verbunden. Als sie mich erblickten, machten sie Zeichen, dass ich sie hereinlassen sollte. Ich zog mich an und ging hinunter, um zu hören, was sie wollten.

»Das Haus war nicht versichert«, erklärte Magnus. »Wir wollten das schon lange regeln, aber irgendwie ist nie etwas draus geworden. Außerdem kostet das ja auch Geld.«

»Dumme Sache.«

»Deshalb müssen wir das jetzt regeln, und zwar sofort!«

»Wie bitte? Eine Versicherung des Lagerhauses? Nachdem es abgebrannt ist? Bist du wahnsinnig? Das ist Versicherungsbetrug. Das geht nicht.«

»Betrug?«, fragte Lasse. »Also, eines sage ich dir. Das hier ist kein Betrug. Das hier ist eine reine Vernunftshandlung. Wie kann das denn ein Betrug sein? Schließlich ist das Haus abgebrannt. Da kann man doch keinen Betrug draus machen!«

»Auf jeden Fall ist es nicht möglich, das Haus hinterher zu versichern und zu glauben, so bekäme man dafür das Geld.«

»Hör mal«, sagte Magnus. »Du warst doch gestern Abend dabei und hast gesehen, was passiert ist. Es hat von ganz allein Feuer gefangen. Niemand kann wegen des Brandes beschuldigt werden.«

»Ach nein? Hing der Brand nicht zufällig mit den verbotenen elektrischen Anschlüssen zusammen, die ihr da gelegt habt?«

»Woher sollten wir das denn wissen?«, fragte Lasse. »Wir sind doch keine Elektriker. Bist du vielleicht aus der Branche? Weil du so tust, als wüsstest du so gut Bescheid. Ich habe nur ein paar Kabel miteinander verbunden. Und das soll verboten sein? Dann wären wir auf dieser Welt aber noch nicht weit gekommen, wenn alle Betrüger wären, die nur mal ein paar kleine Kabel miteinander verbunden haben. Nein, das eine sage ich dir ...«

»Die Sache ist die«, unterbrach Magnus ihn, »wenn das Packhaus versichert gewesen wäre, dann hätten wir es über deine Bank versichert. Nachdem ihr die Versicherungsgesellschaft aufgekauft habt, sind so gut wie alle Häuser und Gebäude bei euch versichert. Wenn wir also eine Versicherung abgeschlossen hätten, dann bei dir.«

»Ja, das ist ja schön und gut, aber …«

»Wenn ich also gestern zu dir gekommen wäre, sagen wir so gegen zehn Uhr, und das mit der Versicherung geregelt hätte, dann hätten wir doch Geld für das Haus gekriegt, oder?«

»Im Prinzip ja …«

»Nichts da im Prinzip. Wir hätten Geld gekriegt. Nicht wahr?«

Ich nickte zur Antwort.

»Und du hättest die Papiere fertig gemacht. Und für uns einen Versicherungsbrief ausgestellt.«

»Ja, im Prin …«

»Im Prinzip hier und im Prinzip da, ist mir doch egal«, sagte Lasse. »Du hättest die Papiere fertig gemacht und sie an die Bank in der Stadt geschickt. Aber die Police ist von dem Moment an gültig, in dem wir sie unterschreiben! Und wie du sicher weißt, wird die Post hier freitags um ein Uhr geleert, damit alles mit der Halb-Zwei-Uhr-Fähre in die Stadt gebracht werden kann. Die Post, die hinterher eingeworfen wird, kann erst am nächsten Tag abgeholt werden, also am Samstag. Das heißt heute.«

»Dann meint ihr also …?«

»Was heißt hier meinen«, unterbrach Magnus mich. »Wir haben nur gedacht, dass wir doch die Papiere jetzt fertig machen können. Und dann können Lasse und ich runter zum Briefkasten beim Laden gehen und den Brief dort für dich einwerfen, sodass er noch heute Vormittag mit in die Stadt geht. Und damit ist unser Haus versichert, und wir kriegen das Geld, das uns zusteht.«

»Und der Bank kann das doch egal sein«, meinte Lasse. »Die kriegen das ja sowieso von der Versicherung wieder.

Und deine Gangsterbank nimmt außerdem eh viel zu hohe Prämien.«

»Sagt mal, habt ihr nicht schon Ärger genug? Es sollen heute Techniker aus der Stadt kommen, um die Brandursache zu untersuchen, das hat der Polizist gestern gesagt. Die werden die Kabel finden, die direkt in den Sicherungskasten der Bootswerft führen, die werden die Spielautomaten finden und sie werden den Tresen und die ganzen Flaschen finden. Wenn dazu noch eine Police auftaucht, die am gleichen Tag ausgestellt wurde, an dem das Feuer ausbrach, würde das doch nur noch bestätigen, dass ...«

»Du musst nicht alles glauben, was der Polizist sagt«, schnitt mir Lasse das Wort ab. »Er redet häufig merkwürdiges Zeug, der Typ. Außerdem habe ich die Kabel nicht an den Sicherungskasten der Bootswerft angeschlossen. Ich haben sie angeschlossen, bevor sie in den Sicherungskasten kamen.«

»Dann war der Strom überhaupt nicht gesichert? Dann grenzt es ja an ein Wunder, dass kein Mensch dabei draufgegangen ist.«

»Wir wollen gleich runtergehen und die Reste aufräumen«, erklärte Magnus. »Selmer kommt mit seinem Bagger und Lasse mit dem Trecker. Das kann ja nicht so liegen bleiben wie jetzt, wie das aussieht! Und Kinder können zu Schaden kommen an all dem Schrott, der da herumliegt. Wir werden ihn wegfahren und ins Meer kippen. Dann sieht alles wieder ordentlich aus. Mach dir da mal keine Sorgen. Vielleicht kippen wir auch noch Kies drauf. Dann kann man das Grundstück als Parkplatz benutzen. Das ist doch nicht schlecht für euch, die ihr hier euer Geschäft in Vågen habt, oder? Gepflegte Parkplätze?«

»Seid ihr denn ganz von Sinnen? Die Polizei kommt doch gleich!«

»Ich glaube, es ist einfacher, ihnen zu erzählen, dass wir die Ruine aufgeräumt haben, als ihnen das zu erklären, was sie in den Resten finden würden.«

»Und was ist, wenn sie kommen, während ihr da noch arbeitet? Die werden euch in Handschellen abführen!«

»Der Dorfpolizist ist gestern Abend mit dem Sanitätsboot mitgefahren und noch nicht wieder zurück. Und die Techniker können frühestens die Halb-Neun-Fähre vom Festland nehmen. Und die wird auf halber Strecke mit Maschinenschaden liegen bleiben, bis wir fertig sind«, erklärte Magnus.

Eine halbe Stunde später waren die Versicherungspapiere im Briefkasten und meine Karriere im Betrugsgewerbe besiegelt.

Als die Fähre endlich am Kai anlegte, war das verbrannte Grundstück schön sauber und mit Kies bedeckt. Die Polizeibeamten waren ziemlich empört, als ihnen klar wurde, dass der Tatort verschwunden war, sie drohten mit Strafe und Gefängnis. Magnus übernahm die Aufgabe, den Dorftrottel zu spielen, er erklärte, dass diese Brandruine nicht hübsch ausgesehen habe, deshalb habe er dafür gesorgt, dass die Polizisten damit keine Last mehr hätten. Diese murmelten etwas davon, dass sich darum wohl lieber der Dorfpolizist kümmern solle, und gingen, um noch die Fähre zurück aufs Festland zu erreichen.

Am Montagmorgen hatte ich wieder Besuch von Magnus, er hatte den Antrag auf Auszahlung der Versicherungsprämie gleich mitgebracht. Ich konnte mir nicht helfen, ich musste schwer seufzen, als er mir das Formular auf den Tisch legte.

»Am besten, du schickst es per Fax«, erklärte er, »damit es nicht so lange dauert.«

»Habt ihr ausgerechnet, wie viel ihr durch das Feuer verloren habt?«, fragte ich, während ich das Faxgerät mit dem Schadensformular fütterte.

»Nun ja, ein paar Millionen werden es wohl sein. Auch wenn das Haus alt war, so war es doch groß. Und wir hatten viel in seine Renovierung gesteckt.«

»Ach ja? Was denn? Sitzgruppe und Bartresen?«

»Unter anderem. Mein Vater hatte all die Jahre eine Werkstatt in dem Haus, er hat Fischkutter und Netze repariert. Da gab es so einige Maschinen, die bei dem Brand draufgegangen sind.«

»Ja? Ich habe keine Maschinen gesehen, als ich dort war. Abgesehen von den Spielautomaten, aber für die willst du wohl nichts verlangen?«

»Nein, das würde ja nichts bringen. Und unter uns gesagt, es waren nicht alle Maschinen meines Vaters im Haus. Aber es ist nirgends vermerkt, dass sie verkauft wurden. So kann man ein bisschen Steuergerechtigkeit herstellen.«

Ich nickte.

»Sicher wird es nicht lange dauern, bis mich einer aus der Versicherungsabteilung anruft und wissen will, warum um alles in der Welt dein Packhaus wenige Stunden, nachdem die Versicherung unterzeichnet wurde, ausgebrannt ist. Wenn du dafür keine gute Erklärung hast, dann werde ich antworten, dass ich es nicht weiß. Und dann kommt es zu einer umfassenden Nachforschung. Als Erstes werden die Versicherungsleute mit der Polizei reden. Und du weißt ja selbst, was die dann erzählen werden.«

»Daran habe ich auch gedacht«, nickte Magnus. »Und wir werden Folgendes antworten: Das Gebäude und die Werkstatt sind seit einigen Jahren nicht mehr benutzt worden. Jetzt hatten wir geplant, alles zu verkaufen. Deshalb haben wir am Freitag ein open house für die Leute von der Insel organisiert, sodass alle kommen konnten, um sich die Räume anzusehen und ein Angebot zu machen. Und in diesem Zusammenhang habe ich die Versicherung abgeschlossen, falls etwas passieren sollte. Na, und dann war wohl jemand unvorsichtig mit einer Zigarette. Diese alten Häuser sind ja so trocken, weißt du ...«

»Ja, das könnte klappen. Damit hast du zumindest eine Erklärung dafür, warum die ganzen Leute da waren.«

Während ich das sagte, klingelte das Telefon, und ich musste Magnus' Erklärung gleich weitergeben. Nach allem, was mein Kollege sagte, war anzunehmen, dass an der Gültigkeit der Police und der Glaubwürdigkeit der Erklärung einige Zweifel bestanden. Was ich Magnus aber lieber nicht erzählte.

»Na, dann heißt es jetzt wohl warten, dass die Millionen aufs Konto kommen, oder?«, sagte er.

Ich lächelte ihm zu.

»So ist es, ja, so ist es.«

»Wir müssen bald eine Versammlung abhalten und den Leuten von unseren Plänen für das Festival erzählen. Wenn wir die Bevölkerung nicht hinter uns haben, dann geht das nicht, denn wir werden auch Privatgelände und private Wege brauchen. Aber bevor wir das tun, müssen wir dafür sorgen, dass Fernsehleute kommen, die eine Dokureihe über uns drehen. Damit sie diese Versammlung gleich mit draufhaben. Hast du den Brief geschrieben, um den ich dich gebeten habe?«

Ich zog eine Schublade auf und gab ihm meinen Entwurf.

»Ja, prima, aber ich glaube, wir machen das lieber telefonisch. Dann können wir das schneller regeln und noch heute die Versammlung ankündigen. Gib mir mal die Nummer vom öffentlichen Sender, vom NRK.«

»Willst du von hier aus anrufen?«

»Ja, das ist das Beste. Mein Telefon zu Hause ist momentan nicht ganz in Ordnung, das knistert immer so in der Leitung. Kann sein, dass mich jemand abhört. Besser, wenn ich von hier aus anrufe.«

Ich wählte die Nummer vom NRK in Oslo für ihn. Nachdem er der Person in der Telefonzentrale erklärt hatte, worum es ging, wurde er mehrere Male weiterverbunden, bis er offensichtlich auf jemanden stieß, der zuständig war.

»So, jetzt hören Sie mal zu«, rief Magnus aufgeregt, »wir sind eine Gruppe munterer Junggesellen, die hier draußen bei uns ein Festival machen wollen, so eine Art Junggesellenfestival. Was? Wo wir sind? Na, auf Hogna! Habe ich das nicht gesagt? Sie wissen, wo das ist? Ja, stimmt genau. Und dabei wollen wir Schlammcatchen haben und berühmte

Musiker. Ich habe mir gedacht, wenn Sie davon so eine Art Realityshow machen, dann können die Leute erfahren, was so hinter den Kulissen abläuft. Wann? Wir haben gedacht, irgendwann im Herbst. Aber ihr müsst schon diese Woche kommen und anfangen zu filmen. Dann haben wir nämlich eine Versammlung. Ich kann gern so eine Identifikationsfigur sein, damit die heiratswilligen Frauen, die sich das Programm ansehen, einen haben, an dem sie sich orientieren können, wenn sie planen, zum Festival herzukommen. Und euch wird das nichts kosten, ihr seid natürlich eingeladen. Über die restliche Bezahlung können wir dann später sprechen, ihr wisst sicher besser als ich, was ihr üblicherweise den Leuten bezahlt, die bei solchen Sendungen mitmachen.«

Es stellte sich heraus, dass das NRK nicht besonders scharf darauf war, die Fernsehserie »Junggesellenfestival« zu drehen. Was Magnus' Glauben an das gebührenfinanzierte, öffentlich-rechtliche Fernsehen erschütterte. Auch TV2 war nicht besonders begeistert. Womit er auch den Glauben an das private Fernsehen verlor.

»Vielleicht solltest du es bei einer unabhängigen Gesellschaft versuchen?«, schlug ich vor und schob ihm das Telefonbuch rüber.

Während er herumtelefonierte, musste ich mich um einige Bankkunden kümmern. Und obwohl die Tür geschlossen war, konnte ich hören, wie er begeistert von Schlammcatchen, Massen an tollen Weibern und Spaß auf Scheune und Hof schwärmte. Als ich wieder ins Büro kam, grinste er zufrieden.

»Die kommen am Donnerstag«, sagte er. »Mit Kamera und Mikrofon.«

»Nicht schlecht, denen gefiel also die Idee?«

»Ja, erst mal für den Anfang. Wir müssen nur eine finanzielle Garantie von hunderttausend Kronen bereitstellen. Aber ich habe gesagt, das ist kein Problem. Schließlich haben wir den Bankkredit und einen fast noch warmen Brand, auf die wir bauen können, die Finanzen sind also in Ordnung. Hier ist die Kontonummer, auf die du das Geld überweisen sollst.«

Magnus hatte für seine Versammlung die Turnhalle der Schule gemietet. Besonders viele waren es nicht, die schließlich auftauchten; als er die Gäste willkommen hieß, saßen vierzig, fünfzig Leute im Raum verteilt. Ich hatte geholfen, Stühle zu schleppen und Kaffee zu kochen, während Lasse darüber klagte, wie unmöglich es war, irgendetwas mit den Verbänden an den Händen zu tun.

»Machst du hier mit?«, fragte mich Nancy, als sie in den Saal kam.

»Nur als Bankkontakt«, antwortete ich. »Aber es ist ja interessant, einen Einblick zu bekommen, wie die lokale Wirtschaft so funktioniert.«

»Solange du dich nicht dazu verlocken lässt, eine Festlandanbindung zu planen, ist das für mich in Ordnung.«

»Sicher fragen sich viele, warum ich zu diesem Treffen heute Abend eingeladen habe«, begann Magnus vom Rednerpult aus.

»Eigentlich nicht«, erwiderte ein Mann in der ersten Reihe. »Es steht ja auf dem Plakat, dass du ein Junggesellenfestival organisieren willst.«

»Das stimmt. Und sicher fragen sich viele, warum ich diese Versammlung einberufen habe, um das Junggesellenfestival vorzustellen«, fuhr Magnus fort. »Die Sache ist nämlich die, dass wir im Junggesellenverein so eine Aufgabe nicht ohne eure Hilfe meistern können. Wir müssen mit den kommunalen Behörden zusammenarbeiten, wir brauchen Kontakte zur Kreisverwaltung und zu den staatlichen …«

»Und zum Wettergott«, schlug einer vor.

»Das auch. Aber in erster Line brauchen wir die Unterstützung der Bürger und der Grundbesitzer hier auf Hogna. Viele werden sich fragen, und das mit vollem Recht, was wir mit so einem Festival eigentlich wollen. Die Antwort ist die, dass wir die Zukunft unseres kleinen Inselreiches sichern wollen. Wir sind nicht so viele hier draußen, und wenn man all die Alten und alle Kinder abzieht, alle, die nicht hier wohnen, und alle, die verheiratet sind, dann bleibt nur noch eine Gruppe übrig …«

»Die Dorftrottel?«

»Die Junggesellen. Und wenn jeder Junggeselle mindestens eine taugliche Frau findet und mit ihr Kinder kriegt, dann winkt uns für alle Zeiten eine rosige Zukunft. Das ist eine Behauptung, die ich aufzustellen wage, obwohl die Bürgermeisterin auch hier im Saal ist.«

»Hör auf mit dem Geseire, Magnus«, rief jemand. »Es glaubt dir sowieso niemand, dass du ein Politiker bist. Was springt dabei für uns raus?«

»Auf diesen Punkt wollte ich gerade kommen. Wir brauchen Platz für alle Aktivitäten. Die Grundbesitzer werden dafür eine Miete bekommen. Ich habe gedacht, dass wir von jedem Mann, der kommt, tausend Kronen nehmen. Dann kriegen wir bei tausend Teilnehmern eine Million rein. Und dann müssen wir wissen, mit wie vielen Übernachtungen wir rechnen können. Ich gehe davon aus, dass zehntausend Junggesellen kommen. Das wären zehn Millionen. Ein großer Teil dieser liquiden Mittel wird der Hognagemeinde zurückgeführt …«

»Zurückgeführt, ja, ja. Und wann soll dein Festival sein?«, kam es aus dem Saal. »Ich will keine Junggesellen auf meinem Acker haben, bevor nicht die zweite Heuernte vorbei ist. Du musst den Termin danach richten.«

»Du kannst doch jetzt keinen Termin für die Heuernte machen, das hängt schließlich vom Wetter ab«, warf ein anderer ein.

»Können wir nicht einfach Eintrittskarten an alle verkaufen, die interessiert sind?«, schlug der Erste vor. »Und dann rufen wir sie an und geben Bescheid, wenn es so weit ist?«

»Wir brauchen schon ein festes Datum«, fuhr Magnus fort. »Aber ich kann versichern, dass jeder Grundbesitzer, der sein Land zur Verfügung stellt, nichts dabei verlieren wird.«

Nancy stand auf.

»Die Idee und die Initiative sind gut, aber seid ihr nicht etwas zu optimistisch, wenn ihr mit zehntausend Junggesellen rechnet? Und dann rechnet ihr vielleicht auch noch mit genauso vielen heiratslustigen Damen? Ich denke, das ist etwas zu großzügig gedacht. Und wenn es tatsächlich so viele Anmeldungen geben sollte, dann fürchte ich, dass wir als Gemeinde …«

»Denk an Woodstock, Frau Bürgermeisterin, denk an Woodstock. Ich habe den Film zu Hause auf Video. Die haben damit gerechnet, dass vierzig, fünfzig Leute kommen, und dann wurden es viele Millionen. Wenn diese Festivallawine erst einmal anläuft, dann geht es ganz schnell. Wir wollen ja auch Schlammcatchen anbieten. Das ist immer sehr beliebt.«

»Das könnt ihr von mir aus machen. Mein Schlammloch, das ich hinterm Stall habe, ist bestimmt voll mit dem besten Schlamm auf der ganzen Insel. Das sagen alle, die mal drin waren«, sagte der Mann in der ersten Reihe.

»Da kommen die Filmleute!«, rief Lasse von der Tür aus.

Sechs Männer hielten ihren Einzug, zwei von ihnen mit großen Fernsehkameras.

»Kommt rein, kommt rein«, strahlte Magnus, »ihr könnt gleich anfangen zu filmen. Wir sind gerade dabei zu diskutieren, wie wir das Festival arrangieren können. Mit Schlammcatchen und Volkstanz.«

Der Typ, der aussah, als wäre er der Chef der Truppe, schaute die Anwesenden an, murmelte seinem Team etwas zu, bevor er mit Lasse flüsterte.

»Wir sollen uns schon mal ausziehen«, rief Lasse in den Saal hinein, »und dann sollen die Frauen reinkommen. Wir können mit dem Schlammcatchen anfangen.«

Magnus sah etwas verwundert aus, er trat vom Rednerpult, um mit den Filmleuten zu reden.

»Weißt du etwas davon?«, fragte er mich im Vorbeigehen. Das tat ich nicht.

»Hallo, ich bin Göran, Blue Max Productions«, erklärte der Chef und streckte Magnus seine Hand entgegen. »Wir sind so weit, wenn ihr dann auch so weit seid. Sind das so richtige Massenszenen, die hier gedreht werden sollen? Und dann auch noch in einer Schule, o Mann. Das haben wir bis jetzt noch nicht gemacht. Geil!«

Ich schaute Magnus an, Magnus schaute mich an.

»Ich glaube, hier liegt ein Missverständnis vor«, sagte ich. »Geht es nicht um eine Abmachung mit Magnus, eine Dokureihe über das Festival zu drehen?«

»Von einer Dokureihe habe ich nichts gehört«, erwiderte Göran, »wir sind herbeordert worden, um einen Pornofilm mit Schlammschlacht und Schwanzlutschen zu drehen. Deshalb sind wir hier.«

Nancy lachte so laut, dass wir ihr helfen mussten, die Turnhalle zu verlassen.

»Jetzt werden unsere Mittel doch etwas knapp«, sagte Magnus zu uns, als die Versammlungsteilnehmer gegangen waren. Wir, das waren Lasse, Magnus und ich. »Das Geld, das wir der Pornofirma vorgeschossen haben, werden wir wohl nie wiedersehen. Das Gleiche gilt für das Geld, das wir für die Spielautomaten gebraucht haben, die unser Projekt ökonomisch sichern sollten. Bald ist der ganze Bankkredit aufgebraucht.«

»Aber wenn ihr das Versicherungsgeld kriegt, dann seid ihr gerettet«, sagte ich.

»Wieso das Versicherungsgeld?«, widersprach Magnus. »Das gehört mir, nicht dem Junggesellenfestival. Schließlich war es mein Lagerhaus, das abgebrannt ist. Ich habe sogar überlegt, ob ich nicht der Festivalleitung eine Rechnung über Schmerzensgeld schicken soll.«

»Schmerzensgeld?«, brauste Lasse auf. »Ich werde dir zeigen, wer hier Schmerzen hat. Nämlich ich und nicht du. Ich bin derjenige, der Schmerzensgeld verlangen kann.«

»Hättest du nicht die Kabel wie im Wilden Westen verlegt, dann wäre das Haus nicht abgebrannt«, entgegnete Magnus.

»Und die Festivalleitung, die einer Zahlung von Schmerzensgeld zustimmen muss, die wird von dir repräsentiert?«, fragte ich.

»Ja, das muss wohl so sein«, antwortete Magnus.

Lasse sah betreten drein.

»Dann bin ich also derjenige, der auf all dem Dreck sitzen bleibt. Und dann habe ich auch noch für dieses Wochenende eine Freiluftschule für Stadtkinder arrangiert, die kommen morgen Nachmittag. Und dabei kann ich nicht einen Finger rühren, mit diesen blöden verbrannten Händen. Ich weiß nicht, was ich machen soll, schließlich kommt eine ganze Schulklasse.«

»Du musst anrufen und absagen«, sagte ich.

»Absagen? Wieso absagen? Ich werde überhaupt nichts absagen. Oder willst du es etwa absagen? O nein, hier wird gar nichts abgesagt. Aber ich brauche Hilfe. Jemand, der praktisch veranlagt ist und weiß, wie das läuft. Da gibt es nicht so viele, die das Talent haben.«

Er nickte mir zu.

»Du musst mir helfen«, sagte er.

»Ich? Ich habe kein Talent für so etwas. Und morgen ist Freitag. Und dieses Wochenende will ich wegfahren. Nach Hause. Ich kann dir leider nicht helfen.«

»Ach, du weißt doch, wie das hier draußen funktioniert. Ich helfe dir und du hilfst mir. So ist es nun einmal. Und sonst kann das keiner. Außer dir. Und du bist doch aus der Stadt. Du weißt, wie die Jugendlichen aus der Stadt ticken. Es ist doch nicht besonders schlau, bis in die Stadt zu fahren, um Stadtleute zu treffen, wenn du sie hier draußen ebenfalls finden kannst. Vielleicht kannst du ihnen ja auch noch ein paar Sparbüchsen aufschwatzen, wenn sie schon mal hier sind. Oder so ein Jugendgirokonto. Das mögen sie, die Jugendlichen.«

»Ich schulde euch überhaupt keinen Gegendienst mehr. Schließlich habe ich letztes Wochenende in eurer Spielhalle mitgeholfen. Das war ja wohl Hilfe genug.«

»Das zählt nicht«, wehrte Lasse ab. »Das Haus ist abgebrannt. Deshalb zählt es nicht.«

Ich seufzte und wusste, dass ich auch an diesem Wochenende nicht nach Hause fahren würde.

Lasse hatte einer Schule ein Arrangement verkauft, das ihnen das Seemannsleben näher bringen sollte. Er wollte sie mit dem Boot abholen, dann mit ihnen zwischen den Inseln herumtuckern, bevor sie auf einer Insel an Land gingen und dort ihr Lager aufschlugen. Am Freitag um vier Uhr nachmittags stand ich am Kai und bewunderte Lasses Schute. Sie war grünlich, fast türkis. Unter den Farbschichten konnte man erkennen, dass sie einmal »Medaille« geheißen hatte. Jetzt war ein neuer Name aufgemalt, »Hognaturisten«, mit goldenen Buchstaben. Lasse war dabei, den Proviant an Bord zu bringen.

»Ich habe Glück gehabt«, erklärte er, »letzte Woche hat hier ein polnisches Fischerboot angelegt, die haben mir einiges an Lebensmitteln günstig verkauft. Die Jugendlichen mögen wahrscheinlich sowieso nur Würstchen und Pizza, da ist es egal, was wir ihnen anbieten, die essen es sowieso nicht. Aber Brause, weißt du, die trinken sie, deshalb habe ich reichlich gekauft. Die wird weggehen wie warme Semmeln.«

»Da werden sie sich sicher freuen.«

»Was meinst du, wie viel kann man für so eine Dose nehmen? Zehn? Fünfzehn Kronen?«

Ich musterte die orangefarbenen Getränkedosen mit der rosa Schrift. Ich hätte den Namen dieses Erfrischungsgetränks ums Verrecken nicht aussprechen können. Es fing mit »W« an und endete mit dem gleichen Buchstaben.

»Probier mal und sag mir, was du meinst«, forderte Lasse mich auf.

Der Geschmack war eine Mischung aus Brausepulver und Karamellsoße.

»Ich glaube, zehn Kronen sind genug dafür«, sagte ich.

»In Ordnung«, nickte Lasse. »Dann leg sie da in die Plastikdose.«

»Was soll ich reinlegen?«

»Na, den Zehner für die Dose, die du gekauft hast«, sagte er. »Und dann kannst du mir mit etwas anderem zur Hand gehen. Ich habe von den Polen auch noch ein paar Tonnen Diesel gekauft. Die stehen da hinten im Schuppen. Schlag nur ein Loch oben in die Tonne, schieb die Pumpe da rein und pumpe dann den Treibstoff ins Schiff. Wenn du gleich anfängst, ist das in einer halben Stunde geschafft.«

Die Qualität des Diesels, den Lasse gekauft hatte, war wohl nicht ganz auf dem Niveau mit dem üblichen Treibstoff, mit dem Touristenboote betankt wurden. Als ich fertig war, roch ich ziemlich stark, und dann hatte Lasse einige Mühe, den Motor in Gang zu bringen.

»Diese Heiden haben mir Diesel mit Wasser drin verkauft«, murmelte er, während er quer über dem Motorblock lag und versuchte, mit bandagierten Händen Startgas in die Luftzufuhr des Motors zu sprühen. Nach viel Vorglühen und Schmieren gelang es ihm schließlich, die Zylinder gleichzeitig zu starten. Eine dicke Qualmwolke aus dem Schornstein breitete sich auf dem Boot aus. Eine dünne Rußschicht legte sich auf alle Oberflächen.

»Das gibt sich, wenn wir erst einmal draußen sind«, meinte Lasse. »Außerdem zieht Wind auf, und der bringt bestimmt auch ein bisschen Regen. Und der wäscht den Ruß ab, du wirst schon sehen.«

Ich löste die Taue und drückte das Boot vom Anleger weg. Lasse hatte sich eine Skippermütze aufgesetzt und schob seinen Kopf durch ein Bullauge des Steuerhauses.

»Gleich wirst du sehen, wie die Königin der Meere sich durch die blauen Wellen pflügt. Ich gebe jetzt volle Kraft voraus.«

Der Motor heulte auf, und das Boot drückte sich nach hinten. Das Achterende schlug gegen die Seite eines Fischkutters, der direkt hinter uns am Anleger vertäut lag.

»Verflucht, das ist das Getriebe, das nicht immer so will wie ich«, brüllte Lasse, während wir an der Seite des Trawlers entlangschrammten.

Er fummelte am Schalthebel, und es gelang ihm, die Richtung der Schraube zu ändern. Das Wasser hinter dem Boot kochte, als wir Schubkraft nach vorn bekamen. Ich schaute über die Reling, um zu sehen, ob wir Schaden erlitten hatten, aber abgesehen von ein paar Fendern, die abgerissen waren, war es nur die Farbe, die ein paar Kratzer bekommen hatte. Zwar waren die ersten drei Buchstaben des Namens »Hognaturisten« verschwunden, aber ich fand den Namen auch in Ordnung. Zumindest so lange, wie Lasse nicht darauf bestand, dass wir ihm alle Ehre machen und nackt herumlaufen mussten.

Auf dem Weg zum Festland nutzte ich die Gelegenheit, mich auf dem Boot umzuschauen. Nach einer Plakette im Salon zu urteilen, war das Schiff Mitte der Siebzigerjahre auf Sunnmøre gebaut worden. Es war ein typisches Fährboot, mit Sitzen aus braunem Kunstleder und Tischen mit imitiertem Holzfurniermuster. Vorn im Salon gab es einen Kiosk. Lasse hatte die Wände mit Fotos von den Inseln um

Hogna und ein paar Seekarten geschmückt. Von der Decke schaukelte eine Discokugel vor sich hin, die war sicher für Firmenfeste und Vergnügungsfahrten gedacht.

Lasse saß auf einem hohen Schemel und lenkte die Schute mit einem kleinen Stick. Es gab zwar auch ein Steuerrad, aber das wurde wohl nur im Notfall benutzt. Ein paar gähnende Löcher in der Armatur verrieten mir, dass ein Teil der Instrumente ausgebaut worden waren.

»Was fehlt denn hier?«, fragte ich und nickte in Richtung Löcher.

»Nur ein paar Kleinigkeiten«, antwortete Lasse. »Diese Heiden, die mir das Boot verkauft haben, meinten, es wäre kinderleicht, Radar und Echolot zu reparieren. Aber die Idioten, die es für mich machen sollten, verlangten so verflucht viel dafür, dass ich es habe sein lassen. Ich kenne mich hier im Fahrwasser so gut aus, dass ich keine Instrumente brauche. Ich kenne jede Untiefe und jedes Riff wie meine Westentasche.«

»Hat das Boot denn ohne diese Ausstattung eine Zulassung bekommen?«

»Eine Zulassung? Wenn ich eine Zulassung bräuchte, würde ich mir selbst eine ausstellen. Ich kenne mein Boot ja wohl besser als die Sesselpupser in der Stadt!«

»Aber der Radar? Was ist, wenn dichter Nebel aufzieht und du die anderen Schiffe nicht mehr sehen kannst?«

»Ja und, was soll dann sein? Schließlich ist auf Schiffen Radar vorgeschrieben.«

»Ja, genau ... das meinte ich ja ...«

»Deshalb sehen mich die anderen Boote. Das ist doch wohl nicht so schwer zu begreifen?«

»Nein, klar, aber es ist trotzdem sicherer, wenn die Zulassungen und die Ausrüstung stimmen. Es kann ja viel auf so einem Boot passieren.«

»Ja? Und was könnte das sein? Ich denke gar nicht daran zu sinken. Oder hast du das vielleicht vor? Aber keine Angst, ich habe der Schulklasse mitgeteilt, dass sie Rettungswesten mitbringen müssen. Falls jemand ins Wasser fällt. Was könnte denn sonst passieren? Wenn es anfängt zu brennen, dann müssen wir nur Wasser schöpfen. Und sollten wir Hilfe rufen müssen, dann haben doch bestimmt alle ein Handy dabei.«

»Funktioniert der Schiffsfunk denn auch nicht?«

»Was heißt schon funktionieren. Wenn du die Telefonrechnung nicht bezahlst, dann funktioniert dein Telefon halt nicht.«

»Also kein Funk.«

»Ach, alles überflüssiger Schnickschnack. Wir machen doch nur eine Tour um ein paar Inseln und keine Reise nach Madagaskar.«

Der Motor hatte sich inzwischen an den polnischen Kraftstoff gewöhnt und rußte nicht mehr so stark. Lasse nahm Kurs aufs Festland. Die See kräuselte sich im Wind, aber es gab keine Wellen, deshalb ging es ganz ruhig voran. Ohne dass ich behaupten möchte, dass ich etwas davon verstehe, hatten wir bestimmt gut zwanzig Knoten drauf. Zumindest behauptete Lasse das.

»Das läuft ja wie geschmiert!«, rief er mir zu, »so alte Damen kommen ganz schön in Schwung, wenn sie nur einen guten Schluck Öl zu trinken kriegen.«

»Ist es üblich, so ein großes Boot allein zu fahren?«, fragte ich.

»Aber ich habe doch dich! Bis jetzt bis du noch nicht zu den Krabben rausgesprungen.«

»Das stimmt, aber ich habe keine Erlaubnis, auf einem Boot zu arbeiten.«

»Das musst du nicht so ernst nehmen. Die habe ich auch nicht. Mein Vater ist all die Jahre die Küste entlanggeschippert, dabei hat er mir mehr beigebracht als all diese Seemannsschulen und dieser ganze Mist, das sage ich dir.«

»Wie bist du denn auf die Idee mit der Ferienschule gekommen?«

»Ich habe davon in der Zeitung gelesen. Solche Schulen geben ja ein Vermögen aus, nur damit sie ihre Kinder für eine Woche in eine Freizeitschule schicken können. Man könnte doch meinen, eine normale Schule würde reichen, aber nein, sie müssen raus in die Natur und sich Pilze, die Eier von Schneehühnern und anderen Kram angucken. Deshalb habe ich die ›Hogna Maritime Kystkulturskole‹ im Internet angeboten. Und du glaubst nicht, wie das eingeschlagen ist. Die Bande heute ist nur die erste, aber sie wird nicht die letzte sein, darauf kannst du wetten. Und hier draußen gibt es genügend Inseln, auf denen du Schulklassen unterbringen kannst, und dann ist immer noch genug Platz für die Schafe. Das ist ein Supergeschäft, weißt du.«

»Ja, schon, aber die erwarten doch sicher ein bisschen mehr von dem Aufenthalt hier, als nur auf einer Insel an Land gesetzt zu werden.«

»Sie kriegen ja auch mehr. Sie müssen Zelte aufstellen und Holz fürs Lagerfeuer sammeln. Und dann müssen sie angeln und die Fische ausnehmen. So lernen sie etwas über die Inselkultur. Vielleicht kann ich ihnen auch noch beibringen, wie man Makrelen räuchert. Und wie man Krebse mit einer Schnur fängt. Du brauchst dir also keine Sorgen zu machen. Und außerdem gibt es einen Lehrer, der sich um alles kümmert. Um Rechnen, Tischgebet und Bibelkunde.«

»Gehört das denn zu einer Freizeitschule dazu?«

»Kann schon sein. Davon können sie nie genug kriegen, das sage ich dir. Die Hirten auf dem Felde und Multiplikation, so was wird gebraucht.«

Wir legten am Ankerplatz einer Firma an, die Sand und Steine verschiffte.

»Ich habe mit ihnen abgemacht, dass wir uns hier treffen. Die Firma hat am Wochenende geschlossen, deshalb müssen wir die nicht um Erlaubnis fragen oder unsere Lizenzen vorzeigen. Los, lauf hoch und öffne das Tor. Damit der Bus reinkommt. Solche Stadtkrabben können nicht so weit laufen.«

Lasse reichte mir eine Eisenfeile. Ich fragte nicht weiter nach, sondern ging zum Tor und feilte die Verschlusskette auf.

Kurz darauf bog ein Reisebus ein.

»So, da sind wir, die Klasse 10a der Leirvik-Schule«, erklärte die Dame, die die Aufsicht über die Schüler hatte. Sie stellte sich als Rita Håland vor, die Klassenlehrerin.

»Oder Kontaktlehrerin, wie wir uns heutzutage nennen«, fügte sie hinzu.

Eine Horde von Schülern quoll aus dem Bus hervor. Die eine Hälfte trug gemusterte Mützen ohne Bommel, Hosen, die in Gegenden hinuntergerutscht waren, in denen Hosen eigentlich nichts mehr zu suchen hatten, und Kopfhörer über den Ohren oder um den Hals. Das waren die Jungs in der Klasse. Die andere Hälfte hatte Kaugummi und Zahnspangen. Die Mädchen.

»Hey, das ist aber nicht gerade eine Segeljacht«, stellte einer der Jungs fest, als sie an Bord gingen.

»Wir hatten in der Klasse ein paar soziale Probleme«, erzählte mir Rita vertraulich, als wir ablegten. »Deshalb bin ich jetzt gespannt, wie das Personal der Freiluftschule mit den problematischen Schülern umgeht. Ihr seid übrigens die einzige Freiluftschule, bei der nur eine Lehrkraft und nicht noch ein ganzer Haufen Eltern mitfahren muss. Ihr könnt euch ja denken, wie schwierig es ist, die Leute zu so etwas zu bewegen. Ich glaube, eine Abwechslung wie diese wird den Schülern guttun. Sie werden Verantwortung übernehmen und sich auch um die kümmern müssen, die leicht aus der Gruppe herausfallen.«

»Kümmre dich mal um die Bewirtung«, rief Lasse mir zu. »Hol die Dosen und verkaufe sie im Kiosk. Die Jugendlichen haben bestimmt Durst.«

Nachdem ich den ersten Kunden erklärt hatte, dass wir weder Cola noch andere bekannte Getränke hatten, verkaufte ich einem eine Dose des polnischen Getränks. Er schaute die Dose misstrauisch an, bevor er sie öffnete und probierte.

»Das schmeckt ja schrecklich«, sagte er und spuckte die Flüssigkeit auf den Fußboden des Salons. »Scheiße, ich will mein Geld zurück!«

»Oh, das habe ich schon mal getrunken«, sagte einer in der Schlange hinter ihm. »Ich will fünf Dosen!«

Er flüsterte einem Mädchen, das neben ihm stand, etwas zu. Sie wollte auch fünf Dosen polnische Limonade. Im Laufe weniger Minuten hatte ich alle 144 Dosen verkauft.

Lasse schaute bei mir vorbei.

»Scheiße, ist die beliebt, diese Brause. Wir hätten das Doppelte dafür nehmen sollen.«

Lasse hatte Kurs auf die Südseite von Hogna genommen. Wir kreuzten zwischen kleinen Inseln und Klippen herum. Rita Håland hatte sich mit Fernglas und Vogelbuch aufs Vorderdeck verzogen. Ihre Schüler blieben unter Deck.

Einige saßen auf den Bänken, die Beine unter sich gezogen, die Kopfhörer auf den Ohren, während andere sich paarweise aneinander kuschelten und so deutlich erotisch betonte Aktivitäten betrieben, dass es mir schon peinlich war, nur in ihre Richtung zu schauen. Ein paar saßen um einen Tisch, spielten Karten und zeigten, dass das Schild, auf dem stand, dass hier drinnen das Rauchen nicht erlaubt sei, sie nicht interessierte. Nachdem ich alle Kioskwaren verkauft hatte, ging ich ins Steuerhaus zu Lasse hinauf.

»Die Lehrerin glaubt, dass es sich hier um eine Freiluftschule mit Personal handelt«, sagte ich.

»Personal? Aber natürlich. Bin ich etwa kein Personal? Glaubst du, ich bin ein Heilbutt? Sie erwarten Personal, und Personal sollen sie kriegen. Und zwar mich.«

»Aber sie sollen eine ganze Woche hierbleiben. Und ich muss Montag wieder in die Bank.«

»Weiß ich doch. Aber wenn wir es bis Montag geschafft haben, dann ist alles schon eingespielt, dann läuft das bei denen von ganz allein. Die werden sich wie wahnsinnig amüsieren, das kannst du mir glauben.«

Rita drehte sich auf dem Vorderdeck um und winkte uns zu. Es sah aus, als gefiele es ihr da draußen, obwohl es regnete und wehte.

»Ich werde mal nach den Passagieren schauen«, sagte ich und kletterte die Leiter hinunter.

»Gibt es nichts mehr zu trinken?«, nuschelte eines der Mädchen, die in dem Kreis der Raucher saß.

»Tut mir leid«, antwortete ich, »alle Vorräte sind weg. Schmeckt es denn so gut, dieses Getränk?«

»Es schmeckt widerlich«, antwortete sie. »Aber bevor wir in den Bus gestiegen sind, sind wir durchsucht worden, und da haben sie uns alles an Bier und Schnaps abgenommen.«

»Ach, hattet ihr vor, Alkohol zu trinken …?« Ich hob eine leere Dose vom Boden auf und sah sie mir genauer an. Mitten in dem polnischen Text fand ich etwas, das darauf hindeutete, dass das Getränk 7,8 Prozent Alkohol enthielt.

Ein paar der Jungs führten einen Wettbewerb aus, wer die meisten Strophen eines Lieds kannte, dessen Reimworte nur aus Namen für die Geschlechtsorgane bestanden. Ich begriff, warum Rita Håland es vorzog, während der Überfahrt draußen zu sitzen. Lasse war betreten, als er von der Alkoholbrause erfuhr.

»Wenn die Leute mitkriegen, dass ich Getränke, die mindestens fünfzig Kronen wert sind, für nur einen Zehner verkauft habe. Ich werde auf ganz Hogna ausgelacht.«

Die Stimmung unter Deck ließ nichts zu wünschen übrig.

»Spiel den Reiseführer für sie«, sagte Lasse und gab mir ein Mikrofon. »Das beruhigt sie hoffentlich ein wenig.«

»Aber ich kenne mich hier doch gar nicht aus«, widersprach ich. »Ich weiß nicht, was ich sagen soll.«

»Dann denke dir was aus. Das tun Reiseführer doch immer. Und niemand kann das überprüfen, denn wenn sie das könnten, dann würden sie sich ja auskennen und bräuchten keinen Reiseführer.«

Ich versuchte es mit ein paar Anekdoten über das Leben im Schärengürtel, wie es wohl in einer fiktiven Vergangenheit abgelaufen sein mochte: »Auf den Gubbeklippen wohnten drei Familie, obwohl es dort nur Lebensraum für zwei gab. Deshalb musste immer eine Familie in einem Fischerboot auf hoher See sein …«

Ich glaube, es hörte niemand zu.

»Jetzt sind wir da«, sagte Lasse und manövrierte das

Boot an einen gemauerten Kai. »Jekteholmen. Hier haben früher tatsächlich Leute gelebt.«

»Und jetzt nicht mehr?«

»Ob jetzt hier welche leben? Das fehlte gerade noch. Nein, die Einzigen, die hier leben, das sind Schafe, und das nur im Sommer. Da hinten ist über ein paar Hauswände ein Wellblech gelegt worden, damit die Schafe einen Unterstand haben. Das ist das einzige Gebäude auf der Insel.«

Die Schüler und Schülerinnen gingen an Land, ungefähr genauso motiviert wie Schafe auf dem Weg zum ...

»Nun kommt schon«, rief Rita. »Das wird richtig aufregend.«

»Es regnet«, entgegnete eines der Mädchen.

»Das ist die Art der Natur, uns willkommen zu heißen!«

»Ich friere«, sagte ein anderes Mädchen.

»Ihr werdet in Zelten schlafen«, sagte Magnus. »Damit fangen wir an.«

»Wo ist denn das Personal der Freiluftschule?«, fragte Rita. »Und wo ist die Freiluftschule? Die Küstenkultur?«

»Die Küstenkultur ist an Bord meines Bootes«, antwortete Lasse. »Und das Personal, das bin ich. Wir werden diese Heiden aus der Stadt schon in den Griff kriegen, kein Problem.«

Rita öffnete den Mund.

»Nun kommt schon«, schrie Lasse. »Das hier ist kein Erholungsheim für alleinerziehende Mütter mit Sozialhilfe und Unterstützung. Wir bauen erst mal die Zelte auf. Und damit das hier nicht in Gruppensex ausartet, hat die Leitung der Freiluftschule beschlossen, dass die Jungs ihre Zelte auf dieser Seite der Lichtung aufschlagen und die Mädchen auf der Seite.«

Lasse zeigte in zwei Richtungen.

»Und dann werden die Frau Lehrerin und ich ein Auge auf euch haben. Also fangt an. Hoch mit den Zelten.«

Niemand rührte einen Finger.

»Nun kommt schon!«, brüllte Lasse. »Ihr glaubt ja wohl nicht, dass ich die Zelte aufschlage? Ich bin nicht eure Mutter. Das fehlte gerade noch.«

»Dann müssen Sie schon sagen, wo die Zelte liegen, damit wir sie aufschlagen können«, sagte Rita.

»Wo die liegen? Wieso, wo die liegen? Die werden ja wohl dort liegen, wo ihr sie hingelegt habt, ihr Stadtpflanzen!«

»Äh«, sagte Rita. »Die Verabredung war doch wohl, dass die Freiluftschule die Zelte zur Verfügung stellt. Wir haben Schlafsäcke und Isomatten dabei. Aber keine Zelte.«

»Was zum Teufel soll das heißen? Ihr habt keine Zelte? Und was wollt ihr jetzt machen? Wollt ihr draußen nur im Schlafsack liegen? Dann ist es vielleicht besser, wir verzichten auf diese Regel mit der Jungs- und der Mädchenseite.«

»Wir können nicht draußen schlafen«, sagte ein Mädchen. Ein anderes fing an zu heulen.

»Sagen Sie mir«, setzte Rita an. »Wo sind denn all die Gebäude, die Sie uns beschrieben haben, bevor wir hier gebucht haben? ›Haupthaus mit Küche, Aktivitätsraum und sanitäre Anlagen? Maritime Ausstellung und Fischereimuseum.‹ Gibt es irgendwas davon?«

»Nun ja«, druckste Lasse herum. »Es war etwas zu wenig Zeit, um das alles zu regeln. Und es kann schon sein, dass ich ein bisschen übertrieben habe. Aber so ist es ja oft, wissen Sie, bei solchen Angeboten …«

»Nicht, wenn man eine Freiluftschule für Jugendliche anbietet. Dann kann ich wohl auch unterstellen, dass

Sie gar nicht geplant hatten, das qualifizierte Personal zu engagieren, mit dem Sie uns gelockt haben? Personal mit Spezialausbildung für Jugendliche mit Verhaltensstörungen?«

»Nun ja, das ist ein bisschen knapp geworden. Anders kann ich es wohl nicht bezeichnen.«

»Dann machen wir es so«, sagte Rita Håland. »Wir gehen wieder an Bord. Und dann fahren Sie uns an einen zivilisierten Ort. Zumindest an einen Ort, an dem es ein Hotel oder eine Pension gibt. Dort werden wir unterkommen, und zwar auf Ihre Kosten …«

»Auf meine Kosten? Ich kann doch keine Kosten …«

»Auf Ihre Kosten. Und morgen werde ich mit den zuständigen Behörden Kontakt aufnehmen und alles berichten. Das Geld, das unsere Schule für diesen Schwindel bezahlt hat, muss zurückerstattet werden, jeder Öre, und zwar mit Zinsen. Und dann wollen wir nur hoffen, dass es uns möglich sein wird, eine richtige Freiluftschule zu finden. Und als Trostpflaster und Kompensation für die Enttäuschung werden Sie so gut sein …«

»Schon in Ordnung, ich habe verstanden«, schnitt Lasse ihr das Wort ab. »Also, die ganze Bande wieder an Bord, wir fahren woandershin.«

»Bringen wir sie nach Hogna?«, fragte ich Lasse, als wir wieder an Bord waren.

»Nach Hogna? O nein, das fehlte gerade noch. Da haben wir nichts zu suchen. Viel zu viele Idioten interessieren sich dort dafür, was der andere so tut. Nein, ich weiß eine Stelle bei Kvitle. Dort stehen ein paar Baracken, nachdem sie dort vor ein paar Jahren einige Plattformen zusammengesetzt haben. Da können wir die Kinder unterbringen.«

»Glaubst du, das werden sie akzeptieren?«

Der Motor unter Deck machte Lärm. Einige der Jugendlichen standen draußen an Deck, sie klammerten sich an der Reling fest, um nicht umzufallen.

»Jetzt werdet ihr sehen, wozu der alte Kahn noch in der Lage ist«, frohlockte Lasse. »Das ist hier keine gewöhnliche Scheißfreiluftschule mit abgewetzten Ruderbooten. Hier ist von morgens bis abends action.«

Weiter kam er nicht. Etwas knallte im Motorenraum. Rauch stieg aus der hinteren Luke auf. Der Motor verstummte, das Boot trieb vor sich hin.

»Was zum Teufel ist das für bescheuerter Diesel, den du da in den Tank gekippt hast?«, kläffte Lasse mich an.

»Der Diesel, den ich in deinem Auftrag reingepumpt habe«, antwortete ich. »Der war bestimmt von der gleichen Qualität wie die Getränke, die du verkauft hast.«

»Was ist los?«, fragte Rita, sie schob den Kopf ins Steuerhaus.

»Nur ein kleines Hindernis«, antwortete Lasse. »Nur ein bisschen Dreck im Vergaser. Nichts Besorgniserregendes.«

Im gleichen Moment hörten wir ein schabendes Geräusch unter dem Boot.

»Ich glaube, wir sind auf Grund gelaufen«, sagte ich.

»Verflucht, was du heute immer herummeckerst. Natürlich sind wir auf Grund gelaufen. Und jetzt gehe ich runter und werde dem Motor was erzählen, dann dauert es nicht lange, und wir kreuzen wieder die Wellenkämme.«

Lasse stieg in den verrauchten Motorenraum hinab. Ich bat Rita, dafür zu sorgen, dass alle ihre Rettungswesten anzogen. Die hatten sie glücklicherweise tatsächlich mitgebracht.

»Ich glaube, ich muss den Motor ein wenig lüften, bevor ich wieder starte«, hustete Lasse, als er mit rußschwarzem

Gesicht wieder auftauchte. »Da unten war die Sicht nicht so gut, weißt du. Wenn mir nur die Hände nicht so wehtäten, hätte ich mich vortasten können.«

Das Boot schaukelte in den Wellen, die hineinschwappten. Kurz darauf war wieder ein scheuerndes Geräusch zu hören – wahrscheinlich rutschten wir von der Sandbank herunter, auf der wir uns festgesetzt hatten.

»Jetzt treiben wir«, sagte ich, »wir bekommen sogar ziemlich viel Fahrt drauf.«

»Kein Problem«, antwortete Lasse, »das ist nur gut so, das ist nämlich genau wie bei Autos, wenn die nicht von allein starten, dann lässt man sie einen Berg hinunterrollen. Dann springt der Motor immer an.«

»Ich glaube nicht, dass das mit einem Boot geht. Wir müssen Hilfe holen.«

»Hilfe holen? Und was denkst du dir, wie das vor sich gehen soll? Vielleicht Rauchsignale senden? Oder Brieftauben? Wir haben keinen Funk.«

Ich holte mein Handy heraus und versuchte es damit, aber ich hatte keinen Empfang.

»Hat irgendeiner von euch Empfang auf seinem Handy?«, rief ich den Jugendlichen unter Deck zu. Das war nicht der Fall.

»Habe ich es nicht gesagt?«, murmelte Lasse.

»Sind deine Rettungsinseln intakt?«

»Keine Ahnung. Du hast doch wohl nicht vor, sie ins Meer zu werfen? Weißt du, was es kostet, diese Inseln wieder einzupacken?«

Ich gab keine Antwort. Ich wusste nicht, was ich antworten sollte. Und wenn mir etwas eingefallen wäre, wäre ich gar nicht mehr dazu gekommen, denn genau in dem Moment liefen wir auf ein Riff. Durch die Geschwindigkeit, mit der wir getrieben waren, wurden alle umgeworfen, als das Boot abrupt stoppte. Viele der Jugendlichen heulten laut auf, wahrscheinlich hatten sich einige wehgetan.

»Raus aufs Deck«, rief ich in den Salon hinein. Alle stürmten die Treppe hinauf. Rita und ich versuchten aus dem Steuerhaus herauszukommen. Um uns herum war überall Wasser. Die nächsten aus dem Wasser ragenden Felsen waren ungefähr zehn Meter entfernt.

»Wir müssen dorthin«, sagte ich. Lasse steckte sein schwarzes Gesicht aus dem Bullauge.

»Wollt ihr etwa an Land?«

»Wir müssen an Land kommen, solange das noch möglich ist«, schrie ich. »Wir wissen ja nicht, ob wir hier auf dem Riff bleiben, ob wir weitertreiben oder ob das Boot untergeht.«

»Was für ein Blödsinn«, sagte Lasse. »Jetzt habe ich den Motor im Griff. Bald sind wir wieder voll in Fahrt.«

Ich ging nach achtern und warf die beiden aufblasbaren Rettungsinseln ins Wasser. Sie entfalteten sich vorschriftsmäßig aus ihren Umhüllungen und schaukelten auf dem Wasser. Rita und ich übernahmen jeweils eine Insel, füllten sie mit Jugendlichen und schafften es, sie die wenigen Meter zum Felsen zu paddeln.

»Das war unheimlich«, sagte ein Mädchen.

»Wie kommen wir denn von hier weg?«, fragte ein anderes.

»Ist dieser Mann immer noch auf dem Boot?«, fragte ein Schüler.

Der Wind frischte immer mehr auf. Die Wellen schlugen immer höher. Ich konnte Lasse nicht entdecken, sicher war er unten im Maschinenraum und versuchte, den Motor wieder zu starten. Plötzlich schlug eine große Welle über das Achterdeck. Es wippte einige Male auf und ab, bevor es vom Riff heruntterglitt und tief im Wasser schwimmend liegen blieb. Der Bug des Schiffes tauchte fast augenblicklich unter, wahrscheinlich war ein großer Riss im Schiffsrumpf, durch den das Wasser eindrang.

»Lasse?«, rief ich.

Er tauchte hinten auf dem Boot auf.

»Du musst an Land kommen! Das Boot sinkt!«

Er schaute sich um und sprang über Bord. Einige Schwimmzüge später kletterte er auf der kleinen Insel an Land. Das Boot trieb weiter in der Fjordmündung zwischen einigen Inselchen, bevor es ganz versank.

»Oh, verdammte Scheiße«, sagte Lasse, als sein Boot verschwunden war. »Da müssen wir wohl einiges mit den Versicherungspapieren regeln, wenn wir wieder auf Hogna sind.«

»Das kannst du vergessen«, erwiderte ich. »Wir versichern keine Schiffe.«

»Auch nicht, wenn wir sagen, es war ein Kreuzfahrtschiff?«

»Nein, auch dann nicht.«

»Und was machen wir jetzt?«, fragte Rita. Sie versuchte ihre Schüler zu beruhigen und zu trösten. Mehrere waren ganz aufgebracht, weil sie ihr Gepäck mit iPods und Handys verloren hatten.

»Wir müssen Hilfe herbeiholen«, sagte ich. »Hat hier auch keiner von euch Empfang?«

Nach einigen Versuchen gelang es einem der Jungs, eine Verbindung mit seinem Handy aufzubauen, indem er auf einen der wenigen Bäume kletterte, die auf der Insel standen. Von dort konnte er die Notnummer anrufen und berichten, dass wir in Seenot waren. Sie wollten einen Hubschrauber schicken, um uns zu retten.

Eine Stunde später waren alle in der Schule auf Hogna gelandet. Der Hubschrauber hatte den Schulhof als Landeplatz benutzt, und die Damen vom Roten Kreuz hatten die Schulküche besetzt, um für die frierenden Schiffbrüchigen warmen Kakao zu kochen.

Dorfpolizist Gregersen kam und forderte mich auf zu erklären, was passiert sei, aber ich verwies ihn an Lasse.

»Warst du denn nicht die ganze Zeit dabei?«, fragte er.

»Ich? Doch, aber ich habe die Tour nur mitgemacht, um die Gegend hier ein bisschen kennenzulernen. Geholfen habe ich nur mit den Tauen beim An- und Ablegen.«

Der Dorfpolizist glaubte mir und machte sich auf die Suche nach Lasse. Sonderbarerweise war dieser nirgends zu finden. Fast fing ich schon an zu befürchten, wir hätten ihn da draußen auf der Insel vergessen, aber es gab Schüler, die in einem Hubschrauber mit Lasse gesessen hatten und berichten konnten, dass er während des Flugs nach Hogna ununterbrochen vor sich hin geflucht hätte. Und jetzt hatte er wohl beschlossen, sich lieber für eine Weile unsichtbar zu machen.

Es kam ein Kamerateam sowohl von NRK als auch von TV2, um eine Reportage über die Schulklasse in Seenot zu machen. Magnus war gleich Feuer und Flamme, er meinte, das wäre die ideale Gelegenheit, das Junggesellenfestival und vielleicht auch gleich die Dokuserie zu vermarkten. Aber da jemand den Journalisten den Tipp gegeben hatte, dass Magnus und Lasse enge Kampfgefährten waren, und nicht auszuschließen war, dass Magnus an dem Geschäft mit der Schulklasse beteiligt war, stellten die Journalisten so aufdringliche Fragen, dass Magnus es klüger fand, keinen Kommentar abzugeben und dem ganzen Medienzirkus zu entkommen.

Mein entschiedener Einsatz während des Schiffbruchs wurde als große Heldentat gefeiert. Niemand hegte den Verdacht, ich könnte einen Anteil oder ein Interesse an Lasses Projekt gehabt haben. Mehrere Zeitungen druckten Überschriften, in denen sie mich überschwänglich lobten. Ich muss zugeben, ich sonnte mich ein wenig in dem Glanz meiner Taten.

Die Schulklasse fuhr einen Tag nach den Ereignissen nach Hause. Zu dem Zeitpunkt hatte die Polizei alle befragt, nach Lasse gesucht und draußen im Meer nach dem Wrack Ausschau gehalten. Das blieb verschwunden, sicher lag es auf dem tiefen Grund. Eine Öllache zwischen den Felsen der umliegenden Inseln verkündete, dass das Boot hier versunken war.

Da Lasse unauffindbar blieb, konnte die Polizei ihn nicht festnehmen. Sie durchsuchten sein Haus, nahmen einige Papiere mit und zogen wieder ab. Dann war alles fast wie vorher auf Hogna. Am Montagmorgen öffnete ich meine Bank, empfing Kunden und bedankte mich für die lobenden Worte zu meinem Einsatz auf dem Meer. Mehrere wollten wissen, warum ich eigentlich mitgefahren sei, keiner der Einheimischen glaubte, ich wäre aus reinem Vergnügen mitgefahren. Und erst recht nicht, um Schulkinder aus der Stadt zu hüten. Ich ließ sie glauben, was sie wollten.

»Wir haben ja hier so eine Tradition«, erklärte ein Kunde, »eine Hand wäscht die andere.«

»Er hat mein Auto gewaschen«, erwiderte ich.

Magnus kam und wollte mit mir reden.

»Weißt du, wo Lasse steckt?«, fragte ich.

»Nun ja … ich denke schon, dass er so seine Verstecke hat. Schließlich ist das nicht das erste Mal. Als sie ihn zum Militär einziehen wollten, blieb er so lange unauffindbar, bis er zu alt war. Und jedes Mal, wenn das Finanzamt ihn sprechen will, verschwindet er auch. Er wird also auch dieses Mal irgendwann wieder auftauchen. Da brauchst du dir gar keine Sorgen zu machen.«

Zu behaupten, ich würde mir Sorgen machen, war nun doch übertrieben. Was mich betraf, so hätte Lasse gern mitten im Blautmyra versinken können, ohne jemals wieder aufzutauchen.

»Aber«, sagte Magnus, »das zeigt, wie verwundbar wir in Krisensituationen sind.«

»Wie bitte? Was meinst du damit? Dass Lasse mit einer Schulklasse auf einem Schrottkahn, mit dem man höchstens ein schönes Mittsommerfeuer hätte anzünden können, rausschippert, das bezeichnest du als eine Krisensituation?«

»Nein, nein. Das muss er schon selbst regeln. Ich denke nur daran, dass es ganz schlau wäre, etwas in Reserve zu haben, falls etwas passiert, ich meine finanziell. Schließlich ist das kein unbedeutendes Unternehmen, was wir hier stemmen. Mit diversen Investitionen. Und mit dem Junggesellenfestival wird ja noch mehr Fahrt in den Umsatz kommen. Deshalb wäre es nicht dumm, wenn einiges in den Büchern stünde, falls etwas passiert.«

»Soll das heißen, dass ich ein Sparbuch für dich einrichten soll? Das ist keine schlechte Idee. Da haben wir mehrere Produkte anzubieten. Unsere Fonds haben einen nicht unbedeutenden …«

»Nun ja, das war nicht direkt das, was ich meinte«, unterbrach Magnus mich. »Sparbücher finden die so schnell. Finanzamt, Gerichtsvollzieher und so. Ich dachte eher daran, ein bisschen Geld woanders zu platzieren, irgendwo, wo die Neugierigen und Gierigen es nicht finden, wenn du verstehst, was ich meine …«

»Mit anderen Worten: Du willst das Geld ins Ausland verschieben?«

»Was sie nicht wissen, das stört sie auch nicht.«

»Aber sie werden es herausfinden. Das ist der Haken daran. Wir können kein Geld ins Ausland überweisen, ohne es den Behörden zu melden. Und die Behörden möchten dann gern wissen, woher das Geld stammt. Wenn du also denkst, Schwarzgeld auf diese Art sauber zu waschen, dann vergiss es gleich. Das funktioniert nicht.«

»Aber du bist doch schon so lange bei der Bank, du musst doch wissen, wie man so etwas dreht? Das muss doch möglich sein. Ich weiß, das wird mich einiges kosten, und dein Schaden soll es auch nicht sein, aber das Wichtigste ist, dass es gemacht wird.«

Ich schüttelte den Kopf. Dann nickte ich.

»Ich kenne jemanden, der dir vielleicht helfen kann«, sagte ich.

Das Asylbewerberheim war ein länglicher, grau gestrichener Kasten. Das Haus war mit senkrechten Latten verkleidet, ein Baustil, der nicht zu Hogna passte und es aussehen ließ wie ein Überbleibsel vom Militär. In die Glasscheibe über der Tür war der Name »Meeresglühen« eingraviert. Sicher eine Erinnerung an die Zeit, als das Gebäude ein Heim für fröhliche christliche Stadtjugendliche gewesen war. Im Empfang traf ich auf eine Dame, die wissen wollte, wer ich sei und was ich hier wolle. Ich erklärte ihr, dass ich in der Bank arbeitete und gekommen war, um meinem guten Freund Reza einige Papiere zu bringen.

»Ich muss das überprüfen«, erklärte sie. »Es gibt so viele, die hier herumlungern. Nicht alle kommen mit guten Absichten, um es freundlich auszudrücken.«

Reza freute sich über meinen Besuch, es war sicher das erste Mal, dass ein Bewohner von Hogna ihm die Ehre eines Besuchs erwies.

»*Sit down*«, sagte er und schob die Kissen auf seinem Bett zurecht. Ich entschied mich für den einzigen Stuhl, den er besaß. Er zeigte mir sein Heim. Da es nur neun Quadratmeter groß war, war das schnell erledigt. An den Wänden hingen ein geknüpfter Teppich mit persischem Muster und Fotos von den Verwandten in der Heimat.

»Schön«, sagte ich.

Er hätte mir gern etwas angeboten, wie man es macht, wenn Gäste kommen, aber da ich unangemeldet aufgetaucht war, hatte er kaum etwas da. Die Bewirtung bestand deshalb aus einer großen Dosis Pulverkaffee, der mit Zucker in einem Glas verrührt und dann mit dem warmen Wasser aus der Leitung befeuchtet wurde. Es schmeckte scheußlich.

Ich erklärte ihm mein Anliegen; dass ich jemanden suchte, der mir dabei helfen könnte, ein Konto bei einer Bank einzurichten, die so weit entfernt lag, dass die Behörden davon nichts erfuhren.

Das sollte kein Problem sein, meinte Reza, im Pazifischen Ozean läge eine Insel, die so klein wäre, dass sie keiner kennt. Und dort gäbe es eine Bank, die eigentlich gar keine Bank wäre, aber die spurlose Überführungen von Geld organisieren könnte. Geld, das nicht existieren sollte. *No problem.*

Nach ein paar Gesprächen auf dem Handy gab er mir einen Zettel mit zwei Kontonummern, die eigentlich gar keine Kontonummern waren, sondern nur Codes.

Das System funktionierte folgendermaßen: Geld wird zwischen unterschiedlichen Ländern hin und her überwiesen. Das klappt, weil genauso viel Geld ins Land kommt wie auch rausgeht. Wenn beispielsweise Magnus einen Betrag überweisen will, dann geht der an einen Zwischenmann in Norwegen. Der wartet dann, bis jemand hier im Land so viel Geld ausbezahlt haben möchte. Der, der den Betrag bekommt, muss dafür den entsprechenden Betrag in einem anderen Land einzahlen. Dieser Betrag wird da draußen im Pazifik registriert. Und wenn jetzt Magnus seine Geldsumme in Brasilien oder Indien ausbezahlt haben möchte, dann kann er, wenn er seinen Code angibt, das Geld genau in dem Land innerhalb des Systems erhalten.

Selbst mir als Fachkraft erschien das kompliziert. Doch Reza versicherte, dass es ein sicheres System war.

»Und wie wird der Kontakt zwischen all diesen Ländern gehalten?«, wollte ich wissen.

»Internet, my friend. Internet.«

Als ich die Hintertür im Bankgebäude aufschließen wollte, entdeckte ich einen gelben Zettel mit einer Nachricht von Magnus. Er hatte mich gesucht, es ging um eine wichtige Sache. Da er weder schrieb, worum es ging, noch wo er sich befand, beschloss ich, die Nachricht nicht so ernst zu nehmen, und ging hinauf in meine Wohnung, um mich etwas zu entspannen. Ich hatte bei einer der Fischaufzuchtanlagen auf der Insel frischen Lachs gekauft. Zusammen mit Mandelkartoffeln und Sauce Hollandaise von Knorr sollte das ein kleines Festmahl werden. Nach dem Essen wurde ich schläfrig, wie üblich, wenn ich Fisch gegessen hatte, und setzte mich für eine kleine Siesta in den Sessel. Da klingelte das Telefon. Schon am Klingelzeichen meinte ich hören zu können, dass Magnus am anderen Ende der Leitung war.

»Sie sind tot, alle zusammen«, brüllte er in sein Handy.

»Wer ist tot?«

»Na, die Fische. Die Fische in der Zuchtanlage. Das ist eine Katastrophe. Ich habe mein gesamtes Geld in diese Anlage gesteckt. Ich bin erledigt.«

Eine halbe Stunde später klingelte er an der Tür. Ich ging mit ihm in mein Büro.

»Was hast du da ins Telefon gebrüllt?«, fragte ich.

»Das war wegen der schlechten Verbindung.«

»Was? Deshalb hast du angerufen? Nicht wegen der Fische?«

»Ach Quatsch, ich habe so geschrien, weil die Verbindung so schlecht war. Ich rufe dich doch nicht an, um dir was über mein Telefon zu erzählen. Ich war bei Monrad. Holmelid, weißt du. Der mit der großen Fischzucht.«

»Ich glaube, den kenne ich nicht.«

»Er hat eine große Fischaufzuchtanlage. Der beste Lachs der ganzen Nordsee. Im letzten Monat hat er mich dazu überredet, Fünfzigtausend in die Anlage zu investieren. Alles, was ich an Grund und Boden habe, ist als Sicherheit genommen worden. Und jetzt sind die Fische tot. Tonnen von Lachs. Was soll ich tun? Ich werde alles verlieren. Du musst das für mich regeln.«

»Nicht einmal ich bin in der Lage, tote Fische wieder zum Leben zu erwecken«, erwiderte ich schmunzelnd.

»Ach, Blödsinn, das weiß ich auch, aber du musst was machen, damit die Bank mein Haus nicht als Bürgschaft akzeptiert, sodass sie mir kein Geld leiht. Dann ist mein Anteil an der Anlage ungültig und ich verliere nichts.«

»Meinst du damit, ich soll deinen Kredit für ungültig erklären? Einen Monat, nachdem du den Kredit aufgenommen und damit die Eigentümeranteile bezahlt hast?«

»Geht das nicht?«

»Nein, das geht nicht.«

»Aber du darfst nicht zulassen, dass die Bank mir mein Haus nimmt!«

»Wann ist der Kredit denn fällig?«

»In zwei Wochen. Dann sollte der Lachs geschlachtet und der Verdienst eingesackt werden.«

»Ich fürchte, ich kann nicht mehr viel tun. Wenn der Kredit ausläuft, ist alles gelaufen. Wenn du kein Geld hast, um ihn zurückzuzahlen, wird das Pfand eingezogen.«

»Du musst doch eine Idee haben! Gibt es nicht irgend so ein Konto, von dem du Geld überweisen kannst? Damit ich bezahlen kann?«

»Ich kann doch nicht einfach Geld von einem Konto nehmen und es dir geben. Das ist Unterschlagung.«

»Aber das wäre doch nur für eine gewisse Zeit. Bis ich aus dem Gröbsten raus bin.«

»Das nützt nichts. Mir schauen sie auch in die Karten. Wenn ich in dieser Form Geld verschiebe, dann klingeln in der Stadt die Alarmglocken.«

Magnus fluchte leise und ausdauernd.

»Was ist denn mit den Fischen passiert?«, fragte ich. »Wieso sind sie tot?«

»Ach, Monrad, dieser Idiot, wollte am Fischfutter sparen. Und dann hat er irgend so ein billiges Fuchsfutter gekauft, das übrig war, nachdem irgendwelche Tierschützer alle Tiere einer Fuchsfarm freigelassen hatten. Dann hat er die Fische mit dem Fuchsfutter gefüttert, und die Lachse haben wie wild gefressen und sind in kurzer Zeit riesengroß geworden. Aber dann schwammen sie plötzlich alle mit dem Bauch nach oben. Zuerst einer, dann immer mehr, zum Schluss alle. Jetzt haben wir tonnenweise toten Lachs.«

»Und dieser Lachs kann nicht mehr verwendet werden? Für Fuchsfutter zum Beispiel? Damit ihr zumindest einen Teil eurer Kosten wieder reinkriegt?«

»Nein, das geht auch nicht. Wir haben ein paar Fische rausgeholt und sie gesäubert, die haben gestunken wie Rakefisk, ganz gegoren, das ist ja auch kein Wunder bei dem Futter. Nicht einmal ein Fuchs würde etwas essen, was so schrecklich stinkt.«

»Na, es gibt Leute, die finden, Rakefisk riecht gut.«

Magnus starrte mich an.

»Du sagst es!«

»Was habe ich gesagt?«

»Dass Rakefisk gut riecht. Dass ich nicht gleich darauf gekommen bin!«

»Was brütest du denn jetzt schon wieder aus?«

»Komm, nun komm schon, wir müssen sofort zu Monrad!«

»Wieso soll ich denn mit? Ich habe doch gar nicht …«

»Nun komm schon, du hängst da sowieso schon mit drin.«

Magnus' klappriges Moped stand vor der Tür. Mit dem nahmen wir alle Abkürzungen, die Magnus kannte. Auf Monrads Zuchtanlage herrschte reges Treiben. Monrad hatte Selmer und Sivert geholt sowie noch ein paar Männer, die ich nicht kannte, um ihm zu helfen, die toten Fische aus dem Wasser zu ziehen.

»Komm, fass auch mit an«, sagte Monrad zu Magnus. »Die anderen Investoren helfen auch. Bis auf unseren Flüchtling, den kann ich nirgends finden.«

»Nein, Lasse ist nicht so leicht zu finden«, sagte Selmer.

»Ich habe eine Idee«, sagte Magnus, »eine Idee, wie wir den Fisch retten können.«

»Der Fisch ist tot«, sagte Sivert.

»Nicht so tot, als dass wir kein Geld damit verdienen könnten. Jetzt hört mal her. Der Fisch stinkt wie Rakefisk, ganz gegoren. Wenn wir es hinkriegen, dass er auch noch aussieht wie Rakefisk, dann könnten wir ihn verkaufen.«

»Aber den kann keiner mehr essen«, merkte Monrad an.

»Nein, nein, den soll auch keiner essen. Jetzt holen wir den Fisch aus dem Wasser, dann fahren wir mit ihm zur

Fischverarbeitungsanlage und reinigen ihn. Und dann räuchern wir ihn.«

»Rakefisk ist nicht geräuchert«, sagte ich.

»Nein, aber er hat eine Konsistenz, die so ähnlich ist wie bei geräuchertem Fisch. Wenn er geräuchert ist und immer noch stinkt, dann geben wir die Lieferung auf. Nach Oslo oder Bergen oder wohin auch immer. Und dann sorgen wir dafür, dass im Frachtraum des Schiffes ein Tankleck entsteht, während es auf See ist. Sodass der gute Rakefisk verdirbt und weggeworfen werden muss. Wir haben die Fracht natürlich vorher versichert, und so kriegen wir das Geld für den Schaden. Und niemand kann uns die Schuld geben, dass das Boot nicht ganz dicht war.«

»Das könnte klappen«, sagte Selmer und rieb sich den Schädel.

»Aber wem sollen wir den Fisch denn verkaufen? Es kauft doch niemand eine so große Ladung Rakefisk von einem Produzenten, der noch nie Rakefisk gemacht hat, ohne vorher die Waren zu überprüfen und nach allen Regeln der Kunst zu testen«, wandte ich ein. »Soweit ich weiß, gibt es bei dieser Sorte Fisch gerne Probleme mit Vergiftungen.«

»Na, den kaufen wir natürlich selbst. Wir gründen eine Gesellschaft, mit einer Adresse irgendwo anders. Warum nicht in Stavanger. Dann verkaufen wir den Fisch zu günstigen Konditionen. Gut möglich, dass wir fünfzig Prozent der Verkaufssumme kriegen, wenn der Fisch weiterverkauft wird.«

»Aber er wird nicht weiterverkauft.«

»Genau. Deshalb müssen wir uns selbst nichts bezahlen. Das ist nur pro forma.«

»Aber wer bringt den Fisch nach Stavanger? Und wer sorgt dafür, dass …?«

»Das werde ich übernehmen«, erklärte Magnus. »Jetzt

macht ihr euch erst einmal daran, den Fisch fertig zu machen. Sobald er ausgenommen ist, räuchern wir ihn. Der muss heiß geräuchert werden, damit er die richtige Konsistenz kriegt.«

»Aber hier auf Hogna gibt es keine Räucherei«, wandte Monrad ein. »Wie regeln wir das denn?«

»Darum kümmre ich mich.«

Magnus zog mich mit sich in Monrads Büro.

»Du übernimmst die finanzielle Koordination des Projekts«, sagte er. »Du kümmerst dich um den Kontakt mit einer Versicherungsgesellschaft und besorgst uns eine Adresse für unsere Firma in Stavanger, der wir den Fisch verkaufen können. Ich werde ein Schiff organisieren, mit dem der Fisch transportiert wird.«

»Ich will damit nichts zu tun haben«, erklärte ich.

»O doch«, widersprach Magnus. »Du bist sogar ein Teil des harten Kerns. Und auch für dich wird ein ganzer Batzen Geld dabei abfallen.«

Nach ein paar Stunden hatte ich eine Versicherungsgesellschaft gefunden, die derartige Schiffsgüter versicherte, und Magnus hatte Kontakt mit dem Kapitän eines Frachters aufgenommen, der die Fracht übernehmen und etwas Öl daraufkippen wollte.

»Siehst du?«, jubelte Magnus. »Bald ist unsere Zukunft gesichert. Ein bisschen toter Fisch wird zu lebendigem Geld. Und jetzt werden du und ich uns um die Räucherei kümmern. Nun komm schon. Wir wollen zu Lasse.«

»Ist er denn wieder zu Hause?«

»Nein, das ist doch grade der Witz an der Sache. Der taucht so schnell nicht wieder auf. Wir können seinen Schuppen ausleihen und dort den Fisch räuchern. Er hat bestimmt nichts dagegen. Und der Schuppen ist so weit entfernt, dass niemand entdecken wird, dass wir da draußen Fisch räuchern. Schließlich soll ja keiner was davon erfahren. Ich glaube, er hat da sogar noch einen alten Kaminofen, den können wir als Räucherofen benutzen.«

Wir knatterten auf dem Moped über die Felder.

Lasses Grundbesitz bestand aus einem kleinen, weiß gestrichenen Wohnhaus und einem verfallenen Schuppen. Auf dem Grundstück standen alte Autowracks und kaputte Trecker. Magnus inspizierte den Schuppen.

»Das hat keinen Zweck, der ist zu alt und klapprig. Der Rauch wird durch alle Ritzen rausquellen. Wir müssen es in seinem Haus machen.«

»Du kannst doch keinen Fisch in seinem Haus räuchern!«

»O doch, das wird schon klappen. Natürlich lüften wir gründlich, bevor er zurückkommt, das ist kein Problem. Und außerdem bekommt er ein paar Kronen Miete. Dann geht das schon in Ordnung.«

»Aber die Leute werden den Rauch sehen und herkommen, um das zu überprüfen. Schließlich wird trotz allem nach ihm gesucht.«

»Dann verbreiten wir, dass in Lasses Wänden Ungeziefer entdeckt worden sei und dass wir, seine Freunde, es ausräuchern wollten. Niemandem gefällt die Vorstellung, Läuse und Flöhe in seinem Haus zu haben.«

Magnus bekam das Schloss mit ein paar Drähten auf, die er im Schuppen gefunden hatte.

»Lasse braucht wirklich eine Frau«, sagte er, als wir eintraten. »Guck dir das nur an! Hier wurde seit Jahren nicht mehr geputzt oder aufgeräumt. Wir tun ihm geradezu einen Gefallen, wenn wir die schlechten Gerüche und die Hausmilben ausräuchern. Ich mache jetzt mal eine Runde durchs Haus und dichte alle Fenster mit Plastiktüten ab. Dann muss ich noch aufs Dach und eine Plane in den Schornstein stopfen, damit der auch dicht ist. Und schon haben wir eine funktionierende Räucherei.«

Spät am Abend kamen Monrad und Selmer mit der ersten Fuhre Fisch.

»Im Haus?«, fragte Monrad. »Na, wenn schon, es ist nicht das erste Mal, dass da drinnen was geräuchert wird. Lasse hat immer die alten Pferde gekauft, sie geschlachtet und Wurst daraus gemacht. Und die Würste, die hat er im Ofen in seinem Wohnzimmer geräuchert. Dann ist er in der ganzen Region Ryfylke und auf Jæren auf Messen und Märkten herumgereist und hat sie als Elchspezialität und Lammwürstchen verkauft. Die waren sehr beliebt, bis jemand davon krank geworden ist.«

Wir trugen den Fisch in großen Wannen hinein und stapelten ihn in Lasses Wohnzimmer und Schlafzimmer. Der Fisch stank dermaßen, dass sich mir der Magen umdrehte.

»Wir müssen Holz suchen und den Ofen damit füllen«, sagte Magnus. »Es muss gut brennen und viel Rauch entwickeln.«

Lasses Ofen war eigentlich nur eine offene Feuerstelle. Er war sicher zum Kochen benutzt worden, bevor Lasse einen elektrischen Herd angeschafft hatte. Monrad brachte ein paar Armvoll Holz aus dem Schuppen, es war trockenes, schönes Birkenholz.

»Glaubst du nicht, dass er sauer sein wird, wenn wir sein gutes Holz aufbrauchen, um den Fisch zu räuchern?«, fragte ich.

»O nein, ich weiß, wem er das Holz geklaut hat, da mach dir mal keine Sorgen. Außerdem ist er mir noch was schuldig, nachdem er mein Lagerhaus abgefackelt hat, vergiss das nicht. Aber das Holz ist viel zu trocken, das macht nicht genug Rauch. Lauft mal runter zur Bucht und holt Treibholz und Algen. Von mir aus auch Plastik, das qualmt immer so schön, wenn es brennt.«

Magnus nickte Monrad und Selmer zu. Die fuhren mit Lasses Trecker zur Bucht hinunter und sammelten Brennholz.

»Wir können doch kein Plastik mit dem Holz verbrennen«, wandte ich ein, »das ist doch giftig.«

»Spielt das denn irgendeine Rolle? Der Witz ist doch, dass der Fisch geräuchert werden soll, damit er die richtige Konsistenz kriegt. Es soll ihn ja sowieso niemand essen.«

Wir legten das feuchte Holz auf die guten Birkenscheite. Darauf drapierte Magnus dann eine Schicht alter Plastiktüten und Plastikflaschen. Und ganz oben auf die Spitze, als Krönung seines Werks, legte er einen Autoreifen, den er auf dem Hof gefunden hatte.

»So«, sagte er, »das ist eine Dreistufenrakete. Zuerst sorgt das Holz für die richtige Hitze. Dann fängt es an, in dem feuchten Treibholz zu qualmen. Und wenn das auch brennt, dann wird das Plastik entzündet. Das wird ein paar Stunden halten.«

Er zündete einen Birkenspan an und schob ihn zwischen das Holz. Das flammte augenblicklich auf. Nach nur einer Minute stand dichter Rauch im Wohnzimmer, sodass wir sehen mussten, dass wir rauskamen.

»Jetzt kannst du hier den Heizer spielen«, erklärte Magnus mir. »Du passt durch die Fenster hindurch auf die Flammen auf. Wenn es aussieht, als könnten sie ausgehen, dann machst du einfach die Haustür auf und lässt etwas Luft rein, damit das Feuer wieder Fahrt kriegt. Wir anderen fahren runter und machen die nächste Ladung klar.«

Ich tat, was mir aufgetragen worden war. Es schien da drinnen gut zu brennen, weshalb ich nicht besonders gut aufpassen musste. Ja, ich konnte sogar ein wenig herumwandern, damit mir nicht kalt wurde. Denn auch wenn das Feuer in Lasses Wohnzimmer munter brannte, war es draußen doch kalt. Eine Katze kam und wollte sich ein wenig mit mir unterhalten, wahrscheinlich vermisste sie ihren Besitzer. Ich setzte mich mit dem Rücken an die Wand, die verschmuste Katze auf dem Schoß, und dachte über mein Leben und Wirken auf Hogna nach. Eines war sicher: Es war garantiert nicht langweilig, hier zu wohnen.

Ein paarmal öffnete ich die Tür und ließ etwas Luft herein. Es biss in den Nasenflügeln, wenn ich den scharfen Rauch einatmete. Wollte jetzt jemand dort hinein, bräuchte er eine Atemmaske.

Nach einer Stunde kamen die drei mit einer neuen Ladung Fisch.

»Wie kriegen wir denn den Rauch raus, damit wir wieder reingehen können?«, fragte ich Magnus.

»Ganz einfach. Wenn ihr die Tür aufmacht, ziehe ich die Plane aus dem Schornstein. Dann ist es in wenigen Minuten gelüftet.«

Er schaute durchs Fenster hinein, um zu sehen, wie hoch die Flammen standen.

»Was um alles ... Da ist jemand drinnen!«, rief er.

Ich schaute auch hinein. Es bestand kein Zweifel. Jemand bewegte sich auf allen vieren durch den Raum. Magnus riss die Tür auf und rannte hinein. Eine Sekunde später kam er wieder heraus.

»Ich kann da drinnen nicht atmen«, stöhnte er. Dann holte er tief Luft und stürmte wieder hinein. Kurz darauf schleppte er eine schwarze Gestalt aus dem Haus und ließ sie auf dem Hof fallen.

»Scheiße, das ist ja Lasse«, sagte Monrad. »Ist er tot?«

»Er atmet nicht«, sagte ich. »Wir müssen ihn wiederbeleben. Ruft einen Arzt!«

»Aber dann kommt alles raus«, meinte Selmer. »Die Polizei wird kommen und alles entdecken.«

»Das müssen wir riskieren«, rief Magnus und begann mit der Wiederbelebung. »Er darf nicht sterben. Er schuldet mir noch Geld.«

»Übernimm du die Mund-zu-Mund-Beatmung«, rief Magnus mir zu, während er den Brustkorb rhythmisch bearbeitete.

Ich beugte mich hinunter und versuchte Luft in das schwarze Gesicht zu pusten. Er schmeckte nach verbranntem Gummi. Nach ein paar Minuten fing er an, allein zu atmen und zu husten.

»Der Sanitätshubschrauber ist unterwegs«, rief Monrad.

»Dann schafft ihr beide es noch, den Fisch wegzuschmeißen, der im Wagen ist, und den fertiggeräucherten aus dem Haus zu holen. So retten wir wenigstens einen Teil. Schmeißt den rohen hinter den Schuppen und den geräucherten in den Wagen. Und nehmt die Tüte aus dem Schornstein und öffnet alle Fenster. Wir sagen, wir sind vorbeigekommen und haben den Rauch bemerkt. Wo zum Teufel hatte er sich denn nur versteckt?«

»Ich war im Keller, ich habe eine Geheimklappe unterm Bett«, kam es von Lasse. »Ich dachte, es wäre die Polizei, die mich sucht, als ich die Schritte im Wohnzimmer gehört habe.«

Nach einer gefühlten Ewigkeit landete der Hubschrauber auf Lasses Grundstück. Selmer war mit dem Trecker herangefahren und beleuchtete den Landeplatz mit den

Scheinwerfern. Als Lasse in den Hubschrauber gehoben wurde, bog schon der Dorfpolizist Gregersen auf dem Hof ein.

»Dann haben wir es ja wohl geschafft, den Lümmel auszuräuchern«, sagte er und schaute ins Haus. »Verflucht, wie das stinkt. Hat er versucht, Autoreifen zu verbrennen? Oder hat er Futterpellets gebrannt, um sie als Kaffee im Asylantenheim zu verkaufen?«

Der Polizist wandte sich Magnus zu.

»Oder bist du derjenige, der seine Kenntnisse als Pyromane mal wieder unter Beweis stellen wollte? Erzähl mir jetzt nicht, dass ihr dieses Haus auch versichert hattet und jetzt erwartet, die Versicherungssumme zu kassieren. Übrigens kannst du morgen mal in mein Büro kommen. Ich habe eine Anklage, die auf dich wartet. Schließlich hast du die Spuren einer Brandstätte entfernt. Das wird dich teuer zu stehen kommen. Außerdem wartet dort noch eine andere kleine Anzeige auf dich, wegen all der Fischabfälle, die du im Herbst ins Meer gekippt hast, die rotten immer noch hinten in Avvik vor sich hin. Sieh zu, dass die wegkommen, sonst kommt das auch noch auf deine Rechnung.«

Magnus fluchte vor sich hin, als der Polizist weggefahren war.

»Und was machen wir jetzt?«, fragte Monrad. »Wir haben immer noch einige Tonnen stinkenden toten Fisch, die wir loswerden müssen. Das auf legale Art und Weise loszuwerden, wird verdammt teuer. Und wenn wir es ins Meer kippen, dann wird die Schweinerei nur an Land geschwemmt und bereitet uns noch mehr Probleme. Jetzt, nachdem die Polizei erst einmal angefangen hat, sich dafür zu interessieren.«

»Ich weiß, wo wir den Fisch loswerden«, sagte Magnus. »Morgen rufe ich Terje Johnsen an und bitte ihn, mit seinem Betonmischer vorbeizukommen, dann kippen wir den Fisch in die Trommel und mahlen ihn zu Brei. Und anschließend fahren wir auf die Westseite und kippen alles dort ab. Wenn wir Glück haben, dann treibt die Strömung den Mist irgendwo ans Festland. Dann kann unser Dorfpolizist nicht von uns verlangen, dass wir das wegmachen.«

Es war schon nach vier Uhr, als ich endlich ins Bett kam. Deshalb war ich entsprechend müde, als ich am nächsten Morgen die Bank öffnete. Glücklicherweise war es ein ruhiger Tag ohne allzu viele aufdringliche Menschen, die Geld abheben oder einen Betrag an das Enkelkind, das Geburtstag hatte, überweisen wollten. Dass die Leute aber auch mit dem Online-Banking nicht klarkommen!

Aber eine Kundin bediente ich gerne: Ann. Sie wollte ihrer Mutter daheim in Thailand Geld schicken. Denn ihre Mutter hatte herausgefunden, dass man mit Entenzucht ein gutes Geschäft machen konnte, da die letzten Bestände aus Furcht vor der Vogelgrippe geschlachtet worden waren. Jetzt wollte sie einen großen Käfig für Enten bauen, wozu ein wenig Kapital aus dem Ausland notwendig war.

Ich lud Ann zu Kaffee und Keksen ein.

»Du bist nicht wie die anderen Bewohner hier«, sagte sie. »Viele meinen zu wissen, wie du bist, aber ich glaube nicht, dass sie es wirklich wissen.«

»Was meinst du damit?«

»Sie sagen, du magst Frauen so gern. Auch Frauen, die mit einem Mann verheiratet sind. Stimmt das?«

»Kann sein«, antwortete ich. »Kann schon sein.«

Ann erwiderte mein Lächeln. Es sah nicht so aus, als ob sie das stören würde.

»Wir treffen uns sicher wieder«, sagte sie. »Vielleicht öfter.«

Kurz bevor ich schließen wollte, kam Magnus herein, er war bei der Polizei gewesen, um sich um die Anzeige zu kümmern.

»Das wird wohl mit einer Geldstrafe enden«, sagte er.

»Aber wenn man bedenkt, was ich riskiert hätte, wenn sie die Feuerreste untersucht hätten, dann ist das Kinderkram. Was schlimmer ist: Diese Versicherungsheinis haben mit Gregersen Kontakt aufgenommen, und er hat ihnen erzählt, dass an dem Brand noch so viel ungeklärt ist, dass er ihnen davon abrät, mir das Geld auszubezahlen. Und außerdem will er, dass ich meine Zeit und mein Geld dafür benutze, die Reste von ein, zwei Heringen zu beseitigen, die ich letztes Jahr ins Meer gekippt habe.«

»So ein Pech«, sagte ich.

»Und alles ist nur die Schuld dieses Polizisten. Anzeige wegen der Zerstörung einer abgebrannten Ruine und eine Strafandrohung, weil ich ein paar Fischeingeweide weggeworfen habe. Er hat immer noch nicht kapiert, wie das hier draußen läuft, obwohl er doch hier geboren wurde. Ich glaube, ich werde ihm eine Überraschung bereiten. Wir treffen uns um ein Uhr heute Nacht bei Monrad.«

»Ja, aber ... ich muss nachts auch mal schlafen«, entgegnete ich, »ich kann nicht alles Mögliche ...«

»Du wirst es nicht bereuen.«

»Na gut.«

»Übrigens hat der Polizist gesagt, sie hätten Lasse jetzt am Wickel. Er soll noch ein paar Tage im Krankenhaus bleiben, dann übernimmt ihn die Polizei in der Stadt, die will ihn wegen der Havarie und den anderen Sachen verhören.«

Ich hatte immer noch den verbrannten Geschmack von Lasse im Mund.

»Weil es nur so wenig Fisch geworden ist, habe ich den Frachter abbestellt. Jetzt habe ich ein Abkommen mit einem belgischen Überlandfernfahrer, der in ein paar Tagen Platz in seinem Auto hat. Er nimmt den Rakefisk mit nach Antwerpen. Da kippt er ihn auf eine Müllhalde und meldet ihn als gestohlen. Auf diese Art und Weise kriegen wir sowohl das Versicherungsgeld als auch noch die Unterstützung des Regionalfonds der EU für die Förderung des Exports von einheimischen Spezialitäten. Das Geld wird nur so fließen.«

»Aber es wird wohl trotz allem nicht die Kosten für die Fischaufzuchtanlage decken?«

»Nein, nicht komplett. Aber es deckt meine Kosten, mit Provision und Zinsen. Und es ergibt ein hübsches Sümmchen für dich. Und vielleicht auch noch ein paar Kronen für die anderen Teilhaber.«

Ich war so müde, dass ich mich um acht Uhr ins Bett legte und schlief, bis der Wecker um Mitternacht klingelte. Als ich bei der Zuchtanlage ankam, waren sie schon dabei, den verdorbenen Fisch in die Trommel des großen Betonmischers zu kippen. Der Gestank war noch schlimmer als am Abend zuvor. Als die Trommel voll war, starteten sie sie. Der verrottete Fisch da drinnen schwappte und schmatzte. Magnus schob mich in die Fahrerkabine. Zusammen mit Terje Johnsen, dem Besitzer des Betonmischers, fuhren wir den einen Kilometer bis zum Polizeibüro, das hinter der Schule lag. Magnus zog eine Leiter aus den Büschen, während Terje den langen Schlauch bereit machte. Magnus kletterte auf das Dach des barackenähnlichen Gebäudes und entfernte den Deckel vom Lüftungsrohr. Er packte den dicken Schlauch des Betonmischers und stopfte ihn ins Rohr, dann begann Terje damit, den Fisch hinauszupumpen.

Wir mussten vier Touren fahren, um den gesamten Fisch loszuwerden. Danach konnten wir sehen, dass die breiige Masse bis zu den Fenstern hoch stand.

»Wann kommt der Dorfpolizist morgen ins Büro?«, fragte ich.

»Um halb neun«, antwortete Terje.

»Prima, dann schaffe ich es, eine Joggingtour hier entlang zu machen, bevor die Bank öffnet. Das Gesicht, wenn er die Tür aufschließt, möchte ich mir doch nicht entgehen lassen.«

Auch wenn wir nur ein sehr kleiner Kreis von Leuten waren, die von dem Fischstreich wussten, waren es doch ziemlich viele, die am nächsten Morgen hinter der Schule zufällig etwas zu tun hatten. Ob sie wirklich nur die Kinder in die Schule brachten, das weiß ich nicht. Einige hatten eine Videokamera dabei.

Die Tür des Polizeibüros ging nach außen auf. Der Polizeibeamte schob den Schlüssel ins Schloss, drehte ihn um und drückte die Klinke herunter. Die Tür sprang auf und drückte ihn zu Boden. Aus dem Büro floss ein stinkender Fischtsunami, in dem er fast zu ertrinken drohte. Mehrere der Zuschauer, die in der Nähe standen, mussten fliehen, um nicht von der Welle ergriffen zu werden. Als es Gregersen endlich gelang aufzustehen, stank es bereits so bestialisch, dass größere Teile des Zentrums von Hogna evakuiert werden mussten. Die Schulkinder hatten sicher nicht das Geringste dagegen, frei zu bekommen, und die Erwachsenen hatten so großen Spaß, dass sie meinten, der Gestank sei die Sache wert gewesen.

Ich winkte Nancy zu, als sie mit ihren beiden Wuschelköpfen auf der Rückbank zurück nach Hause fuhr. Sie hatte so gelacht, dass sie ganz rot im Gesicht war.

Magnus kam etwas später an diesem Tag zu mir. Er konnte mir berichten, dass zwei Polizeibeamte mit der Fähre gekommen waren, dic Gregersen helfen sollten, das Fischabfälleattentat aufzuklären. Sämtliches Inventar und alle Apparate im Polizeibüro waren zerstört. Und damit auch viele Behördenunterlagen.

»Einige behaupten sogar, man müsste das Haus abreißen

und ein neues bauen«, grinste Magnus, »anders kriegst du den Gestank nicht aus den Wänden. Du wirst sehen, das hilft der Wirtschaft hier auf der Insel auf die Sprünge. Jetzt wird jemand Geld verdienen, weil er zwischenzeitlich seine Räume vermieten kann. Und andere werden daran verdienen, dass sie beim Bau helfen, entweder, indem sie das Haus abreißen und ein ganz neues bauen, oder indem sie versuchen, das alte wieder instand zu setzen.«

Wir hörten einen Hubschrauber, der auf dem Schulhof zur Landung ansetzte.

»Sind das die Presseleute?«, fragte ich.

»Nein, die kommen mit der Fähre, Sivert hat mich angerufen und mich vorgewarnt. Der Hubschrauber soll bestimmt Johnny Oliversen abholen, er fühlte sich heute nicht so gut, die Aufregung war sicher zu groß, er musste über zu viele Ereignisse berichten. Bestimmt ist es das Herz, das aus dem Rhythmus gekommen ist.«

Eine Minute später hob der Hubschrauber wieder ab.

»In letzter Zeit ist der Hubschrauber ja ziemlich häufig hier«, meinte Magnus.

Ich nickte. Ich war bei fast allen Landungen dabei gewesen.

Magnus ging zum Kai hinunter, um zuzuschauen, wie die Journalisten an Land gingen. Kurz darauf kam er zurück, er war etwas enttäuscht, weil es nur drei waren und ihn keiner von ihnen interviewen wollte, auch wenn er sich bemüht hatte, so dicht in ihrer Nähe zu bleiben, wie es nur ging.

»Keiner weiß, wie sich das zugetragen haben kann«, erzählte er. »Aber es gibt reichlich Spekulationen. Es wird lustig zu sehen, was diese Tintenkleckser daraus machen. Vielleicht glauben sie ja, es war ein Naturphänomen?«

Wir lachten beide herzlich, Magnus am lautesten.

»Aber jetzt müssen wir nach vorn schauen. Wir haben ein Festival zu planen. Was ist das Wichtigste dabei?«

Ich dachte nach.

»Vielleicht das Unterhaltungsprogramm?«

»Da hast du den Nagel auf den Kopf getroffen. Berühmte Künstler kriegt man nur schwer zu fassen, da heißt es frühzeitig anzuklopfen. Was für ein Künstler war das noch, von dem Lasse geredet hat, den wir holen wollten? Rod Stewart?«

»Robbie Williams«, antwortete ich. »Aber das wird nicht leicht. Solche Megastars kommen garantiert nicht zu so einem kleinen Festival, wie wir es hier organisieren. Außerdem kostet er bestimmt ein Vermögen.«

»Hallo, hallo«, widersprach Magnus. »Wer von uns arbeitet hier in der Bank, hast du nicht gelernt, dass das Unmögliche nur etwas länger dauert? Wir wissen doch gar nicht, was möglich ist, bevor wir es nicht versucht haben. Wen rufen wir an?«

»Um an Robbie Williams ranzukommen? Keine Ahnung.«

»Geh mal ins Internet«, sagte Magnus und nickte in Richtung Computer. »Da steht das bestimmt drin.«

Ich fand nur einen Konzertagenten in Oslo. Den rief ich an und wurde vorgeführt.

»Wie heißt die Insel? Hogna? Und ihr glaubt, da würde Robbie hinkommen? Wir versuchen seit Jahren, ihn ins Spektrum zu holen, aber ohne Erfolg.«

»Aber weißt du, wen ich deshalb anrufen könnte?«

»Ja, das weiß ich. Aber würde ich dir das erzählen? Nein. Das tue ich nicht. So läuft das nicht in unserer Branche.«

Nach einigen scharfzüngigen Südostnorwegern gelangte ich an einen Journalisten, der wusste, wie der Impresario von Robbie Williams hieß und wo er sich aufhielt. Nach einer Weile fand ich die entsprechende Telefonnummer.

»Das musst du machen«, sagte ich zu Magnus und reichte ihm den Hörer.

Magnus schwärmte von der schönen Insel und dem berühmten Festival, das Jahr für Jahr Tausende von Musikliebhabern hierher lockte.

»*Yes, yes, that is right, I know, yes, money, no problem, yes, that is right ...*«

»Es klappt«, sagte er zu mir, während der Impresario am anderen Ende eine kleine Pause machte. »Sie haben eine Stornierung in Deutschland im September, da kann er herkommen.«

Magnus strahlte von einem Ohr zum anderen, als er den Hörer auflegte.

»Das wird einfach super. Wir kriegen Robbie Williams hierher. Und der wird noch viele Tausende zusätzlich anlocken.«

»Wow«, sagte ich, ich war beeindruckt von Magnus. Dass ihm etwas gelang, was niemand sonst schaffte, nämlich ein Konzert mit Robbie Williams himself zu arrangieren. Und das hier auf der Insel.

»Er wird die Papiere im Laufe des Tages hier zu dir faxen. Einen Vertrag und einige Bedingungen. Und dann kriegen wir eine Kontonummer, auf die wir den Vorschuss überweisen müssen.«

»Einen Vorschuss?«

»Nun ja, sie brauchen ja eine gewisse Garantie, dass das Konzert auch stattfindet. Davon versteht ihr von der Bank doch mehr als ich.«

»Und von welcher Summe ist da die Rede?«

»Fünfhunderttausend Dollar. Wie viel ist das in norwegischem Geld?«

Magnus ging, um zu sehen, ob die Presseleute noch auf der Insel waren, sodass er ihnen gleich die Neuigkeit berichten konnte.

»Das kommt bestimmt in die Fernsehnachrichten«, sagte er. »Die Fischinnereien von Gregersen sind dagegen der reine Pipifax!«

Es stellte sich heraus, dass die Fischeingeweide trotz allem an diesem Tag viel Aufmerksamkeit in den Medien bekamen. Wahrscheinlich war es ein Tag, an dem nicht viel passiert war, aber dass es so prominent präsentiert wurde, damit hatte wohl niemand gerechnet. Da es mehreren Leuten gelungen war, die Begebenheit mit ihren privaten Videokameras zu filmen, wurde das Attentat auf der ganzen Welt gezeigt. Und nicht einmal dem sonst immer so korrekten Nachrichtensprecher der Dagsrevy gelang es ernst zu bleiben, nachdem er die Topnachrichten des Tages vorgelesen hatte. Auch die sonst so säuerlich dreinschauenden Justizpolitiker hatten ein leicht ironisches Grinsen in den Mundwinkeln, als sie den Anschlag auf Polizei und Rechtsbehörden verurteilten. Der Einzige, der, abgesehen vom Dorfpolizisten Gregersen, ehrlich empört aussah, war der Vorsitzende der Polizeigewerkschaft. Aber der war bekannt dafür, dass er eine Trauermiene zeigte, ganz gleich, worum es ging, sobald eine Kamera zur Stelle war.

Bei allen Berichten über Hogna tauchte Magnus' Kopf im Hintergrund auf. Die meisten Fernsehzuschauer glaubten sicher, das wäre der Dorftrottel, der hoffte, als »Mann von der Straße« interviewt zu werden. Dann schloss der Bericht jedoch mit Bildern von Magnus' Pressekonferenz, die er im Aufenthaltsraum des Altersheims abhielt. Dabei verkündete er die gute Nachricht, dass Robbie Williams auf der Insel spielen wollte. Ob die Pressevertreter das wirklich glaubten oder diesen Abschnitt nur als einen Beweis für die Verrücktheiten der Provinz ansahen, war schwer zu beurteilen. Auf jeden Fall hatten sie nicht den Teil rausgeschnitten, in dem Magnus wieder vergessen hatte, wie der Künstler nun hieß, der kommen sollte, er war der Meinung, es wäre Hank Williams, und musste mich anrufen, um zu erfahren, um wen es sich nun genau handelte. Die Neuigkeit wurde dennoch verbreitet, und Magnus hatte seine entsprechenden Minuten im Rampenlicht. In den späteren Abendnachrichten wurde ein Telefongespräch mit Robbies Agenten eingespielt, der bestätigte, dass eine derartige Abmachung existierte. Der Tourneeplan wurde auch gezeigt, dort stand Hogna zwischen Kopenhagen und Berlin. Und dieses Mal fehlte auch der Abschnitt mit Hank Williams.

»Da hast du wohl ein Problem«, meinte ich zu Magnus, als er am nächsten Morgen mit zufriedener Miene vor meinem Schreibtisch saß und die Papiere durchblätterte, die am Abend zuvor durchgefaxt worden waren. »Die Garantie, die sie von dir haben wollen. Da ist die Rede von ungefähr drei Millionen Kronen. Woher willst du so viel Geld kriegen?«

»Das dürfte ja wohl kein Problem sein! Schließlich wollen sie gar kein Geld, sondern nur eine Bankgarantie, die eingelöst wird, wenn das Konzert platzt. Und wir denken doch nicht im Traum daran, das platzen zu lassen. Deshalb riskiert die Bank dabei keinen Öre.«

»Kann schon sein, aber die Bank wird dir dennoch nicht so eine hohe Garantie geben. Ich habe sogar schon mit jemandem in der Zentrale gesprochen. Die sagen, dass die Bedingungen für ein Darlehen in der Höhe verdammt hart sind.«

»Wirklich? Fordern die Wucherzinsen?«

»Schlimmer, Magnus. Sie wollen einen Bürgen. Jemanden, der für das gesamte ökonomische Risiko haftet.«

Magnus dachte lange nach.

»Ich muss mit jemandem reden«, sagte er.

»Lass dir nicht zu viel Zeit, laut der Papiere des Agenten hast du vierundzwanzig Stunden Zeit, um die Garantie zu stellen. Da solltest du ziemlich schnell mit jemandem reden.«

Ich hörte, wie er mit seinem Moped die Straße hinunter verschwand. Ungefähr zur gleichen Zeit betrat eine junge Dame die Bank. Ich dachte natürlich, es handele sich um eine Kundin, aber sie stellte sich als Ermittlerin der Polizei vor, die herausfinden wollte, wer das Polizeibüro als Abfalldeponie für verdorbenen Fisch benutzt hatte.

»Sie sind wahrscheinlich die einzige Person, die das Dach des Polizeibüros von ihrem Wohnzimmerfenster aus sehen kann«, sagte sie. »Haben Sie in der fraglichen Nacht etwas Verdächtiges beobachtet?«

Ich antwortete, was der Wahrheit entsprach, dass ich die ganze Nacht tief geschlafen und nichts gesehen hätte. Nun ja, so ganz stimmte das nicht, aber das konnte sie ja nicht wissen.

»Gregersen hat erwähnt, dass Sie bei einem Brandunfall in der gleichen Nacht ebenfalls anwesend waren.«

»Ja, ich bin zufällig dort vorbeigekommen. Und es war ja meine Pflicht, dem Verunglückten zu helfen. Mit Mund-zu-Mund-Beatmung.«

»Kenne ich. Dann waren Sie also nur zufällig dort. Genauso wie Sie nur ganz zufällig auf dem Schiff waren, das untergegangen ist.«

Ich nickte.

»Ich bin neu hier auf der Insel. Bin erst vor ein paar Wochen angekommen. Deshalb möchte ich mich mit der Gegend vertraut machen. Ich leite ja die Filiale hier.«

Sie notierte sich etwas auf ihrem Schreibblock.

»Sagen Sie«, fuhr sie fort, »kennen Sie die Leute, die dieses Konzert mit Robbie Williams organisieren wollen?«

»O ja, die kenne ich. Die nutzen uns, natürlich nur rein geschäftlich, für das Finanzielle. Da wir hier die einzige Bank sind. Warum fragen Sie?«

»Wir fragen uns, ob derjenige, der das Konzert organisiert, identisch ist mit dem, der hinter diesem Fischmatsch steckt, um die Medien herzukriegen und Aufmerksamkeit für seine Konzertpläne zu gewinnen.«

»Nein, nein, das kann überhaupt nicht sein«, sagte ich.

Sie sah mich scharf an.

»Was wissen Sie denn darüber?«

»Ich weiß, dass der Vertrag über das Konzert gestern abgeschlossen wurde. Erst nachdem das mit den Fischresten passiert ist. Vorher gab es noch gar keinen Kontakt zwischen uns ... äh ... zwischen Magnus und Robbies Agenten. Das können ich und auch der Agent bezeugen.«

»Dann waren Sie also dabei, als der Konzertvertrag geschlossen wurde?«

»Ja. Es wurde hier von meinem Büro aus telefoniert.«

»Sie waren also mit Magnus Storvik in der Nacht bevor und am Morgen, nachdem das Polizeibüro zerstört wurde, zusammen. – Waren Sie zu irgendeinem Zeitpunkt auch mal nicht mit ihm zusammen?«

»O ja. In der Zeit zwischen den beiden Zeitpunkten. Da war ich nicht mit ihm zusammen. In der Zeit.«

Ich fühlte mich ziemlich verschwitzt, als die Polizistin endlich wieder ging.

Kurz darauf tauchte Magnus auf.

»Jetzt haben alle Sorgen ein Ende«, sagte er.

»Hä? Hast du dich der Polizei gestellt und alles gestanden?«

»Gestanden? Was soll ich denn gestehen? Ich werde der Konzertmanager. Ich habe einen Bürgen gefunden. Monrad Holmelid ist ein Musikkenner, er hat seine Fischzuchtanlage als Pfand zur Verfügung gestellt, sodass diese Banditenbank, die du hier repräsentierst, Zugang zu dem Garantiemammon kriegt. Er wird gleich hier sein und die Papiere unterschreiben und so. Ruf nur schon mal in der Stadt an und sage denen, dass alles geregelt ist.«

»Wie hast du ihn dazu gebracht, dabei mitzumachen?«

»Monrad? Der hört doch den ganzen Tag lang Radio. P1 und P2 und P3 und P4 und alle Ps, die du nur kriegen kannst. Der kennt alle Stars, o ja. Außerdem hat er eine Nase für eine gute Investition.«

»Wenn sie nur nicht nach verrottetem Fisch stinkt ...«

»Eine gute Investition, die viel Gewinn abwerfen kann. Ich habe ihm einen ansehnlichen Anteil am Überschuss nach dem Konzert mit diesem Williamstypen angeboten.«

»Nachdem du das Honorar und alle Auslagen bezahlt hast?«

»Genau, ja. Außerdem musste ich ihm versprechen, dass das Schlammcatchen der Frauen in seinem Schlammloch hinter der Scheune stattfindet. Aber keine Sorge, das ist mit der beste Schlamm, den wir hier auf der Insel haben.«

Am nächsten Tag wurden die Paletten mit ordentlich verpacktem Rakefisk mit der Fähre zum Festland verschifft. Da waren alle Frachtpapiere geregelt und die Fracht versichert. Auf dem Festland wurde die Fracht an Bord eines Lasters verladen, der sie nach Belgien bringen sollte.

»Siehst du!«, sagte Magnus. »Jetzt ist der Fisch aus den Augen und aus dem Sinn. Das Einzige, was wir noch tun müssen, ist darauf zu warten, dass das Geld auf unserem Konto eintrudelt. Nicht schlecht, oder?«

»Ist auf den Fernfahrer Verlass?«, fragte ich.

»O ja, auf jeden Fall«, versicherte Magnus. »Wenn er den Fisch nicht mit nach Hause nehmen will, dann muss er ihn irgendwo abladen. Und da er erst bezahlt wird, wenn wir das Geld von der Versicherung haben, muss er das ziemlich schnell regeln. Das geht schon alles in Ordnung!«

Obwohl ich erst seit ein paar Wochen auf Hogna lebte, hatte ich bereits eine der Angewohnheiten von den Eingeborenen übernommen. Ich ging gern hinunter an den Kai, um zu sehen, wer mit der Fähre ankam. Mehrere Male waren auch Sendungen für mich dabei, Kartons mit Broschüren oder Formularen, die ich in der Bank brauchte. Dann musste ich sowieso hinunter.

An diesem Tag kam Lasse mit der Fähre an. Er sah noch ziemlich mitgenommen aus, als er da an Land trottete.

»Geht es dir gut?«, fragte ich ihn. Eigentlich hoffte ich, ein Nein zu hören.

»Ob es mir gut geht? Ja, was denkst du denn? Erst werde ich geräuchert wie ein seelenloser Hering, dann mit der Luftwaffe ins Krankenhaus eingeliefert und anschließend muss ich ein Verhör dritten Grades von der Polizei und anderen Idioten über mich ergehen lassen. Wenn du denkst, dass es mir gut geht, dann komm nur her und schüttele mir die Hand. Nein, es geht verdammt noch mal nicht gut. Jetzt warten eine Gerichtsverhandlung und Geldstrafen und vielleicht sogar das Gefängnis auf mich. Und diese Schulklasse, die verlangt ihr Geld zurück und darüber hinaus auch noch Schmerzensgeld.«

»Ach, wirklich?«

»Ja, wirklich. Die verlangen für alles Ersatz, angefangen

bei den paar Öre, die sie bezahlt haben, um die Tour mitzumachen, bis zu einer Entschädigung für die Lebensgefahr, in der sie sich angeblich befunden haben, und dann noch was, weil sie Alkohol für 'nen Appel und 'n Ei haben kaufen dürfen. Nein, gut geht es mir wirklich nicht. Das kann ich dir schriftlich geben.«

Ich hatte nicht das Herz, ihm zu erzählen, dass er wohl kaum in seinem Haus würde wohnen können. Es sauber zu kriegen würde sicher eine ganze Weile in Anspruch nehmen, so schwarz, wie es da drinnen war.

Mit der Fähre kam auch eine junge Dame. Ich hörte, wie sie jemanden am Kai fragte, wo sich die Hognaposten befand. Sie sollte bei der Zeitung aushelfen, weil Johnny Oliversen im Krankenhaus lag. Ich schaute ihr nach, als sie zum Zeitungsgebäude hochging. Nicht direkt hässlich, das Mädchen …

Nach einigen Tagen zogen die Polizeibeamten, die das Fischattentat untersucht hatten, ab. Ob sie nun aufgegeben hatten, den Attentäter zu finden, oder ob sie wertvolle Spuren gefunden hatten, die analysiert werden mussten, das wusste niemand. Deshalb gab es reichlich Spekulationen. Einige meinten zu wissen, dass Gregersen beurlaubt war und dass sie einen jungen Spund schicken würden, der ihn vertreten sollte. Wieweit das stimmte oder nicht, das würden wir zunächst einmal nicht erfahren. Gregersen hatte sich entschieden, sich zurückzuziehen und möglichst nicht unter die Leute zu gehen. Sicher weil es niemandem gelang, ein gewisses Schmunzeln zu unterdrücken, wenn er sich zeigte.

Lasse kam und wollte wissen, wie es mit der Vergabe von Stipendien und Spenden durch die Bank aussah. Er war der Meinung, dass es doch die Pflicht der Bank sei, einem ehrenhaften Steuerzahler wie ihm, dem ein Unglück nach dem nächsten widerfahren war und der quasi im bloßen Hemd dastand, die eine oder andere finanzielle Unterstützung zukommen zu lassen. Ich konnte ihn nur an Magnus verweisen. Der würde ihn sicher finanziell unterstützen können, wenn der Fisch bezahlt war. Lasse sah nicht aus, als ob er wirklich daran glaubte.

Am Freitagvormittag kam die junge Zeitungsfrau in die Bank. Johnny Oliversen war verduftet, wie sie mir erzählte, wodurch die Aushilfstätigkeit bei der Hognaposten zur Festanstellung geworden war. Jetzt brauchte sie ein Gehaltskonto. Ich verkaufte ihr gleich noch eine Versicherung. Sie wollte ihre Möbel herschaffen lassen, sie hatte eine Wohnung mieten können und musste jetzt ihren Hausrat versichern. Bei der Gelegenheit gelang es mir, ein wenig über sie zu erfahren. Silje Wang war Single ohne Kind oder Haustier. Leider war sie erst 23 Jahre alt. Was natürlich nicht bedeutete, dass sie zu jung für mich war. Eher bestand die Gefahr, dass sie mich für zu alt hielt.

»Hast du Pläne, was du hier draußen machen willst?«, fragte ich. »Willst du die Lokalseiten ein bisschen auffrischen? Nach dem wenigen, was ich bisher gelesen habe, scheint diese Zeitung eher ein Mitteilungsblatt für den Sportverein und die Kirche zu sein als eine kritische Zeitung.«

»Das wird sich ändern«, versicherte Silje mir. »Ich habe meine Ausbildung als Journalistin letzten Frühling beendet und kenne die Methoden, um die Korruption zwischen Wirtschaft und Politikern aufzudecken. Es gibt so einige hier in der Gemeinde, die gute Gründe dafür haben, nachts nicht mehr so gut zu schlafen. Weißt du denn von Dingen, über die ich schreiben sollte? Irgendwelche heißen Tipps?«

»Ich glaube, die Dinge, von denen ich etwas weiß, über die ist schon alles geschrieben worden. Wenn nicht in der Hognaposten, dann im Dagbladet und in der VG. Und dann war das ja auch alles in den Fernsehnachrichten.«

Als sie hinausging, pfiff ich leise vor mich hin. Und das nicht nur wegen ihres Aussehens.

Dass die Dame effektiv arbeitete, daran gab es keinen Zweifel, ich glaube, es verging keine halbe Stunde, bis mich der Pressesprecher der Bank anrief, er hatte Silje am Apparat gehabt, und sie hatte ihn nach den Gerüchten gefragt, dass die Bank geschlossen werden sollte. Die Anweisung an mich lautete, dass ich auf keinen Fall etwas zu dieser Sache sagen sollte.

»Ich habe den Eindruck, dass die ganze Gemeinde sowieso von den Plänen weiß«, erwiderte ich. »Ich fürchte, Hartvigsen war nicht gerade verschwiegen, wenn Sie verstehen.«

»Schon möglich, aber solange es sich nur um Gerüchte handelt, können wir damit leben. Es kommt nämlich vor, dass die Bevölkerung die Bank in so einer Situation noch unterstützt, um die Schließung zu verhindern. Und selbst wenn wir die Filiale schließen, haben wir vorher dann noch gute Geschäfte gemacht. Falls jemand tatsächlich beschließt, uns zu boykottieren und zu einer anderen Bank gehen will, ist das nicht so leicht, weil ja keine anderen Banken vor Ort sind, und wenn er zu einem Konkurrenten gehen will, so bedeutet das ziemlich viel Arbeit. Nein, lass die Gerüchte nur weiter laufen, Hauptsache, du sagst nichts Konkretes. Und schon gar nicht dieser Zeitungsfrau.«

Das notierte ich mir.

Kurz darauf kam Magnus herein, dieses Mal mit Lasse im Schlepptau.

»Hast du das gehört? Wir haben einen neuen Schmierfinken. Und dieses Mal ist es eine junge Dame, die hier Hauptstadt spielen will. Sie hat schon von unserem Junggesellenfestival gehört.«

»Na, das war ja wohl nicht so schwierig, oder? Schließlich habt ihr vor ein paar Tagen deshalb die Presse hier zusammengetrommelt.«

»Ja, schon, aber das war doch ganz unschuldig. Die hier, die hat Schlimmes vor.«

Nun verstand ich gar nichts mehr.

»Warum solltet ihr nicht ein nettes Festival organisieren, auf dem junge Menschen die Gelegenheit haben, einander kennenzulernen?«

»Und genau das ist es ja! Dieses verwöhnte Mädchen hat die Idee, und Gott weiß, wie sie darauf gekommen ist, dass wir Schiffsladungen von Frauen aus Thailand und von den Philippinen und weiß der Kuckuck woher importieren wollen, und dann soll es eine richtige Sexorgie mit Schlammschlacht hinter jedem Plumpsklo geben und sonstige Schweinereien.«

»O Scheiße«, ließ Lasse sich vernehmen. »Bei so einem Festival bin ich aber dabei!«

»Aber das stimmt doch gar nicht«, sagte ich, »das sind doch gar nicht eure Pläne. Auch wenn ihr nicht alles so macht, wie es das Gesetz …«

»Genau«, schnitt mir Magnus das Wort ab. »Es kann schon sein, dass man mal fünfe gerade sein lässt und einige Abkürzungen nimmt, um dahin zu gelangen, wo man hinwill, das schon. Aber die Frauen, die herkommen, sollen lediglich norwegisch sein, heiratswillig …«

»Geil«, fügte Lasse hinzu.

»… ordentliche Frauen, die herkommen, um ebenso ehrliche, aufrichtige …«

»Geile!«

»… norwegische Männer kennenzulernen. Daran arbeiten wir. Wenn was anderes dabei herauskommt, dann sind wir geliefert!«

»Wieso?«, fragte ich.

»Die ganze Bevölkerung hier auf der Insel muss hinter uns stehen. Alle wollen, dass dieses Festival stattfindet, damit hier Leben in die Bude kommt, und damit es Hochzeiten gibt mit einigen der vielen energischen, flotten …«

»Geilen!«, warf Lasse erneut ein.

»… heiratswilligen Junggesellen. Das ist das Ziel unserer Bestrebungen und unserer Arbeit.«

»Genau«, nickte Lasse.

»Und deshalb«, fuhr Magnus fort, »können wir uns keinen schlechten Ruf leisten. Wenn die das mit den Frauen aus Thailand in der Hognaposten bringt, dann brauchen wir gar nicht mehr daran zu denken, auch nur ein einziges Zelt auf Grund und Boden aufzustellen, der uns nicht gehört. Die Leute wollen keinen Sex hier draußen.«

»Sie mögen viel lieber Sex hier drinnen«, nickte Lasse.

»Deshalb müssen wir dafür sorgen, dass sie nicht über uns schreibt und diese falschen Prophezeiungen nicht unter die normalen Leute hier in unserem Dorf streut.«

»Und wie wollt ihr sie aufhalten? Mit ihr reden?«

»Wir vertreiben sie und jagen sie zurück in die Stadt«, schlug Lasse vor.

»Nein«, widersprach Magnus. »Wir werden ihr nicht drohen. Das würde nur auf uns zurückfallen. Wir werden auch nicht mit ihr reden und versuchen, das zu erklären; solche Zeitungsleute hören doch nur, was sie hören wollen, und dann verdrehen sie die ganze Wahrheit. Nein, Leute, was wir machen müssen, ist Folgendes: Wir müssen ihr genug zu schreiben geben, sodass sie uns nicht mehr nervt. Wir müssen sie ganz einfach mit Neuigkeiten füttern, die sie gebrauchen kann. Richtige Knüller.«

»Ja, gute Idee«, sagte Lasse. »Und wer soll das machen? Du vielleicht? Können wir dann sicher sein, dass du sie auch wirklich mit Neuigkeiten fütterst und nicht mit deinem Schwanz? Übrigens schuldest du mir noch eine beträchtliche Summe für Schadensersatz und Kompensation und Schmerzensgeld wegen dem, was du bei mir zu Hause angerichtet hast. Und das kannst du gleich hier erledigen, in dieser blöden Bank, denn bestimmt befindet sich hier dein Geld. Andernfalls werde ich diese Zeitungstante mit so viel Informationen füttern, dass sie noch einen Schreibkrampf kriegt, das sage ich dir.«

»Immer mit der Ruhe«, sagte Magnus und boxte Lasse kumpelhaft. »Du kriegst das Geld, wenn wir das Versicherungsgeld für die Fracht haben, die gestohlen wurde.«

»Ach ja, was ist eigentlich damit?«, fragte ich. »Hast du was von dem Belgier gehört?«

»Ich habe gestern eine SMS gekriegt, dass er die Fracht los ist. Deshalb rechne ich damit, dass er sie als gestohlen gemeldet hat und dass die Polizei jetzt dasteht und sich am Kopf kratzt und sich fragt, wo der delikate Rakefisk aus Norwegen nur geblieben ist.«

Die Fähre stampfte, das Meer war unruhig, und schwere Wellen schlugen auf der Fahrt zum Festland gegen den Bug. Die erste Überfahrt, seitdem ich hergekommen war. Wenn ich auf meinen Kalender guckte, konnte ich kaum glauben, dass in nur drei Wochen so viel passiert war. Jetzt wollte ich nach Hause – nach Hause in die Stadt, nach Hause in meine Wohnung, nach Hause zu den Leuten, die ich kannte, in Bars, Kneipen, ins Nachtleben, heim zu allem. Die drei Wochen waren unglaublich schnell vergangen, und trotzdem, es war eine lange Zeit, eine schrecklich lange Zeit. Und ein Wochenende vor mir zu haben, das war ein Gefühl, als läge ein ganzes Meer von Zeit vor mir. Ja, es gibt einen Namen für dieses Gefühl. Das Freitagsgefühl. Als ich an der Bushaltestelle in der Stadt aus dem Überlandbus stieg und nach Hause ging, fühlte ich mich fast fremd, ich stand irgendwie neben mir. Die Welt, die Stadt, meine Wohnung, alles war noch genauso wie vor drei Wochen, als ich abgereist war. Ich dagegen hatte mich verändert, ich hatte so viel erlebt …

Ich war wieder auf dem Weg zurück nach Hogna. Ein ganzes Wochenende. Vorbei. Ich war kaum wieder nüchtern, hatte zwei große Koffer mit allem dabei, was ich beim ersten Mal nicht mitgenommen hatte. Damals hatte ich mir nicht vorstellen können, auch nur ein Wochenende auf Hogna zu verbringen. Jetzt wusste ich, dass ich nicht jedes Wochenende in die Stadt fahren konnte.

Am Kai traf ich Selmer, er trug mir einen Koffer hinauf zur Bank und in meine kleine Wohnung.

»Na, wie war's in der Stadt?«

»Es war herrlich«, antwortete ich. »Wunderbar lebendig. Das Wochenende ist im Fluge vergangen.«

»Ja, es ist bestimmt etwas langweilig für dich hier draußen bei uns. Obwohl hier ja doch ziemlich viel passiert. Und es wird noch mehr passieren, das kann ich dir schriftlich geben. Magnus hat für morgen Abend die Turnhalle der Schule gemietet, er will einen Wettbewerb veranstalten für hoffnungsvolle Musiker, die beim Junggesellenfestival spielen sollen. Wir dürfen mit in der Jury sitzen und sagen, was wir meinen. ›Hogna sucht den Superstar‹ wird der Knaller, ich sage es dir.«

Ich packte meine Koffer aus, legte die Cognacflasche in einen Schrank und die Weinflaschen in einen anderen. Ich jubelte nicht gerade darüber, wieder in dieser Behausung zu sein, mit Linoleum und brauner Tapete. Aber es hätte auch schlimmer sein können, viel schlimmer. Schließlich gab es eine Regel hier auf Hogna. Ich helfe dir, und du hilfst mir. Das hatte ich inzwischen begriffen. Und ich würde die Sache so drehen, dass *sie mir* jetzt helfen mussten.

Nancy kam am Montagvormittag in die Bank. Sie wollte wissen, wie es am Wochenende in der Stadt gewesen war. Ob ich meinen Spaß gehabt hätte. Und das hatte ich. Dann wollte sie wissen, ob ich mit jemandem aus der Chefetage der Bank gesprochen hätte, als ich in der Stadt war. Das hatte ich nicht.

»Warum fragst du?«

»Ich habe da einen Tipp gekriegt«, sagte sie. »Von einem Parteifreund, der Kontakte zum Verkehrsministerium hat. Sie arbeiten mit einem umfassenden Plan.«

»Ach?«

»Für eine Lösung in unserer Gegend. Die Verbindung mit dem Festland ist mehrere Schritte weitergekommen. Auch wenn es noch nicht offiziell ist, so sind die Pläne so konkret, dass es wahrscheinlich bald Voruntersuchungen geben wird.«

»Warum sollte die Bank mit mir darüber gesprochen haben? Die Bank und ich, wir haben doch gar kein …«

»Es ist wohl deine Bank, die das Projekt finanziert. Das Geld soll durch eine Maut wieder reinkommen.«

»Und warum passiert das gerade jetzt, was denkst du? Ohne dass ihr in der Gemeinde darüber informiert werdet?«

»Dazu gibt es verschiedene Spekulationen, vielleicht wegen der Pläne für einen neuen Umschlagsterminal für Gas auf Rede, einer Insel, die zur Nachbargemeinde nördlich von uns gehört, aber geografisch näher bei Hogna liegt. Wenn sie dort einen Terminal bauen wollen, dann sind sie abhängig von einer Festlandsverbindung, nach Norden hin wäre das zu weit. Und deshalb haben sich da einige zusammengesetzt, die in der Wirtschaft die Strippen ziehen, und die haben große Pläne.«

»Einige? Meinst du Magnus und Lasse?«

»Magnus und Lasse? Nein, ich meine doch nicht die beiden Dorftrottel hier. Diejenigen, die sich da zusammengesetzt haben, das sind die richtig dicken Fische, die ein paar Milliarden in ein Projekt stecken können. Die stehen mit Statoil und Hydro auf Du und Du. Keine kleinen Gauner mit Spaß an Fischeingeweiden.«

»Sind das mehr als nur Gerüchte?«

»Es ist jetzt auf Rede mit den Untersuchungen begonnen worden, das habe ich von meinem Bürgermeisterkollegen dort erfahren. Im Laufe der Woche sollen ein paar Experten dorthin fahren, um sich die Alternativen näher anzuschauen. Wir sind auch schon gewarnt worden, dass in diesem Frühling ein paar Archäologen herkommen, um hier Vermessungen vorzunehmen. Sie wollen wahrscheinlich untersuchen, welche Bereiche für die Straßenplanung freigegeben werden können. Es gibt hier so viele prähistorische Funde, dass man keinen Spaten in die Erde stecken kann, bevor die Stelle nicht untersucht und freigegeben wurde. Und wenn es zu viele Funde sind, dann kann der Bereich gesperrt werden.«

»Ich werde Augen und Ohren offen halten«, versprach ich.

»Da können wir nur hoffen, dass sie so viele Fossilien finden, dass kein Straßenbau zugelassen werden kann«, sagte Nancy. »Oder dass sie zumindest so lange brauchen, bis die Gasterminalleute eine andere Lösung für ihr Projekt finden.«

»Vielleicht können wir den Archäologen ja ein bisschen auf die Sprünge helfen«, schlug ich vor. »Und dafür sorgen, dass sie viele nette Dinge finden.«

Nancy nickte grinsend.

»Ich glaube, du solltest mal zum Essen zu uns kommen.«

»Gehst du auch zu Magnus' Musikwettbewerb?«, fragte ich.

»Nein, wir haben Gemeinderatsversammlung. Sonst wäre ich gern hingegangen. Es kommt nicht so oft vor, dass in dieser Gegend etwas Kulturelles geschieht. Wenn Eddi zu Hause gewesen wäre, dann wäre er bestimmt angetreten, er spielt Schlagzeug. Hat er zumindest früher. Jetzt hat er nicht mehr so viel Zeit.«

»Und du? Spielst du ein Instrument?«

»Ich habe in meiner Jugend Hardangergeige gespielt. Aber das ist so lange her, dass heute niemand mehr dafür bezahlen würde, das zu hören. Im Gegenteil, so viel Geld könnte ich gar nicht bezahlen.«

Wir lachten beide.

»Es wird bestimmt lustig, sich anzuhören, was die Künstler hier so zu bieten haben«, meinte ich.

Am Abend schlenderte ich zur Schule, um beim Wettbewerb zuzuhören. Diesmal war ich zumindest sicher, dass niemand auf meine Teilnahme Wert legte. Hätte ich versucht, öffentlich zu singen, würde nicht nur das Festival abgesagt, sondern die ganze Insel evakuiert werden müssen.

Die hoffnungsvollen Talente waren in den Umkleideräumen untergebracht. Direkt vor der Bühne stand eine lange Tafel, an der die Jury sitzen sollte. Wenn sie denn bei so einem Wettbewerb überhaupt Jury hieß. Dessen war ich mir überhaupt nicht sicher.

»Gut, dass du kommst«, rief Magnus mir zu, als ich den Saal betrat. »Wir brauchen noch jemanden, der die Kandidaten beurteilt. Sivert musste heute Abend mit der Fähre auf die Werft. Ich hoffe, du verstehst etwas von Musik.«

»Ich kenne den Unterschied zwischen Hank Williams und Robbie Williams, wenn du das meinst.«

Ich nahm an dem langen Tisch Platz und wartete auf den ersten Kandidaten. So um die zwanzig Zuschauer waren gekommen, um das Spektakel anzusehen. Silje Wang war eine von ihnen.

»Scheiße, die sollte gar nicht hier sein«, flüsterte Lasse. »Soll ich sie rauswerfen?«

»Nein, spinnst du«, erwiderte Magnus. »Das ist doch nur Reklame für uns. Das sind ganz andere Sachen, von denen sie nichts wissen soll. Aber morgen werde ich ihr ein Ding vorsetzen, das sie eine ganze Woche beschäftigen wird.«

Die Ersten, die ihr Glück versuchten, war eine Countryband, die sirupzähe Musik über ihre kleine Farm und über den Treck nach Westen von sich gab.

»Wie viel nehmt ihr an Honorar?«, fragte Lasse.

»Zwanzigtausend am Abend.«

»Zu teuer. Außerdem spielt ihr grottenschlecht. Wenn ich so schlechte Musik hören will, dann lege ich zu Hause eine Kassette ein. Die klingen alle genauso beschissen, weil Magnus sie geräuchert hat. Die Nächsten!«

Magnus mahnte ihn, still zu sein.

Als Nächstes kam ein Mädchen auf die Bühne, wohl kaum älter als zwanzig. Sie hatte einen CD-Player dabei und versuchte sich an einem typischen Ladysong.

»Schrecklich«, rief Lasse ihr zu, »hätte eine Ziege deine Stimme, könnte man deren Fleisch bestimmt nicht essen. Wie viel nimmst du für einen Abend?«

»Äh, sind fünfhundert zu viel?«, fragte das Mädchen.

»In Ordnung, du bist engagiert«, nickte Lasse.

»Moment, Moment«, warf Magnus ein. »Es gibt noch andere Qualifikationen, die hier zählen. Und diese Qualifikationen hast du leider nicht. Aber vielen Dank, dass du hergekommen bist.«

Wir hörten uns fast zwei Stunden lang hoffnungsvolle Musikanten an. Vom Blockflötenorchester bis zu einem Rentner, der auf der Säge spielte, war alles dabei. Schon nach der ersten Stunde war uns ziemlich klar, dass die lokalen Musikanten nicht reichten. Wir mussten wohl über Hognas Tellerrand hinaussehen, um brauchbare Kandidaten zu finden, die auch Leute anzögen. Ein Festival, das Robbie Williams als Zugpferd hatte, konnte nicht mit Artisten wie Hjørdis punkten, auch wenn sie in Kirchenkreisen noch so berühmt war als Wunderdame, die mit zwei Armprothesen und einem künstlichen Darmausgang Ziehharmonika spielte. Und auch auf den Automechaniker, der sein Instrument aus Ford-Fiesta-Autohupen und Stoßdämpfern eines Simca 1100 gefertigt hatte, konnten wir gut verzichten.

»Vielleicht können wir ja an einem Tag des Festivals einen Talentwettbewerb veranstalten?«, schlug Toralf vor. »Ich kann den Großhändler bestimmt dazu überreden, ein paar Päckchen Kaffee als Prämie zu spendieren.«

»Darum kümmerst du dich dann aber«, sagte Magnus. »Wir anderen werden uns in der großen weiten Welt umschauen, um jemanden zu finden, der bei unserem Junggesellenfestival aufspielt. Wir brauchen Volkstänze, wir brauchen Country, dazu eine Tanzband und noch diese Ohrenschmerzen verursachende Musik. Dann können wir an vier verschiedenen Stellen gleichzeitig spielen. Damit die Leute hin und her laufen können, um zu sehen, was ihnen am besten gefällt.«

»Und wenn die auch Vorschüsse und Garantien verlangen«, warf Selmer ein. »Was machen wir dann? Wir können nicht erwarten, dass Konrad und Monrad noch mehr Geld als Sicherheit zur Verfügung stellen. Und unseren Dispokredit haben wir wohl schon ausgeschöpft, oder?«

»Wir müssen uns halt etwas einfallen lassen«, sagte Magnus. »Lass uns eine Nacht drüber schlafen. Mal sehen, was wir dann für Ideen haben.«

Nachdem ich am nächsten Vormittag die Rushhour hinter mich gebracht hatte, das heißt eine Mutter mit zwei Kindern, die ihre Spardosen leeren wollten, und eine Gruppe von Rentnern, die in Urlaub fahren und ihr Geld in Peseten gewechselt haben wollten, hatte ich viel Zeit. Die Rentner brauchten natürlich lange; dass es keine Peseten mehr gab, verwirrte sie ziemlich, nicht zuletzt, weil einer von ihnen eine Busreise nach Flensburg gemacht hatte und schwor, dass es Deutschland war, wo es den Euro gab.

Wie so oft, wenn ich viel Zeit hatte, und das war ehrlich gesagt nicht so selten, surfte ich ein wenig im Internet. Las E-Mails und schaute nach, was daheim in der Stadt so im Kino lief. Dann hatte ich eine Idee. Ich gab den Suchbegriff ›Band‹ ein. Es gab eine Menge Bands mit eigener Homepage, auf der man sie buchen konnte. Nicht, dass ich mich besonders intensiv in die Planung des Unterhaltungsprogramms einmischen wollte, aber ich war mir ziemlich sicher, dass Magnus mich für die Suche schon eingeplant hatte. Deshalb war es nur gut, ihm eine Nasenlänge voraus zu sein. Ich markierte einige der Bands, die ich da entdeckt hatte.

Gegen halb zwölf kamen Magnus und Lasse, Magnus hatte eine Tüte Zimtschnecken dabei und spendierte diese für die Mittagspause. Von mir kam der Kaffee.

»Hast du weiter über das nachgedacht, worüber wir gestern gesprochen haben?«, fragte Magnus. »Vernünftige Musiker zu finden, die Tanzmusik spielen können?«

»Wir nehmen einen Kassettenrekorder«, schlug Lasse vor. »Die Gemeinde hat eine professionelle Lautsprecheranlage, die sie immer am 17. Mai benutzen, wenn einer der pensionierten Lehrer auf dem Schulhof eine Rede halten soll. Wenn wir die auf die Bühne stellen, dann haben wir tolle Tanzmusik. Ich habe viele schöne …«

»Ich habe einige Bands im Internet gefunden«, unterbrach ich ihn.

»Ist da was Brauchbares dabei?«, brüllte Lasse sofort. »Was kosten die?«

»Ich weiß weder, ob sie gut sind, noch, was sie kosten. Aber sie machen im Netz damit Reklame, dass sie alle zum Tanzen bringen. Und das wollen wir ja, oder?«

Ich druckte einige Seiten aus. Lasse blätterte sie mit gerunzelter Stirn durch.

»Nee, nee, die hier sind alle nicht zu gebrauchen. Die sind bestimmt viel zu teuer. Und total unbekannt.«

»Ihr wisst doch gar nicht, wie teuer sie sind, bevor ihr nicht mit ihnen gesprochen habt«, wandte ich ein. »Was habt ihr denn gedacht, was so eine Band kostet?«

»Weiß der Teufel«, sagte Lasse.

»Nun ja«, sagte Magnus, »was kostet denn so eine Band normalerweise?«

»Keine Ahnung«, antwortete ich. »Ich habe noch nie eine Band engagiert.«

»Das hier sieht gut aus«, sagte Magnus und zeigte auf einen der Ausdrucke. ›Rolf Royce Band‹. Da steht, dass sie Musik für jeden Geschmack spielen, alles von Tango bis Pogo. Vielleicht könnte uns dann sogar eine Gruppe reichen?«

»Und was kosten die?«, fragte Lasse.

»Darüber steht da nichts, aber hier ist eine Handynummer. Ich rufe da einfach mal an.«

»Hallo? *Hello?* Ich rufe von Hogna aus an. *I'm calling from the Hogna.*«

Er hielt die Muschel zu.

»Das sind anscheinend irgendwelche Finnen«, sagte er.

»Wie viel kostet es, euch hierher zu engagieren zu ... *yes, hur mycket?* Junggesellenfestival. *Young fellow party. We having here auf Hogna, yes. Oki, yes, mycket takkar yes.*«

Er legte den Hörer auf.

»Das war nicht leicht, diesen Typen da zu verstehen, aber er will mir offenbar morgen eine Broschüre oder so schicken. Ich habe ihm versprochen, ein Fax mit der Adresse zu schicken. Kann ich dein Faxgerät leihen?«

Ich nickte zur Antwort.

Magnus rief noch einige andere Bands an, die ein Preisangebot schicken sollten. Eine wollte gratis spielen, wenn sie Vorband für Robbie Williams sein durften, was Magnus ihnen natürlich sofort zusagte.

»Es ist viel einfacher, Musiker zu engagieren, wenn man einen internationalen Künstler oben auf dem Plakat stehen hat.«

Ungefähr im gleichen Moment, als er das erklärte, traf ein Fax von Robbie Williams' Agenten ein. Er schrieb, dass er die Garantiesumme erhalten habe und gern herkommen würde, um sich die Gegebenheiten anzusehen. Außerdem schickte er eine lange Liste mit allen Forderungen.

»Er will ein eigenes Haus hinter der Bühne haben«, sagte Magnus. »Mit Whirlpool und drei Toiletten. Und alle Lautsprecher müssen von einer bestimmten Marke sein, von der ich noch nie etwas gehört habe. Und dann müssen wir ihm ein Auto zur Verfügung stellen, mit dem er herumfahren kann.«

»Wir können Toralfs Lieferwagen nehmen«, meinte Lasse.

»Nein, nein. Hier steht, was für ein Wagen das sein muss. Eine große Limousine, möglichst eine englische.«

Ich musste lachen.

»Ihr müsst euch einen Rolls Royce anschaffen. Oder einen Cadillac.«

Magnus fluchte.

»Verdammt, was für ein Primadonnagehabe«, meinte er.

»Meint ihr, es geht auch ein Bentley?«, fragte Lasse. »Der ist doch eigentlich genauso edel wie ein Rolls Royce.«

»Ja, klar«, bestätigte Magnus. »Kennst du etwa jemanden, der einen hat? Oder willst du die Marke auf deinen Trecker kleben?«

»Mir wurde angeboten, einen Bentley zu kaufen«, sagte Lasse. »Da unten bei der Werft liegt ein schottischer Trawler. Der Kapitän hat mich gefragt, ob ich daran interessiert wäre, ihm ein Auto abzukaufen, er hat einen Bentley, den er loswerden will.«

»Hat er das Auto auf dem Trawler?«

»Nein, das wohl doch nicht. Wozu sollte er das? Um den Fischen den Anblick eines Edelautos zu bieten, bevor sie geschlachtet werden? Nein, der Wagen steht in Schottland, aber da gibt es momentan so viele Lords, die ihre Bentleys verkaufen wollen, dass er ihn einfach nicht loswird. Wenn ich ihn also kaufe, dann schippert er ihn mir gratis über die Nordsee, wenn er das nächste Mal kommt.«

»Hm«, sagte Magnus. »Vielleicht gar nicht so dumm. Kannst du nicht mal im Internet nachgucken, ob du ein Foto von so einem Auto findest?«

Ich tat, worum er mich gebeten hatte.

»Das ist ja ein Schmuckstück, dieser Wagen, mit Leder im Inneren, Automatik und allem. Was will der Schotte denn dafür haben?«

»Zehntausend Pfund«, sagte Lasse.

Ich rechnete den Kurs aus.

»Ungefähr einhundertfünfzigtausend«, sagte ich.

»Das sind ja Peanuts«, sagte Magnus. »Für so einen exklusiven Schlitten ist das geradezu lächerlich.«

»Sicher«, stimmte ich zu, »aber trotzdem musst du das Geld erst mal haben.«

»Jetzt hört mal her! Dieses Auto ist Gold wert. Wir brauchen ein wenig frisches Kapital für unser Festival. Und wir werden jetzt zwei Fliegen mit einer Klappe schlagen. Wir kaufen den Wagen und benutzen ihn, um Robbie darin herumzukutschieren. Aber zuerst verlosen wir ihn. Der Gewinner kriegt den Wagen erst, nachdem Robbie ihn benutzt hat und das Festival vorüber ist. Toll, nicht wahr? Denn was könnte es Besseres geben, als ein Luxusauto zu gewinnen? Oh, das will ich euch sagen. Nämlich ein Luxusauto zu gewinnen, in dem Robbie Williams gesessen hat! Lasse, lauf du runter zur Werft und sage deinem Schotten, dass wir den Wagen kaufen, ich werde inzwischen die Verlosung organisieren. Ich muss in die Stadt, um eine Druckerei zu finden, die mir die Lose druckt. Kannst du das Bild von dem Bentley ausdrucken?«

Ich saß noch eine Weile da und studierte das Foto des Autos, nachdem die beiden verschwunden waren. Es gibt so einige Dinge, die man tun sollte, bevor man stirbt. Darüber sind schon ganze Bücher geschrieben worden. Man sollte auf einem Kamel dem Sonnenuntergang entgegenreiten und mit dem Fallschirm über Nepal abspringen. Das steht auf meiner Liste. Und dann sollte man einmal in seinem Leben ein

Auto besitzen, das so schön und exklusiv ist, dass es einen glücklich macht, sich nur hineinzusetzen. Ich bin zwar der Typ, der eher von kleinen, spritzigen Sportwagen träumt, das muss ich zugeben. Aber so ein Bentley hätte sich in der Tiefgarage daheim in der Stadt nicht schlecht gemacht. Zumindest so ein schicker wie der auf dem Foto.

An dem Abend machte ich mal wieder meine Abendrunde am Ufer entlang, in der sicheren Gewissheit, dass weder Magnus noch Lasse mit einem neuen wahnsinnigen Vorschlag auftauchen konnte. Magnus hatte die Fähre aufs Festland genommen, um seine Lose drucken zu lassen, und Lasse war schwer damit beschäftigt, das Geschäft mit dem Schotten an Bord von dessen Trawler zu begießen. Und schottische Geschäftsbesäufnisse waren sicher etwas für Fortgeschrittene.

Ich setzte mich auf den Felsen mit der besten Aussicht und schaute aufs Meer. Auf die Wellen, die eine nach der anderen gegen das Ufer schlugen, die Möwen, die im Wind segelten, die Tordalken, die auf einer Klippe aufgereiht saßen und auf die nächste Möglichkeit warteten, eine Mahlzeit zu fangen. Ich hatte meinen iPod mitgenommen und hörte Musik, die zu meiner momentanen Stimmung passte. Ein wenig verträumt, ganz zufrieden und etwas sehnsüchtig. Vielleicht war das Leben auf so einer kleinen Insel ja trotz allem gar nicht so schlecht. Auch wenn ich das Gefühl hatte, dass gerade in meinen ersten Tagen auf Hogna etwas zu viel um mich herum passiert war, so würde es ja wohl nicht immer so bleiben. Vielleicht brauchte ich gerade die Ruhe und den Frieden, den es hier auch gab. Wellen im Haar und Windbrausen um die Zehen.

Ann kam auf mich zu. Ich sah, wie sie hinter dem Leuchtturm auftauchte, sie entdeckte mich und winkte. Ich zog die weißen Ohrstöpsel heraus und schob mein Musikdingsbums in die Tasche.

»Du mögen Wind?«, fragte sie.

Ich nickte.

»Das ist wohl das Beste hier. Dass es immer weht. Wenn es windstill ist, dann wird es stickig, feucht und man hat Probleme mit dem Atmen.«

»Bei uns es nicht wehen«, sagte sie, »nicht so ein Wind wie der hier. Wenn wehen, dann viel wehen. Oder gar nicht wehen. Dann es ist heiß. Weißt du? Als ich weggegangen aus Thailand, ich habe alles zu Hause vermissen, aber wenn ich jetzt zurückfahre zu mein Heimatland, dann ich einiges von Hogna vermissen. Ich vermissen den Wind, das ist wie Leben in der Luft, das pustet alles weg, was ich nicht mögen.«

»Ja? Pustet er schlechte Gedanken weg?«

»Schlechte Gedanken? Nein, die kann Wind nicht wegpusten. Aber Wind kann Mücken und Fliegen wegpusten. Und Libellen. Die ich nicht mögen.«

»Insekten oder Gedanken, weg damit.«

»Hast du Gedanken, die sollen weggepustet werden?«

»Manchmal«, gab ich zu. »Ich mag es, wenn der Wind mit deinem Haar spielt. Das wirkt dann so lebendig. Als würde sich dein Gesicht im Wind bewegen, als führte es ein Eigenleben.«

»Du mögen Frauen, die aus Thailand kommen?«, fragte sie mich.

»Ja«, antwortete ich. »Die sind schön. Und besonders du.«

Ann lächelte. Dann beugte sie sich vor und küsste mich.

Ich blieb lange sitzen und schaute ihr nach, als sie wieder verschwand.

Magnus kam am nächsten Vormittag in bester Laune vom Festland zurück.

»Das wird fantastisch«, sagte er, »einfach fantastisch. Die Polizei hat mich angerufen und mir mitgeteilt, dass die Sache mit der Brandstätte mit einer Strafe von fünfzehntausend beigelegt wird, weil die Polizei an ihren Nachforschungen behindert wurde. Mehr kommt nicht nach. Und als ich nach Hause kam, lag da ein Brief für mich, in dem stand, dass der Schaden akzeptiert worden ist und ich die gesamte Versicherungssumme ausbezahlt bekomme. Fast zwei Millionen Kronen! Ist es da ein Wunder, dass ich strahle? Und hier, schau mal! Ich habe Lose und Plakate drucken lassen. Wir werden zweitausend Lose für das Auto verkaufen. Zweitausend Lose à tausend Kronen. Da bleiben ein paar Millionen für die Festivalorganisation übrig.«

»Glaubst du, dass die Leute so teure Lose kaufen? Tausend Kronen, das ist wohl ziemlich an der oberen Grenze.«

»Überhaupt nicht, die Leute kaufen gerne Lose bei so guten Gewinnchancen. Eins zu zweitausend. Da will man doch dabei sein. Ich habe gedacht, dass du vielleicht auch Lose an deine Bankkunden verkaufen kannst. Das sind doch sowieso Leute, die Geld haben.«

»Sorry«, wehrte ich ab. »Die Bank erlaubt derartige Geschäfte nicht in ihren Räumen.«

»Aber da liegt doch ein Losebuch auf dem Tresen.«

»Die sind für den Spielmannszug der Schule. Und die Lose kosten nur zwei Kronen. Die Bank setzt die Grenze bei fünf Kronen pro Los.«

»Merkwürdige Bestimmungen. Aber ein Plakat aufzuhängen, das wird doch wohl erlaubt sein? Ich kann es ja an die Tür hängen.«

Ich reichte ihm Klebeband.

»Da steht ein Wagen vom Verkehrsministerium«, sagte er. »Was die hier nur wollen. In unserer Gemeinde gibt es doch nur kommunale Straßen.«

»Das sind sicher die Leute, die mögliche Trassen für eine Verbindung zum Festland besichtigen wollen. Die schauen sich bestimmt die Alternativen an.«

Magnus schien nachzudenken.

»Was du nicht sagst. Das muss doch etwas sein, was diese Zeitungstante interessiert. Darf ich mal dein Telefon benutzen?«

Er rief die Nummer der Zeitungsredaktion an.

»Ist es nicht entsetzlich, dass sie das gesamte Zentrum von Hogna abreißen wollen, nur um Platz für einen Tunnel zu schaffen?«, hörte ich ihn am Telefon sagen. »Sie wollen fast alle Häuser in der Bucht und an den Kais abreißen für große Straßen mit Kreisverkehr und Kreuzungen. Alles wird kaputt gemacht!«

Er grinste, als er aufgelegt hatte.

»Damit wird sie die nächsten Tage ziemlich beschäftigt sein. Ich laufe schnell runter zu Toralf, damit der Lose verkauft. Und er will sicher auch welche haben. Und dann werde ich mal eine Runde drehen und überall bei den Leuten anklopfen, die ein luxuriöses Fahrzeug zu schätzen wissen. Stell dir nur vor, wenn der Tunnel und all diese feinen Dinge erst mal fertig sind, dann braucht man nur die Automatik einzustellen und schon rollt der Wagen lautlos und bequem unter dem Meer hindurch und wieder hinauf in die frische Luft in einen Kreisverkehr auf dem Festland. Das klingt doch wie ein Traum«, zwitscherte er fröhlich auf dem Weg nach draußen.

»Na, du kannst es dir doch jetzt auch leisten, ein schönes Auto zu kaufen, mit dem Geld von der Versicherung«, sagte ich.

Magnus blieb abrupt stehen und sah mich an.

»Wir müssen uns etwas einfallen lassen wegen dem Geld«, sagte er. »Das muss verschwinden. Ich habe hier und da ein paar Schulden, es gibt da Leute, die sind scharf darauf, es in die Finger zu kriegen.«

»Wer denn? Die Leute vom Finanzamt?«

»Ja, unter anderem. Wir müssen das Konto, das du da unten im Pazifik organisiert hast, benutzen.«

»Das wäre gegen das Gesetz«, sagte ich, »die Behörden werden wissen wollen, was du damit gemacht hast, und sie werden verlangen, dass du ...«

»Die Behörden? Pah, scheiß drauf. Die reden viel, wenn der Tag lang ist. Wenn das Geld erst einmal außer Landes ist, dann können sie es nicht mehr kassieren. Dann ist es sicher. Wir müssen das regeln.«

Während Magnus zum Laden hinunterging, sah ich Silje Wang in die gleiche Richtung fahren, in der die Leute vom Verkehrsministerium verschwunden waren. Sie wollte sicher versuchen, die Vermesser über die Pläne für das Zentrum auszuquetschen.

Ich selbst machte mich auf den Weg zum Supermarkt, um Lebensmittel einzukaufen und dem neuesten Klatsch zu lauschen. Vor der Tür saß die übliche Bande von Alten auf der »Lästerbank« und versuchte, die Probleme zu lösen, die aufgetreten waren, und alle, die in Zukunft auftreten konnten. Die meisten der Alten hatten zerfurchte Gesichter nach einem langen Leben mit harter Arbeit auf See und auf ihren kleinen Feldern, die sie beackert hatten. Jetzt saßen sie hier in ihren Steppjacken. Einige hatten einen Thermo-Overall drunter, andere Jackett oder Pullover. Aber eine Steppjacke, die musste sein. Genau wie die Schirmmütze.

Im Laden waren so spät am Tag nicht mehr viele Kunden, die meisten Leute auf der Insel hatten schon vor langer Zeit gegessen. Ich suchte mir etwas Schnelles aus der Gefriertruhe und blieb eine Weile stehen, um zwei Damen zuzuhören, die über die Junggesellen auf der Insel und deren Pläne diskutierten. Wenn diese beiden die Meinung des Volkes auf Hogna repräsentierten, dann hatten Magnus und seine Bande viele Widersacher. Einen Moment lang überlegte ich, ob ich Magnus davon erzählen sollte, beschloss dann aber, es sein zu lassen. Nicht einmal er muss alles wissen, dachte ich.

Ich hatte mir einen ruhigen Abend vorgestellt. Eigentlich war so ziemlich jeder Abend ruhig, so viel Nachtleben gab es auf Hogna ja nicht, es sei denn, die Junggesellen hatten sich mal wieder etwas ausgedacht. Und hatten sie das, dann waren das in der Regel Dinge, mit denen ich lieber nichts zu tun haben wollte. Deshalb hatte ich für diesen Abend geplant, mir eine tiefgefrorene Pizza zu gönnen und sie mit ein wenig Wein zu genießen, um mich dann vor dem Fernseher niederzulassen, das konnte doch ganz nett werden.

Viertel nach acht klingelte es an der Tür. Ich schaute aus dem Fenster und sah Lasse unten stehen. Einen Moment lang überlegte ich, ob ich einfach nicht öffnen sollte, aber er hatte nach oben geschaut und mich entdeckt, also hatte ich keine andere Wahl. Ich musste hinunter und hören, was er wollte.

»Jetzt hast du ja was Schönes angerichtet«, sagte er.

Ich sah ihn verwundert an.

»Was soll ich denn gemacht haben?«

»Zieh dir was über und komm mit mir. Jetzt drehen alle durch, das sage ich dir, und alles nur wegen dir.«

»Ich gehe nirgendwohin, bevor du mir nicht sagst, worum es geht.«

»Deine Finnen sind gekommen.«

Ich überlegte.

»Lasse«, sagte ich. »Siehst du das große Fragezeichen über meinem Kopf leuchten?«

»Na, die Finnen! Diese Musiker, die du herholen wolltest. Sie sind gekommen.«

»Musiker? Wovon redest du?«

»Gestern hast du doch unbedingt diese finnische Band herholen wollen. Erinnerst du dich nicht daran?«

»Ich erinnere mich nur daran, dass ich ein paar Bands aus dem Internet herausgesucht und dir und Magnus Ausdrucke gegeben habe, die ihr euch angucken konntet. Und ich erinnere mich, dass Magnus eine Nummer angerufen hat, um eine Gruppe zu dem Festival einzuladen. Ist es das, wovon du redest?«

»Yes. Deine Finnen. Sie stehen jetzt unten am Kai. Sie sind gekommen. Wo möchtest du sie hinhaben?«

Ich merkte, wie es in mir kochte.

»Jetzt hör mal zu, du verdammter Idiot«, fauchte ich Lasse an. »Ich will sie nirgends haben. Du und Magnus, ihr wart es, die die Band ausgesucht habt. Und es war dieser Idiot Magnus, der sie angerufen und mit ihnen geredet hat, und wenn irgendjemand sie hierher geholt hat, dann muss es ja wohl verdammt noch mal Magnus sein. Dieses Problem müsst ihr verfluchten Idioten bitte schön allein regeln!«

Ich wollte ihm gerade die Tür vor der Nase zuknallen, als mich sein Blick innehalten ließ.

»Du brauchst mir gegenüber gar nicht so einen Ton anzuschlagen«, sagte er. »Habe ich dir vielleicht was getan? Ich bin nur gekommen, um dir Bescheid zu sagen. Sie stehen jetzt unten am Kai.«

Jede Faser meines Körpers sagte mir, dass ich einen Fehler machte, dass ich mich nur nicht da hineinziehen lassen durfte. Ich sollte besser zu Hause bleiben bei meiner Peperonipizza und meinem Rotwein. Mich vor den Fernseher hocken und für den Rest des Abends mit keinem Menschen reden.

Ich zog mir die Jacke über und ging mit Lasse hinunter zum Kai.

Magnus stand vor einem älteren Kleinlaster und gestikulierte. Auf der Seite des Fahrzeugs stand der Name »Rolf Royce Band«. Rundherum waren gelbe und rote Sterne geklebt, sicher, um Rostflecken zu verbergen.

»Gut, dass du kommst«, sagte Magnus, »die sind viel zu früh gekommen. Und es ist hoffnungslos, ihnen das erklären zu wollen. Sie glauben, sie würden heute auftreten. Das musst du ihnen erklären. Die reden nur Finnisch.«

»Glaubst du etwa, ich kann Finnisch? Hallo?!«

»Du arbeitest doch in der Bank. Habt ihr da nicht häufiger finnische Touristen?«

»Nur welche, die Englisch können. Wer ist denn der Leiter der Band?«

»Der mit den langen Haaren. Der relativ nüchtern aussieht.«

»Do you speak English?«, fragte ich ihn. Er schüttelte den Kopf.

»Schwedisch? Verstehst du Schwedisch?«

Erneutes Kopfschütteln.

»Vielleicht können sie ja Russisch?«, schlug Lasse vor. »Das können bestimmt viele in Finnland.«

»Kannst du denn Russisch?«, fragte ich verwundert. »Ich kann es jedenfalls nicht.«

»Scheiße, was bist du negativ heute. Nein, ich kann kein Russisch, sehe ich etwa aus, als würde ich das können? Aber drüben im Asylantenheim, da gibt es einen Russen.

Jedenfalls einen, der aus einem Land kommt, wo sie etwas sprechen, was sich so ähnlich wie Russisch anhört. Wenn du also herausfinden kannst, ob diese Herren Koskenkorvaindianer Russisch können, kann ich ihn holen.«

»You speak ... äh, parle, hablas, reden Ruski? Bauska, njet, dawai?«

Nach dem Gesichtsausdruck des Bandleaders zu urteilen, war das offenbar genauso unbegreiflich für ihn wie Norwegisch oder Englisch.

»Moment«, sagte der Typ und holte sein Nokia heraus. Er tippte eine Nummer ein und redete dann schnell und laut. Dann gab er mir das Handy.

»Matti fragt, ob sie denn nicht heute spielen sollen?«, übersetzte ein Mann mit einem starken finnischen Akzent.

»Nein, erst im Herbst. Sie sind zur falschen Zeit gekommen«, sagte ich. »Kannst du ihm das erklären?«

Matti nickte mehrere Male, während er den Bescheid bekam. Dann sagte er etwas zu dem unbekannten Dolmetscher.

»Sie wollen zurück aufs Festland fahren. Wann geht die nächste Fähre?«

»Nicht vor morgen früh«, sagte ich.

Matti gab einige Flüche von sich, die mir bekannt vorkamen.

»Sie fragen, wo sie übernachten und etwas essen können«, erklärte der Dolmetscher. Ich versprach ihm, dass wir das regeln würden.

»Wir müssen einen Platz finden, wo sie übernachten können«, erklärte ich Lasse und Magnus. »Und außerdem brauchen sie etwas zu essen. Könnt ihr das regeln?«

Es gab eine kleine Diskussion zwischen den beiden.

»Ich werde sie in meinen Campingwagen einquartieren«, sagte Lasse. »Der ist so gut wie neu. In meinen Hütten wohnen momentan ein paar Deutsche, die tun so, als machten sie eine Angeltour. Und für Essen und Trinken werde ich auch sorgen.«

Lasse vermittelte mit Händen und Füßen, dass sie schlafen, essen und trinken würden.

Magnus beschloss, dass er und ich auch mitgehen sollten, um sicher zu gehen, dass für die Finnen gut gesorgt wurde. Deshalb saß ich in der Lastenschaufel von Lasses Trecker, während Magnus uns auf seinem Moped folgte.

Zu behaupten, Lasses Campingwagen, den er hinter der Scheune stehen hatte, sei so gut wie neu, war stark übertrieben. Er war sicher einmal neu gewesen, aber das war schon sehr, sehr lange her. Jetzt war er mit Schrott und Gerümpel zugemüllt. Lasse öffnete die Tür und jagte ein paar Hühner hinaus, die es sich dort drinnen gemütlich gemacht hatten.

»Nun ja, das bisschen Vogelgrippe werdet ihr wohl wegstecken«, murmelte er, während er von den Sitzen im Wagen Stroh und Federn fegte. »Den habe ich mal von einem Typen aus Haugesund gekriegt als Bezahlung für einen längeren Aufenthalt auf meinem Land«, erklärte Lasse. »Und er hat gesagt, das ist ein Wagen bester Qualität.«

Die Finnen schienen skeptisch bei dem Gedanken zu sein, in dieser Baracke übernachten zu müssen, sahen jedoch ein, dass es keine Alternative gab. Außerdem hatten sie wahrscheinlich im Laufe ihrer Karriere schon in schlimmeren Unterkünften die Nacht verbracht. Sie nahmen alles mit, was sie zum Schlafen brauchten, und richteten sich ein.

Lasse kam mit Bettzeug, das heftig nach verbranntem Gummi und Rauch stank.

»Gebt mir nicht die Schuld, das war dieser Pyromane hier, der hat das Bettzeug versengt«, erklärte er den Gästen. Einer von ihnen zündete sich eine dicke Zigarre an, wahrscheinlich, um den Rauchgestank zu neutralisieren. Ein anderer kam mit einer Kühltasche, offenbar hatten sie eigene Verpflegung dabei. Was sicher klug war, ich konnte mir nicht vorstellen, dass Lasse in der Lage war, eine anständige Mahlzeit herzurichten.

»Jetzt werde ich ihnen was zu trinken bringen, damit sie eine gute Nacht haben. Solche Musikfritzen mögen doch bestimmt einen Schnaps, oder?«, fragte er mich.

»Ganz sicher«, stimmte ich zu. »Die sehen nicht aus, als würden sie ins Glas spucken.«

Magnus blieb noch, um den Finnen zusammen mit Lasse ein wenig Gesellschaft beim Zuprosten zu leisten, ich verabschiedete mich und spazierte lieber noch ein bisschen am Ufer entlang, bevor ich nach Hause ging. Meine Pizza war sowieso inzwischen kalt geworden und der Wein sicher viel zu warm, also hatte ich keine Eile. Als ich auf dem Rückweg an Lasses Hof vorbeikam, konnte ich traurige Lieder aus dem Campingwagen hören, der Schnaps war also offensichtlich gut aufgenommen worden.

Ich glaube, ich träumte in dieser Nacht von besoffenen Finnen und Leuten, die im Tangotakt sangen. Auf jeden Fall wachte ich am nächsten Morgen ziemlich verschwitzt auf. Mittwoch, das war immer ein besonderer Tag auf Hogna, das war der Tag, an dem die Hognaposten herauskam. Und auch wenn ich erst seit wenigen Wochen auf Hogna wohnte, so war es auch für mich zu einem kleinen Ritual geworden, in der Lokalzeitung zu blättern. Die Ergebnisse der Fußballspiele der Jungenmannschaften, die Ziehung der Lotterie vom Fredly-Basar und die neuesten Geburten und Todesfälle. Da jetzt aber frischer Wind in der Redaktion wehte, waren auch neue Zeiten angebrochen; die Sensationsjournalistik hatte Einzug gehalten. Silje Wang hatte offensichtlich Magnus' Falschinformationen mit Haut und Haaren geschluckt, sie hatte ihre Zeit darauf verwandt, ein Bild zu erstellen, das zeigen sollte, wie das Zentrum von Hogna aussehen würde, wenn die größte Kreuzung von Oslo, das Sinsenkrysset, darauf platziert wäre. Außerdem hatte sie Lokalpolitiker interviewt und eine Umfrage unter den Rentnern im Laden gemacht, die nicht glaubten, dass überhaupt etwas davon stimmte, es aber dennoch einfach schrecklich fanden. Silje hatte außerdem versucht, den Zuständigen im Verkehrsministerium dazu zu bringen, sich dazu zu äußern. Jedoch ohne Erfolg. Was sie als ein Zeichen deutete, dass die Informationen, die sie erhalten hatte, wahr waren. Die Sache wurde abgerundet von einem unscharfen Foto, das zwei Mitarbeiter des Verkehrsministeriums zeigte, die weit hinten auf einem Feld standen und auf die imaginäre Trasse starrten. Es sei ihnen nicht erlaubt, mit der Presse zu sprechen. Die gründliche Journalistin versprach, die Sache zu verfolgen und die Verantwortlichen zur Rede zu stellen.

Als ich das las, musste ich lachen. Magnus war es jedenfalls gelungen, die Dame so mit absurden Dingen zu füttern, dass sie sich weit von Lasse und ihm fernhielt.

Die Straßengeschichte war natürlich das Thema an diesem Tag. Alle, die in die Bank kamen, hatten eine Meinung dazu, und die meisten glaubten, dass die ganze Sache von Anfang bis zum Ende erstunken und erlogen war. Aber, wie einer von ihnen einwarf, kein Rauch ohne Feuer.

»Vielleicht verbreiten sie den Plan, das ganze Zentrum

plattzumachen, nur, um euch Angst zu machen«, schlug ich vor. »Damit ihr hinterher nur noch Ja und Amen sagt, ganz gleich, welche andere Alternative euch geboten wird.«

»Dann werde ich mich an den Bulldozern festketten«, erklärte eine ältere Dame. »Und da werde ich liegen bleiben und joiken, bis sie ihre ganze Festlandsverbindung aufgeben. So einen Blödsinn will ich hier nicht haben.«

Ich traf Nancy im Laden. Toralf versuchte sie zu überreden, ein Los für den schicken Wagen zu kaufen, aber Nancy meinte, ihr Auto sei gut genug für diese Insel.

»Willst du denn nicht in einem schicken Schlitten im neuen Verkehrswirrwarr herumfahren?«, fragte ich.

Sie grinste.

»Es haben mich schon mehrere gefragt, ob ich das Gerücht in die Welt gesetzt habe«, sagte sie. »Denn nach so einem Unsinn muss man schon lange suchen. Aber wenn es die Leute dazu bringt, die Festlandsverbindung abzulehnen, umso besser. Hast du eine Ahnung, wer hinter der Sache steckt?«

»Es kann ja sein, dass es jemand ist, der möchte, dass unsere Journalistin etwas zu tun hat«, meinte ich. »Journalisten mit zu viel Zeit sind nur selten von Nutzen.«

»Da magst du recht haben. Willst du nicht heute Abend zum Essen kommen? So gegen sieben?«

Das wollte ich natürlich sehr gern.

Ich ging zu Reza ins Asylantenheim, der mir half, Magnus' Geld, das er von der Versicherung bekommen hatte, außer Landes zu schaffen.

»Will da jemand Steuern sparen?«, fragte Reza.

»Wer weiß, wer weiß«, entgegnete ich.

Als ich nach Hause kam, stand Magnus vor der Tür und wartete auf mich.

»Hast du Angst, dass ich mit deinem Geld durchbrenne?«, fragte ich.

»Nein, ich vertraue den Menschen. Das ist eine meiner Schwächen. Du musst mitkommen zu Lasse, er hat gerade angerufen und war ziemlich hysterisch. Die Finnen haben wohl irgendwas ausgefressen. Wir müssen hin und nachsehen, was da los ist.«

»Haben sich die Finnen denn immer noch nicht auf den Weg gemacht?«

»Nein, gestern Abend ist es ziemlich hoch hergegangen. Und die Nacht über auch. Lasse hatte irgendwelchen Schnaps, den er auf einem russischen Schiff gekauft hat. Den hat er den Finnen zum Selbstkostenpreis verkauft, und die haben ihre Dankbarkeit dadurch gezeigt, dass sie uns eingeladen haben. Ich bin gegen vier Uhr morgens gegangen, aber sie und Lasse haben noch weitergemacht. Wahrscheinlich sind sie noch nicht nüchtern genug, um überhaupt loszufahren. Wir müssen nur dafür sorgen, dass sie nicht die letzte Fähre heute Abend verpassen.«

Wir knatterten auf seinem Moped los.

»Jetzt, wo du Millionär geworden bist, kannst du dir ja wohl ein besseres Fahrzeug leisten als dieses alte Moped«, rief ich ihm zu, während wir über einen Pfad an einem Acker entlang holperten.

»Das bringt nichts. Wenn ich mir ein Auto kaufe, dann kommen sie nur und pfänden es. Ich schulde dem ein oder anderen ein wenig Geld. Solche Geldinstitute und öffentliche Ämter sind einfach zu hartnäckig, wenn es darum geht, Geld vom kleinen Mann zu kassieren. Die Großen lassen sie wie immer laufen.«

»Wie hoch sind deine Schulden?«

»Ach, so fünf, sechs Millionen, nehme ich an«, antwortete er. »Deshalb ist es besser, keinen Besitz zu haben.«

»Aber du hast doch Haus und …«

»Das gehört alles meiner Mutter. Ihr hat auch das Lagerhaus am Wasser gehört, sie lebt immer noch in einer Zugewinngemeinschaft nach dem Tod meines Vaters. Und solange sie am Leben ist, gibt es niemanden, der ihre Besitztümer anfassen kann. Außerdem liegt eine Hypothek auf ihnen, sie hat ein paarmal für mich gebürgt.«

Dann ist es ja nur gut, wenn sie noch lange am Leben bleibt, ob sie nun tot ist oder nicht, dachte ich.

»Scheiße, da stimmt was nicht«, rief Lasse, als wir auf seinen Hof fuhren.

»Haben die Finnen eine Prügelei angefangen?«

»Prügelei? Ob sie sich prügeln? Nee, nee, mit der Prügelei waren sie schon in der Nacht fertig. Jetzt ist ihnen etwas anderes eingefallen. Sie sind einfach abgekratzt.«

»Kriegst du sie nicht wieder auf die Beine?«

»Ob ich sie auf die Beine kriege? Weißt du, wenn ich tote Leute wieder auf die Beine kriegen würde, dann würde ich nicht hier stehen, sondern wäre schon längst nach Stockholm gereist und hätte den Nobelpreis für Medizin und alle anderen auch bekommen. Wenn ich sage, sie sind abgekratzt, dann meine ich damit, dass sie nicht mehr am Leben sind. Das ist ja wohl nicht so schwer zu begreifen!«

Magnus und ich gingen zu dem Campingwagen. Davor stank es nach Urin, die Partygänger waren wohl nicht besonders weit gegangen, um ihr Wasser zu lassen.

»Geht nur rein und guckt selbst«, sagte Lasse. »Bitte, tretet ein.«

Magnus betrat den Wagen. Ich blieb draußen stehen und

schaute durchs Fenster. Alle vier lagen auf den Sitzen um den Tisch herum.

»Es sieht aus, als würden sie schlafen«, sagte ich.

»Schlafen, ja. Das haben sie gemacht, als ich sie nachts allein gelassen habe. Heute am frühen Morgen, meine ich. Da lagen sie genau in diesen Stellungen, wie jetzt. Nur dass sie da schliefen und nicht tot waren.«

»Die können doch nicht tot sein«, meinte Magnus. »Nicht alle vier. O Scheiße, wie stinkt das hier drinnen! Jemand hat hier auf den Boden gekotzt.«

»Das warst du«, erklärte Lasse trocken, »deshalb haben wir dich ja auch rausgejagt.«

»Ach, Scheiße«, wehrte Magnus ab, »deshalb stinkt es auch nicht besser.«

»Guck mal nach, wie es um die Finnen steht«, sagte ich. Ich hatte keine große Lust, den Wagen zu betreten.

Magnus streckte eine Hand aus und pikste einen der Musiker. Er fiel seitwärts auf den Boden und blieb in der gleichen Stellung liegen, in der er auch gesessen hatte.

»O verflucht«, sagte Magnus und sah aus, als würde er sich gleich noch einmal übergeben.

Eine schnelle Kontrolle bestätigte, dass Lasse recht hatte. Alle vier waren tot.

»Die müssen schon eine ganze Weile tot sein«, sagte ich, »weil der rigor mortis schon eingesetzt hat. Wer ruft die Polizei?«

»Nun mach mal halblang«, sagte Magnus.

»Die Polizei – hast du vor, den Dorfpolizisten kommen zu lassen?«, rief Lasse. »Warum soll der sich denn damit befassen?«

»Hallo? Hier liegen vier tote Musiker. Ihr habt doch wohl nicht vor, sie auch ins Moor zu kippen?«

»Nicht?«, fragte Lasse. »Warum denn nicht?«

»Nun mal langsam«, wandte Magnus ein. »Jetzt dürfen wir nicht den Kopf verlieren. Was wir mit aller wünschenswerten Klarheit wissen, ist, dass unsere vier finnischen Freunde nicht mehr unter uns weilen.«

»Scheiße, natürlich weilen sie noch unter uns«, widersprach Lasse. »Die weilen verdammt deutlich hier unter uns. Das Problem dabei ist nur, dass sie tot sind.«

»Das ist doch gerade der Kern des Problems. Wir wissen nicht, woran sie gestorben sind. Aber da alle vier tot sind, ist es wohl anzunehmen, dass es nicht an einem Herzinfarkt oder einer anderen natürlichen Todesursache gelegen hat. Also: Woran sind sie gestorben?«

»Diese Musiker?«, wunderte Lasse sich. »Woran diese Musiker gestorben sind? Soll ich es dir sagen? An Drogen. Alle miteinander. Die haben sich eine Überdosis genehmigt und jetzt sind sie mausetot. Alle berühmten Musiker machen das so.«

»Stimmt schon, so etwas ist häufiger vorgekommen. Aber ich glaube nicht, dass alle vier gleichzeitig eine Überdosis genommen haben.«

»Dann vielleicht Pillen«, schlug Lasse vor.

»Nein. Es kann sein, dass sie an einer Kohlenmonoxidvergiftung gestorben sind. So was kommt vor.«

»Kohlenmonoxid? So was habe ich noch nie in meinem Wagen gehabt. Und ich glaube auch nicht, dass der vorherige Besitzer so etwas da drinnen hatte.«

»Eine Kohlenmonoxidvergiftung passiert, wenn nicht genug Luft in den Campingwagen kommt, während man schläft«, sagte Magnus. »Wenn es keine ausreichende Lüftung gibt. Und so, wie der Wagen hier steht, mit all dem Krempel und Schrott, kann es sein, dass sie an Mangel an Sauerstoff gestorben sind.«

»O Scheiße«, sagte Lasse.

»Was ist das denn?«, fragte Magnus, während er einen Plastikkanister unter dem Tisch hervorzog.

»Was das ist?«, antwortete Lasse. »Das kann ich dir sagen. Das ist erstklassiger, reiner Schnaps. Das weiß ich, und ich war derjenige, der ihnen den verkauft hat.«

»Aber das haben wir doch nicht getrunken? Wir haben doch Wodka aus ordentlichen Flaschen getrunken.«

»Der war alle. Und da hatte ich zum Glück noch diesen Kanister, den ich ihnen verkaufen konnte. Ich habe ihn einem portugiesischen Seemann abgekauft. Reiner Sechsundneunziger ist das. Ich hatte eigentlich geplant, ihn mit Geschmackszusätzen zu mischen und dann bei dem Festival als Cognac und Whisky anzubieten, aber da die Finnen so dringend Schnaps brauchten, habe ich ihnen den verkauft. Nur wenig über dem Einkaufspreis.«

»Dann haben sie sechsundneunzigprozentigen Sprit getrunken? Hast du selbst auch was davon getrunken?«

»Ich? Nein. Ich bin am nächsten Tag immer so usselig im Kopf, wenn ich so starken Schnaps trinke.«

»Es kann also auch sein, dass etwas mit dem Schnaps nicht stimmte«, sagte Magnus. »Soweit ich verstehe, sind sie entweder an Sauerstoffmangel oder an schlechtem Schnaps gestorben.«

»Was redest du da?«, brauste Lasse auf. »Willst du mir etwa die Schuld in die Schuhe schieben? Ich kann doch nichts dafür, du warst es, der sie hergebracht hat, und du warst es, der wollte, dass ich eine Übernachtungsmöglichkeit für sie finde. Jetzt komm nicht her und behaupte, dass ich …«

»Ich behaupte gar nichts«, schnitt ihm Magnus das Wort ab. »Ich halte nur die Tatsachen fest. Es ist höchst wahrscheinlich, dass sie an einer der beiden von mir genannten Ursachen gestorben sind. Und wenn wir unseren Dorfsheriff und die Polizei einschalten, dann gibt es nur Unannehmlichkeiten. Und du, Lasse, kannst wirklich keine weiteren Schwierigkeiten gebrauchen. Außerdem möchte ich nicht, dass das einen Schatten auf meine Geschäfte wirft und auf die Planung des Junggesellenfestivals. So ein Ereignis könnte beispielsweise dazu führen, dass Robbie Williams sein Konzert absagt. Deshalb müssen wir eine andere Lösung finden.«

»Wir kippen sie ins Moor«, schlug Lasse vor.

»Wir werden niemanden ins Moor kippen. Aber es ist ja nicht unbedingt nötig, dass die Finnen genau hier gefunden werden.«

»Ihr wollt die Leichen also wegschaffen?«, fragte ich.

»Ja, so könnte man es bezeichnen«, nickte Magnus. »Wir möchten nicht, dass jemand sie hier findet.«

»Dann lass sie uns wegschaffen, bevor sie anfangen zu stinken«, sagte Lasse. »Denke daran, wie heftig eine Leiche stinkt. Diese vier zusammen werden schlimmer stinken als die Sickergrube hinterm Altersheim während einer Magendarmepidemie.«

»Willst du den ganzen Wagen verschwinden lassen?«, fragte ich.

»Das ist mein Campingwagen«, empörte Lasse sich. »Und den will ich verkaufen. Wenn ihr jemanden kennt, der einen gemütlichen Wohnsitz sucht …«

»Ich denke, wir legen sie am besten in ihren Lieferwagen«, sagte Magnus. »Das ist wohl das Einfachste. Lass uns sehen, wie wir sie da drinnen unterbringen.«

Die Tür des Laderaums war verschlossen. Lasse wurde die unangenehme Aufgabe übertragen, in den Taschen der Toten nach dem Schlüssel zu suchen.

»O Scheiße, die haben ja tolle Instrumente«, sagte Lasse.

»Elektronische Orgel, Gitarren und Schlagzeug. Und ein Akkordeon. Dafür würden wir ein Vermögen kriegen.«

Magnus und ich sahen einander an.

»Wir versuchen gerade, ein Problem für dich zu lösen«, meinte Magnus dann, »also schlepp nicht gleich das nächste an. Ich habe mir überlegt, wir fahren die Toten woandershin und drapieren sie dort so, dass sie früher oder später jemand findet. Niemand darf glauben, dass sie getötet wurden, weil wir ihre Ausrüstung klauen wollten. Wenn die Sache ans Licht kommt, wird sie viel Aufsehen erregen, glaub mir, ich habe schon früher Kontakt mit den Medien gehabt. Und wenn die Polizei herausfindet, dass die ganze Bandausrüstung gestohlen wurde, dann wird sicher irgendjemand sich daran erinnern, dass Lasse Litleberg auf Hogna vor Kurzem jede Menge Instrumente verkauft hat. Kannst du mir folgen? Wir müssen den Wagen mit den Finnen und der gesamten Ausrüstung absetzen.«

»Na ja, ist aber trotzdem bescheuert«, murrte Lasse. »Stell dir vor, da kommt jemand vorbei, stellt fest, dass sie tot sind, und haut mit den Instrumenten ab, ohne die Polizei zu alarmieren. Und was machen wir dann?«

»Das wäre doch nur von Vorteil für uns. Dann wird die Polizei Spuren von anderen Leuten finden. Und sollten die Instrumente irgendwo auftauchen, dann sind es andere und nicht wir, die Probleme kriegen, das zu erklären.«

Lasse sah nicht aus, als würde ihm der Gedanke gefallen, all die schönen Instrumente und die elektrische Ausrüstung einfach sausen zu lassen.

»Und wo wollen wir den Wagen hinstellen?«, fragte ich.

»Wir stellen ihn vor das Büro der Polizei«, schlug Lasse vor. »Und dann pumpen wir den Laderaum voll mit Fischinnereien. Dann legen wir uns auf die Lauer und gucken zu, wie Gregersen ihn öffnet! Ich habe letztes Mal nicht zusehen können, weil ihr mich ins Krankenhaus verfrachtet hattet.«

»Ein idiotischer Vorschlag«, bemerkte ich. »Aber vielleicht können wir den Wagen unten an den Kai stellen? Dann sieht es so aus, als warteten sie auf die Fähre.«

»Das wird auch nicht gehen«, schüttelte Magnus den Kopf. »Wenn er hier auf der Insel gefunden wird, dann werden sie schnell eine Verbindung zu uns und unserem Festival ziehen. Und das wäre schlecht. Wir brauchen *good publicity*, keine *bad publicity.* Unsere Aufgabe hier ist es, dafür zu sorgen, dass sie so weit wie möglich von Hogna entfernt gefunden werden.«

»Ich weiß was!«, rief Lasse. »Wir nehmen sie mit auf die Fähre. Und dann überreden wir Sivert, mitten auf dem Fjord die Bugklappe zu öffnen, und schieben den Wagen raus. Dann verschwinden die toten Finnen in tausend Meter Tiefe!«

»Und was ist mit den anderen Fahrgästen? Glaubst du nicht, dass sie es mitkriegen, wenn ein Auto plötzlich auf hoher See über Bord geht? Und eine Extrafahrt werden wir nicht hinkriegen, Sivert kennt seine Mannschaft nicht gut genug, irgendeiner würde sicher hinterher berichten, was da Merkwürdiges passiert ist. Nein, wir müssen sie an Land verfrachten und dort irgendwo parken.«

»Sie mit der Fähre transportieren?«, fragte ich nach.

»Ja«, nickte Lasse, »mit der Fähre. Es sei denn, du willst eigenhändig einen Tunnel zum Festland graben. Ich würde dir auch einen Spaten dafür leihen.«

»Aber glaubt ihr nicht, dass die Leute es merkwürdig finden könnten, wenn ihr mit einem finnischen Bandbus auf die Fähre fahrt? Vielleicht untersuchen sie ihn sogar oder rufen die Polizei an, damit die sich drum kümmert. Und sei es nur, weil es Norwegern verboten ist, ausländische Autos in Norwegen zu fahren.«

Magnus strich sich über das Kinn. Sicher ein Zeichen dafür, dass er nachdachte.

»Das ist natürlich ein Problem«, sagte er. »Das ist natürlich ein so großes Problem, dass wir das anders regeln müssen. Wir müssen zusehen, dass die Finnen selbst das Auto an Bord und wieder von der Fähre fahren.«

»Und wie stellst du dir das vor?«, fragte Lasse. »Schwarze Magie oder Geisterbeschwörung? Oder kannst du zaubern?«

»Nichts davon. Wir müssen es so hinkriegen, dass es aussieht, als würden die Finnen selbst fahren. Jemand muss sich als Finne verkleiden und den Wagen an Bord der Fähre bringen.«

»Werden die dich auf der Fähre nicht wiedererkennen?«, fragte ich.

»Doch, natürlich«, sagte Magnus. »Deshalb musst du das machen.«

»Ich? Ich habe damit doch gar nichts zu tun! Ich bin in einer Stunde bei der Bürgermeisterin zum Essen eingeladen.«

»Das musst du absagen.«

»Aber ich kann gar keinen Lieferwagen fahren. Ich habe noch nie hinterm Steuer eines größeren Wagens als einem Corolla gesessen.«

»Das kriegst du schon hin. Jetzt hör mal zu …«

»Aber die letzte Fähre zurück … ich, aber …«

»Hör mal zu«, wiederholte Magnus. »Lasse und du, ihr bringt den Wagen an Bord der Fähre. Du fährst, und er redet mit dem Fahrkartenverkäufer. Das ist einer der Matrosen, der verkauft die Tickets. Er weiß nicht, wie Finnen aussehen, und dich hat er bestimmt auch noch nie gesehen. Du trägst diese Musikerklamotten und einen merkwürdigen Hut auf dem Kopf. Das wird schon gehen. Wir setzen zwei der Toten hinten in den Laderaum und die beiden anderen vorne ins Fahrerhaus. Die können dann so tun, als würden sie schlafen.«

»Aber sie sind doch sowieso tot.«

»Dann wird es ihnen umso leichter fallen.«

»Lasse sitzt mit einem der Finnen auf der hinteren Bank, und neben dir sitzt der andere. Lasse kann sich ein bisschen drehen und bewegen, so kommt ein bisschen Leben in …«

»… den Leichenwagen«, ergänzte Lasse.

»Aber darf man denn während der Überfahrt im Wagen sitzen bleiben?«, fragte ich.

»Nein, und das ist das nächste Problem. Alle müssen während der Fahrt aus dem Wagen und in den Salon. Normalerweise sind so spät am Abend nur so drei, vier Autos auf der Fähre, deshalb würde es auffallen, wenn einer der Passagiere nicht im Salon ist. Ich werde mir dazu aber noch etwas einfallen lassen, keine Sorge.«

»Und kommst du denn auch mit aufs Festland?«, fragte ich.

»O ja, und wie, denn ich habe die schwerste Aufgabe, ich muss Krach schlagen, wenn jemand zu neugierig wird.«

Wir machten hinten im Laderaum des Wagens Platz, sodass zwei der Verstorbenen dort hingelegt werden konnten. Ich suchte in Kisten und Taschen, um Kleidung zu finden, aber es sah so aus, als wären die Finnen in Klamottenfragen ziemlich spärlich ausgestattet; abgesehen von einigen schmutzigen Strümpfen und gelbbrauner Unterwäsche war nicht viel zu finden.

»Wir müssen ihnen was ausziehen«, sagte Magnus.

Einen toten, steifen Musiker auszuziehen, das ist nicht so einfach. Wir mühten uns mit Hemden und Jacken ab. Lasse entschied sich für die etwas brutale Art, er packte einen Arm, und wir hörten, wie es knackte. Ich ging hinter den Campingwagen und erbrach mich.

Die beiden entkleideten Passagiere verfrachteten wir in den Laderaum und deckten sie mit Planen zu. Die anderen beiden setzten wir in die Fahrerkabine, einen nach vorn und einen nach hinten. Zum Glück waren beide in Sitzstellung erstarrt, sodass wir nicht viel an ihnen verändern mussten. Magnus versah sie mit Schirmmützen und Tüchern, die weit ins Gesicht hingen. Lasse sicherte sie mit dem Sicherheitsgurt. Zum Schluss warfen wir noch die Dinge in den Wagen, die die Finnen mitgebracht hatten – eine Kühltasche mit einigen Lebensmitteln und eine Mandoline.

»Jetzt sind sie reisefertig«, sagte er.

Ich zog mir ein schwarzes T-Shirt mit einer Reklame für eine amerikanische Biersorte über. Es war sicher Wochen her, seit es das letzte Mal gewaschen worden war, und die Tatsache, dass es vor kurzer Zeit noch ein toter Mann getragen hatte, machte mich nicht gerade glücklicher. Darüber zog ich eine Lederjacke. In der Innentasche fand ich eine Brieftasche mit Führerschein und Pass.

»Du siehst nicht gerade wie ein Musiker aus«, sagte Magnus, als er mich musterte. »Eher wie ein Bankfunktionär als Dragqueen. Komm, da müssen wir noch was machen.«

Er schmierte mir ein wenig Ruß ins Gesicht und drückte mir einen riesigen Cowboyhut auf den Kopf. Der war so groß, dass ich kaum noch etwas sehen konnte.

»Das müsste gehen«, sagte Magnus.

Lasse hatte sich auch verkleidet, kroch nun über die toten Musikanten und nahm seinen Platz auf dem Rücksitz ein.

»Um halb acht an Kai zehn«, verkündete Magnus. »Übt in der Zwischenzeit ein paar finnische Sätze.«

Als die Fähre bereit war, Autos an Bord zu nehmen, standen wir als Erste in der Schlange. Hinter uns gab es nur noch zwei weitere Autos. Das eine erkannte ich wieder, es gehörte dem Verkehrsministerium, in ihm saßen die Leute, die auf Hogna gewesen waren, um die neue Trasse in Augenschein zu nehmen.

Der Fahrkartenverkäufer schaute in den Wagen und fragte, ob wir mehr als vier seien. Ich schüttelte den Kopf, zeigte es mit den Fingern und erklärte dazu in formvollendetem Schwedisch:

»Fyra stykkon.«

Lasse hatte sich die Jacke übers Gesicht gezogen. Jetzt brummte er ein wenig und wedelte mit einer leeren Bierflasche.

»Perkele Hakkepelitta Nokia Koskenkorva«, nuschelte er, während er seinen Nebenmann rüttelte. Der Nebenmann gab keine Antwort.

»Wenn alle so blau sind, dann sorge du dafür, dass sie in den Salon unter Deck kommen«, sagte der Ticketverkäufer und winkte uns an Bord.

Als wir an Deck gefahren waren, sah ich, wie Magnus sich mit dem Steuermann unterhielt. Er zeigte aufs Land, damit der Steuermann in eine andere Richtung als die unsere schaute, sicher war die Festlandanbindung das Thema. Lasse schob die Tür auf und zog den einen der toten Musiker heraus. Wir nahmen ihn zwischen uns und trugen ihn hinunter in den Salon, beförderten ihn an einen Tisch in einer Ecke und stellten eine leere Schnapsflasche vor ihn. Dann holten wir den Zweiten. Gerade als wir mit ihm auch in den Salon hinunterwollten, drehte Lasse sich um und ging in eine andere Richtung. Ich musste ihm folgen. Das musste unser finnischer Freund auch.

»Ich kenne die Frau, die da kommt«, murmelte Lasse und nickte vorsichtig in Richtung einer älteren Dame, die auf uns zukam. Dann fing er an, etwas zu grölen, das man wohl als finnisches Trinklied ansehen sollte. Ich konnte die Dame etwas über Saufgelage und Hurerei murmeln hören. Wir machten eine kleine Runde übers Deck, um unserem Freund die Aussicht zu zeigen, während Magnus dem Steuermann immer neue interessante Objekte zeigte. Dann schob Lasse die Tür zum unteren Salon auf, und es gelang ihm, den Finnen mit sich zu ziehen. Kurz darauf kam der Matrose, um nachzuschauen, dass sich auch kein blinder Passagier an Bord geschlichen hatte.

»Nimm die Flasche da weg«, sagte er zu dem toten Finnen.

Lasse verbarg sein Gesicht in einem Hustenanfall, während ich die Flasche schüttelte.

»Empty bottle, perkele«, sagte ich.

Die Fähre begann zu zittern, wir hatten abgelegt.

»Wir werden den Salon wohl für uns haben«, sagte Lasse. Magnus hatte sich noch nicht gezeigt. Plötzlich kamen die beiden vom Verkehrsministerium herein und setzten sich ans andere Ende des Raums. Sie hatten Aktenordner und Ringbücher dabei und planten sicher, ihre Ergebnisse zu besprechen.

»Die müssen wir loswerden«, murmelte Lasse. Er sah aus wie ein Hardrocker mit seinem Kopftuch und der Jacke mit den schwarzen Fransen.

»Wir singen«, murmelte ich.

Wir fingen mit der ersten Rockmelodie an, die mir in den Sinn kam, »La det swinge, la det rock 'n' roll«. Nach der ersten halben Strophe kam mir der Gedanke, dass der norwegische Grandprix-Hit ja wohl kaum etwas war, was finnische Musiker von sich gegeben hätten, aber die Beamten waren offenbar der Meinung, dass wir vier so schrecklich sangen, dass sie sich aufmachten, um einen anderen Platz zu suchen.

Abgesehen vom Zittern der Fähre, durch die die Finnen ständig Gefahr liefen, vom Sitz zu rutschen oder nach vorn zu kippen, verlief die restliche Überfahrt problemlos. Als wir uns Nesset näherten, trugen wir die Finnen zurück ins Auto und beförderten sie auf ihre Sitze. Lasse fand einen Kanister mit Windschutzscheibenreiniger unter dem Sitz und bespritzte sich damit, damit er nach überstandenem Saufgelage und schlechtem Aftershave roch.

Als die Fähre anlegte, winkte der Matrose uns ans Festland. Am Kai stand ein Streifenwagen, zwei Beamte winkten uns zur Seite.

»Jetzt sind wir geliefert«, sagte ich zu Lasse auf dem Rücksitz. »Jetzt sind wir dran. Jetzt fliegt alles auf.«

Magnus hatte mitbekommen, was da passierte, und kam angelaufen, um uns zu helfen. Die Polizeibeamten wiesen ihn schroff ab. Einer von ihnen gab mir zu verstehen, dass ich die Scheibe vom Seitenfenster herunterkurbeln sollte.

»Wir sind von der Polizei«, sagte er, als ob wir das nicht längst gesehen hätten. »Wir haben einen Hinweis bekommen, dass es hier einen Fall von Alkohol am Steuer geben könnte. Fahren Sie dieses Fahrzeug?«

Da ich am Lenkrad saß, konnte ich das ja wohl schlecht leugnen.

»Jaaa«, antwortete ich, mit meinem schönsten finnischen Akzent.

»Darf ich mal Ihren Führerschein sehen?«

Während ich in der Innentasche nach der Brieftasche suchte, musterte der Polizist meine drei Mitreisenden. Lasse gab ein paar Phrasen finnischer Wirtschaftsanalysen von sich.

»Haben Sie etwas getrunken?«, fragte der Beamte.

Ich schüttelte den Kopf.

Der Polizist reichte den Führerschein seinem Kollegen, der ihn mit zu ihrem Auto nahm. Zum Glück kam niemand auf die Idee, mich mit dem Foto zu vergleichen.

»Sie müssen kräftig pusten«, sagte er dann und schob mir das Pusteröhrchen in den Mund. Ich pustete mit aller Kraft.

»Hm«, sagte der Polizist und studierte seinen Apparat. »Wir versuchen es noch einmal.« Er wechselte das Mundstück und ließ es mich noch einmal blasen.

»Negativ«, sagte er.

Der andere Beamte kam aus dem Wagen und erklärte, dass gegen Mikka Märkonnen nichts vorliege.

»Denken Sie daran, dass in Norwegen strenge Promilleregeln herrschen«, sagte er und winkte uns weiter. Als wir um die Ecke gleich hinter dem Fähranleger bogen, wurden wir von Magnus gestoppt. Er kletterte zu Lasse auf die Rückbank.

»Das ist doch gut gelaufen«, sagte er. »Keine Entdeckungen und kein Verdacht.«

Ich murmelte etwas über Herzstillstand und vor lauter Schreck in die Hose machen. Darüber konnte er nur herzlich lachen.

»Jetzt hört mal her«, sagte er. »Ich kenne hier ein Stück weiter eine Sandgrube. Die ist seit mehreren Jahren nicht mehr in Betrieb. Wenn wir da den Wagen abstellen, wird es eine ganze Weile dauern, bis die Finnen gefunden werden. Und je länger das dauert, umso besser für uns. Die Spuren werden sozusagen von der Zeit verwischt. Genau wie Fußspuren im Sand.«

»Oder ein Elefant im Porzellanladen«, sagte ich.

Wir stellten den Wagen zwischen zwei große Kiesberge. Dort konnte er weder von der Straße noch von einem der drei Höfe aus gesehen werden, die in der Nähe lagen. Wenn wir viel Glück hätten, würden viele Monate vergehen, bevor ihn jemand fand. Dann holten wir die beiden aus dem Laderaum und setzten sie zu den anderen ins Führerhaus. Ich riss mir die geliehenen Kleider vom Leib und warf sie in den Wagen. In dem Moment merkte ich, dass ich vergessen hatte, einen eigenen Mantel mitzunehmen. Es hatte angefangen zu regnen.

»Wie kommen wir von hier weg?«, fragte ich.

»Von hier? Na, zu Fuß natürlich«, antwortete Magnus.

»Zu Fuß? Das dauert ja eine Ewigkeit, wir werden die ganze Nacht brauchen.«

»Das spielt keine Rolle«, erwiderte er. »Es geht sowieso vor morgen früh keine Fähre.«

Am nächsten Morgen musste ich etwas tun, von dem ich nie gedacht hätte, dass es notwendig sein könnte. Ich schaffte es zwar noch, pünktlich die Bank zu öffnen, als wir auf Hogna zurück waren, aber ich fühlte mich so dreckig, dass ich ein Plakat an die Tür hängte mit »Bin gleich zurück«, um hoch in die Wohnung zu laufen, zu duschen und mich umzuziehen. Ich klemmte mir die Kaffeemaschine unter den Arm und nahm sie mit hinunter ins Büro. Natürlich stand schon jemand vor der Tür und wartete, dass ich öffnete, fast eine halbe Stunde zu spät.

Konrad Vinde war ziemlich aufgebracht, als ich ihn endlich hereinließ. Er hatte einen Brief mit dem Logo der Bank in der Hand und brachte sein Anliegen stotternd hervor:

»Die drohen mir mit einer Zwangsversteigerung, wenn ich nicht bezahle«, rief er. »Sieh dir das nur an. Da steht, die Zinsen sind nicht bezahlt worden, und ich soll sie bis Montag begleichen. Aber ich bin doch nicht derjenige, der für diese Sachen zahlen soll, das ist doch Magnus und das sind die anderen von diesem Verein, die das tun müssen. Du warst doch dabei, als ich die Papiere unterschrieben habe. Ich sollte nur für den Betrag bürgen.«

»Das stimmt«, antwortete ich. »Aber das Prinzip ist nun einmal so, wenn Magnus und diese Bande nicht bezahlen, geht die Forderung weiter an dich. Weil du schließlich deine Besitztümer als Pfand für den Kredit eingesetzt hast.«

»Aber die haben das doch versprochen, diese Junggesellen.«

»Bist du nicht auch Mitglied im Junggesellenverein? Dann musst du das bei der nächsten Sitzung zur Sprache bringen.«

»Aber das ist doch das Problem. Die behaupten zwar, dass ich ein Mitglied bin, und den Mitgliedsbeitrag haben sie auch kassiert, und das war nicht gerade wenig, aber sie sagen mir nie, wann sie sich treffen. Oder wo. Jedes Mal, wenn ich frage, sagen sie nur, dass gerade erst eine Sitzung stattgefunden hat und dass es in nächster Zeit keine neue gibt. Und jetzt will die Bank mir Haus und Hof wegnehmen, um die Kreditzinsen auszugleichen.«

Ich las den Brief durch, den er bekommen hatte.

»Na, so schlimm ist es nun auch wieder nicht«, beruhigte ich ihn. »Sie bitten dich nur darum, gut zweitausend Kronen zu bezahlen. Ein Mann wie du, der schafft diesen Betrag doch locker.«

»Zweitausend hier und zweitausend da, das werden schnell größere Summen.«

»Du musst mit Magnus reden«, sagte ich. »Oder mit Lasse, er ist schließlich der Kassierer im Junggesellenverein.«

Konrad seufzte schwer.

»Ach, wenn ich das gewusst hätte, dann hätte ich mich nie überreden lassen, in diesen blöden Verein einzutreten.«

»Es ist teuer, ein Mann zu sein.«

»Zumindest ein Junggeselle. Und erst recht, wenn Magnus und Lasse in der Nähe sind.«

Ich wusste, wovon er sprach.

Ich traf die beiden, als sie am Freitag von der Fähre kamen. Ich wartete darauf, an Bord zu gehen, ich wollte das Wochenende zu Hause in der Stadt verbringen.

»Jetzt ist das Geld für den Fisch gekommen«, erzählte Magnus. »Es war gestern auf Mutters Konto.«

»Wie schön«, sagte ich, »ich freue mich schon, meinen Anteil zu kriegen. Du willst doch sicher das Geld schnell wieder loswerden, damit die Behörden und andere Geier nicht ihre Krallen da reinschlagen?«

»Ist schon alles geregelt«, antwortete Magnus.

»Dann kriege ich also meinen Anteil und Lasse kriegt seinen?«

»Mit Zinsen und Zinseszinsen. Geld soll sich vermehren und Geld soll was abwerfen, wie ich immer sage.«

»Du hast das Geld noch?«

»Nun mal keine Angst. Es ist in goldumrahmte Aktien investiert.«

»Du hast mein Geld investiert?«

»Jetzt hör erst einmal zu«, sagte er, »um Geld zu vermehren, muss man Geld investieren. Und ich habe unseren gesamten Betrag in ein äußerst gutes Projekt investiert.«

»Du brauchst dir überhaupt keine Sorgen zu machen«, nickte Lasse.

»Ich mache mir keine Sorgen. Ich habe eine panische Angst. Wie ich euch kenne, habt ihr Drogen gekauft, die ihr dann an Kleinkinder verkaufen wollt, oder etwas in der Art.«

»Ja, das wäre auch eine Idee«, strahlte Lasse, »kennst du dich mit so was aus?«

»Nein«, antwortete ich, »ich kenne mich damit nicht aus. Ich hoffe nur, dass ihr mir jetzt langsam mal erzählt, wofür ihr mein Geld benutzt habt.«

»Schnaps«, sagte Magnus.

»Schnaps«, bestätigte Lasse.

»Schnaps?«, wiederholte ich ungläubig.

»Aber du darfst es niemandem sagen«, bestätigte Magnus.

»Das ist geheim«, sagte Lasse.

»Das hoffe ich ja wohl«, sagte ich. »Könnt ihr mir mal sagen, wovon ihr überhaupt redet?«

»Schnaps ist so verdammt teuer«, sagte Magnus.

»Der ist so teuer, das man sich kaum eine Flasche legal in der Stadt kaufen kann«, fügte Lasse hinzu.

»Ich kenne die norwegischen Alkoholpreise. Und was habt ihr jetzt gemacht? Wollt ihr selbst gebrannten Whisky herstellen mit der Geschmacksnote verbrannte Autoreifen, oder wollt ihr …«

»Polnischer Whisky«, unterbrach Magnus mich. »Und Cognac und Wodka. Wir haben eine Palette von einem Typen gekauft.«

»Von was für einem Typen?«

»Nun ja, einem ganz smarten. Du kennst doch Toralf, und der hat einen Kumpel, der kennt einen polnischen Dachdecker. Und dieser Dachdecker, der hat einen Schwager, der kann uns ein paar Flaschen besorgen. Günstig.«

»Und da habt ihr zugeschlagen?«

»Wir müssen doch bei dem Junggesellenfestival ein bisschen Schnaps anbieten. Und da ist es besser, günstige Sachen zu verkaufen, sodass wir daran noch ein bisschen verdienen. Und du kriegst deinen Anteil am Verdienst.«

»Von wie viel Schnaps ist hier die Rede?«

»Genug«, sagte Lasse.

»Wir haben ihn für zehn Kronen die Flasche gekriegt. Da kann man doch nicht Nein sagen«, meinte Magnus.

»Zehn Kronen die Flasche? Und die Versicherungssumme war eine viertel Million? Habt ihr etwa 25 000 Flaschen gekauft?«

»Genau. Die kommen am Montag mit dem Schiff. Du musst uns helfen, sie auszuladen.«

Ich wollte gerade fragen, wie sie die Flaschen an Land bringen wollten und wo sie sie bis zum Festival lagern sollten, aber da gab mir der Matrose Bescheid, an Bord der Fähre zu kommen.

Es war Wochenende, und das wollte ich genießen. Die Sorgen über das, was die beiden da ausgeheckt hatten, konnten bis Montag warten.

Aber ganz bis Montag warteten die Sorgen nicht, bereits als ich am Sonntagabend von Bord der Fähre ging, ging es wieder los. Als ich an Toralfs Laden vorbeikam, wurde ich von Lasse abgefangen, der mir zupfiff und mich auf die Rückseite des Hauses winkte, hinunter in den Keller. Da saß der versammelte Junggesellenverein, bis auf Sivert, der noch auf der Fähre arbeiten musste.

»Du hast es bestimmt noch nicht gehört«, sagte Magnus. »Die große Neuigkeit. Das Asylantenheim soll geschlossen werden. Die wollen es dichtmachen.«

»Ach, tatsächlich?«, antwortete ich.

»Es gibt nicht genug Nachwuchs«, erklärte Lasse.

»Und das ist die große Neuigkeit?«, fragte ich.

»Wir werden es kaufen«, sagte Magnus.

»Was kaufen? Das Asylantenheim?«

»Ja, genau, das wird ein Superprojekt.«

»Und was wollt ihr damit machen? Chinesen an Land schmuggeln und ihnen Zimmer vermieten?«

»Das hätte gerade noch gefehlt«, meinte Lasse.

»Du bist offenbar nicht auf dem Laufenden, was momentan so angesagt ist«, schüttelte Magnus den Kopf. »Wir bauen es zu einem Luxushotel um. Ein Wellnesshotel ist doch heutzutage gefragt. Wellness und Golf. Da steckt Geld drin.«

»Apropos Geld, woher wollt ihr denn das Geld kriegen, um das Asylantenheim zu kaufen? Und die Renovierung zu finanzieren? Das wird mehrere Millionen Kronen kosten.«

»Das ist doch das Geniale daran«, erklärte Magnus. »Wir fangen ganz klein an und machen es Schritt für Schritt. Es gibt viele, die auf diese Art und Weise ein Vermögen verdient haben.«

»So kommt man zu Geld«, nickte Selmer ernst.

»Und wie wollt ihr das Geld Schritt für Schritt herbeischaffen?«, fragte ich.

»Wir gehen folgendermaßen vor«, sagte Magnus, »zunächst vermieten wir einen kleinen Teil des Hotels. Dann renovieren und erweitern wir den Betrieb, je nachdem, wie viel Geld uns zur Verfügung steht.«

»Das hört sich vernünftig an.«

»Die Asylbewerber ziehen am Freitag aus. Und ich habe Kontakt zu einer Firma in der Stadt, die ein Erlebniswochenende für ihre Angestellten veranstalten will. Mit Golfturnier. Das arrangieren wir für sie.«

»Das hört sich spannend an. Wann soll das denn stattfinden?«

»Du musst schon zuhören«, kam es von Lasse. »Das hat er doch gerade gesagt.«

»Was?«

»Die kommen nächstes Wochenende.«

»Und du hast ihnen ein Erlebniswochenende in deinem neuen Wellness- und Golfhotel zugesagt ab dem Tag, an dem die letzten Asylbewerber abreisen?«

»Ja, meinst du, das klappt nicht? Ich habe dem Chef da in der Stadt erzählt, dass wir mit den Renovierungsarbeiten nicht ganz fertig sind und sie deshalb einen Nachlass bekommen.«

»Weißt du, was Wellness bedeutet?«

»Hat das nicht was mit einem Schwimmbecken zu tun? Und Massage und so?«

»Ja, das stimmt. Aber ihr habt kein Schwimmbecken und ich glaube nicht, dass die Leute zufrieden sein werden, wenn sie von Sivert und Lasse massiert werden. Und was ist mit dem Golfplatz?«

»Neben der Schule gibt es ein Schwimmbecken«, erklärte Lasse. »Da können sie baden. Und eine Sauna ist da auch. Und Toralf kennt ein paar Thailänderinnen aus Hønefoss, die können herkommen und ein bisschen massieren. Deswegen brauchst du dir also keine Sorgen zu machen. Oder willst du die Massage etwa übernehmen? Das hätte gerade noch gefehlt!«

»Mit dem Golf, das kriegen wir hin«, sagte Magnus. »Es gibt hier so viel Land, auf dem man bestimmt prima Golf spielen kann. Wenn wir uns nur mit den Zimmern ranhalten, dann wird das schon alles klappen.«

»Noch was: Habt ihr das Asylantenheim denn schon gekauft, dass ihr so einfach darüber verfügen könnt?«

»Gekauft?«, fragte Lasse nach. »Nee, das haben wir nicht. Wie kommst du denn auf die Idee?«

»Die Sache ist die«, übernahm Magnus, »das Heim wird ein paar Monate leer stehen bleiben, nachdem die Asylbewerber ausgezogen sind. Dann wird es zum Verkauf angeboten. Aber da so ein Gebäude nicht einfach so rumstehen kann, haben sie jemanden engagiert, der sich um das Haus kümmert. Nämlich Selmer. Und der wird beweisen, dass er das Vertrauen zu Recht genießt. Zusammen mit uns wird er dafür sorgen, dass das Gebäude herausgeputzt wird. Wir werden es dort so schön machen, du wirst es kaum glauben.«

»Dann ist die Idee also die, dass ihr so viel Geld mit dem

leer stehenden Asylantenheim verdienen wollt, dass ihr genug Geld habt, um es dann zu kaufen?«

»Genau. So sieht unser Plan aus, ganz einfach und klar. Siehst du irgendwo einen Haken?«

»Auf Anhieb nicht, nein. Und wie läuft es mit den anderen Projekten? Habt ihr die Lose verkauft?«

»Wir haben zwölf hier im Laden verkauft«, berichtete Toralf.

»Und weitere vierzehn«, fügte Selmer hinzu.

»Wir müssen unseren Einsatz ein wenig steigern, damit wir den Rest der Lose noch loswerden«, sagte Magnus. »Das Auto kommt in den nächsten Tagen.«

»Und was ist mit den Flaschen aus Polen? Wie läuft es mit denen?«

»Natürlich gut«, sagte Lasse. »Warum sollte es nicht?«

»Wie kriegt ihr denn 25 000 Flaschen Schnaps an Land, ohne dass das jemand bemerkt? Und wo wollt ihr mit denen hin? Habt ihr euch schon mal überlegt, dass es jemand vielleicht merkwürdig findet, wenn ihr an die Teilnehmer des Junggesellenfestivals Schnaps verkauft, den ihr nicht bei einem der bekannten Importeure gekauft habt? Und habt ihr außerdem daran gedacht, dass ihr eine Ausschankgenehmigung braucht, um Alkohol zu verkaufen?«

»Jetzt redet wieder der Bankmensch«, seufzte Lasse.

»Wir haben an alles gedacht«, sagte Magnus. »Und das heißt, dass du auch eine kleine Rolle dabei spielen wirst. Eine gar nicht so kleine Rolle, um genau zu sein. Aber ich will dir noch nicht sagen, welche Rolle das ist, denn sonst bist du nicht so überrascht, dass es natürlich wirkt. Aber im Laufe des morgigen Vormittags wird etwas passieren. Und es gibt etwas, was du nicht vergessen darfst und bei dem du bleiben musst. Du musst sagen, es waren vier. Um den Rest kümmern wir uns.«

»Vier wovon?«

»Das wirst du früh genug erfahren. Sag nur, dass es vier waren. Und dass du nicht gesehen hast, wo sie abgeblieben sind.«

»Hallo«, sagte ich. »Ich will auf keinen Fall, dass ihr euch irgendeinen Blödsinn mit mir ausheckt. Dann schlage ich Alarm.«

»Immer mit der Ruhe«, versuchte Lasse mich zu beschwichtigen. »Du brauchst auch nicht beim Schleppen helfen. Wenn das keine gute Nachricht ist, dann weiß ich nicht, was eine sein könnte.«

In dieser Nacht schlief ich schlecht. Und ich hatte auch keine besonders große Lust, am nächsten Tag die Bank zu öffnen. Hätte ich auch nur noch einen Funken Verstand besessen, dann hätte ich den Polizisten angerufen und ihn darüber informiert, dass die Junggesellenhorde dabei war, eine ganze Schiffsladung Alkohol auf die Insel zu schmuggeln, und dass sie etwas ausheckten, um die Aufmerksamkeit davon abzulenken. Aber wie bei allen Absonderlichkeiten, die sich ereignet hatten, seit ich nach Hogna gekommen war, so war ich auch diesmal mit verwickelt. Höchstwahrscheinlich war ich mitschuldig an dem, was passieren sollte, Magnus und Lasse würden es sicher so drehen, dass auch ich Teilhaber war. Wenn man A sagte, kriegte man auf Hogna den Rest der Buchstaben gleich frei Haus. Das war gewiss auch ein Teil des Inselsystems.

Der Dorfsheriff kam in die Bank, und mein Herz setzte kurz aus. Einen Moment lang war ich sicher, der ganze Schmuggelversuch war in die Hose gegangen und ich sollte jetzt festgenommen werden. Aber Gregersen wollte mir nur erzählen, dass Lasse Litlebergs Konten gesperrt worden waren wegen der Ermittlungen und der Anklage bezüglich des Schiffbruchs mit der Schulklasse. Ich atmete erleichtert auf. Nicht, dass er es mir hätte mitteilen müssen. Als ich Lasses Konto überprüfte, war es so offensichtlich gesperrt, dass fast schon die Alarmanlage ansprang, wenn man es nur anschaute. Aber besonders viel Freude würden die Anklagebehörden oder die Schulkinder an der Sperrung nicht haben, denn das Konto wies dreiundfünfzig Kronen im Minus auf.

Mit dem fröhlichen Gruß, ich solle nur Bescheid sagen, wenn ich wieder mal eine Leiche fände, verschwand der Polizist aus der Filiale, und ich blieb allein zurück. Zu dumm, ausgerechnet an diesem Tag hätten gern mehr Kunden kommen können. Am liebsten wäre es mir gewesen, wenn die Bank die ganze Zeit richtig voll gewesen wäre. Vielleicht sollte ich mich auf die Straße stellen und die Leute hereinbitten. Ihnen vielleicht Kaffee und Waffeln anbieten?

Kurz nach zwölf kam Nelly Midtbø herein, um das Geld von ihrem Kirchenbasar am Tag zuvor auf das Konto der Gemeinde einzuzahlen. Ich zählte fast dreihundert Kronen langsam auf den Tisch, während Nelly mir erzählte, wie unhaltbar sie es doch fände, dass es keine examinierte Fußpflegerin hier auf Hogna gäbe. Sie hatte nämlich notorisch eingewachsene Zehennägel. Vielleicht könnte man ja hier die Räumlichkeiten dafür nutzen, wenn die Bank geschlossen worden wäre? In diesem Moment wurde die Tür aufgerissen, und zwei Personen in dunklen Overalls und mit Strümpfen über den Köpfen stürmten herein.

»Das ist ein Überfall«, nuschelte der Erste.

»Das ist ein Überfall, o ja«, rief der andere.

Nelly fiel auf der Stelle in Ohnmacht.

»Wollt ihr, dass ich um Hilfe rufe?«, fragte ich.

Die beiden sahen einander an.

»Um Hilfe rufen? Das fehlte gerade noch. Du musst auf den Alarmknopf drücken.«

»Wir haben keinen Alarmknopf«, sagte ich.

»Wie bitte? Ihr habt keinen Alarmknopf? Und so einer Bank haben wir all die Jahre unser Geld anvertraut?«

»Jetzt hört mal zu«, sagte ich, »ich erkenne euch sowieso, und das werden alle anderen auch, die euch sehen. Was glaubt ihr eigentlich, was ihr da treibt?«

»Wir täuschen einen Raubüberfall vor«, sagte Magnus, der Größere der Bankräuber. »Damit die Polizei sich auf die Suche nach den Bankräubern macht, die von der Insel fliehen wollen, und sie sich nicht um die Fischerboote kümmert, die auf dem Weg nach Hogna sind.«

»Wir haben das schon alles gründlich geplant«, erklärte Lasse, der Kleinere von beiden.

»Und was ist, wenn Nelly sich nie wieder von dem Schock erholt, den ihr ihr versetzt habt?«

»Dann hätte sie nicht mehr die Möglichkeit, dem Rest ihres Häkelclubs davon zu erzählen, und diese Chance wird sie sich niemals entgehen lassen«, meinte Lasse. »Sie ist bekannt dafür, etwas zu dick aufzutragen, wenn sie etwas erzählt.«

»Hast du wirklich keine Möglichkeit, Alarm zu schlagen?«, fragte Magnus.

»Nur übers Telefon. Reicht euch das?«

»Nein, wir haben nämlich die Telefonleitung gekappt, bevor wir hereingeprescht sind. Das machen die doch immer so, diese Bankräuber«, erklärte Magnus.

»Dann müssen wir es so machen«, sagte Lasse und nahm einen Blumentopf in die Hand.

»Nein!«, konnte ich gerade noch schreien, bevor er mich am Hinterkopf traf.

Als ich wieder zu mir kam, sah ich zunächst nur Füße. Mir war übel und schwindlig, und ich lag verletzt am Boden. Viele Menschen redeten laut durcheinander, einige schrien etwas. Ich stöhnte leise.

»Bist du wieder wach?«, fragte jemand. Ich schaute in ein Frauengesicht, konnte aber den Blick nicht so scharf stellen, dass ich erkennen konnte, wer das war.

»Gleich kommt ein Arzt«, sagte jemand anderes. »Wir haben ihn verständigt.«

Jemand, von dem ich ausging, dass es Gregersen war, beugte sich über mich und sagte, dass sie die Polizei in der Stadt alarmiert hatten.

»Die kommen mit einer ganzen Mannschaft. Hast du gesehen, wie viele es waren?«

»Vier«, stöhnte ich.

»Merkwürdig. Nelly meinte, es wären zwei gewesen. Sie hat uns alarmiert. Sie behauptet, dass zwei Personen hereingestürmt sind, wild um sich geschossen haben und dich dann mit einem Gewehrkolben zu Boden geschlagen haben. Sie selbst hat versucht, sie aufzuhalten, aber sie waren zu stark für sie.«

»Es waren vier«, stöhnte ich erneut. Dann übergab ich mich.

Langsam gelang es meinen Helfern, mir auf die Beine zu helfen und mich auf einen Stuhl zu setzen. Nancy war auch hereingekommen, sie befeuchtete einen Stapel Papierservietten und wusch das Erbrochene aus meinem Gesicht und von meiner Kleidung.

»Können sie viel Geld erbeutet haben?«, wollte Gregersen wissen.

»Nein«, antwortete ich, »das liegt alles im Safe. Wenn sie nicht das Basargeld von Nelly genommen haben, haben sie nicht viel gefunden.«

»Die Polizei aus der Stadt hat einen Hubschrauber und zwei Schiffe losgeschickt. Und der Sanitätshubschrauber ist unterwegs, um dich zu holen.«

»Sag denen, sie sollen sich lieber um jemanden kümmern, der es wirklich nötig hat«, erwiderte ich. »Mir geht es gut. Nur dass der Kopf etwas brummt.«

»Du hast bestimmt eine Gehirnerschütterung«, meinte Nancy.

»So was stecke ich weg, habe eine Boxerkarriere hinter mir.«

»Das glaube ich ja nicht so recht.«

»Nein, aber ich will damit sagen, dass ich keinen Hubschrauber brauche. Wenn ich mich ein bisschen hinlege, geht es wieder.«

»Ich rufe die Rettungszentrale an und gebe Bescheid«, sagte Gregersen und schaute aus dem Fenster. »Da kommt schon ein Hubschrauber, das ist sicher der von der Polizei. Die suchen nach Booten, die die Insel verlassen. Und da kommt noch einer. Der will offenbar landen.«

Kurz darauf kamen drei Leute von der Bankzentrale herein. Das Krisenteam aus der Stadt.

»Wie geht es dir?«, fragte der eine, Endre Thomassen, während Laila Sørland einen Zettel aus ihrer Mappe herauszog und an die Tür hängte: »Wegen ÜBERFALL geschlossen.«

»Keine Sorge«, sagte ich. »Die haben nichts mitnehmen können. Der Safe war verschlossen.«

»Um dich machen wir uns Sorgen, nicht um das Geld«, erklärte Thomassen. »Hattest du denn kein Bargeld in der Kasse? Oder Kreditkarten? Oder Belege?«

»Du musst mit uns in die Stadt kommen«, entschied Laila. »Du musst mit unserem Krisenpsychologen sprechen. Und mit dem Betreuungsteam.«

»Ich habe mit den Leuten, die die Ermittlungen hier vor Ort leiten, gesprochen«, erklärte der dritte Mann im Bunde, Cato Bjelland. »Die werden mich über alles informieren.«

»Wenn die Polizei dich entbehren kann, fliegen wir jetzt mit dir zurück in die Stadt«, sagte Laila.

»Der hiesige Polizist meint, das gehe schon in Ordnung«, erklärte Cato.

»Dann lass uns gehen!«

»Moment«, sagte Endre, »im Hubschrauber ist nur Platz für vier. Für uns drei und den Piloten.«

»Kann einer von euch die Fähre zurück nehmen?«, fragte Laila.

»Ich nicht«, sagte Cato.

»Ich auch nicht«, sagte Endre.

Nachdem sie das Problem eine Weile diskutiert hatten, kamen sie dahingehend überein, dass sie den Hubschrauber in die Stadt nehmen würden und ich am nächsten Tag mit der Fähre nachkommen sollte.

Ich ging mit ihnen zum Sportplatz und winkte dem Hubschrauber hinterher, als er abhob.

Kurz darauf tauchten zwei Ermittler der Polizei auf. Ich erkannte einen von ihnen wieder, es war die junge Frau, mit der ich nach der Sache mit den Fischeingeweiden gesprochen hatte. Die beiden stellten sich als Ingrid Byberg und Roy Hansen vor.

»Sie sind ja wirklich im Epizentrum der Katastrophen gelandet«, erklärte Ingrid.

Worauf ich lieber nichts sagte.

»Was können Sie über die Personen sagen, die Sie überfallen haben?«

Ich gab ihnen eine vage Beschreibung der Täter.

»Ich glaube, es waren vier. Vier große Männer. Sie hatten Overalls an und Strümpfe über dem Kopf.«

»Was für Strümpfe waren das?«

»Na, ganz normale. Damenstrümpfe. Wie sie Bankräuber sich so über den Kopf ziehen.«

Beide Beamte notierten sich, was ich sagte.

»Ihnen sind keine Besonderheiten an den Strümpfen aufgefallen? Etwas, was helfen könnte, sie zu identifizieren?«

»Hm, ich weiß nicht, doch, vielleicht doch, ich glaube, zwei von ihnen hatten große Nasen. Große, kräftige Nasen.«

»Balkan«, sagte die Polizistin und nickte ihrem Kollegen vielsagend zu. »Nur die Jugoslawienmafia kann auf die Idee kommen, in so einem Kaff eine Bank zu überfallen.«

»Gibt es hier nicht ein Asylbewerberheim? Das sollten wir überprüfen«, meinte dieser.

»Bestimmt stecken die dahinter«, bestätigte ich. »Das soll nämlich geschlossen werden. Das Heim. Das waren bestimmt Leute von dort. Die Leute hier reden in letzter Zeit von nichts anderem.«

»Davon, dass die Asylbewerber die Bank überfallen haben?«

»Nein, dass das Heim geschlossen werden soll.«

»Und warum glauben Sie, dass es einer von dort war?«

»Ich glaube gar nichts, ich teile nur Ihre Meinung. Außerdem war vor einer Weile ein Kerl von dort hier in der Bank und hat sich bedrohlich verhalten.«

»Ach ja? Heute morgen?«

»Nein, das ist schon ein paar Wochen her. Er hat etwas gebrabbelt, was ich nicht verstanden habe. Bestimmt wollte er Geld leihen oder um politisches Asyl bitten.«

»Hier in der Bank?«

»Wer weiß. Vielleicht ist das ja üblich in Serbien. Oder wo immer er herkam.«

»Können Sie den Mann beschreiben?«

»Nicht sehr genau. Aber er hat gesagt, dass er Dragan heißt. Er ist mit ein paar alten Sparbüchern weggelaufen, die ich auf meinem Schreibtisch liegen hatte. Ich hatte sie gefunden, als ich die Schubladen aufgeräumt habe.«

»Haben Sie den Diebstahl gemeldet?«

»Nein, die Bücher sollten sowieso weggeworfen werden. Heutzutage benutzt doch niemand mehr Sparbücher. Vielleicht hat er geglaubt, dass er mit den Büchern an Geld kommt?«

»Wir werden das überprüfen. Und sprechen Sie nicht mit der Presse. Sind Sie von der Bank befragt worden?«

»Ich soll morgen in die Stadt fahren.«

»Schön. Dann ruhen Sie sich jetzt aus. Wenn Sie meinen, dass Sie eine Gehirnerschütterung haben, sollten Sie einen Arzt kontaktieren. Es kommt häufig vor, dass Leute, die einem Banküberfall ausgesetzt waren, hinterher physische Reaktionen zeigen.«

Das Handy der Polizeibeamtin klingelte.

»Sie haben ein Fischerboot überprüft, das westlich der Inseln im Fahrwasser lag. Der Skipper war allein an Bord, nichts hat darauf hingedeutet, dass er etwas mit dem Überfall zu tun hatte. Aber er hat behauptet, dass ein anderes, unbekanntes Boot in See gestochen sei, kurz bevor wir in der Fahrrinne angefangen haben zu suchen. Sie versuchen jetzt das Boot zu finden.«

»Das hört sich gut an«, sagte ich.

»Unsere Techniker kommen bald mit der Fähre her, sie werden in den Bankräumen nach Fingerabdrücken und anderen Spuren suchen. Wohnen Sie weit weg?«

»Direkt hier drüber.«

»Schön. Dann bleiben Sie bitte dort. Vielleicht kann jemand heute Abend bei Ihnen bleiben?«

Ich nickte. Mein Kopf dröhnte, wenn ich ihn bewegte. Deshalb ging ich lieber hinauf in die Wohnung und legte mich aufs Bett. Verflucht, das würde diese Idioten teuer zu stehen kommen.

Ich schlief ein und wurde vom Telefon geweckt. Es war Nancy.

»Du hast noch ein Essen bei mir gut. Hast du Lust, heute Abend zu kommen?«

Ich erklärte ihr, dass ich das hatte.

Als ich aus dem Haus trat, begegnete ich dem Dorfsheriff Gregersen. Er unterhielt sich mit zwei Polizisten, die in der Bank nach Spuren gesucht hatten.

»Irgendwelche Entdeckungen?«, fragte ich.

»Nein, die Fingerabdrücke, die sie gefunden haben, scheinen von dir oder von den Bankkunden zu stammen. Die Diebe waren wahrscheinlich professionell genug, um keine Abdrücke zu hinterlassen. Die technische Untersuchung ist jetzt abgeschlossen, die Kollegen fahren wieder aufs Festland. Der Hubschrauber hat in einer Sandgrube nicht weit von Nesset ein Auto entdeckt, das muss jetzt untersucht werden. Ich weiß nicht, was sie da gefunden haben, aber es scheint wichtig zu sein, weil sie es plötzlich so eilig hatten, hier wegzukommen.«

Nach dieser Nachricht ging es mir nicht viel besser.

Nancy bewirtete mich mit Eintopf und Rotwein. Ich versuchte etwas von dem Wein zu trinken, aber er hatte eine solch durchschlagende Wirkung, dass ich beschloss, es lieber sein zu lassen. Glücklicherweise hatte ich ein bisschen Appetit, und nach einigen von Nancys Migränetabletten war ich in relativ guter Verfassung.

»Bevor du gekommen bist, war das hier der ruhigste und langweiligste Ort auf der ganzen Welt. Jetzt passiert die ganze Zeit etwas. Und du bist immer mitten im Geschehen. Hängt das alles mit dir zusammen?«

»Ich denke nicht«, sagte ich. »Ich habe auch noch nie so viel erlebt wie in den letzten Wochen. Vielleicht hat es etwas mit dem Klima zu tun? Oder mit der Meeresluft.«

»Jetzt fangen die Nachrichten an«, rief eines von Nancys Kindern aus dem Wohnzimmer.

»Na, mal sehen, ob Hogna heute wieder dabei ist.«

Der Überfall wurde erwähnt. Auch, dass die Diebe kein Geld hatten mitnehmen können und dass niemand ernsthaft verletzt wurde. Und dass eine ältere Dame die Heldin des Tages war, weil sie sich mit den Dieben geprügelt und sie eigenhändig in die Flucht geschlagen hätte. Aber die Topnachricht war trotz allem, dass die Polizei einen Bus mit vier toten Finnen nicht weit von dem Fähranleger gefunden hatte, von wo aus die Fähre nach Hogna ablegt. Es wurde angedeutet, dass diese beiden Dinge miteinander verknüpft sein könnten. Später im Laufe der Sendung wurde das wieder dementiert, da eine vorläufige Obduktion ergeben hatte, dass die Finnen bereits seit mehreren Tagen tot waren.

»Merkwürdig«, sagte Nancy. »Wenn es nicht hier auf der Insel passiert, dann auf dem Festland nicht weit von hier. So langsam bekomme ich Angst.«

»Sieh doch das Positive an der Situation«, sagte ich. »Wenn hier so viel Unheimliches passiert, will bestimmt keiner mehr seine Kommune mit euch zusammenlegen. Oder eine Straßenverbindung nach Hogna bauen.«

Nancy lachte.

»Da magst du recht haben. Übrigens hatte ich meine liebe Mühe, diese neue Journalistin von meinem Büro fernzuhalten. Sie glaubt, dass jeden Moment Bohrer und Bagger auftauchen könnten.«

»Das ist oft so«, seufzte ich, »die frisch Bekehrten und Neuausgebildeten sind am schlimmsten.«

Wieder musste Nancy lachen. Sie war schön, wenn sie lachte.

»Aber bei dir war sie nicht? Nach dem Überfall?«

»Nein, mir wurde verboten, mit der Presse zu reden, und die ganze Zeit stand eine Polizeiwache vor der Tür. An der ist sie nicht vorbeigekommen.«

Der zuständige Psychologe von der Bank sprach während der halben Stunde, die ich in seinem Büro verbrachte, unter vier Augen mit mir über psychischen Stress und wie man Konflikte bewältigt. Der Bankdirektor hielt mir eine Gardinenpredigt darüber, dass die Leitung keine Mitarbeiter mochte, die den Helden spielen wollten, und dass ich den Dieben lieber das Geld hätte geben sollen, als mich niederschlagen zu lassen. Ich versuchte erst gar nicht zu erklären, dass es diese Alternativen überhaupt nicht gegeben hatte. Auf dem Weg hinaus ließ der Bankdirektor noch die Bemerkung fallen, dass man trotz der Ereignisse gar nicht daran denke, in die Sicherheitsausrüstung der Bank zu investieren, und dass das Ganze wahrscheinlich eher ein Grund sein könnte, die Filiale früher als geplant zu schließen. Er ließ noch durchscheinen, dass es in diesem Fall natürlich auch an mir läge.

Als ich zurück nach Hogna kam, warteten Lasse und Magnus bereits am Kai auf mich.

»Na, jetzt hast du ja ziemlich viel Staub aufgewirbelt«, sagte Lasse.

»Was für Staub soll ich aufgewirbelt haben?«

»Sie haben die Finnen gefunden, und sie wissen, dass die hier waren. Jetzt schnüffeln sie überall herum.«

»Und das ist meine Schuld?«

»Die haben erst nach dem Überfall mit dem Rumschnüffeln angefangen. Ohne den hätten noch zehn Jahre vergehen können, bevor sie den Bus gefunden hätten.«

»Hallo«, sagte ich, »jetzt gehst du aber zu weit. Schließlich wart ihr beide es, die in die Bank gestürmt sind, Bankräuber gespielt und mich niedergeschlagen haben.«

»Hast du uns etwa verpetzt?«, kam es von Lasse.

»Nein, aber das kann ich immer noch tun.«

»Aber, aber«, versuchte Magnus uns zu beschwichtigen, »hört jetzt mal auf zu streiten, vertragt euch lieber wieder. Die Probleme, die entstehen könnten, betreffen uns alle. Deshalb ist es wichtig, dass wir gemeinsam eine Lösung finden. Dass die Polizei jetzt hier ist und die Ereignisse der letzten Tage untersucht, wird es uns auf jeden Fall schwerer machen, den Schnaps an Land zu bringen, aber wir dürfen uns davon nicht aufhalten lassen.«

»Was sagst du da? Habt ihr das ganze Durcheinander nicht dafür genützt, die Fracht an Land zu bringen?«

»Nein, es war so viel los hier, dass wir dachten, es wäre doch das Beste, noch ein bisschen zu warten.«

»Du meine Güte, dann habt ihr den ganzen Zirkus veranstaltet und mich fast totgeschlagen, ohne dass etwas dabei herausgekommen ist? Und habt außerdem noch für Polizeifahndungen und Ermittlungen sowohl hier auf der Insel als auch auf dem Festland gesorgt? Ihr habt ja wohl einen Riesenknall!«

»Jetzt wollen wir mal die Probleme nicht aufbauschen«, erklärte Magnus, »es gibt für alles eine Lösung. Lasst uns das, was passiert ist, lieber in ein positives Licht setzen, dann fällt uns schon etwas ein.«

Die Polizeibeamtin aus der Stadt saß in einem Wagen vor der Bankfiliale, als ich nach Hause kam.

»Es sieht so aus, als könnte Ihr Tipp hinsichtlich des Asylbewerbers etwas bringen«, erklärte sie. »Wir haben mit der Heimleitung gesprochen. Und die sagt, dass sie ihn seit mehreren Wochen nicht mehr gesehen hat, dass er aber nie gesagt hat, dass er abreisen wollte. Deshalb haben wir seine Sachen durchsucht. Und dabei eine Kreditkarte gefunden, die einem Deutschen gehört hat, der seit Herbst in Dänemark als vermisst gemeldet ist.«

»Besteht da ein Zusammenhang?«

»Wenn es etwas gibt, was ich bei meinen Ermittlungsarbeiten gelernt habe, dann die Tatsache, dass es immer einen Zusammenhang gibt. Und damit meine ich zwischen absolut allem.«

Ich lud sie nicht zu mir auf einen Drink ein. Schließlich war sie ja im Dienst.

Es stellte sich heraus, dass niemand genau sagen konnte, wann Dragan verschwunden war. Zumindest gab es niemanden, der gern darüber hätte sprechen wollen. Tatsächlich war nur eines sicher: dass er noch auf Hogna gewesen war, als ich hierher kam, da ich ihn ja schließlich kennengelernt hatte. Davon abgesehen gab es jede Menge Vermutungen, von der Behauptung, dass er schon mehrere Wochen weg war, bis zu der Meinung, ihn noch vor ein paar Tagen gesehen zu haben. Nur eines war bombensicher: Dragan war nicht aufzutreiben. Worüber ich natürlich nur glücklich war. Ein Gerücht, das mehrere Kunden in der Bank verbreiteten, lautete, dass es die jugoslawische Mafia war, die hinter dem Attentat mit dem Fischabfall auf das Polizeibüro stand, und dass es eine bekannte Art der Warnung war, dass sich Leute aus Dingen heraushalten sollten, mit denen sie nichts zu tun hatten. Ungefähr wie bei der italienischen Mafia, bei der gerne ein abgeschnittener Kopf auf das Bett eines zu neugierigen Schnüfflers gelegt wurde.

Silje Wang kam zu mir in die Bank, um zu fragen, wie der Banküberfall verlaufen sei und welche Theorien ich hinsichtlich der Diebe und ihrem Verbleiben wohl habe. Ich konnte nur auf die mir auferlegte Schweigepflicht hinweisen, die mir eigentlich ganz gut zupasskam, da die Theorien, die ich so hatte, dem kritischen Blick der Presse sicher nicht standgehalten hätten. Silje schluckte die Mitteilung, dass ich nichts sagen durfte, und versprach mir, sie würde den zuständigen Pressemenschen bei der Bank anrufen, um sich sein »Kein Kommentar« abzuholen.

»Unheimlich, das mit den vier Männern, die sie in dem Wagen gefunden haben«, sagte sie.

»Ja, das stimmt«, sagte ich. »Aber zum Glück hat das ja nichts mit uns zu tun.«

»Nicht? Ich war an dem betreffenden Abend unten am Fähranleger und habe ein paar Fotos gemacht, im Zusammenhang mit einem Tipp, den ich hinsichtlich des Tunnelverlaufs hier auf der Insel bekommen hatte. Der Tipp stellte sich als Luftblase heraus, wie du sicher auch in der Zeitung gelesen hast, aber als ich einige meiner Fotos gestern noch einmal durchgesehen habe, da habe ich einen großen Wagen entdeckt, auf dem ›Rolf Royce Band‹ steht. Und es ist deutlich zu erkennen, dass du daneben stehst und dich mit den Leuten im Auto unterhältst. Wie kannst du das erklären?«

»Waren das die Ausländer, die jetzt tot aufgefunden wurden? Das habe ich nicht gewusst. Aber ich kann mich daran erinnern, dass ich von jemandem angesprochen worden bin, der mich gefragt hat, ob es hier ein Hotel gibt. Ich dachte, das wären Asylbewerber aus Estland.«

»Das waren die Musiker, die jetzt tot sind. Heute ist auch ein Foto von ihrem Tourbus in der Aftenposten. ›Rolf Royce Band‹.«

»Hast du der Polizei davon erzählt?«

»Nein, die wollten mir nach dem Banküberfall überhaupt nichts sagen, da denke ich gar nicht daran, denen zu helfen, sollen sie doch warten, bis sie morgen in der Hognaposten darüber lesen. Aber ich würde gern ein wenig mehr darüber erfahren, was sie dir so erzählt haben.«

»Nicht mehr, als ich bereits gesagt habe. Sie haben nach einem Hotel gefragt. Viel mehr konnten sie nicht auf Englisch. Ich habe gar nicht gewusst, dass es sich um eine Musikgruppe handelt.«

»Nicht mal, wo doch ›Rolf Royce Band‹ auf dem Wagen stand?«

»Das habe ich nicht gesehen.«

»Weißt du, ob sie noch mit anderen Leuten geredet haben? Oder wohin sie gefahren sind?«

»Keine Ahnung.«

»Ich werde mal runter zur Fähre gehen und mit der Besatzung sprechen. Die hat gerade angelegt, die müssen doch was gemerkt haben.«

Als sie hinausgehen wollte, überlegte ich, ob ich nicht Magnus anrufen und ihm von dem Interesse der Lokalpresse an unseren Finnen berichten sollte. Aber bevor Silje noch die Tür öffnen konnte, traten zwei weitere Personen ein. Es waren die beiden Polizeibeamten aus der Stadt.

»Die Revolverpresse ist also auch schon vor Ort«, sagte Roy Hansen.

»Ihr könnt ebenso gut mit mir reden und mir bei der Arbeit helfen«, entgegnete Silje. »Schließlich haben wir eine freie Presse hier im Land, und ihr braucht gar nicht erst zu versuchen, mich zu knebeln. Jedenfalls kriegt ihr die Information, die ich habe, erst, wenn ihr mir auch eure Information zukommen lasst.«

»Es ist nun einmal so in diesem Land«, erklärte Ingrid Byberg, »dass die Polizei nicht verpflichtet ist, mit der Presse zu reden, während es für einen Journalisten genauso strafbar ist wie für jeden anderen auch, Informationen in einer Strafsache für sich zu behalten. Tust du das etwa?«

»Lest morgen die Hognaposten«, rief Silje, während sie die Tür hinter sich ins Schloss fallen ließ.

»Ihr wollt mit mir sprechen?«, fragte ich die beiden.

»Hätten wir einen Grund dafür?«, erwiderte Roy.

»Nun ja, zum einen seid ihr in meine Bank gekommen, zum anderen untersucht ihr den Banküberfall, und zum Dritten seht ihr aus, als würdet ihr vor Lust platzen, mir etwas zu erzählen.«

»Der Bandbus mit den vier Toten kam aus Hogna«, sagte Roy.

»Ja«, bestätigte ich.

»Das wusstest du?«

»Ja. Silje Wang hat es mir gerade erzählt, das ist die Information, die morgen in der Zeitung steht.«

»Hm«, bemerkte Roy.

»In welcher Beziehung stehst du zu den Toten?«

»Ich? In gar keiner. Aber Silje hat mir gesagt, dass sie ein Bild hat, auf dem ich mit ihnen spreche, ich bin nämlich neulich abends von irgendwelchen Ausländern angehalten worden, die nach dem Weg zu einem Hotel gefragt haben. Ich habe sie in Richtung Asylantenheim geschickt.«

»Das gleiche Asylantenheim, in dem Dragan sich aufgehalten hat.«

»Das gleiche Asylantenheim, ja.«

»Warum hast du das getan?«

»Ich dachte, dass sie dorthin wollten.«

»Und warum dachtest du das? Sind sie nicht eigentlich hergekommen, um dich zu besuchen?«

»Mich? Nein, ganz und gar nicht. Ich habe mit denen überhaupt nichts zu tun.«

»Und wie kannst du uns dann erklären, dass in dem Wagen ein Fax gefunden wurde, abgeschickt von dem Faxapparat in dieser Bank?«

Ich spürte, wie mir gleichzeitig kalt und heiß wurde.

»Von hier? Ein Fax? Zu mir? Eine Band?«

»Ja, wie kannst du das erklären?«

Ich holte tief Luft.

»Ah, jetzt verstehe ich. Nein, da ging es nicht um mich. Es gibt hier auf der Insel ein paar pfiffige Kerle, die wollen im Sommer ein Junggesellenfestival organisieren. Das wird eine große Sache. Mit Robbie Williams und so. Die Bank ist Finanzpartner des Organisationskomitees. Wir helfen denen ein wenig mit der Korrespondenz und so. Die haben sich ein paarmal das Faxgerät ausgeliehen. Das ist die Erklärung.«

Ingrid und Roy machten sich Notizen.

»Dann hattest du also keinen Kontakt zu denen?«

»Nein, ich habe noch nie von ihnen gehört.«

»Aber du hast doch gerade gesagt, dass du mit ihnen gesprochen und ihnen den Weg zum Asylbewerberheim gezeigt hast.«

»Ja, schon, aber ich wusste nicht, um wen es sich da handelt. Dass Kontakte bestanden zu … Ich wusste nicht, dass jetzt schon irgendwelche Musiker kommen sollten. Davon hatte ich keine Ahnung.«

»Dann war das alles nur ein Zufall?«, fragte Ingrid Byberg.

»Ja, der reine Zufall.«

»Ich glaube nicht so recht an Zufälle«, fuhr sie fort. »Und in diesem Fall gibt es zu viele merkwürdige Dinge.«

»Ach, wirklich?«

»Es haben nämlich ziemlich viele Leute mitbekommen, wie die Bandmitglieder die Insel verlassen haben. Sie haben auf der Fähre für einige Unruhe gesorgt. Und eine der Patrouillen der Verkehrspolizei hat sie überprüft, als sie in Nesset an Land fuhren.«

»Aber dann wisst ihr ja auch, dass sie ...«

»Nein«, unterbrach Roy mich, »genau das wissen wir nicht. Laut Obduktion starben sie nämlich einen Tag, bevor sie lebendig gesehen wurden. Was wir merkwürdig finden. Und du bist bis jetzt die einzige Verbindung zwischen ihnen und Hogna.«

»Wenn das Fax handgeschrieben ist, dann müsst ihr doch nur überprüfen, ob es sich um meine Handschrift handelt. Oder um die des Vorsitzenden des Organisationskomitees.«

»Das werden wir tun. Keine Sorge.«

Ich rief Magnus an und bat ihn, sich mit mir gleich nach der Schließung der Bank zu treffen.

»Jetzt wird es langsam eng«, sagte ich. »Die Polizei weiß, dass die Finnen hier waren, es gibt Fotos von mir, während ich mit ihnen am Kai rede, und die Polizei hat ein Fax gefunden, das von der Bank aus losgeschickt wurde. Und das Fax trägt deine Handschrift.«

»Können die so etwas auf einem Fax nachprüfen?«

»O ja, das können sie.«

»Wir müssen doch nur sagen, dass sie zu früh gekommen sind, was ja auch stimmt. Und dass sie dann mit ihrem ganzen Krempel gleich wieder umgekehrt sind.«

»Die wissen auch, wann sie die Insel verlassen haben.«

»Dann sagen wir, dass wir überhaupt nichts wissen.«

»Aber du warst doch mit den Finnen auf der Fähre. Meinst du nicht, dass das verdächtig ist?«

»Ach was, das hat doch keiner mitgekriegt. Die Finnen haben so einen Krach gemacht, dass niemand drauf kommt, dass ich auch dabei war.«

»Na, hoffen wir das Beste.«

»Übrigens können wir jetzt mit dem Asylantenheim loslegen. Die Ersten ziehen heute aus. Ich werde dafür ein paar Leute brauchen.«

»Ich hoffe nur, dass du nicht damit rechnest, dass ich dabei bin.«

In dem Moment tauchte Lasse auch auf.

»Wie kommst du denn darauf? So etwas würde ich dir doch nicht zumuten«, wehrte Magnus ab. »Nein, du musst mithelfen, die Flaschen an Land zu bringen. Heute ist es so weit.«

»Wieso heute?«

»Wenn wir sie nicht heute holen, dann schmeißt der Pole sie über Bord und fährt davon.«

»Aber es wimmelt hier von Polizei.«

»Das kann uns doch nur von Nutzen sein. Die suchen Leute, die versuchen, von Hogna abzuhauen, nicht nach welchen, die etwas herbringen wollen. Das ist unsere Chance.«

»Rechne nicht damit, dass ich meinen Kopf dafür hinhalte und riskiere, wieder einen auf den Deckel zu kriegen.«

»Nein, nein, das brauchst du nicht.«

»Und rechne nicht damit, dass ich mit diesem Wahnsinnigen noch einmal in See steche.«

Ich nickte Lasse zu.

»Was zum Teufel meinst du damit?«, zischte er.

»Du musst überhaupt nichts tun. Du sollst nur so eine Art Fernmeldeoffizier sein. Wie bei der Marine.«

»Und was soll das in diesem Zusammenhang bedeuten? Dass ich in Gregersens Küche hocke und mich mit ihm unterhalte, um ihn abzulenken?«

»Das würde dir wohl gefallen«, kam es von Lasse.

»Dein Job«, erklärte Magnus, »wird sein, oben auf dem Leuchtturm zu stehen, mit einem Funkgerät. Du hältst Ausschau und sagst Bescheid, wenn uns irgendwelche Schiffe, Flugzeuge, Hubschrauber oder Spionagesatelliten zu nahe kommen. Dann passt du auf, während wir auf offener See umladen, und hast alles im Blick, wenn wir die Fracht an Land schaffen. Das ist ja wohl nicht zu viel verlangt?«

Ich dachte nach.

»Da ich anscheinend so oder so bei dem Schmuggel mitmachen muss …«

»Dir gehört ein Teil der Fracht«, erklärte Lasse.

»… ist das wohl der am wenigsten riskante Job. Und da ich das letzte Mal fast erschlagen worden wäre, denke ich, ist das schon in Ordnung.«

»Dann ist das abgemacht«, sagte Magnus. »Die Operation startet um Punkt neunzehn Uhr. Mach kurz vorher einen Spaziergang zum Leuchtturm, dann bringe ich dir das Funkgerät und die Karte. Und den Schlüssel für den Leuchtturm. Von da oben hat man eine schöne Aussicht.«

Ich ging rechtzeitig zum Leuchtturm, in der Hoffnung, Ann dort draußen zu treffen, aber sie war nirgends zu sehen. Also blieb ich dort stehen und schaute aufs Meer. Ich konnte ein paar Fischerboote da draußen ausmachen und überlegte kurz, welches wohl die Flaschen an Bord hatte.

Magnus kam auf seinem Moped angeknattert, mit einem Rucksack auf dem Gepäckträger.

»Hier«, sagte er und zeigte auf die Karte. »Hier ist die Bucht, in der wir die Flaschen an Land bringen wollen. Da draußen, zwischen den beiden Inseln, sollen wir sie abholen.«

»Ist das nicht dort, wo Lasses Boot untergegangen ist?«

»Ja, genau, das passt doch gut, wenn uns jemand entdeckt und wissen will, was wir da tun, dann brauchen wir nur zu sagen, dass wir nach Wertsachen aus seinem Boot suchen. Ist das nicht schlau?«

»Schon, abgesehen davon, dass niemand glauben wird, dass es auf diesem Boot irgendwelche Wertsachen gegeben hat. Und wonach soll ich nun Ausschau halten?«

»Wir fahren mit meinem Fischkutter. Dessen Steuerhaus hat ein blaues Dach. Das Boot, das wir treffen sollen, ist schwarz mit gelber Hütte. Sag Bescheid, wenn du uns siehst und wo du uns siehst, damit wir sicher sind, dass es das richtige Schiff ist, was du siehst. Und dann hältst du

Ausschau und sagst Bescheid, wenn andere Boote sich nähern. Oder wenn du jemanden an Land gehen siehst. Hier ist der Schlüssel für den Leuchtturm, hier ist das Funkgerät und hier ist das Fernglas.«

Er zeigte mir, wie das Funkgerät funktionierte.

»Dann reden wir heute Abend wieder, wenn die Fracht an Land ist. Wir müssen die Ware ja erst einmal testen.«

Seit der Leuchtturm automatisiert worden war, kam nur sporadisch jemand vorbei, um ihn zu warten. Die Tür war solide und schwer. Ich schloss hinter mir ab und kletterte die Treppen zum Turm hoch, dem höchsten Punkt auf Hogna. Ich konnte die ganze Insel und die meisten der 365 Inseln und Inselchen überblicken, die zu der Kommune gehörten. Ich legte die Karte auf einen kleinen Tisch und versuchte, mich zu orientieren. Nicht weit entfernt lag Nordbø, Nancys Bauernhof. Auf der anderen Seite der Insel sah ich Lasses Schuppen. Durchs Fernglas konnte ich deutlich den Caravan und all den Schrott hinter dem Schuppen erkennen. In der Bucht in Richtung Festland sah ich ein paar Fischkutter, der eine schien etwas Schweres hinter sich herzuziehen, sicher ein kleiner Trawler. Auf der Westseite der Insel fuhr ein größeres Schiff langsam in den Sund hinein, das musste der Pole sein, aber ich war mir nicht sicher. Mit ein wenig gutem Willen konnte man wohl behaupten, dass das Steuerhaus gelb war. Oder weiß.

»Hallo, Turm, hallo, Turm, hier ist der kleine Freund. Hörst du mich?« Magnus' Stimme war nicht zu verkennen.

»Hallo, kleiner Freund, hier ist der Turm, ich höre dich klar und deutlich.«

»Wie ist die Sicht?«

»Einzelnes Boot im Westen. Möglicherweise gelbe Aufbauten.«

»Keine Feinde unterwegs?«

»Keine Feinde, so weit ich sehen kann«, antwortete ich.

»Dann stechen wir jetzt in See.«

Kurz darauf beobachtete ich, wie ein alter Fischtrawler von Hognavåg aus in See stach und Kurs nach Westen nahm, auf das andere Schiff zu. Ein paarmal meldete ich Magnus, dass alles klar und niemand zu sehen war. Eine halbe Stunde, nachdem sie abgelegt hatten, traf sein Boot auf das polnische Boot. Jetzt lagen dort beide Schiffe Seite an Seite, und auch wenn sie weit entfernt waren, konnte ich sehen, dass Fracht umgeladen wurde. Nach einigen Minuten waren sie offenbar bereit, wieder Land anzusteuern.

»Kann ich jetzt nach Hause gehen?«, fragte ich über Funk, »oder muss ich noch weiter Wache halten?«

»Jetzt nach Hause gehen?« Diesmal antwortete Lasse. »Ja, das könnte dir so passen. Es fehlen noch zwei Touren. Wir werden uns doch nicht den größten Teil unserer Fracht entgehen lassen, oder was hast du dir gedacht?«

Ich folgte dem Schiff mit dem Fernglas, während es auf Litleberg zuhielt, den Anleger, der Lasses Grundstück am nächsten lag. Dort stand ein großer Lkw am Kai.

»Am Kai wartet ein Lkw auf euch«, berichtete ich. »Ist das in Ordnung?«

»Das ist Toralf, der ist okay«, antwortete Magnus.

Sie brauchten eine Weile, um die Flaschen in den Lkw umzuladen, die Winde auf Magnus' Fischkutter hatte nicht eine so große Kapazität wie die auf dem polnischen Kutter. Trotzdem ging es ziemlich schnell, und als das Schiff wieder in See stach, fuhr der Wagen zu Lasses Schuppen hinauf, wo sie sich abmühten, die Flaschen zu entladen und zu verstecken.

Ich schaute wieder zu dem polnischen Schiff. Es lag immer noch an der gleichen Stelle. Zwischen ihm und dem Land gab es eine Kette kleinerer Inseln und Felsen; hätten sie versucht, näher an die Küste zu kommen, wären sie sicher auf Grund gelaufen. Ansonsten waren keine Schiffe zu sehen. Aber auf der Insel, auf dem Weg zu einer der äußersten Landzungen, fuhr ein Auto. Ein grünes Auto.

»Lieber Freund, lieber Freund, hier ist der Turm«, sagte ich ins Funkgerät. »Da fährt ein grünes Auto auf die Landzunge zu, die euch am nächsten liegt.«

»Grün? Ist das Polizei?«

»Das kann ich nicht erkennen, aber es ist nicht ausgeschlossen.«

»Solange er an Land ist, kann er uns nicht sehen. Sag Bescheid, wenn er wieder verschwindet.«

Magnus legte wieder an dem polnischen Schiff an und nahm eine neue Ladung auf. Das ging noch schneller als beim letzten Mal. Ungefähr in dem Moment, als sich die beiden Boote wieder trennten, fuhr das grüne Auto weiter, aber es sah so aus, als wollte es auf eine andere Landzunge. Ich berichtete fortlaufend, was ich sah, während Magnus sein Boot an Land brachte und mit dem Löschen begann.

»Jetzt fährt er wieder nach Hogna«, sagte ich.

»Dann hat er entweder aufgegeben, oder er will mit dem Boot hinaus«, antwortete Magnus.

»Oder es ist ein unbedarfter Vogelkundler auf Tour«, erwiderte ich.

»Ja, das kannst du gerne glauben.«

Sie löschten nach Leibeskräften in Litleberg. Als sie fertig waren und sich zur letzten Tour aufmachten, sah ich, wie ein schnelles kleines Boot aus dem Hafen von Hognavåg ablegte. Mit Kurs auf die Schmuggler.

»Lieber Freund, lieber Freund, hier ist der Turm, der böse Bube nähert sich im Schnellboot von Hognavåg aus.«

»Wir müssen versuchen, uns zu verstecken«, antwortete Magnus.

Der Fischkutter änderte seinen Kurs und fuhr zwischen zwei schmale Inseln, wo er von der Fahrrinne aus nicht zu sehen war. Ich hoffte inständig, dass der Polizist nicht auf die Idee käme, jemanden zum Ausguck auf den Turm zu mir zu schicken. Das Schnellboot kam an dem Punkt vorbei, wo Magnus' Schiff versteckt lag, ohne es zu bemerken. Kurz darauf hatte es das polnische Schiff entdeckt und drosselte das Tempo. Es sah so aus, als wollte es neben dem Polen anlegen.

»Lieber Freund, lieber Freund, ich glaube, der große Bruder ist von dem bösen Buben entdeckt worden«, sagte ich.

»Verdammte Scheiße«, kam es von Lasse. »Wir hätten Seeminen auslegen sollen.«

»Wartet mal«, sagte ich, »jetzt sieht es so aus, als wenn der böse Bube abhaut. Er fährt mit voller Kraft voraus davon.«

Ich beobachtete das schnelle Boot. Nach einer Weile war es in der Bucht, auf dem Weg zum Festland.

»Die Luft ist rein!«

Magnus tauchte aus seinem Versteck auf und war kurz darauf wieder neben dem polnischen Schiff. Dort standen sie schon bereit, den Rest der Fracht über Bord zu hieven. Das kleine Speedboot hatte sich neben einen Trawler gelegt, der aufs Festland zu tuckerte. Glaubte der Polizist, das wäre das Schmugglerboot? Kurz nachdem Magnus die letzte Ladung in sein Schiff gezogen hatte, verschwand der Pole Richtung Meer.

»Am Ladeplatz ist alles klar«, berichtete ich.

Nachdem ich gesehen hatte, dass die Ladung sicher an Land war, kletterte ich die Treppe hinunter und verschloss den Leuchtturm hinter mir. Eine Schande, dass sie keine Leuchtturmwächter mehr beschäftigten, ich hätte mich sicher für so einen Job geeignet. Zumindest für eine kürzere Zeit.

Ich ging querfeldein zu Lasses kleinem Anwesen. Dort waren sie gerade fertig damit, die Flaschen in den Schuppen zu stapeln und alles mit einer großen Plane zu bedecken, falls das löchrige Dach nicht dicht halten würde.

»Nur ärgerlich, dass unser Dorfsheriff was mitgekriegt hat«, erklärte Magnus. »Wenn sie Verdacht schöpfen, dann ist das hier der erste Ort, wo gesucht wird.«

»Wieso das?«, empörte Lasse sich.

»Weil alle wissen, dass du ein Gauner bist.«

Lasse fluchte eine ganze Weile leise vor sich hin.

»Wir müssen den Schnaps woandershin bringen, sobald es dunkel wird. Hat jemand einen Vorschlag, wo wir ihn verstecken könnten?«

»Ich weiß etwas«, meldete Lasse sich, »im Winter gab es im Altersheim so eine heftige Grippeepidemie, dass die Alten wie die Fliegen gestorben sind. Dort gibt es bestimmt jetzt freie Zimmer, die wir benutzen können.«

»Was für eine blendende Idee«, entgegnete Magnus. »Und dann sagst du einfach, dass wir Naphthalin und Haarwasser lagern wollen. Wir müssen uns schon was Besseres einfallen lassen.«

»Gibt es in deiner Bank keinen Keller?«, fragte Lasse.

»Nicht dass ich wüsste. Aber was ist mit dem Polizeibüro? Ich habe die Kripoleute sagen hören, dass bis zum

Herbst dort sowieso nichts passiert. Vielleicht kann man das benutzen?«

»Bist du wahnsinnig?«, fragte Lasse. »Willst du dem Polizisten unseren Schnaps zukommen lassen? Das fehlte gerade noch!«

»Ein fantastischer Vorschlag«, sagte Magnus. »Wir nutzen den Keller dort. In der nächsten Zeit wird niemand dorthin kommen. Los, Leute, rauf mit den Flaschen auf den Lieferwagen und runter vom Hof damit.«

Wenn Magnus eine Entscheidung getroffen hatte, verging normalerweise nicht viel Zeit, bis sie auch durchgeführt wurde. Und so war es auch jetzt. Eine halbe Stunde später war der Wagen beladen und, mit Toralf und Sivert an Bord, auf dem Weg. Ich saß bei Magnus hinten auf dem Moped, während Lasse zusammen mit Selmer und Konrad auf dem Trecker nachkamen. Monrad war auf seinem Fahrrad vorgefahren, um zu prüfen, ob es tatsächlich möglich war, in das Büro hineinzukommen.

»Einer muss die Straße ein Stück hoch laufen und gucken, ob der Polizeiwagen dort steht oder ob er unterwegs ist und herumschnüffelt.«

Kurze Zeit später konnte Lasse berichten, dass der Inselpolizist von dem kleinen Schnellboot in einen Fischkutter geklettert war, der ihn mit in Richtung Festland genommen hatte.

»Dann ist er für eine Weile beschäftigt«, sagte Magnus. »Ihr werdet sehen, er ist auf der Suche nach bösen Schmugglern.«

Die ganze Bande machte sich daran, die Kartons in den Keller des verwüsteten Polizeibüros zu schleppen. Und auch wenn es ein eingespieltes Team war, so war es trotz allem eine Heidenarbeit, mehr als tausend Kartons mit Schnaps ins Haus zu tragen. Dass es da drinnen immer noch nach verdorbenem Fisch roch, machte die Sache nicht leichter. Aber, wie Monrad sagte, der Inhalt der Flaschen machte die Arbeit zum Kinderspiel. Nach ein paar Stunden waren alle Kartons aufgestapelt und nach Inhalt sortiert. Magnus öffnete jeweils einen Karton und nahm ein paar Flaschen heraus, um die Qualität zu testen. Die trugen wir ins Hinterzimmer von Toralfs Laden.

»Schaut euch das an«, sagte Magnus, »da kann man ja ins Schwärmen geraten. Whisky, Wodka, Cognac, Rum und Genever. Näher können wir dem Himmelreich hier auf Erden nicht kommen.«

»Prost und Halleluja«, rief Lasse und öffnete eine Wodkaflasche. Der Inhalt schmeckte fast wie normaler Wodka. Das taten Whisky, Cognac, Rum und Genever auch.

»So ein Mist«, sagte Monrad, »ich glaube, die haben dich reingelegt. In allen Flaschen ist ja das Gleiche, egal, was draußen draufsteht. Außerdem habe ich auch noch nie von einem Whisky gehört, der ›Durex‹ heißt, und von einem ›Sunsilk Cognac‹ auch noch nicht.«

»Man kann ja kaum erwarten, dass das Etikett und Inhalt übereinstimmen, bei dem Preis«, widersprach Magnus.

»Und woher wissen wir, dass es normaler Branntwein ist und kein Methanol?«, fragte ich. »Ist ja schon vorgekommen, dass Leute, die Schnaps gekauft haben, reingelegt wurden und dran krepiert sind ...«

»An Schnaps krepieren? Das fehlte gerade noch«, rief Lasse.

»Hm, wir müssen den Schnaps testen lassen, bevor wir ihn verkaufen. Und das muss so schnell wie möglich passieren«, sagte Magnus. »Am besten noch heute Abend, damit wir bald mit dem Verkauf anfangen können.«

»Aber gibt es denn Labors, die so etwas machen? Und das so spät?«

»Lasse, geh mal mit ein paar Flaschen zum Asylantenheim und sieh nach, ob da noch Bewohner sind. Sag ihnen, das sei ein Abschiedsgeschenk. Dann gucken wir, ob morgen alle abreisen. Wenn alle leben und auf eigenen Beinen stehen können, dann ist der Schnaps okay.«

Lasse packte die Flaschen und machte sich auf den Weg. Ich hatte keine Lust, auf das Ergebnis zu warten, deshalb sagte ich »Gute Nacht« und ging nach Hause. Als ich die Haustür aufschloss, hörte ich schon das Telefon klingeln. Es war Nancy.

»Unser Dorfpolizist ist heute Abend auf Schmugglerjagd«, erzählte sie mir.

»Schmuggler? Hier auf Hogna? Ich kann mir kaum vorstellen, dass hier jemand mit Drogen oder so handelt.«

»Es geht nicht um Drogen. Sondern um Schnaps.«

»Ach du meine Güte.«

»Die Schmuggler haben über Funk Kontakt gehalten. Erinnerst du dich noch an den ersten Abend, als du mich besucht hast? Da habe ich dir doch gezeigt, dass wir eine Kamera im Stall haben, damit wir sehen können, wann es bei den Schafen mit der Geburt losgeht. Es kommt manchmal vor, dass die Funksignale auch von unserer Anlage empfangen werden.«

»Ach, ja?«

»Ja, und heute habe ich die Person, die da auf dem Leuchtturm Wache geschoben hat, laut und deutlich hören können. Jedes Wort. Und die Stimme war unverwechselbar.«

»Tatsächlich?«

»Tatsächlich.«

Kaum hatte ich an diesem Freitag meine Bankfiliale geöffnet, tauchten schon meine guten Freunde Monrad, Lasse und Magnus auf.

»Du musst doch Leute kennen, die gerne mal einen heben«, sagte Lasse. »In der Stadt gibt es doch jede Menge Leute, die in den Nachtclubs und Bars herumlungern und sich einen genehmigen wollen. Da soll es doch Leute geben, die früh und spät vor den Alkoholläden Schlange stehen. Meinst du nicht, dass die Lust hätten, uns die eine oder andere Flasche abzukaufen?«

»Inzwischen haben die meisten Alkoholläden Selbstbedienung, und es gibt so gut wie keine Warteschlangen mehr«, antwortete ich. »Und selbst wenn wir denen, die ich persönlich kenne, ein paar Flaschen verkaufen würden, dann hätten wir immer noch Tausende übrig. Wie ist übrigens der Test gestern Abend gelaufen? Mochten sie den Schnaps?«

»Na, und wie«, erklärte Lasse, »die haben ihn genossen, das kannst du mir glauben. Aber was anderes wäre auch nicht infrage gekommen. Und gestorben sind sie auch nicht, soweit ich das überblicken konnte.«

»Was meinst du, für wie viel wir die Flaschen verkaufen können?«, wollte Magnus dann wissen. »Für die Hälfte vom offiziellen Preis?«

»Ich würde dieses ungenießbare Zeug nicht für den halben offiziellen Preis kaufen«, antwortete ich. »Wie wäre es mit hundert Kronen pro Flasche?«

»Hört sich gut an.«

»Wie schnell wirst du sie verkaufen können?«, fragte Monrad. »Schließlich ist es das Geld, das ich für meinen Fisch gekriegt habe, von dem wir hier reden, und ich habe bisher nicht einen Öre davon gekriegt. Kannst du den Verkauf nicht ein bisschen ankurbeln, damit wir endlich Bares sehen?«

»Ich?«, fragte ich, so verblüfft, dass mir die Kinnlade runterfiel. »Ich kann die doch nicht verkaufen. Wie kommst du denn auf diese Idee?«

»Magnus und Lasse haben gesagt, dass du Leute kennst, die billigen Schnaps kaufen wollen, schließlich kommst du doch aus der Stadt.«

»Nein«, erwiderte ich, »ich kenne niemanden, der so etwas trinkt. Auch nicht geschenkt. Meine Freunde trinken Wein. Guten Wein. Oder edlen Cognac oder Kurze. Keine polnischen Schnäpse. Das sind eher die Leute hier in der Provinz, die so etwas in sich hineinschütten. Aber wolltet ihr das nicht an die Teilnehmer des Junggesellenfestivals verkaufen? Ich dachte, so war es geplant.«

»Nun ja, was heißt schon geplant«, sagte Lasse. »Wir verkaufen den Schnaps an jeden.«

»Die Sache ist nämlich die«, warf Magnus ein, »dass wir momentan etwas knapp bei Kasse sind. Die Lotterie läuft nicht ganz so, wie wir es uns gedacht haben, und jetzt müssen wir doch anfangen, für das Festival Reklame zu machen und Anzeigen zu schalten. Guck mal, ich habe die Pläne dafür schon fertig.«

Er holte einen ganzen Stapel Papier aus seiner Tasche.

»Hier ist die Karte des Geländes. Das heißt, der größte

Teil von Hognavåg und die Gegend um Litleberg. Dort vermieten wir Plätze für Verkaufsstände. Es gibt ja immer so viele Händler, die auf so einem Festival etwas verkaufen wollen. Würstchen und Sputnik-Tangas und so. Die Plätze will ich in einer Zeitschrift für Festivalbeschicker anbieten. Sie sollen hunderttausend pro Einheit kosten.«

»Ist das nicht ein ziemlich happiger Preis?«, fragte ich.

»Ganz und gar nicht, wir spielen ja hier nicht Kaufmannsladen«, fuhr er fort. »Und hier ist der Bereich für die Gastronomie. Um die kümmert sich Hogna Catering. Wir brauchen ein Restaurant, eine Bar mit Alkoholausschank, der Antrag dazu liegt schon bei der Gemeinde, und dann noch so Buden für Snacks und so. Da können die Frauen hier von Hogna verkaufen, was sie wollen, Waffeln, Müsli und selbst gemachten Käse. Gegen eine Grundgebühr und einen Anteil am Gewinn natürlich. Der nächste Bereich, das sind Konrads Ländereien, da ist der Platz für die Karussells. Ich habe an alle bekannten Jahrmarktbeschicker in Norwegen und Schweden einen Brief geschickt und sie eingeladen, sich um den Platz zu bewerben. Wer am meisten bietet, kriegt den Zuschlag. Und hier oben, bei den Höfen, da liegt das Festivalgelände an sich. Das hat Lasse gezeichnet und abgesteckt. Hier hinten soll die große Bühne für die großen Künstler stehen. Für Robbie Williams unter anderem. Und dann noch kleinere Bühnen und Tanzflächen.«

»Stehen die Bühnen nicht zu dicht beieinander? Nur fünfzig Meter Platz dazwischen? Dann können ja kaum mehrere Bands gleichzeitig spielen.«

»Warum denn nicht?«, mischte sich Lasse empört ein. »Die müssen doch nicht so schrecklich laut spielen, oder?«

»Das wird sich schon regeln lassen. Vielleicht können sie ja abwechselnd spielen. Hier, auf Lasses und Monrads

Grundstück, da ist der Campingbereich. Na, sieht das gut aus?«

»Sehr gut«, sagte ich.

»Montag erscheint die erste Anzeige in einer Zeitung. Wir haben das Festivalbüro im Hinterzimmer von Toralfs Laden eingerichtet. Da haben wir alles, was wir brauchen, ein schnurloses Telefon und Computer. Selmer und Toralfs Mutter werden auf alle Anfragen antworten und sich um den Vorverkauf kümmern. Sie hat einen Gewerbeschein und Erfahrung in Buchführung, das wird bestimmt klappen.«

»Sind solche Anzeigen nicht teuer?«, fragte ich.

»Natürlich, deshalb müssen wir doch sehen, wie wir über diese Durststrecke kommen. Die großen Zeitungen wollen im Voraus bezahlt werden.«

»Und in welcher Zeitung annonciert ihr Montag?«

»Im Ryfylkebladet. In der Region gibt es viele Junggesellen. Später wollen wir auch noch Anzeigen im Dagbladet und in Nationen schalten. Wir müssen nur erst ein paar Eintrittskarten verkauft haben. Und den Vorschuss auf die Platzmiete für die Stände drinhaben.«

»Habt ihr denn schon Eintrittskarten drucken lassen?«

»Nein, darüber wollte ich auch noch mit dir sprechen. Kennst du jemanden, der so etwas macht? Tickets drucken? Und der keinen Vorschuss haben will?«

»Soll eine Karte für das ganze Festival gelten?«

»Nur, um aufs Gelände zu kommen. Für die Konzerte wird man noch extra zahlen müssen. Ich habe auch überlegt, ob wir extra Eintritt für den gastronomischen Bereich nehmen sollten, aber das habe ich dann doch verworfen. Das kann zu einem Schwarzmarkt von Würstchenbuden und Pizzaständen führen. Und so etwas müssen wir unbedingt vermeiden.«

»Mit anderen Worten: Ihr braucht unterschiedliche Tickets. Ich glaube, dabei kann ich euch sogar helfen. Früher hatte unsere Bank eine eigene Hausdruckerei. Und ein Drucker, der dort gearbeitet hat, hat sich selbstständig gemacht. Ich glaube fast, er würde den Job gegen eine Bezahlung in Schnapsflaschen übernehmen.«

»Na super«, sagte Lasse. »Sag ihm Bescheid, dann kriegt er von uns ein paar Flaschen als Gegenleistung.«

»Ich glaube eher, dass wir mit ungefähr hundert Flaschen für so eine Arbeit rechnen müssen.«

»Hundert Flaschen? Das hat uns gerade noch gefehlt!«

Seit ich auf Hogna lebte, hatte es so einige hektische Freitage gegeben. Und heute würde es wieder einen geben, das war mir bereits beim Aufstehen klar. Eine Heimfahrt in die Stadt war garantiert nicht drin, das hatte ich schon die ganze Woche über geahnt. Und auf sonderbare Art und Weise freute ich mich fast darüber. War ich schon so lange hier draußen und ein Teil der Insel und des Treibens geworden? Ich hoffte nicht. Noch ein paar Monate, und dann würde ich Abschied von der gesamten Inselgemeinde nehmen müssen, eine Tatsache, auf die ich mich anfangs so sehr gefreut hatte.

Kurz bevor ich an diesem Tag die Bank öffnen wollte, rief mich eine Frau aus der Zentrale in der Stadt an. Sie wollte mir Bescheid sagen, dass am Dienstag jemand kommen würde, um zu sehen, ob alles richtig lief. Mit anderen Worten: eine interne Revision. Ich überlegte angestrengt, ob ich davor Angst haben sollte, kam aber zu dem Schluss, dass ich dem Besuch ohne schlechtes Gewissen und ohne Nervosität entgegensehen konnte. Ich will nicht behaupten, dass die Idee einer Unterschlagung mir niemals gekommen wäre, aber mir war nichts eingefallen, das nicht sofort aufgefallen wäre.

Die beiden Finanzakrobaten, die kurz darauf bei mir erschienen, hatten dagegen mehr zu fürchten. Wenn nicht von der Bank, dann umso mehr von allem, was sich Behörde nannte.

»Wir haben schlechte Nachrichten«, sagte Magnus, nachdem er den Kaffee bekommen hatte, den er seiner Meinung nach unbedingt brauchte.

»Hattest du jemals gute?«

»Das ist zu ernst, um darüber Späße zu machen«, sagte Lasse. »Wir sind in Schwierigkeiten.«

»Wir erwarten heute Nachmittag eine Gruppe von Golfspielern aus der Stadt. In unserem Golf- und Wellnesshotel. Hogna Wellness und Sport AG. Das mit der AG ist noch nicht ganz offiziell, dafür fehlt es uns noch an Aktienkapital.«

»Und deshalb seid ihr in Schwierigkeiten?«

»Nein, nein, nicht deshalb. Und du kannst hier nicht von ›ihr‹ reden, das sind wir alle zusammen, die in Schwierigkeiten stecken, du auch.«

»Ach, wirklich?«

»Die Asylbewerber sind noch nicht raus. Nicht alle. Da war wohl was mit dem Heim, in das sie umziehen sollten, deshalb müssen sie noch ein paar Wochen hier wohnen.«

»Das heißt also, dass nicht alle Zimmer renoviert sind, wollt ihr mir das damit sagen?«

»Nicht nur nicht renoviert. Da wohnen noch Leute drin! Wir haben Einzelzimmer angeboten, nicht kleine Zimmer, in denen bereits eine mittelgroße Familie aus dem Nahen Osten lebt. Das ist das Problem.«

»Verstanden. Aber was hat das mit mir zu tun?«

»Was das mit dir zu tun hat? Das hat eine ganze Menge mit dir zu tun«, erregte Lasse sich. »Schließlich sollst du das Golftraining leiten.«

»Was du nicht sagst. Und das wolltet ihr mir lieber erst gar nicht erzählen?«

»Wir erzählen es dir doch jetzt«, versuchte Magnus mich zu beschwichtigen. »Wir haben sonst niemanden gefunden.«

»Die wollten Geld dafür haben«, fügte Lasse hinzu.

»Ach, wollten sie das. Jetzt will ich euch beiden Schlaumeiern mal was erzählen. Ich habe in meinem schon ziemlich langen und zeitweise reichlich sündigen Leben noch niemals Golf gespielt. Höchstens mal Minigolf im Urlaub. Wenn ich ziemlich besoffen war.«

»Du kannst dich hier auch besaufen«, sagte Lasse. »Wir haben genug Sch…!«

»Das weiß ich. Vergiss es. Golf ist das Lächerlichste, was ich mir denken kann, ich möchte nicht einmal nach meinem Tod in die Nähe eines Golfballs kommen. Golf ist absolut bescheuert!«

»Du kommst doch aus der Stadt«, wandte Lasse ein. »Da spielen alle Golf. Das haben sie im Fernsehen gezeigt. Und alle in der Stadt sind lächerlich. Also, wo ist das Problem?«

»Das Problem ist, streng genommen, dass ihr keinen Ort habt, wo ihr eure Gäste unterbringen könnt, dass ihr ihnen nichts zu bieten habt und dass ihr sie nicht abwimmeln könnt. Das ist kurz gefasst der Stand der Dinge.«

»Was nur heißt, dass wir kreativ denken müssen«, nickte Magnus.

»Wäre es nicht am einfachsten, das Ganze abzusagen? Ihr könnt so doch keine Gäste empfangen.«

»Wir haben schon einen Vorschuss kassiert.«

»Dann bezahlt ihn zurück.«

»Das geht nicht. Wir haben das Geld schon ausgegeben. Wir mussten die Zeitungsannoncen im Voraus bezahlen.«

»Okay. Wie viele freie Zimmer gibt es in dem Asylantenheimwellnesshotel?«

»Vier.«

»Und wie viele Golfspieler kommen zu diesem Abenteuerurlaub?«

»Vierzehn.«

»Dann habt ihr ein Manko von zehn Zimmern.«

»Plus Speisesaal und Bar. Und wir haben auch keinen Seminarraum. Ganz zu schweigen von Whirlpool und Massage.«

»Habt ihr ihnen auch Massage angeboten?«

»Ja, im Laufe des Vormittags sollen die beiden thailändischen Frauen aus Hønefoss kommen, die sollen sich mit allen Arten von Massage auskennen. Und weil sie kein Norwegisch sprechen, wird Ann, Toralfs Frau, übersetzen. Aber sie darf selbst nichts mit der Massage zu tun haben, das hat Toralf gesagt. Das will er nicht.«

»Na, langsam sieht es so aus, als ob ihr es geschafft hättet, euch wirklich in eine Zwickmühle zu bringen. Wäre es möglich, die Leute, die noch im Asylantenheim wohnen, zu überreden, übers Wochenende auszuziehen?«

»Keine Chance«, antwortete Magnus, »das haben wir schon versucht. Die wollen Hogna überhaupt nicht verlassen, weil sie Angst haben, ausgewiesen zu werden, und sie glauben, der Wegzug von Hogna ist nur der erste Schritt zur Abschiebung.«

»Ich würde sie liebend gern mit meinem Boot ins Hottentottenland bringen«, behauptete Lasse. »Wenn ich das Boot nur noch hätte.«

»Na, dass du das Boot nicht mehr hast, darüber sind nicht nur die Asylbewerber froh«, bemerkte ich. »Andere Ideen, wie wir das Problem lösen können? Was ist mit denen, die dort arbeiten?«

»Denen habe ich ein paar allerfeinste Flaschen versprochen, wenn sie sich fernhalten. Baileys und Moltebeerenlikör. Außerdem sind die sowieso nur froh, wenn sie dem Heim fernbleiben können«, erklärte Lasse.

»Und wie wäre es, wenn wir unsere Gäste auf einzelnen Bauernhöfen unterbringen und ihnen sagen, sie würden Urlaub auf dem Bauernhof machen? Das ist doch sehr populär«, schlug Magnus vor.

»Aber nicht bei mir«, antwortete Lasse. »Ich habe zwei Ferienhütten, aber in denen wohnen bereits dänische Ornithologen, das geht gar nicht. Solche Vogelgucker mögen keine Golfspieler, sie haben Angst, dass die Brutgebiete ihrer Vögel zum Golfplatz werden könnten. Und wenn sie deshalb keine Befürchtungen haben, dann haben sie Angst, die Vögel könnten Golfbälle und Vogeleier verwechseln und anfangen, die Bälle auszubrüten. Und dann sind sie vom Aussterben bedroht. Böse Sache. Und in den Wohnwagen kommt mir auch keiner mehr, das gibt nur Ärger, wenn da noch jemand drin stirbt.«

Wir dachten gründlich nach, alle drei.

»Ich glaube, jetzt habe ich eine Idee«, sagte Magnus.

»Ach du meine Güte«, sagte Lasse und bekreuzigte sich.

»Das Altersheim«, sagte Magnus. »Hognatun. Da gibt es im Augenblick viele freie Plätze. Nach der Grippeepidemie im Winter sind so viele gestorben, dass da mindestens zehn Zimmer frei sind. Und das sind Zimmer, die gut ausgestattet sind. Mit eigenem Bad und allem. Wirklich schön.«

»Du willst doch wohl nicht die Golfer im Altersheim unterbringen!«, platzte ich heraus.

»Das würde gerade noch fehlen«, meinte Lasse.

»Nein, nein, das nicht. Aber wir könnten doch den Asylbewerbern erzählen, dass sie in ein viel schöneres Haus umziehen können. Und dann stecken wir sie in die freien

Zimmer von Hognatun. Da können sie das Wochenende über bleiben. Dann haben wir das Asylbewerberwohnheim für uns und können dort Hogna Wellness und Sport betreiben. Das müsste doch klappen.«

»Denkst du? Und wie willst du das praktisch regeln? Willst du die Angestellten vom Altersheim bestechen? Und was willst du den Bewohnern erzählen, die in Frieden ihren Lebensabend genießen wollen, wenn da plötzlich Kinder und junge Leute mit Stereoanlage im Nebenzimmer auftauchen?«

»Ich habe schon eine Idee, wie sich das regeln lässt«, antwortete Magnus. »Lasst mich das nur erst gründlich überdenken, dann sprechen wir später drüber.«

»Bis wir zurückkommen, könntest du ruhig etwas Gebäck oder Kuchen besorgen«, meinte Lasse. »Schließlich sind wir doch gute Kunden von dir.«

Kurz nachdem die beiden verschwunden waren, tauchten Ingrid Byberg und Roy Hansen auf.

»Habt ihr die Diebe gefunden?«, fragte ich.

»Nein, von denen fehlt immer noch jede Spur«, antwortete Ingrid. »Schon merkwürdig. Die können unmöglich die Insel verlassen haben, und es gibt hier keine Plätze, wo sie sich verstecken könnten. Wir werden sie schon noch kriegen. Aber eigentlich kommen wir heute in einer anderen Angelegenheit.«

»Ja?«

»Zum einen: die finnischen Musiker, mit denen du unten am Kai gesprochen hast. Die haben doch verschiedene Fragen gestellt.«

»Das stimmt.«

»Welche Sprache haben die gesprochen?«

»Welche Sprache? Na, Englisch, nehme ich an.«

»Du bist dir nicht sicher?«

»Doch, doch, das war Englisch.«

»Okay. Andere Personen, die mit ihnen gesprochen haben, als sie die Insel wieder verlassen wollten, behaupten, sie hätten Finnlandschwedisch gesprochen und verstanden, was ihnen auf Norwegisch gesagt wurde. Aber das Merkwürdige ist, dass die Musiker kein einziges Wort in einer anderen Sprache als Finnisch konnten. Das ist uns von Veranstaltern bestätigt worden, die sie schon mal engagiert hatten. Die erzählen, wie schwierig es war, sich mit ihnen zu verständigen, und wenn es gar nicht ging, dann haben sie sich mit einem Dolmetscher via Handy beholfen. Mit dem haben wir auch gesprochen, das ist ein Bauarbeiter, der in Gjøvik wohnt, er hat uns erzählt, dass man ihnen hier eine private Übernachtung organisiert hat. Ist es nicht sonderbar, dass sie in nur einer Nacht Schwedisch und Norwegisch gelernt haben?«

»Ja ... schon ...«

»Während unserer Ermittlungsarbeiten erhielten wir von dem hiesigen Polizeibeamten die Mitteilung, dass es einen Schmuggelversuch gegeben hat. Er weiß nicht, was da geschmuggelt wurde oder wer dahintersteckt, aber er ist sich ziemlich sicher, dass etwas Ungesetzliches vor sich gegangen ist.«

»Hat er denn nichts herausgefunden?«

»Nein«, sagte Roy, »denn während der Polizist auf See nach den Schmugglern Ausschau hielt, bekam er von einem Trawler, der in der Bucht Algen erntete, die Nachricht, dass sie einen sonderbaren Fang gemacht hätten.«

»Was für einen Fang?«

»Eine Leiche. Eine Leiche, eingewickelt in ein Fischernetz und beschwert mit einem alten Automotor. Ein heimtückischer Mord.«

»Und wer ist der Tote?«

»Das wissen wir noch nicht, die Leiche hat lange im Wasser gelegen und sich schon teilweise aufgelöst. Aber wir werden es herausfinden.«

Eine Sache war mir in den letzten Wochen aufgefallen. Es kamen immer weniger Kunden in die Bank. Eine Zeit lang hatte ich gedacht, das könnte an mir liegen. Doch dann wurde mir klar, dass das Gerücht, dass die Filiale geschlossen werden sollte, endgültig die Insel erreicht hatte. Einige Kunden, die dennoch kamen, wollten ihre Konten auflösen oder das Geld auf andere Banken überweisen. Einer der Kunden sagte es sogar ganz offen: Wenn wir sowieso nur aus der Ferne bedient werden, dann können wir uns ebenso gut eine Bank aussuchen, die keine hohen Gebühren nimmt und höhere Zinsen gibt. Und da sowieso in ein paar Tagen die Internrevision kommen sollte, nahm ich mir die Zeit, einmal das durchzusehen, was wir gern als unser Portefeuille bezeichneten. Größtenteils waren nur noch Kredite von zahlungsunfähigen Kunden übrig. Die keine Darlehen an anderer Stelle bekommen konnten. Darunter war ein Vertrag mit Konrad Vinde. Er war ein paar Tage zuvor gekommen und hatte versucht, die Pfändung seines Kontos zu verhindern: Die Bürgschaft, die er dem Junggesellenverein gewährt hatte, musste eingelöst werden, und die Bank zog den gesamten Betrag von Konrads Guthaben ein. Zwar besaß er immer noch einen größeren Betrag in Form von Fonds und Aktien, sodass ihn die Schulden des Vereins nicht gerade ruinierten. Ich hoffte nur, dass er niemanden in der Bankzentrale erzählt hatte, was ich so mit den Junggesellen am Hut hatte. Aber es war möglich, dass die internen Revisoren kamen, um nachzuschauen, welche Rolle ich bei dem Ganzen spielte.

Gute Bankangestellte sollen sich nämlich nie allzu sehr in irgendwelche Geschäfte verwickeln lassen. Guten Rat zu erteilen, der dem Kunden nützen konnte, das war in Ordnung. Den einen oder anderen schlechten Rat zu geben, das wurde auch akzeptiert. Aber gemeinsam mit dem Kunden an Investitionen zu verdienen, das war igitt igitt. Auch wenn ich bisher noch nichts von den Verdiensten gesehen hatte.

Als Nächstes tauchte Nancy in meiner Filiale auf. Ich bedankte mich für ihren letzten Besuch, es war nur zu nett gewesen, wie sie sich um mich gekümmert hatte, nachdem ich niedergeschlagen worden war.

»Ich glaube nicht, dass unser Polizist viel über die Schmuggler herausgefunden hat«, sagte sie. »Und jetzt sind er und die Kollegen aus der Stadt sicher mit all den Leichenfunden beschäftigt und allem, was damit zusammenhängt. Aber es kann natürlich sein, dass man irgendwann wieder das Schmuggeln an erste Stelle setzen wird. Besonders, wenn sich herausstellen sollte, dass große Mengen von billigem Schnaps bei den Jugendlichen hier auf der Insel auftauchen.«

»Hast du vor, ihm einen Tipp zu geben?«

»Ich mische mich nicht in die Angelegenheiten anderer ein. Aber ich bin hier die Bürgermeisterin, und ich will nicht, dass unseren Jugendlichen und anderen gefährdeten Gruppen Alkohol oder Drogen angeboten wird. Wenn das passiert, dann gehe ich zur Polizei.«

»Ich habe nur Wache geschoben«, sagte ich. »Ich war nicht daran beteiligt.«

»Das habe ich auch gar nicht behauptet. Aber ich weiß, was ich an dem Abend gehört habe. Übrigens brauche ich ein bisschen Hilfe.«

»Hilfe?«

»Du bist doch wohl lange genug auf Hogna, um zu wissen, dass hier eine Hand die andere wäscht. Und wenn ich die Polizei nicht verständige, ist das doch auch was, oder?«

»Brauchst du einen Babysitter?«

»Nein. Am Montag kommen zwei Archäologen aus der Stadt, um die Möglichkeit eines Tunnels durch die Buvik zu untersuchen. Das ist offenbar jetzt die Trasse, die Priorität hat. Ich möchte gern, dass die Archäologen dort etwas Interessantes finden. So viel, dass sie das Gebiet nicht freigeben können. Verstehst du?«

»Ja, schon, aber was soll ich deiner Meinung nach tun?«

»Du kommst doch aus der Stadt. Da kann ich mir denken, dass du weißt, wie man einen Archäologen oder zwei berät. Aber sag niemandem, dass ich mit dir darüber gesprochen habe. Wenn herauskommt, dass die Bürgermeisterin krumme Dinge dreht, um die Gemeindezusammenlegung zu verhindern, werden wir garantiert mit ganz vielen Gemeinden zusammengelegt. Und zwar gleichzeitig.«

Ich überlegte, ob ich nicht irgendeinen Archäologen kannte, aber mehr als ein Meteorologe fiel mir nicht ein. Und der würde kaum von Nutzen sein. Im Internet fand ich ein paar Seiten mit Informationen darüber, was für Funde hier in der Gegend bereits gemacht worden waren. Da die ältesten Nachweise menschlicher Besiedlung in Norwegen ausgerechnet hier in der Gegend gefunden worden waren, gab es viele Spuren in der Erde. Offensichtlich waren auf jedem zweiten Bauernhof hier im Distrikt irgendwelche Pfeilspitzen und Tonscherben gefunden worden. So gesehen dürfte es schwerfallen, überhaupt einen Platz ohne Funde aus der Steinzeit zu finden. Meine Aufgabe müsste demnach lauten, etwas so Spektakuläres zu verstecken, dass die Archäologen sich nicht nur damit begnügen konnten, hier und da mal ein bisschen zu buddeln; es musste ein Fund sein, der so aufsehenerregend war, dass die Geschichte Norwegens neu geschrieben werden müsste und das Gebiet um die Buvik herum für alle Zeiten unter Denkmalschutz gestellt werden würde. Ich trug das Problem Lasse und Magnus vor, als sie später am Tag wieder bei mir vorbeischauten.

»Wir haben unser Einquartierungsproblem gelöst«, verkündete Magnus.

»Bevor ihr mir davon erzählt, muss ich euch etwas fragen. Liegen bei einem von euch noch irgendwelche wirklich alten Sachen herum? Etwas von den Wikingern, aus der Steinzeit oder so?«

»Was willst du denn damit?«, fragte Lasse.

Ich überlegte schnell.

»Es geht um meine Nichte, sie muss eine Arbeit über Archäologie schreiben und braucht schöne Dinge, die sie abzeichnen kann. Es hat doch bestimmt einer von euch irgendwas, was in den Feldern gefunden worden ist.«

»So weit käme es noch«, erklärte Lasse, »so was selbst zu behalten. Das verkaufe ich sofort an Sammler weiter, wenn ich was finde.«

»Ich habe da was«, sagte Magnus. »Mein Vater hat das im Krieg gegen ein bisschen Schweinefleisch und ein paar Kaninchen eingetauscht. Das sind so ein paar Figuren und kleine Dolche. Als ich klein war, habe ich damit immer gespielt. Das kannst du haben, wenn du versprichst, uns mit den Golfern zu helfen. Und beim Einquartieren. Und ein bisschen bei der gesamten Durchführung.«

Ich versprach, alles zu machen.

»Wir sind jetzt so weit, die Asylbewerber können ins

Altersheim umziehen«, sagte Magnus. »Du musst uns nur bei einer Sache helfen.«

»Und wobei?«

»Beim Bingo.«

»Bingo? Wieso Bingo?«

»Wir wollen die Asylbewerber ins Altersheim schaffen, ohne dass jemand das merkt. Die nicht belegten Zimmer sind abgeschlossen, wenn sie erst einmal drin sind, sind sie sicher. Unser Problem ist, dass wir die Leute hineinschmuggeln müssen, ohne dass das entdeckt wird. Und wir es nur schaffen können, den Schuppen noch heute Vormittag leer zu kriegen, wenn wir so ein Bingospiel organisieren. Darauf sind sie ganz wild, sowohl die Alten, die dort wohnen, als auch die Frauen, die da arbeiten. Und deshalb gibt es heute Vormittag Gratisbingo mit tollen Gewinnen und so.«

»Und wo komme ich ins Bild? Ich habe ein paar schöne Rucksäcke und auch noch Regenschirme mit dem Logo der Bank drauf, das könnten vielleicht eure Gewinne sein, aber ...«

»Das klingt gut«, sagte Magnus. »Aber du musst das Bingospiel leiten. Vorne stehen.«

»Am helllichten Vormittag? Das kann ich nicht. Und das wisst ihr nur zu gut. Ich muss hier sein.«

»Genau. Und deshalb haben wir auch Bescheid gegeben, dass das Bingospiel hier stattfindet. Als eine soziale Geste an die ältesten Kunden der Bank.«

»Aber das geht doch nicht.«

»Natürlich geht das. Mit ein bisschen gutem Willen geht das prima.«

»Und die Gewinne?«

»Da kommen wir wieder ins Spiel«, erklärte Magnus. »Wir, deine guten Freunde. Ich bin höchstpersönlich im

Laden gewesen und habe vier Schachteln Mokkabohnen und sechs Flaschen Bananenessenz gekauft. Und Lasse hat einiges von unserem Schnaps gezuckert und zu einem köstlichen Bananenlikör gemixt. Stark wie ein Walross! Das sind Preise, die bis nach Hognatun bejubelt werden, das sage ich dir. Wir haben auch die Bingoutensilien ausgeliehen, Zettel und die Kugeln. Da heißt es nur noch ein bisschen quatschen, die Kugeln ziehen und die Nummer brüllen. Was keine Kunst ist.«

»Aber die Asylbewerber, die ihr im Altersheim unterbringen wollt, die werden doch trotzdem sofort entdeckt, wenn die echten Bewohner nach Hause kommen. Die sind doch nicht zu überhören. Und außerdem möchten sie bestimmt ein wenig herumspazieren …«

»Auch das Problem habe ich gelöst«, sagte Magnus stolz.

»Er ist nicht dumm, unser Magnus«, nickte Lasse.

»Der Plan ist nämlich der«, fuhr Magnus fort, »sobald die Asylbewerber in ihren Zimmern sind, verbreiten wir das Gerücht, dass die Ausländerpolizei da ist, um sie rauszuschmeißen, sie aber noch nicht gefunden hat. Nur wenn sie ein paar Tage mucksmäuschenstill in ihren Zimmern hocken, wird die Polizei nicht mehr weiter nach ihnen suchen und sie können in Norwegen bleiben. Was sagst du nun?«

»Die Frage ist wohl eher, was die Asylbewerber dir erzählen, wenn sie herausbekommen, dass sie reingelegt worden sind.«

»Die? Ach, die werden nächste Woche doch sowieso abgeschoben. Und dann wird es für die Polizei ja ein Leichtes sein, sie zu finden, wenn sie eingeschlossen in den Zimmern im Altersheim sitzen. Aber du musst jetzt alles fürs Bingo vorbereiten. In einer Stunde geht's los.«

Ich räumte die Bankräume so gut ich konnte um, stellte Stühle in eine Reihe, damit die Bingospieler auch bequem saßen. Um genügend Sitzplätze zu haben, musste ich einige Stühle aus meinen Privaträumen nach unten holen. Ich war etwas verschwitzt, als ich endlich fertig war. Als ich gerade den Bingoapparat auf einem Tisch befestigen wollte, ging die Eingangstür auf.

»Ist hier geschlossen?«

»Nein, nein, wir haben hier heute nur eine kleine Veranstaltung …«

Weiter kam ich nicht. Die Dame, die zwischen zwei Stuhlreihen stand, war gar keine Kundin. Das war Gudny Heng. Die Internrevisorin der Bank.

»Wollten Sie nicht erst nächste Woche kommen?«

»Das stimmt, das wurde so angekündigt. Aber die Erfahrung hat gezeigt, dass es oft schlauer ist, ein paar Tage früher zu kommen, es kann nämlich passieren, dass hektische Arbeiten im Gang sind, um ältere oder neuere Sünden in Tagen vor der Revision unsichtbar zu machen. Nicht selten wird bis tief in die Nacht gearbeitet, wenn bekannt ist, dass ich komme.«

»Das stimmt, etwas hektisch ist es im Augenblick hier auch.«

»Was soll das denn werden?«

»Ich bereite ein Bingospiel vor.«

»Bingo? Wieso das?«

»Viele unserer besten Kunden wohnen im Altersheim in der Nähe. Die haben nicht so viel Abwechslung tagsüber, und wir haben nicht mehr so viele Kunden. Deshalb habe ich gedacht, dass ein Bingospiel doch nett für sie wäre. Und die Bank kostet es nichts. Die Preise werden von der lokalen Wirtschaft gespendet. Und, äh, und vom heimischen Kunstgewerbe.«

»Na, wenn Sie Zeit haben, heute ein Bingospiel zu arrangieren, dann kann der Bedarf, etwas in den Büchern zu vertuschen, ja nicht besonders groß sein. Ich werde mal einen Blick darauf werfen. Wann haben Sie die Filialleitung übernommen?«

Ich nannte das Datum.

»Haben Sie irgendwelche … irgendwelche Unregelmäßigkeiten bemerkt, als Sie hergekommen sind?«

»Nein, wieso?«

»Mit den Zahlen hier stimmt irgendetwas nicht. Aber das Problem stammt sicher noch aus der Zeit Ihres Vorgängers.«

»Ich habe lediglich bemerkt, dass Hartvigsen wohl ein wenig zu viel geplaudert hat, was unsere Pläne betrifft, den Standort hier zu schließen. Alle wussten bereits davon, als ich ankam.«

»Hm«, sagte Gudny Heng und setzte sich an meinen Schreibtisch.

In dem Moment wurde der erste Rollator vor der Bank geparkt, und die Bingospieler strömten herein. Nicht lange, dann hatte ich mein erstes »Birger drei, das war Birger drei« gerufen. Besonders der Bananenlikör wurde von den Spielern dankbar aufgenommen. Aufgenommen wurde auch der Kaffee, und zwar von den Topfpflanzen, denn die Alten kippten ihn aus, um die Becher mit Lasses Fusel füllen zu können. Als alle nach ein paar Stunden wieder zurück ins Altersheim wollten, vergaßen zwei sogar Rollator und Stock und tanzten fast hinaus. Wenn man mit so ein bisschen Likör so viel Freude bereiten konnte, dann war es fast eine Versuchung, ihnen einen Tipp hinsichtlich des Kellers gleich in der Nähe des Altersheims zu geben, der bis zur Decke mit Leckereien gefüllt war …

Gudny tauchte mit einem Stapel verstaubter Akten aus meinem Büro auf.

»Die nehme ich heute mit in die Stadt. Es ist nicht ausgeschlossen, dass ich nächste Woche noch einmal kommen muss. Vielleicht sogar mit ein paar Kollegen. Übrigens, dieser merkwürdige Banküberfall, der vor Kurzem hier stattgefunden hat, könnte Hartvigsen oder einer seiner Mitläufer dahinterstecken? Um Spuren zu verwischen?«

»Das ist nicht auszuschließen«, sagte ich. »Denn es wurde ja kein Geld gestohlen. Es gibt hier Gerüchte, dass Hartvigsen und dieser Asylbewerber, nach dem gesucht wird, dass die beiden zusammen irgendwelche Geschäfte getätigt haben. Aber ich weiß darüber natürlich überhaupt nichts.«

Gudny Heng machte sich Notizen.

»Nein, natürlich nicht, das war ja vor Ihrer Zeit. Es hörte sich so an, als wäre das Bingo ein Volltreffer gewesen?«

»Absolut«, erklärte ich und sah ihr nach, während sie Richtung Fähranleger ging.

Auf der anderen Straßenseite konnte ich sehen, wie die Leiterin des Altenheims versuchte, die dreiundneunzigjährige Martha Torp aus ihrem Nickerchen zu wecken, das sie sich auf der Treppe zum Saal der Pfingstgemeinde gönnte. Ihrem Gang nach zu urteilen, war wohl auch die Leiterin nicht ganz nüchtern. Auch sie hatte Bananenlikör gewonnen.

Kurz bevor ich am Nachmittag schließen wollte, kam Magnus mit einer Plastiktüte zu mir.

»Hier hast du ein bisschen archäologischen Krimskrams, damit kannst du dich vergnügen. Und jetzt ist das Altersheim voll mit Asylbewerbern, die mucksmäuschenstill unter ihren Betten liegen und sich vor knurrenden Polizeihunden verstecken, die aber in Wirklichkeit nur besoffene Alte sind, die ihren Bananenlikörrausch ausschlafen. Drüben im Asylantenheim machen Lasse, Selmer und Ann die Zimmer klar. Besonders luxuriös werden die nicht, deshalb dürfen wir die Golfleute nicht dort reinlassen, solange sie noch nüchtern sind.«

»Willst du denen auch Bananenlikör servieren?«

»Von mir aus, wenn sie wollen. Ansonsten gibt es genügend Leckereien für sie. Als Begrüßungsgeschenk bekommt jeder zwei Flaschen Whisky. Und dann findet hier der Begrüßungsempfang statt.«

»Hier? In der Bank? Nein, das geht nicht.«

»Natürlich geht das. Du hast es hier so nett hergerichtet, dass sie sich wohlfühlen werden.«

»Aber die Bank kann doch keinen Alkohol ausschenken ...«

»Mit dem Likör hat es doch auch prima geklappt. Außerdem können wir die Jalousien herunterlassen, damit niemand sieht, was hier vor sich geht. Und so eine Zusammenkunft kann doch bestimmt als Wirtschaftsseminar durchgehen. Und als Förderer der regionalen und lokalen Wirtschaft muss es doch deine Aufgabe ...«

»Schon in Ordnung«, fiel ich ihm ins Wort. »Übrigens ist dieser Karton heute für dich angekommen, das sind die Eintrittskarten aus der Druckerei, die du bestellt hast. Jetzt kann es mit dem Verkauf losgehen.«

»Super«, strahlte Magnus und schaute sich die Drucksachen an. »Die sehen richtig professionell aus.«

»Na, sie sind ja auch von einem Fachmann gemacht worden.«

Magnus nickte anerkennend.

»Geh mal rüber zum Asylantenheim und hilf denen da. Da muss noch einiges gemacht werden. Ich muss den Golfplatz fertig machen. Und die Schwimmhalle.«

Ich schlenderte hinüber zum Asylbewerberheim. Selmer stand auf einer Trittleiter vor dem Eingang und schraubte ein Schild mit der Aufschrift: »Hogna Wellness und Sport Hotel« über das Schild »Meeresglühen«. Es sah ziemlich selbst gemalt aus.

»Habt ihr nichts Besseres gefunden?«, fragte ich.

»Das hat Lasse gemalt. Sag ihm bloß nicht, dass es dir nicht gefällt. Dann ist er beleidigt. Er hat sich damit so viel Mühe gegeben.«

Ich fand Lasse in einem der Zimmer. Er säuberte die Wände mit einem Hochdruckreiniger.

»Meinst du, das ist schlau?«, fragte ich. »Den Hochdruckreiniger hier drinnen zu benutzen?«

»Hast du vielleicht einen besseren Vorschlag? Du würdest die Wände wohl mit einer Zahnbürste sauberschrubben? Hier müssen vierzehn Zimmer in wenigen Stunden sauber gemacht werden. Vierzehn Zimmer, die vollgestopft waren mit Ausländern, die afrikanisches Steppengras geraucht haben und dabei Knoblauch mit Curry gegessen. Und gewaschen haben die sich bestimmt nie. Igittigitt. Nein, hier müssen knallharte Methoden her. Wasser und Seife und Druck.«

»Aber so drückst du doch Wasser in die Wände«, sagte ich, »guck mal, die Spanplatten schwellen an und die Tapete löst sich schon.«

»Das geht nicht anders, wenn man es sauber kriegen will.«

»Die Leute können doch nicht hier drinnen wohnen, wenn die ganze Nacht das Wasser die Wände runterläuft.«

»Verflucht, die wollen doch Badeurlaub machen. Wellness und Golf heißt es doch. Und zu Wellness gehört Wasser. Das kannst du dir gern notieren und zu Hause nachschlagen. Im Lexikon.«

»Die gehen sicher nicht davon aus, dass ihre Zimmer klitschnass sind«, erwiderte ich.

»Wenn ich fertig bin, drehe ich die Heizung auf, da brauchst du dir gar keine Sorgen zu machen.«

Im Nebenzimmer stieß ich auf Ann. Sie bezog ein Bett mit geblümtem Bettzeug.

»Du auch dabei?«, fragte sie mich.

»Aber sicher«, antwortete ich. »Magnus und Lasse haben mich mit reingezogen, und jetzt muss ich wohl mitmachen.«

Ich nahm einen Stapel Handtücher und verteilte sie auf die Zimmer. In allen Räumen tropfte das Wasser von der Decke.

»Da kommen zwei Frauen aus meinem Heimatland«, sagte Ann. »Toralf hat gesagt, sie machen Massage. Ich für sie übersetzen muss. Sie reden nicht Norwegisch. Ich erklären soll, was sie tun sollen. Wenn sie nicht selbst wissen. Dann will ich weggehen. Toralf nachts selbst aufpassen. Wenn sie massieren. Das will ich nicht machen. Verstehen du mich?«

»Ich verstehe dich«, antwortete ich.

»Ich glaube, nur du verstehen mich. Als einziger Mensch von Norwegen.«

Ann machte die Tür zu. Dann kam sie zu mir. Ich öffnete den Mund und küsste sie. Sie küsste mich.

»Wo seid ihr?«, rief Lasse auf dem Flur.

Ich öffnete die Tür und ging hinaus.

»Wir haben gerade das letzte Bett bezogen«, sagte ich.

Als ich zur Bank zurückkam, um alles für die abendlichen Veranstaltungen vorzubereiten, begegnete ich Gudny Heng.

»Wollten Sie nicht zurück in die Stadt?«, fragte ich.

»Ich habe einen Anruf von meinem Vorgesetzten bekommen, er sagt, dass mehr vorgefallen ist, als wir gedacht haben. Hartvigsen wurde bereits verhaftet. Es hat sich herausgestellt, dass er mehrere Millionen unterschlagen hat in der Zeit, als er Leiter einer Filiale in Ryfylke war. Jetzt nehmen wir an, dass es auch hier Unterschlagungen gegeben hat, und ich muss das Wochenende dazu nutzen, alles durchzugehen, was hier in den Archivschränken und Schubladen liegt. Übrigens ist es Ihnen bis auf Weiteres nicht gestattet, die Räume zu betreten. Nur aus Sicherheitsgründen. Niemand hegt einen Verdacht gegen Sie, nur um das klarzustellen. Das war offenbar ein dicker Strich durch Hartvigsens Rechnung, dass er so kurzfristig zurückgerufen wurde, damit Sie hier postiert werden konnten. Das kommt davon, wenn man … äh …«

»Mit der Frau des Bankdirektors schläft?«

»Ja, genau.«

Ich ging in meine Wohnung und dachte nach. Eigentlich war es ganz in Ordnung, dass sie das Wochenende über unten in den Bankräumen blieb. Dann konnten sie kein Fest hier veranstalten. Ein Problem weniger für mich. Ich rief Magnus an und berichtete die Neuigkeiten. Er nahm es gefasst auf.

»So was passiert«, sagte er. »Wir haben immer noch eine ganze Stunde, bis die Golfspieler mit der Fähre kommen. In der Zeit musst du nach einer anderen Möglichkeit suchen, wo der Empfang stattfinden kann.«

Natürlich. Wir konnten die Räumlichkeiten der Bank nicht nutzen, also musste ich einen anderen Ort für den

Empfang suchen. Wie sollte ich das schaffen? Ich konnte sie ja wohl schlecht in meine Wohnung oben verfrachten. Zumindest nicht, solange Gudny eine Etage tiefer saß und alte Dokumente durchstöberte. Übrigens war ich mir nicht sicher, was sie eigentlich zu finden hoffte. Seit ich in der Bank arbeitete, wurden alle Transaktionen elektronisch durchgeführt. Da musste es doch ein Leichtes sein, sie von den Büros in der Stadt aus zu überprüfen? Es sei denn, Hartvigsen hätte sein Insiderwissen genutzt und in die eigene Tasche gewirtschaftet, während er hier wohnte? Vielleicht in der gleichen Art und Weise wie ich? Ein erschreckender Gedanke.

Auf der anderen Straßenseite wischte ein Mitglied der Pfingstgemeinde die Treppe vor dem Saal, offensichtlich hatte sich jemand dort übergeben. Ich schmunzelte vor mich hin. Wenn das nicht die alte Martha gewesen war? Der Mann sah nicht aus, als würde er seinen Job besonders mögen. Ich hatte ihn früher schon mal gesehen, er hatte dieses leicht ausweichende Lächeln und die vorsichtigen Bewegungen, wie es Leute haben, wenn sie seit vielen Jahren unter der Knute einer Sekte stehen.

Plötzlich schaute er sich um, um zu überprüfen, ob ihn auch niemand sah. Dann zog er eine Flasche aus der Innentasche und gönnte sich einen Schluck. Sieh mal an! Gab es also sogar unter den Seligsten heimliche Trinker. Das brachte mich auf eine Idee.

»Hallo«, rief ich dem Mann zu.

Er schaute mich an, ohne zu antworten.

»Ich würde gern etwas wissen. Bist du der Hausmeister dieses Gebäudes?«

Er nickte.

»Findet heute Abend hier etwas statt?«

»Nein, wir haben bis Dienstag keine weiteren Treffen. Möchtest du zu uns kommen und erlöst werden?«

»Nein. Ich würde gern das Haus heute Abend mieten. Für eine Veranstaltung.«

»Nein, nein, das geht nicht. Wir vermieten es nicht, jedenfalls nicht, ohne dass die Gemeinde vorher darüber beraten hat. Dann könnte man unter Umständen den Saal mieten, aber nur, wenn es für einen guten Zweck ist.«

»Der Zweck kann dir doch scheißegal sein«, sagte ich. »Ich will den Saal für heute Abend mieten, und zwar von dir.«

»Das ist aber nicht …«

»Doch, das ist möglich. Denn ich weiß, dass du ein oder zwei Laster hast, von denen der Rest der Gemeinde so wenig wie möglich erfahren soll. Möchtest du, dass ich allen erzähle, was du da treibst?«

»Woher weißt du davon?«

»Es reicht, dass ich es weiß. Und jetzt gibst du mir den Schlüssel fürs Gemeindehaus, morgen kriegst du ihn wieder. Und als Bezahlung bekommst du diese beiden Flaschen, mit denen du dir einen schönen Abend machen kannst.«

Er zog einen altmodischen Schlüssel heraus.

»Aber du verrätst es doch keinem? Eigentlich bin ich nämlich trocken.«

»Na, im Augenblick bist du nicht besonders trocken. Da ist es das Beste, wenn du dich für eine Weile von den Leuten fernhältst. Zumindest von denen aus deiner Gemeinde.«

Er sah mich mit einem Dackelblick an.

»Danke«, sagte er.

Ich ging wieder in meine Wohnung und spürte, dass es mir gefiel, böse zu sein.

Dann rief ich Magnus an und sagte ihm, dass ich Räume besorgt hätte.

»Aber wie willst du die Gäste dazu bringen, zu dem feuchtfröhlichen Empfang zu kommen, ohne vorher im Luxushotel einzuchecken?«

»Keine Sorge, das ist schon geregelt. Sivert hat heute ein paar Flaschen mitgenommen. Er rechnet bei der Tour mit nur wenigen Passagieren, also wird es einen Golfwettkampf auf hoher See geben. Sie sollen oben an Deck ein paar Golfbälle kloppen und versuchen, das Speigatt zu treffen. Und jedes Mal, wenn es einem gelingt, gibt es einen Schnaps für die ganze Bande als Belohnung. Und jedes Mal, wenn jemand danebenschießt, gibt es einen zum Trost. Die werden schon gut abgefüllt sein, wenn sie hier anlegen. Übrigens kommt mit der Fähre auch ein Lieferwagen aus Haugesund, da will uns jemand 1200 Flaschen abkaufen, zu neunzig Kronen das Stück. Du musst uns helfen, das abzuwickeln!«

Wir hörten die munteren Gesänge bereits, bevor die Fähre am Kai anlegte. Der Wettkampf war offenbar ein Erfolg gewesen. Als sich die Klappen öffneten, fuhr zunächst ein großer grauer Lieferwagen an Land, gefolgt von zwei Polizeiwagen. Dahinter verließ wiederum ein Lieferwagen mit dem Logo der Bank an den Seiten und auf der Motorhaube die Fähre. Zum Schluss wankte eine Meute fröhlicher Golfspieler an Land.

»O Scheiße«, murmelte Lasse. »All die Polizisten, was wollen die denn hier?«

»Hat dir das denn niemand erzählt? Die haben den Deutschen gefunden, den du in den Fjord befördert hast. Mit Fischernetz und Automotor und allem.«

»O verdammte Scheiße«, fluchte Lasse. »Da hau ich lieber ab. Das wird mir hier zu heiß.«

»Vorläufig glauben sie, dass der gesuchte Asylbewerber, den wir im Moor versenkt haben, hinter all den kriminellen Handlungen steckt.«

»Darum kümmern wir uns später«, sagte Magnus und

ging auf die Golfer zu. »Herzlich willkommen zu dem Erlebniswochenende auf Hogna, dieser schönen, geschichtsträchtigen Insel mit einer so schönen Natur. War die Überfahrt angenehm?«

»Tadellos«, nuschelte einer von ihnen.

»Und nun haben ich und meine Helfer das Vergnügen, euch zu einem kleinen Willkommensumtrunk in die Hogna Lounge einzuladen.«

Magnus marschierte voran, die Gruppe folgte ihm die Straße hinauf. Ich konnte sehen, wie der Lieferwagen der Bank vor meiner Filiale hielt und seine Insassen zu Gudny Heng hineingingen.

»Das ist ein historischer Bau«, informierte Magnus, als alle den nüchternen Gemeindesaal betreten hatten. »Ursprünglich war das eine Kirche, und wir haben uns viel Mühe gegeben, die ursprüngliche Atmosphäre zu erhalten, um auf diese Art und Weise das Pietistische in Kontrast zu der Ausgelassenheit zu setzen, die heute in diesen Räumen herrscht. Wie ihr seht, ist die Bar bereits geöffnet …«

Magnus nickte in Richtung der Flaschen, die auf der Tretorgel aufgereiht standen.

»… und euch zu Ehren ist der Ausschank heute gratis. Also bitte nehmt euch einfach, was das Herz begehrt und der Bauch sich wünscht. Und gern noch ein bisschen mehr. Nach diesem kleinen Willkommenstrunk werden wir euch in eure luxuriösen Zimmer im Hogna Wellness und Sport Hotel begleiten. Dort könnt ihr eine ruhige Nacht unter weichen Daunendecken verbringen. Nach dem stärkenden Schlaf könnt ihr dann zufrieden die Augen öffnen und euch auf das herrliche Frühstücksbüfett freuen und auf einen Tag mit vielen spannenden Herausforderungen.«

Die Golfer strömten auf die Orgel zu und schütteten sich

die Getränke in die großen Wassergläser aus der Küche des Gemeindehauses.

»Das ist Sangria«, erklärte Magnus.

Das Getränk war eine Mischung aus Wodka und Fruchtsaft, den wir in der Küche gefunden hatten. Den Golfern gefiel es.

»Das Frühstücksbüfett, das du so angepriesen hast, wo soll das denn stehen?«, fragte ich. »Und wer soll das Frühstück machen?«

»Frühstück? Gibt es etwa auch noch Frühstück? Das wird ja immer schöner«, mischte Lasse sich ein.

»Immer mit der Ruhe«, beschwichtigte Magnus. »Nachdem sie die ganze Nacht mit diesem Wunderschnaps gefeiert haben, werden sie alle so einen Brummschädel haben, dass keiner von ihnen auch nur den Gedanken an ein Frühstück wird ertragen können. Sicherheitshalber sorgen wir dafür, dass sie bis elf schlafen, und dann erklären wir, dass es nur bis zehn Uhr Frühstück gab, wenn jemand fragen sollte. Das wird schon klappen.«

Das Fest begann bereits sehr lustig und wurde im Laufe der nächsten Stunden noch fröhlicher. Die Golfspieler wurden immer lebendiger. Einer von ihnen hatte seine Schlägerausrüstung mit ins Gemeindehaus geschleppt und wollte jetzt ein kleines Turnier veranstalten. Und einer der Lautesten forderte eine Revanche, weil er an Bord der Fähre so schlecht abgeschnitten hatte. Er zupfte das Fleißige Lieschen aus einem Blumentopf und drückte ein Loch in die Erde, das er mit dem Golfball zu treffen versuchte. Aber der Boden des Gemeindehauses war so schräg, dass der Ball wegrollte, bevor er sich darauf konzentrieren konnte, ihn zu treffen. Nach ein paar Flüchen und viel Gelächter gab er es auf und kotzte lieber in den Papierkorb.

»Wir wollen Musik!«, rief einer.

»Musik, Musik«, skandierten jetzt mehrere. Lasse machte sich auf, nach der Musikanlage zu suchen, kam jedoch nur mit einem klapprigen Kassettenrekorder und zwei Kassetten mit Gospels von Rune Larsen zurück. Nichts für eine gut gelaunte Partygesellschaft. Magnus setzte sich an die Tretorgel und improvisierte für die munteren Herren ein bisschen Tanzmusik.

»Ich habe noch nie Orgel gespielt, aber das geht doch ganz gut«, murmelte er und pumpte Luft ins Instrument. Dann spielte er, bis keine Luft mehr übrig war und er erneut pumpen musste. Das wurde ein ziemlich abgehacktes Konzert, bis Lasse sich erbarmte und den Pumpenschwengel bediente, während Magnus spielte. Da bekam die Vorführung mehr Fahrt.

»Du musst was singen«, rief Lasse mir von seinem Platz unter dem Hocker aus zu. »Du bist doch aus der Stadt und kennst dich aus mit Discomusik!«

Magnus war gerade mit einer ziemlich freien Interpretation von »My way« beschäftigt. Nach ein wenig Applaus und Zurufen der Gäste stellte ich mich ans Rednerpult des Gemeindesaals und sang die Strophen, die ich von Paul Ankas Schlager noch kannte. Mein Publikum war nicht besonders anspruchsvoll, und ich muss gestehen, dass ich von der Stimmung angesteckt wurde. Nachdem Magnus nach ein paar Takten, die er nicht hinbekam, ein Solo improvisierte, wagte ich mich an ein wenig Verbaljazz und gab mein Bestes in einer unbekannten Sprache. Der Jubel war groß, und ich war mächtig stolz.

Plötzlich hörte Magnus auf zu spielen, genau in dem Moment, als ich mich in die höchsten Töne steigerte und dazu kräftig mit den Armen wedelte.

Direkt vor mir stand Gregersen.

»Was geht hier vor? Wir haben Beschwerden von der Bank auf der anderen Straßenseite erhalten, dass hier ein Fest stattfindet.«

»Ein Fest? Aber ganz und gar nicht, lieber Herr Polizist«, sagte Magnus. »Wir halten hier das Frühlingstreffen der Pfingstgemeinde ab. Dieses Jahr ist Hogna an der Reihe, das zu organisieren.«

»Man hat Musik und Geschrei gehört.«

»Lobpreisungen und Zungenreden haben die Luft an diesem schönen Frühlingsabend erfüllt, Lobgesang und Jubelrufe! Preise dich selig, du, der du in die Gruppe trittst und spüren kannst, wie der Heilige Geist dein gebrochenes Polizistenherz erfasst. Hörtest du nicht, wie dieses Mitglied aus der Pfingstgemeinde auf dem Judaberg Zeugnis davon gab, dass die Sünde in Feuer und Schnee sterben wird …«

Magnus nickte mir zu. Ich gab ein paar unverständliche Phrasen von mir, nur um zu beweisen, wie ernst es uns war.

»… und dass wir auf diesem schmalen Pfad die Lust und die Verwirrung des Fleisches hinter uns lassen müssen …«

»Ihr müsst etwas leiser sein«, unterbrach Gregersen ihn. »Sonst lasse ich den Saal räumen.«

Der Polizist entdeckte Lasse unter dem Orgelhocker.

»Ach, da bist du ja. Ich habe dich überall gesucht. Es wartet eine Anzeige auf dich, die Untersuchungen zum Schiffsunglück sind abgeschlossen, und du bist wegen so vieler Vergehen angeklagt, dass der Richter eine Stunde brauchen wird, um alle zu verlesen.«

»Verdammte Negerkacke«, sagte Lasse und schlug mit dem Kopf gegen den Hocker, unter dem er kniete.

»Starke Worte für einen frisch erlösten Orgeltreter«, sagte Gregersen und verließ den Saal.

»Ausgezeichnet«, sagte Magnus und nickte mir zu. »Wir haben die Aufmerksamkeit unseres Polizisten geweckt. Jetzt machen wir mit richtig lautem Geschrei und Gejohle weiter. Und dann gehst du über die Straße zur Bank und rufst von dort aus an und beklagst dich über den Lärm. Und wenn er dann kommt, um uns Einhalt zu gebieten, dann sorgst du dafür, dass die Jungs aus Haugesund ihre Waren aus dem Keller holen. Okay?«

Ich nickte. Das war okay. Warum sollte ich nicht dafür sorgen, dass die Flaschen aus dem Keller unter der Polizeistation geholt wurden? Wenn ich nur im Gemeindehaus keine Lieder mehr zu Magnus' Orgelspiel singen musste.

»Aber wenn wir die dort in den Keller lassen, dann sehen sie ja, wie viel Schnaps wir haben. Könnte das nicht ein Problem werden?«

»O nein, da sind nur noch gut tausend Flaschen drin. Den Rest haben wir an einen sicheren Ort gebracht«, sagte Magnus. »Bei den vielen Polizisten, die im Augenblick hier herumlaufen, besteht die Gefahr, dass jemand den Keller untersuchen will. Selmer hat einen großen Raum unter dem Asylantenheim entdeckt. Einen Raum, von dem niemand etwas weiß, denn er liegt eigentlich unter dem Teil des Hauses, der mal abgerissen wurde und wo jetzt der Anbau steht. Verstehst du?«

Das tat ich nicht, ging aber trotzdem fröhlich zur Bank hinüber.

Die Haugesunder warteten bereits vor der zerstörten Polizeistation, als ich ankam. Kurz darauf tauchten auch Sivert und Monrad auf, um beim Tragen zu helfen. Sobald wir sahen, wie Gregersen in Windeseile Richtung Gemeindehaus lief, fingen wir an, die Kartons mit Branntwein herauszuschleppen. Der ganze Flaschentransport ging so schnell vor sich, dass ich schon wieder im Gemeindehaus ankam, bevor der Polizist die Gemüter hatte beruhigen können.

»Jetzt warne ich euch nicht noch einmal«, donnerte er. »Ich werde mir Hilfe holen und euch alle mitnehmen, die ganze Bande, wenn ihr nicht Ruhe gebt.«

»Und was willst du dann mit uns machen?«, grinste Magnus. »Uns bei dir zu Hause verhören? Oder ist dein Polizeibüro schon wieder aufnahmebereit?«

»Ich werde die Gemeindeältesten informieren!«

»Ja, schick ihnen doch einen Brief«, sagte Lasse.

Das Handy des Polizisten klingelte. Er nickte ein paarmal, bevor er es wieder in die Tasche steckte und bekannt gab, dass er gehen musste.

Ich nickte Magnus zu und zeigte mit Daumen und Zeigefinger, dass der Flaschentransport erledigt war. Zumindest was unseren Part betraf. Wie es mit den Haugesundern weitergehen würde, das war nicht unser Problem.

»Jetzt ist diese Golferbande ja wohl besoffen genug, um sie ins Bett zu schicken«, meinte Magnus. »Könnt ihr beide nicht schon mal zum Asylantenheim gehen und nachsehen, ob dort alles so ist, wie es sein soll?«

Lasse und ich rauschten auf seinem Trecker davon. Im Asylbewerberheim oder Hotel, was es nun ja war, war Selmer immer noch dabei, die Wasserpfützen in den Zimmern aufzuwischen, die sich nach Lasses Reinigung gebildet hatten.

»Alles bereit, um vierzehn sturzbesoffene Golfspieler aufzunehmen?«, fragte ich ihn.

»Wenn sie besoffen genug sind, dann wird's schon gehen.«

Genau in dem Moment klopfte es an der Haustür.

»Kommen sie schon?«, fragte Selmer und ging zur Tür.

»Nicht aufma...«, rief ich ihm nach. Doch da war es schon zu spät.

»Auf den Boden«, hörte ich jemanden rufen.

Selmer schrie wie ein Kind. Dann war ein dumpfes Plumpsen zu hören. Ich schaute um die Ecke und konnte Selmer auf dem Flur gleich hinter der Eingangstür auf dem Boden liegen sehen. Über ihm standen zwei Männer in schwarzen Overalls. Der eine richtete ein Gewehr auf ihn.

»Polizei«, brüllte einer von ihnen.

Er entdeckte mich und brüllte noch einmal, dass er von der Polizei sei.

»Das habe ich langsam verstanden«, sagte ich, »was kann ich für Sie tun?«

»Schnauze«, antwortete der Polizist und kam weiter ins Haus hinein. Der andere folgte ihm. Drei weitere Polizeibeamte tauchten auf. Sie rissen die Türen zu den Schlafräumen auf und sprangen hinein. Kurz darauf kamen sie wieder heraus und versuchten es im nächsten Zimmer.

»Wo sind die Bewohner?«, fragte der eine Polizist mich.

»Die sind ausgezogen«, antwortete ich.

»Alle?«

»Wegen der Feuchtigkeit«, sagte ich und zeigte auf das Wasser, das von der Decke tropfte.

»Hm«, sagte der Polizist.

»Meine Güte, seid ihr eifrig«, sagte Lasse. »Ich hatte mir ja schon einiges ausgemalt ... aber dass ihr so emsig seid, das habe ich nicht erwartet.«

»Wir sind auf der Suche nach einem Mörder.«

»Dragan?«

»Genau. Jemand hat uns den Tipp gegeben, dass er hier sein könnte.«

»Hier ist er nicht«, sagte ich. »Hier hat ihn niemand gesehen.«

»Wissen Sie, wo die Bewohner des Asylbewerberheims hin sind?«

»Jemand hat etwas von Kirchenasyl in einem Gemeindehaus an der Hauptstraße gesagt«, antwortete ich.

Die Polizeibeamten verließen das Haus und fuhren in ihren Wagen davon.

»Nur gut, dass sie nicht im Keller nachgeguckt haben«, sagte Lasse. »Sonst hätten sie noch unseren Schnaps gefunden.«

»Liegt der nicht in einem geheimen Raum?«

»Ja schon, aber nicht so geheim, dass ihn niemand finden würde.«

Ich versuchte, Selmer zu beruhigen, der einen Schock erlitten hatte und schluchzend in einer Ecke saß. Nach nur wenigen Minuten rief Magnus mich an und wollte wissen, was da vor sich ging. Sie hatten gerade Besuch von einer Antiterroreinheit bekommen, die auf der Suche nach einem gefährlichen Mörder war, berichtete er.

»Na, dann sind die Golfer wohl wieder wach und bereit, ins Bett zu gehen«, sagte ich. »Ihr könnt jetzt beruhigt herkommen.«

»Gut, aber ich brauche ein bisschen Hilfe beim Transport«, erwiderte Magnus.

Lasse und ich fuhren mit dem Trecker wieder zum Gemeindehaus und stapelten einige der Golfspieler in die Schaufel. Die übrigen waren in der Lage, allein zu gehen, zumindest mit ein wenig Hilfe und Führung. Magnus versuchte, die Zimmer nach einer Liste zu verteilen, gab das aber bald auf und stopfte einfach einen Gast nach dem anderen in die Zimmer. Wir machten die Runde und sorgten dafür, dass alle ins Bett gekommen waren und dass jeder eine Flasche Schnaps dabeihatte, dann löschten wir das Licht und gratulierten uns zu einem prima Job.

»Jetzt können wir beruhigt Feierabend machen«, sagte Magnus. »Die werden lange genug schlafen.«

Im gleichen Moment wurde die Eingangstür aufgerissen.

»Verdammte Scheiße, kommt die Polizei schon wieder«, stöhnte Lasse.

Aber es war nicht die Polizei. Dieses Mal waren es drei Männer in Jogginganzügen, die hereinkamen. Zwei von ihnen wedelten mit Pistolen.

»Sloppsky manoppsky«, rief einer von ihnen.

»Worum geht es?«, fragte Magnus.

»Wir holen Dragan. Wo Dragan? Dragan nicht antworten uns, nichts sagen, wir Dragan suchen.«

Magnus sah mich an.

»Dragan? Kennen wir irgendeinen Dragan?«

»Dragan hier wohnen«, sagte der eine Jogginganzugtyp.

»Alle unsere Gäste sind heute erst gekommen, ich glaube nicht, dass darunter einer mit diesem Namen ist.«

»Asyl! Dragan suchen Asyl! Dragan wohnen hier.«

»Nein, nein«, erwiderte Magnus. »Hier wohnt niemand, der Asyl beantragen will.«

Der Kerl packte Selmer, der immer noch schluchzte, und zog ihn zu sich hoch.

»Ihr nicht sagen, wo Dragan, dieser Mann tot!«

Er richtete die Pistole auf Selmers Kopf.

»Das hier Hotel«, sagte Magnus. »Nicht Asylantenheim. Habt ihr nicht das Schild draußen gesehen?«

Sie redeten hastig miteinander. Der eine lief nach draußen und guckte auf die Fassade. Als er wieder hereinkam, sagte er etwas zu den anderen, was das Wort »Hotel« enthielt.

»Ihr uns zeigen Hotel«, sagte derjenige, der ein wenig Norwegisch konnte. »Zeigen, dass wirklich Hotel, nicht Dragan.«

Wir zeigten ihnen sämtliche Gästezimmer. Keiner der Gäste wachte von der Besichtigung auf.

»Wie ihr gesehen habt, gibt es nur Golfspieler in unserem Hotel«, sagte Magnus. »Mehr können wir für euch nicht tun. Und jetzt seid so gut und lasst Selmer los, er hatte heute bereits einen leichten Nervenzusammenbruch. Wenn ihr Lust habt, Hogna und die Attraktionen, die sich hier bieten, näher kennenzulernen, dann möchte ich euch empfehlen, im Sommer zu unserem Junggesellenfestival zu kommen. Dann werdet ihr das Vergnügen haben, die Bekanntschaft mit so berühmten Künstlern wie Robbie Will…«

»Du Mund halten«, sagte der Mann.

»Aber, aber, ich komme doch nur mit einem guten Rat«, versuchte Magnus ihn zu beschwichtigen. »Auf einem Junggesellenfestival könnt ihr Frauen kennenlernen, norwegische Frauen, die ihr heiraten könnt. Und auf diese Weise kriegt ihr hier in Norwegen eine Aufenthaltsgenehmigung, und zwar auf eine ganz legale Art, ohne dass ihr mit Waffen wedeln und friedliche Menschen bedrohen müsst.«

»Ihr dürft dann auch die Frauen zuerst aussuchen«, versuchte Lasse sie zu locken.

»Also gibt es keinen Grund, wütend und aggressiv zu sein«, fügte Magnus hinzu.

Der Kerl steckte Magnus den Pistolenlauf in den Mund.

»Du reden wie Tüte voll Kacke. Jetzt kein Scheißreden mehr. Du reden Wahrheit.«

Er zog einen Pass heraus und wedelte damit.

»Den Dragan gekauft von dir. Dann er weg. Keiner mehr

mit Dragan reden. Dragan wütend. Du ihn reinlegen mit Pass.«

Ich konnte sehen, wie Magnus der Schweiß von der Stirn lief. Er versuchte etwas zu sagen, doch der Pistolenlauf hinderte ihn daran, mehr als ein paar Gurgellaute hervorzubringen.

»Dragans Pass! Das fehlte gerade noch.«

Lasse ruderte mit beiden Armen, damit die Ausländer verstanden, wie empört er über diese Behauptung war. »Wir sind friedliche Hotelwirte, die hier eine Herberge unterhalten und Gäste empfangen. Und keine Ausländerbehörde.«

Der Mann zog die Pistole aus Magnus' Mund und stopfte sie stattdessen in Lasses. Ich beschloss, lieber den Mund zu halten, damit ich nicht auch noch die Pistole zu schmecken bekam. Der Gedanke, etwas, das sowohl Magnus als auch Lasse im Mund gehabt hatte, in meinem eigenen Mund zu spüren, war nicht besonders verlockend.

Magnus war so empört darüber, mit der Pistole geknebelt zu werden, dass er ausnahmsweise einmal kein Wort herausbrachte.

»Wir Serben«, sagte der Mann mit der Pistole. »Wir nicht mögen, wenn wir reingelegt werden. Keiner. Jetzt wir gehen. Wenn ihr nicht findet Dragan, wir kommen zurück. Und bringen viele Brüder mit. Viele. Ihr reden mit allen, die ihr kennt. Einer wird was wissen. Das dann uns sagen.«

Als sie endlich verschwunden waren, schaute ich nach Selmer. Er lag zusammengekrümmt auf dem Boden und hielt sich den Kopf, wobei er laut schluchzte. Magnus schaute aus dem Fenster und berichtete, dass die drei zu Fuß fortgegangen waren. Er zog sein Handy heraus und tippte eine Nummer ein.

»Gregersen! Ja, ist doch scheißegal, wer hier anruft. Ja, ich bin's. Nun hör zu. Hier rennen drei Serben mit gezückten Pistolen auf der Insel herum. Das sind bestimmt die, hinter denen die Polizei her ist. Die, die die Leute umgebracht und die Bank überfallen haben und alles. Sie sind vor einer Minute Richtung Vika abgehauen. Ich weiß nicht, ob sie ein Auto haben. Nein, das ist kein Scherz. Ja, Lasse ist hier. Nein, er lacht nicht. Die haben ihn fast umgebracht. Selmer auch, er steht immer noch unter Schock, der Arme, fast wie damals, als der Motor seines Treckers explodiert ist. Ja, komm in die Puschen und nimm so viele Polizisten mit, wie du kriegen kannst.«

Magnus drückte auf den roten Knopf seines Handys und stopfte den Apparat wieder in die Tasche.

»Ich denke, jetzt ist es das Schlaueste, wenn jeder zu sich nach Hause geht. Unsere Gäste werden wohl den Rest der Nacht allein zurechtkommen.«

Auf dem Weg zurück zur Bank und in meine kleine Behausung schaute ich mehr zurück als nach vorn. Glücklicherweise stieß ich unterwegs weder auf Polizei noch auf irgendwelche Banditen. In der Filiale unten war noch Licht, sicher durchforsteten die Revisoren immer noch die Papiere meines Vorgängers. Ich hatte gerade den Schlüssel in die Tür auf der Rückseite des Hauses gesteckt, als mich jemand am Arm packte.

»Ich auf dich gewartet. Du spät.«

Ob ich schrie, weiß ich nicht mehr, auf jeden Fall erschrak ich fürchterlich.

»Ich bin's doch nur.«

»Ann!«

»Ja, nur ich. Komm, lass uns reingehen.«

Wir gingen hinauf in meine Wohnung. Ann blieb mitten im Wohnzimmer stehen.

»Was machst du hier?«, fragte ich sie.

»Du mich nicht hier haben?«

»Doch, natürlich, natürlich will ich das. Und wie.«

»Toralf kommt heute Nacht nicht nach Hause. Er die beiden Damen aus Thailand einweisen, die hergekommen sind. Das hat er gesagt. Da kann ich auch zu dir gehen. Magst du mich?«

»Ich mag dich, Ann«, antwortete ich.

»Willst du küssen?«

Ich küsste sie.

»Magst du Wein?«, fragte ich.

»Ich mag Wein. Ich mag roten Wein und ich mag auch weißen Wein. Was hast du?«

»Rotwein.«

»Dann mag ich roten Wein.«

Ich öffnete die Flasche und schenkte zwei Gläser ein.

»Und worin will Toralf die Damen einweisen?«

»Das er nicht gesagt, aber ich glaube, er will zeigen, wie er Massage mag.«

»Nicht gerade ein besonders treuer Ehemann, den du da hast, oder?«

»Nicht treu und nicht Ehemann. Fast nicht Mann. Ich wohne hier und ich arbeite hier. Für ihn. Ohne Geld. Jetzt ich will nicht mehr. Jetzt ich will bald zurückreisen nach Thailand.«

»Du kannst heute Nacht bei mir bleiben«, sagte ich. »Willst du?«

»Ich will bleiben bei dir heute Nacht.«

Wir tranken Wein. Ich küsste sie, und sie küsste mich. Wir gingen in mein Schlafzimmer. Ich zog sie aus. Sie war schön. Wir liebten uns. Ann und ich. Wir liebten uns lange. Dann schliefen wir. Kurz bevor ich einschlief, schaute ich noch einmal auf die Uhr. Es war fast drei.

Ich wachte davon auf, dass das Haus vibrierte. Ann drückte sich an mich. Es war noch nicht einmal halb sechs. Ich schaute aus dem Fenster und sah zwei große Militärhubschrauber, die auf dem Sportplatz landen wollten.

»Was ist da los?«, fragte Ann.

»Keine Ahnung. Aber ich habe den starken Verdacht, dass ich es bald erfahren werde.«

Ich hatte recht. Eine Minute später klingelte es an der Tür. Ich war bereits in meine Kleidung geschlüpft und lief hinunter, um zu öffnen.

»Bleib oben«, rief ich Ann zu.

Lasse stand draußen.

»Jetzt sind sie durchgedreht«, brüllte er. »Da hast du ja was Schönes angestellt.«

»Ich? Was zum Teufel ist jetzt schon wieder los?«

»Na, die Serben. Sie haben die ganze Nacht mit der Polizei Katz und Maus gespielt. Zumindest eine ganze Weile.«

»Das ist ja wohl nicht meine Schuld!«

»Nachdem Magnus die Polizei angerufen hat, haben die sie gejagt. Und als die Polizei sie fast geschnappt hatte, sind sie ins Asylantenheim gerannt. Oder ins Hotel. Ist ja auch eigentlich egal. Da sind sie drei Stunden lang geblieben. Und haben alle Golfspieler als Geiseln genommen.«

»Wofür ich ja wohl nichts kann.«

»Jetzt ist ein ganzer Haufen von Polizisten hergekommen. Aus der Stadt.«

»O Scheiße. Aber auch dafür kann ich nichts.«

»Das wäre alles nicht passiert, wenn du nicht diesen Dragan umgebracht hättest. Vergiss das nicht. Und jetzt komm in die Gänge, wir müssen denen helfen.«

Die Einsatztruppen der Polizei waren offensichtlich nicht der Meinung, dass unsere Hilfe gebraucht würde. Sie hatten sich bereits ums Hotel herum in Stellung gebracht und scheuchten alle anderen weg. Wir bekamen den Befehl, uns Richtung Zentrum zu entfernen. Ich konnte Gregersen am Eingang des Altersheims sehen, wie er mit großen Gesten ein Telefonat führte. Kurz darauf tauchte Silje Wang mit ihrem Fotoapparat auf und lichtete ihn ab. Er drehte sich weg und gestikulierte weiter.

»Weißt du, was da los ist?«, fragte Silje mich.

»Es geht wohl um die jugoslawische Mafia, die drüben im Asylantenheim Asylbewerber als Geisel genommen hat«, antwortete ich. »Das habe ich jedenfalls gehört.«

»Und ich bin die Medienvertreterin vor Ort«, erklärte Silje glücklich. »Das wird eine große Sache.«

Ich entdeckte Magnus. Er stand hinter dem Laden und winkte mir zu.

»Du musst uns helfen«, sagte er. »Wir müssen unsere Golfspieler rausholen. Koste es, was es wolle.«

»Wir? Wie sollen wir das denn anstellen? Hier ist doch schon ein ganzes Bataillon von Polizisten, um sie zu befreien. Wir können doch nicht …«

»Wir können nicht zulassen, dass die Polizei reingeht und unsere Golfspieler entdeckt. Dann würden sie keinen Stein auf dem anderen lassen. Und den Schnaps im Keller finden. Ganz zu schweigen von dem Aufschrei, wenn es Gott und jedem Gemeindemitglied klar wird, dass wir hier Hotel spielten, während die Asylbewerber sich im Altersheim verstecken. Also, nun komm schon!«

Ich ging mit ihm. Wir machten einen Umweg über Vågen und näherten uns von hinten dem Asylbewerberheim. Auf unserem Weg stießen wir auf Lasse. Er trug eine Schultertasche.

»Wir kriechen an dem Bach entlang«, sagte Magnus. »Dann kommen wir zu der Garage hinter dem Asylantenheim. Die gehört der Gemeinde, dort stehen der Schneepflug und die Straßenkehrmaschine.«

Wir gelangten zur Garage. Als ich um die Ecke guckte, sah ich einen Polizisten, der vor dem Garagentor lag und mit einer riesigen Waffe auf den Heimeingang zielte. Auch auf der Rückseite des Garagengebäudes lag ein Polizist, falls die Serben in diese Richtung fliehen wollten.

»Wir kriechen durchs Fenster hinein«, sagte Magnus. »Wir zerschlagen einfach die Scheibe und klettern dann rein.«

»Bist du verrückt? Die werden uns hören und auf uns schießen.«

»Wir müssen sie halt ablenken. Hast du alles dabei?«, fragte er Lasse.

Lasse holte eine Flasche und vier Schrotpatronen heraus. Die Patronen klebte er um die Flasche herum und stopfte einen Stofffetzen in den Flaschenhals. Es roch nach Benzin. Magnus zündete das Stück Stoff an und warf die Flasche über das Garagendach in Richtung Asylantenheim. Eine Sekunde später hörten wir eine Explosion, gefolgt von vier Schüssen, als die Patronen entzündet wurden. Sofort waren aus allen Richtungen Schüsse zu hören. Lasse zerschlug blitzschnell die Scheibe über uns und bekam das Fenster auf. Wir kletterten hinein. Magnus führte uns zu einer Luke im Boden. Durch sie stiegen wir in einen dunklen Raum hinunter. Draußen knallten weiter die Schüsse. Wir tasteten uns an Stapeln von Kartons vorbei bis zur Tür zum Keller des Asylantenheims.

»Jetzt können wir nur hoffen, dass die Serben damit beschäftigt sind, aus dem Fenster zu schießen, und uns nicht sehen«, sagte Magnus. »Hier, jeder nimmt eine Cognacflasche mit.«

Oben auf dem Flur sahen wir die Rücken der drei Serben,

jeder kniete vor einem Fenster und schaute hinaus. Zwei von ihnen hatten immer noch Pistolen in den Händen. Der Schusswechsel war vorbei, und sie warteten auf den nächsten Vorstoß der Polizei. Magnus signalisierte uns, dass wir uns zu den Gästezimmern schleichen sollten, aber als wir das versuchten, knackte der Fußboden, und wir wurden entdeckt. Alle drei Desperados drehten sich zu uns um.

»Entschuldigt die Störung«, sagte Magnus sanft.

Draußen löste sich erneut ein Schuss. Die Serben wandten sich wieder den Fenstern zu. Die zwei, die bewaffnet waren, hoben ihre Pistolen. Magnus nahm seine Cognacflasche und zerschlug sie auf dem Kopf eines der Pistolenmänner. Lasse schlug den anderen auf die gleiche Weise nieder. Beide sanken in sich zusammen und bluteten kräftig am Kopf. Der dritte, unbewaffnete Serbe sah uns erschrocken an und versuchte sich noch weiter in die Ecke zu drängen, in der er saß. Magnus hob die Pistolen auf, gab eine mir und die andere Lasse.

»Halte den Kerl in Schach«, sagte er zu Lasse. »Wir werden die Golfhorde wecken.«

Es war erstaunlich einfach, sie wach zu kriegen. Wir kippten sie aus den Betten und sagten, dass es schon spät am Tag war und sie endlich aufstehen müssten. Innerhalb weniger Minuten waren alle auf den Beinen und auf dem Weg hinunter in den Keller.

»Feure einen Schuss ab und komm dann nach«, sagte Magnus.

Lasse ballerte durchs Fenster. Das Feuer wurde augenblicklich erwidert. Ich konnte den unbewaffneten Serben schreien hören; vor Schmerz oder aus Angst, das war nicht auszumachen.

»Was machen wir hier unten im Keller?«, nuschelte einer der Golfer.

»Heute ist euer Glückstag«, erklärte Magnus. »Hier unten lagern Tausende Flaschen Schnaps. Und vielleicht habt ihr ja Lust, euch vor der ersten Golfrunde des Tages ein wenig zu stärken.«

Sie ließen sich nicht zweimal bitten. Einige Flaschen kreisten in der Runde und wurden mit gierigen Schlucken geleert. Es dauerte nicht lange, dann schlief die ganze Bande erneut.

»Dieser achtzigprozentige Rum ist ziemlich effektiv«, sagte Magnus. »Jetzt können wir nur hoffen, dass sie nicht den Keller untersuchen, wenn sie das Haus stürmen.«

Ein paar Minuten später hörten wir, wie die Tür oben eingetreten wurde und jemand brüllend hereinkam. Lasse und ich krochen in die Garage hinauf und schauten aus einem der Fenster hinaus. Die drei Serben wurden von der Polizei abgeführt. Auf dem Boden draußen qualmte etwas, von dem ich annahm, dass es sich um Tränengasgranaten handelte.

»Jetzt hauen wir ab«, sagte Magnus. »Die Serben sind ausgeräuchert und unsere Leute hier werden eine ganze Weile schlafen. So schaffen wir es, alles für das große Golfturnier vorzubereiten.«

Wir kamen gerade noch rechtzeitig, um zu sehen, wie die Hubschrauber abhoben. Vor der Schule stand ein großer Teil von Hognas Bevölkerung und diskutierte über das, was geschehen war.

»Ist nur zu hoffen, dass jetzt endlich Schluss ist mit all den schrecklichen Ereignissen«, meinte einer von ihnen.

»Da sind doch diese Ausländer schuld«, bemerkte ein anderer. »Wenn die nicht wären, wäre Hogna eine paradiesische Oase des Friedens.«

Magnus zog ein meckerndes Handy aus seiner Jackentasche.

»Das hattest du doch wohl nicht die ganze Zeit bei dir?«, fragte ich. »Wenn es nun geklingelt hätte, als wir uns angeschlichen haben …«

»Das ist für dich«, sagte Magnus nur und gab Lasse den Apparat.

»Der Wagen ist da«, verkündete Lasse kurz darauf. »Der Bentley. Er ist gekommen.«

Wir gingen hinunter zum Kai und sahen, wie der schottische Trawler anlegte. Kurz nachdem die Trossen festgezurrt waren, schob der Kapitän den Kopf über die Reling und winkte uns zu. Lasse sprang an Bord und verschwand zusammen mit dem Skipper unter Deck.

»Wie schafft man es nur, mit einem Schiff wie diesem einen Wagen zu transportieren?«, fragte ich.

»Keine Ahnung«, antwortete Magnus. »Das ist nicht gerade der größte Trawler.«

»Dann lass uns nur hoffen, dass er den Wagen nicht demontiert und in Plastiktüten verpackt hat.«

»Er hat ihn sicher im Laderaum verstaut.«

Nach einigen Minuten wilder Aktivität hing der Wagen an zwei Seilen und schaukelte über der Bordwand. Dann wurde er auf den Kai bugsiert.

»Der hat mit dem Foto aber nicht viel Ähnlichkeit«, sagte ich.

Dass es ein Bentley war, daran bestand kein Zweifel. Und es hatte sich bestimmt einmal um ein stattliches Fahrzeug gehandelt. Aber jetzt war der Lack ziemlich stumpf und neigte zu Rost in den Radhöhlen und an den Leisten.

»Einmal mit Bohnerwachs rüber, dann ist der wieder wie neu«, meinte Lasse.

Der Kapitän überreichte das Schlüsselbund und zog einen Flachmann heraus, um auf den Deal anzustoßen. Leider war nur noch so wenig im Flachmann, dass es gerade einmal für ihn reichte.

»Läuft der Wagen?«, fragte ich.

»Natürlich läuft er«, sagte Lasse und öffnete die Fahrertür. Dann rutschte er weiter, bis er zum Lenkrad gelangte.

»Bisschen blöd, diese ausländischen Autos«, sagte er. »Die haben das Lenkrad immer auf der falschen Seite.«

Magnus setzte sich neben ihn, und ich nahm auf der Rückbank Platz. Ich hatte noch nie so bequem in einem Auto gesessen, das war sicher. Kaum sonst irgendwo. Nur, dass es nicht besonders gut roch.

»Kannst du ihn nicht starten?«, fragte Magnus.

»Starten?«, fragte Lasse. »Ich habe ihn doch schon gestartet. Der läuft schon. Du hörst den Motor nur nicht.«

Er gab ein wenig Gas. Da hörten wir ein leises Brummen von dem großen Motor.

Nach ein bisschen Fummeln kam Lasse auch mit der Automatik zurecht. Der Wagen rollte lautlos davon.

»Wir stellen ihn in Selmers Scheune«, sagte Magnus. »Da kann er stehen bleiben, bis wir die Formalitäten geregelt haben.«

Wir schwebten die wenigen Kilometer zu Selmers Hof durch die Landschaft.

»Wie geht es Selmer eigentlich?«, wollte ich wissen. »Er war gestern Abend ja ziemlich aufgewühlt.«

»Lass es mich mal so sagen«, setzte Magnus an. »Ich glaube, wir sollten ihn lieber eine Weile in Ruhe lassen. Vielleicht so ein oder zwei Jahre.«

»Ich finde, der Fischgestank wird immer schlimmer«, stellte ich fest.

»Kein Wunder«, sagte Lasse. »Schließlich war der Wagen die ganze Überfahrt über mit Fisch bedeckt.«

Magnus und ich öffneten die Fenster. Sie glitten lautlos in die Türen.

»Diesen Gestank werdet ihr nie los«, sagte ich.

»Loswerden, nein«, nickte Lasse. »Wenn sich der Gestank erst einmal in einem Auto festgesetzt hat, dann kriegst du ihn nicht mehr weg.«

»Dann ist das ein Problem, das gelöst werden muss. Der Gewinner der Lotterie wird nie im Leben einen Wagen akzeptieren, der so stinkt.«

»Aber der glückliche Lotteriegewinner wird erst eine Probefahrt machen können, wenn er ihn bereits gewonnen hat. So ist das nun einmal.«

»Aber ihr habt doch auch geplant, dass Robbie Williams in ihm fahren soll. Der wird das bestimmt nicht so gut finden.«

»Ist die Nase von diesen Popstars nicht sowieso immer so voll mit Kokain, dass sie nicht einmal den Geruch eines Kuhfladens wahrnehmen würden, wenn sie mit der Nase drinliegen?«

Der Prachtwagen wurde in Selmers Scheune manövriert.

»Kommt da immer so blauer Rauch aus dem Auspuff?«, fragte ich.

»Das liegt bestimmt nur daran, dass es so ein edles Auto ist«, meinte Magnus. »Das ist wie mit dem blauen Blut, weißt du.«

»Genau«, stimmte Lasse zu. »Blaues Blut und blauer Rauch. Zwei Seiten einer Medaille.«

»Wie läuft denn eigentlich der Losverkauf?«

»Der Losverkauf? Der läuft prima. Nachdem wir eine neue Taktik eingeschlagen haben, fließt das Geld. Wir haben bald alle Lose verkauft.«

»Und wie sieht eure Taktik aus?«

»Wir haben Konrad rumgeschickt, der von Tür zu Tür geht, um sie zu verkaufen. Er ist so hässlich, dass die Leute schon kaufen, nur um ihn nicht mehr sehen zu müssen. Denn wenn sie kein Los kaufen, bleibt er einfach stehen und starrt sie an.«

»Und auf diese Weise habt ihr alle Lose verkauft?«

»Nein, dazu waren noch ein paar Zugeständnisse nötig. Wenn da eine Alte im Haus wohnte, die in der Missionsgemeinde ist, dann sagten wir, dass die Erlöse für die Verkündigung des Evangeliums gedacht seien. War es eine Katzenbesitzerin, dann sagten wir, dass der Erlös an süße Pussikätzchen geht. Und bei einer alten Schullehrerin sagen wir, dass es für Gesangsbücher und Gemüse in der Schule bestimmt ist. So verkauften sie sich wie warme Semmeln.«

»Und wenn ein Mann die Tür geöffnet hat?«

»Dann war es noch leichter. Wir haben ihm vier Flaschen Schnaps als Trostpreis für jedes Los, das er kauft, angeboten. Einige haben dreißig Lose gekauft. Und es gibt das Gerücht, dass eine Alte fünfhundert Lose gekauft haben soll, aber keiner will sagen, wer das war. Das soll sicher eine Überraschung sein.«

Erst spät am Nachmittag waren die Golfspieler in der Lage, tatsächlich Golf zu spielen. Einige wunderten sich ein wenig, warum sie in einem Keller aufwachten, aber Magnus erklärte ihnen, dass das ein Programmpunkt während ihres Aufenthaltes auf der Insel war.

»Denn ihr müsst bedenken«, sagte er, »das ist kein gewöhnlicher Keller. Das ist ein Keller, in dem die edelsten Tropfen aufbewahrt werden. Hier zu schlafen, das läutert die Seele von allem Bösen. Frauen machen gerne Aromatherapien. Das hier ist eine Bouquettherapie.«

»Spricht man nicht nur bei Wein von Bouquet?«, zweifelte einer.

»Wenn du ein bisschen genauer geschnuppert hättest, dann wüsstest du, was ein Bouquet ist.«

»Wo ist der Golfplatz?«, fragte ich Magnus.

»Hinten bei Buvik. Da scheint so wenig Sonne, dass das Gras noch ziemlich kurz ist. Das ist genau das Richtige für Golfspieler. Die haben es gern frisch gemäht und frisiert.«

Wir führten sie über einige Weiden zum entsprechenden Gelände.

»Ist das der Golfplatz?«

»Na, eine Bowlingbahn ist es jedenfalls nicht«, erwiderte Lasse. »Und 'ne Schlittschuhbahn auch nicht. Oder sieht das einer anders?«

»Ach du meine Güte! Und wo ist das Clubhaus? Und das Green? Und die Löcher?«

»Die Löcher kommen gleich«, sagte Magnus.

Er hatte eine große Bohrwinde dabei, die eigentlich fürs Eisfischen gedacht war.

»Ein Golfplatz muss achtzehn Löcher haben!«

»Und wer sagt das?«, knurrte Lasse.

»Hier ist ja kein einziges Loch.«

»Wie gesagt«, beschwichtigte Magnus, »das mit den Löchern haben wir gleich. Der Platz ist nach dem Winter nur noch nicht richtig in Schuss. Jetzt trinken wir erst einmal einen, dann gibt es von unserer Golffachkraft nützliche Tipps. Anschließend wird der Wettkampf stattfinden. Der Gewinner bekommt drei Flaschen Whisky.«

Magnus zeigte, wer für die Aufgabe, die Golfspieler zu instruieren, zuständig war.

»Das Wichtigste beim Golf ist der Schlag«, sagte ich und versuchte, mich möglichst genau an das zu erinnern, was ich im Internet über den Sport gelesen hatte, während Magnus großzügig allen Spielern einschenkte. »Man setzt den rechten Fuß nach hinten und versucht, mit dem Golfschläger einen Bogen zu beschreiben. Dabei geht es um Konzentration und darum, den Ball im Fokus zu haben. Keine andere Sportart hat so viele …«

»Jetzt sind die ersten zwei Löcher fertig«, quakte Lasse. »Ihr könnt anfangen.«

Er hatte eine Plastiktüte ans obere Ende eines Skistocks gebunden und diesen als Markierung ins Loch gesteckt. Der erste Golfspieler prügelte auf den Ball ein, der einen schönen Bogen durch die Luft zeichnete und direkt hinter Lasse auftraf. Lasse fluchte laut und lief davon, um das nächste Loch zu bohren. Ein Golfspieler nach dem anderen schlug seinen Ball und brachte ihn zusammen mit Kies und

Grasresten Stück für Stück weiter. Keiner von ihnen hatte offenbar viel mehr Ahnung vom Golfen als ich. Als der Letzte dabei war, das Gelände um das dritte Loch herum zu bombardieren, beugte ich mich vor und ließ eine von Magnus' archäologischen Seltenheiten in das erste Loch fallen, bevor ich wieder zutrat und ein bisschen Erde darüberschob. Das Gleiche tat ich mit einigen der anderen Löcher. Kleinere Gegenstände legte ich unter lose Steine, während ich wieder andere in Spalten und Risse steckte. Jetzt konnte zumindest Nancy nicht behaupten, ich hätte meinen Teil unserer Abmachung nicht eingehalten.

Als das Golfturnier sich dem neunten Loch näherte, mussten wir eine andere Richtung einschlagen, weil der Bauer in Buvik mit der Frühjahrsbestellung beginnen wollte. Glücklicherweise wurden die Golfer langsam wieder so blau, dass keiner sich darüber aufregte, dass die letzten Löcher auf dem Fußballfeld von Hogna lagen. Ein Typ, der wohl dort der Hausmeister war, regte sich zwar darüber auf, dass Lasse in seine Grasfläche Löcher bohrte, aber mit ein paar Flaschen feinstem polnischen Armagnac war auch er besänftigt.

»Seid ihr jetzt bereit für Whirlpool und Massage?«, fragte Magnus und schob die Golferhorde in die Umkleideräume der Turnhalle der Grundschule.

Dort fand zunächst die Überreichung der Siegerprämie statt an den, der den Golfplatz mit den wenigsten Schlägen geschafft hatte. Da es sich aber herausstellte, dass der vermeintliche Gewinner bereits am vierten Loch eingeschlafen war, wurde das Ergebnis für ungültig erklärt und die Prämie auf die ganze Mannschaft verteilt. Die sich sofort daranmachte, sie unter sich aufzuteilen.

»Jetzt können wir in den Wellnessbereich«, sagte Magnus, »und eine heiße Dusche genießen, während die Masseusen schon bereitstehen, um schmerzende Muskeln und erigierte Zonen zu behandeln.«

Mir nackte Golfspieler anzusehen, verlockte mich nicht besonders, also beschloss ich, bei Nancy vorbeizuschauen, um ihr vom Resultat meiner archäologischen Vorarbeiten zu berichten. Ich traf sie auch an, aber sie war zu sehr damit beschäftigt, laut ins Telefon zu brüllen. Kurze Zeit später erfuhr ich, dass sie vom Trainer der Mädchenfußballmannschaft angerufen worden war. Diese hatten ein Extratraining an diesem Vormittag absolviert und waren ein wenig erschrocken, als sie in die Dusche kamen und zwei schmächtige thailändische Damen entdeckten, die einen ganzen Golfclub verwöhnten. Da der Platz nicht ausreichte, um die ganze Horde einzubuchten, hatte Gregersen sich damit begnügt, die Damen zu verhaften. Kurz darauf hatte er sich auch noch Toralf geschnappt und ihn wegen Zuhälterei angezeigt.

Die Golfspieler nahmen noch am gleichen Abend die Fähre nach Hause, obwohl sie eigentlich für eine weitere Nacht bezahlt hatten. Magnus gab ihnen noch ein paar Flaschen Schnaps als Reiseproviant mit.

»Ist schon in Ordnung, dass wir abfahren«, meinte einer von ihnen zu mir am Kai. »So viel, wie wir hier erlebt haben, so viel haben wir noch nie zuvor erlebt.«

»Das Gefühl habe ich auch, seit ich hierher gezogen bin«, erwiderte ich. »Hogna kann für untrainierte Leute ziemlich anstrengend sein.«

Es gab nur eine kleine Nachricht in den Medien über die Serben, die auf die Polizisten geschossen hatten. Zunächst war die Polizei davon ausgegangen, dass es sich um eine

Geiselnahme handelte, aber nachdem sie das Gebäude gestürmt hatten, hatten sie festgestellt, dass sich niemand dort aufhielt, der als Geisel hätte genommen werden können. Deshalb wurden die Serben nur wegen der Schießerei und unerlaubten Waffenbesitzes angeklagt. Aber die Polizei war fest davon überzeugt, dass sie auch hinter dem missglückten Banküberfall steckten. Also würden sie auch dafür bestraft werden. Und sicher danach des Landes verwiesen.

Ich rief Magnus an.

»Du«, sagte ich, »wegen der Asylbewerber, die ihr im Altersheim versteckt habt, habt ihr eigentlich irgendwelche Pläne, was mit denen jetzt passieren soll? Die können sich ja nicht für alle Zeiten in den Schlafzimmern verstecken.«

»Die haben sich bestimmt besonders gut versteckt, nachdem die Polizei mit Hubschraubern kam und das Asylantenheim beschossen hat. Und die, die ein Zimmer im ersten Stock des Altersheims haben, die konnten alles von der Loge aus mitverfolgen, wenn sie sich denn getraut haben rauszugucken. Die bleiben bestimmt noch eine Woche lang im Kleiderschrank.«

»Du musst sehen, dass sie da wegkommen. Sie können doch wieder ins Asylbewerberheim ziehen. Ich gehe davon aus, dass du den Gedanken, dort ein Hotel zu betreiben, inzwischen aufgegeben hast.«

»Das ist nicht mehr nötig. Das mit dem Hotel, meine ich. Wir haben alle Karten für das Konzert mit Robbie Williams verkauft. Fünfzehntausend. Und da man eine Karte für das Junggesellenfestival haben muss, um ein Konzertticket kaufen zu können, sind die auch alle weg.«

»Wow«, staunte ich. »Das ist aber viel Geld, von dem du da redest.«

»Ungefähr neunzehn Millionen Kronen. Am Montag müssen wir ein paar Bankgeschäfte tätigen und das Geld an einem sicheren Ort deponieren. Im Augenblick liegt es noch auf dem Festivalkonto. Da kann es nicht bleiben.«

»Aber du kannst doch nicht den gesamten Betrag außer Landes schmuggeln?«

»Nein, da hast du recht, ein paar Hunderttausend müssen wir hier behalten, für laufende Ausgaben.«

»Was ich damit meine: Das ist doch nicht dein Geld. Du kannst es nicht einfach auf ein Geheimkonto im Ausland überweisen.«

»Du bist ja vom Fach, da kennst du dich natürlich mit so etwas aus. Und dann weißt du auch, dass die staatlichen Behörden oft ein bisschen Probleme haben, zwischen privatem Besitz und den Mitteln zu unterscheiden, die einer personengeführten Firma gehören.«

»Gehört dir die ganze Festivalfirma persönlich? Wart ihr denn nicht bei einem Notar und habt eine Firma gegründet?«

»Doch, wir waren bei so einem Notar und haben mit ihm geredet, aber das wurde so teuer, dass ich lieber gleich die ganze Firma auf meinen Namen habe eintragen lassen.«

»Du bist wahnsinnig«, sagte ich. »Dann sollen also alle Ausgaben für das Festival von dem Geld bezahlt werden, das du durch den Kartenverkauf eingenommen hast.«

»Genau. Und deshalb ist es nicht so gut, wenn das Geld schon weg ist, bevor die Rechnungen bezahlt werden müssen. Deshalb muss es erst einmal woandershin geschafft werden. Damit diese Finanzamtfuzzies es sich nicht unter den Nagel reißen, bevor es benutzt werden kann.«

»Wie hoch sind eigentlich deine Schulden beim Finanzamt?«

»Nicht so hoch. Vielleicht ein paar Mille. Eigentlich sind

die anderen schlimmer. Die Banker und diese Finanzhaie. Deine Bank auch.«

»Wie hast du das geschafft? So viel Geld auszugeben?«

»Das war dieser Vogel von der Bank, der hat das alles geregelt. Er hat mich zu irgendwelchen Investitionen überredet. Ich brauchte nicht einmal Geld dafür zu haben. Das hat er mir geliehen. Dann haben wir ein paar Aktien hier und da gekauft. Für das Geld, das wir so verdient haben, haben wir dann ein bisschen mehr gekauft. Und ein bisschen mehr Geld geliehen.«

»Welche Rolle hat Hartvigsen dabei gespielt? War er nur dein Bankberater?«

»Berater? Träum schön weiter, und wenn, dann waren es ziemlich schlechte Ratschläge. Wir haben das beide zusammen gemacht. Er hat die Kredite gewährt, und ich habe das Geld aufgenommen. Und dann haben wir zum Schluss die Summe geteilt. Wir haben reichlich verdient. Ein Jahr hatte ich ein Einkommen von mehreren Millionen.«

»Für das du keine Steuern bezahlt hast?«

»Stimmt. Denn als die Steuermeldung kam, hatten wir schon alles wieder verloren. Und ich bin derjenige, der mit dem ganzen Verlust dasitzt. Dieser Hartvigsen hat zugesehen, dass er außen vor blieb. Deshalb ist er so davongekommen.«

»Nicht ganz«, sagte ich. »Genau in diesem Moment sitzen die Bankrevisoren in der Filiale und gehen alle Papiere und Unterlagen durch. Und Hartvigsen ist wegen Unterschlagung verhaftet worden.«

Eine Weile sagte keiner etwas.

»Das nützt mir nichts«, erklärte Magnus dann. »Ich bin immer noch derjenige, der die Steuerschulden hat.«

»Und deshalb willst du möglichst viel im Ausland bunkern?«

»Richtig. Wenn das Festival vorbei ist und der Überschuss verteilt, dann soll mein Anteil sich im Ausland befinden. Damit ich in aller Ruhe einen wohlverdienten Urlaub machen und mein Geld ausgeben kann, ohne durchsucht und beschuldigt zu werden.«

»Es besteht ziemlich große Gefahr, dass du durchsucht und beschuldigt und wahrscheinlich auch noch ins Gefängnis gesteckt wirst, wenn bekannt wird, dass du all diese Millionen exportiert hast.«

»Das ist doch nur eine Sicherheitsmaßnahme. Das kann mir doch wohl niemand vorwerfen. Aber das Geld, das ich jetzt im Ausland habe, das gehört mir, und so soll es für den Rest des Lebens bleiben. Zumindest bis ich es brauche.«

»Und was passiert nun mit den Asylbewerbern im Altersheim?«

»Die jagen wir morgen Vormittag raus. Da haben die Alten nach ihrem Bananenlikörfest bestimmt so ein schlechtes Gewissen, dass sie alle geschlossen in die Kirche gehen. Wenn nicht, müssen wir eine Brandübung für sie organisieren.«

Am Sonntagabend war die interne Revision fertig damit, Hartvigsens Lebenswerk zu durchforsten, und ich bekam Büro und Filiale zurück.

Ich hatte damit gerechnet, dass die Schießerei und die Polizeiaktion am Wochenende das große Gesprächsthema sein würden. Aber bei der rasenden Geschwindigkeit, mit der sich die Dinge hier auf Hogna ereigneten, war das Wochenende bereits Geschichte; die Kunden, die hereinkamen, waren in erster Linie interessiert an der kleinen Brigade von Archäologen, die mit der Fähre angekommen war. Sie hatten sich über die Felder von Buvik verstreut, um zu untersuchen, ob die Gegend für den Bau der Festlandanbindung freigegeben werden konnte. Als ich abends die Bank schloss, machte ich mich auf nach Buvik, um mir die Aktivitäten dort anzusehen. Dort traf ich auch Nancy.

»Ich bin heute Vormittag angerufen worden, von einem Kraftwerk in Haugaland«, erzählte sie. »Ein übereifriger leitender Ingenieur hat mir berichtet, dass im Zusammenhang mit dem Terminal in unserer Nachbargemeinde Mangøy dort ein Gaskraftwerk gebaut werden soll. Jetzt ist die Zeit für uns reif, die Entwicklung zu beeinflussen, das heißt, die Bezirksverwaltung und die Regierung von den Plänen abzubringen, hier eine Festlandanbindung zu bauen.«

»Die willst du nicht?«

»Nein. Mangøy soll gern Gaswerk und Straße bekommen, aber ich will nicht, dass Hogna zum Verkehrsknotenpunkt für das Terminal wird. Das würde uns nichts bringen, und außerdem würden wir garantiert mit Mangøy zusammengelegt, noch bevor das erste Kilowatt erzeugt ist.«

»Das klingt ziemlich defensiv, dass die Bürgermeisterin einer kleinen Regionalgemeinde überhaupt keine Erneuerung will.«

»Ich will Erneuerungen. Viele Erneuerungen. Aber nicht diese Art von Erneuerungen. Ich möchte gern, dass auf den winzigen Inseln nördlich von Hogna ein Windkraftpark gebaut wird. Wir wollen auf Tourismus setzen. Viele Touristen in den Buchten und auf den Inseln. Leute, die angeln und die Natur erleben wollen. Das wird uns mehr Arbeitsplätze sichern und mehr Einkünfte einbringen als der Verkauf von gutem Ackerboden für den Straßenausbau. Es wäre problemlos möglich, fünfhundert Fischerhütten in Ferienhäuser umzubauen, ohne dass die Touristen sich gegenseitig nerven. Und auch wenn Lasse Litleberg ein Trottel ist, so ist er nicht dumm, sein Plan, einen …«

Weiter kam Nancy nicht. Gregersen steckte seinen Kopf aus einer Gruppe Schaulustiger hervor.

»Sagtest du gerade Lasse Litleberg? Ihr wisst nicht zufällig, wo er sich momentan aufhält?«

»Im Augenblick nicht«, antwortete ich. »Stimmt was nicht?«

»Ob etwas nicht stimmt? Das kann man wohl so sagen. Die Leiche, die vor ein paar Tagen aus dem Fjord gefischt wurde, ist identifiziert worden. Ein ausländischer Tourist. Es hat sich herausgestellt, dass er seine letzten Handygespräche mit Lasse geführt hat. Und in der Tasche seines Overalls lag der Schlüssel zu einer von Lasses Hütten, die er vermietet hat.«

»Oje. Aber das bedeutet doch wohl nicht …«

»Die Leiche war eingewickelt in ein Fischernetz und hatte einen alten Automotor als Senkblei. Die Seriennummer auf dem Motor hat uns zu dem Besitzer geführt, einem Mann hier von der Insel. Der Auto und Motor als Schrott verkauft hat.«

»An Lasse?«

»An Lasse. Da wird er sich nicht so schnell herausreden können.«

»Habt ihr herausgefunden, woran die finnischen Musiker gestorben sind?«, fragte Nancy.

»Die wurden nach Bergen geschickt und dort im Gade Institut obduziert. Es hat sich herausgestellt, dass die ganze Gruppe an einer Lebensmittelvergiftung durch Rakefisk gestorben ist.«

Ich hatte das Gefühl, mich träfe eine Kanonenkugel im Bauch.

»Rakefisk? Tatsächlich?«

»Ja. Hast du den schon mal probiert? Ein übles Zeug. Eine effektive Art und Weise, guten Fisch ungenießbar zu machen, wenn ihr mich fragt. Aber keine Sorge, von dem Fisch hat hier niemand gegessen. Die Techniker haben eine Quittung gefunden, nach der der Fisch einen Tag, bevor sie hierherkamen, in Valdres von ihnen gekauft wurde. Aber wir fragen uns immer noch, was eigentlich hier auf der Insel passiert ist und wie sie wieder aufs Festland gelangt sind. Und dann ist es an den Ermittlern im Osten herauszufinden, woher der Fisch kam und wer ihn verkauft hat. Das ist nicht das erste Mal, dass Leute an dieser Schweinerei gestorben sind.«

»Es sieht aus, als hätte Lasse so einige Probleme«, meinte Nancy, als der Polizist gegangen war, um die Archäologen zu stören. »Ich habe ihn ja immer als Trottel angesehen, aber dass er so weit gehen würde, jemanden umzubringen, das hätte ich ihm nie zugetraut.«

»Das hat er auch nicht«, sagte ich.

»Nicht?«

»Es gibt bestimmt eine Erklärung für die Sache mit dem Deutschen.«

»Kam er aus Deutschland? Gregersen hat nichts in der Richtung gesagt.«

»Hat er nicht? Na, das spielt bestimmt auch keine Rolle. Lasse hat nur … äh, ja, ja. Bestimmt so was.«

Nancy sah mich grinsend an.

»Nur gut, dass sie herausgefunden haben, dass die Musiker nicht ermordet wurden. Zumindest nicht hier auf Hogna. Und wenn sich jetzt noch herausstellt, dass auch dein Deutscher auf natürliche Art und Weise gestorben ist, dann wäre das doch fantastisch. Dann könnte es sein, dass Hogna mit der Zeit wieder für andere Dinge als Tod und Verderben bekannt wird.«

»Vielleicht als ein wichtiger Ort für die norwegische Frühgeschichte? Zumindest scheint es so, als seien die Archäologen ziemlich eifrig.«

Das waren sie. Ein bärtiger Däne lief mit einer Karte umher, zeigte und gestikulierte, während drei, vier Assistenten Markierungsfähnchen aufstellten und fotografierten.

»Glaubst du, sie finden was?«, fragte Nancy mich.

»Das müssen sie. Sonst wären sie blind und taub auf beiden Augen und Ohren. Hier wimmelt es nur so von Fundstücken.«

»Hast du vielleicht eine Idee, woher die wohl stammen?«

»Wer weiß, wer weiß.«

Nancy lachte. Wir standen noch eine Weile zusammen und schauten den Ausgrabungen zu, dann ging ich langsam nach Hause. Dort öffnete ich eine Flasche Wein und kochte mir etwas. Kurz nach sieben kam Ann.

»Wie läuft es mit Toralf?«

»Sie ihn mit in die Stadt genommen, sie ihn werden anklagen wegen Zuhälterei und viel mehr noch. Das ist nicht so gut. Und viele Frauen mich ansehen und denken, dass ich seine Hure. Das ist nicht so gut. Ich wünschte, ich wäre hier nicht mehr. Hier habe ich jetzt nur dich. Ich wünschte, ich wäre hier nicht und du wärst hier nicht. Können wir wegreisen?«

Ich küsste sie.

»Bald, Ann, bald werden wir verreisen.«

Diese Nacht blieb sie bei mir.

Magnus kam am nächsten Morgen in mein Büro.

»Wir stecken in der Krise«, sagte er. »Lasse ist geschnappt worden. Der Dorfsheriff hat ihn letzte Nacht verhaftet und bringt ihn jetzt in die Stadt. Angeklagt wegen Mord. Toralf sitzt auch schon hinter Gittern. Und Selmer ist gaga, liegt nur in seinem Bett und heult. Ich weiß mir nicht mehr zu helfen, alle meine Untergebenen sind weg, nur noch Sivert ist übrig. Und er traut sich momentan nicht aus seinem Steuerhaus auf der Fähre, weil so viele Fremde an Bord sind und er Angst hat, dass irgendeiner von denen eine Vaterschaftsklage gegen ihn erheben will. Und dann das noch.«

»Was ›das‹?«

»Der Manager von diesem Robbie Williams. Er kommt heute Nachmittag und will sich die Gegebenheiten hier ansehen. Er hat mich gerade angerufen. Er will die Bühne sehen, die Ruhezone hinter der Bühne und wie wir die Probleme mit der Sicherheit und so gelöst haben. Er will um halb fünf am Kai abgeholt werden. Was soll ich nur machen?«

»Was ist denn fürs Konzert fertig?«, fragte ich.

»Das Einzige, was fertig ist, ist, dass wir wissen, auf welchem Grundstück dieses gotterbärmliche Konzert stattfinden soll. Mehr habe ich noch nicht geschafft. Ich kann ja auch nicht zaubern. Was soll ich ihm denn zeigen? Du musst mir helfen.«

»Wobei soll ich dir helfen?«

»Ihn herumzuführen und zu zeigen, was wir haben. Auch wenn wir gar nichts haben. Wir müssen ihm das zeigen, was wir geplant haben.«

»Und dafür brauchst du meine Hilfe?«

»Du musst Chauffeur spielen. Wir können ihn doch nicht hinten auf meinem Moped herumkutschieren.«

»Aber ich habe kein Auto.«

»Wir nehmen den Bentley. Ein stattlicheres Fahrzeug kann man sich kaum vorstellen.«

»Das stimmt, aber im momentanen Zustand ist er nicht besonders stattlich.«

»Ich werde Monrads Neffen überreden, ihn sich mal vorzunehmen. Er ist ein Genie, was Autos betrifft, der kriegt jeden Schrotthaufen hin und fährt ihn so lange, bis es wieder ein Schrotthaufen ist. Der kann den Bentley herausputzen. Und was gegen den Fischgestank machen.«

»Und dann soll ich ihn deiner Meinung nach fahren?«

»Du hast es doch auch prima mit dem Wagen der Finnen hingekriegt. Du fährst wirklich ganz fantastisch.«

»Ach ja, die Finnen. Der Polizist hat gesagt, dass sie an Rakefisk gestorben sind, den sie in Valdres gekauft haben. Sie können nicht bei Lasse auch irgendwelchen Rakefisk gefunden haben, den sie als Nachtmahl gespeist haben und der sie dann in die ewigen Jagdgründe befördert hat?«

»Den Fisch, den wir gemacht haben? Die werden ja wohl nicht auf die Idee gekommen sein, den zu essen, wie stellst du dir das vor.«

»Ich stelle mir gar nichts vor, aber es ist doch fraglich, ob die Finnen so weit gedacht haben. So betrunken, wie sie waren.«

»Dann können wir nur hoffen, dass der Polizist sich damit zufriedengibt, dass es der Fisch aus Valdres war, der sie umgebracht hat, und nicht noch anfängt, andere Fragen zu stellen.«

»Schließlich gibt es ja Papiere über eine Partie Rakefisk, die von hier exportiert wurde. Wenn die Polizei anfängt, diese Sache zu untersuchen, dann könnten einige Leute schnell in Schwierigkeiten geraten.«

»Das wäre dann Monrad, das war sein Fisch, und er steht als Lieferant in den Papieren.«

»Aber es war deine Idee, und du warst es, der den größten Verdienst aus dem Verkauf hatte.«

»Wollen wir nur hoffen, dass es nicht herauskommt. Jetzt müssen wir uns um andere Dinge kümmern. In wenigen Stunden müssen wir diesen Manager hier begrüßen.«

Als ich kurz vorm Eintreffen der Fähre am Kai ankam, parkte der Bentley schon dort. Monrads Neffe stand noch davor und bearbeitete den Kühler, um ihn zum Glänzen zu bringen. Das Auto blitzte und sah viel schöner aus als zu der Zeit, als es vom Fischerboot an Land gehievt worden war.

»Ich habe den Lack mit Spiritus gereinigt«, erklärte er, »und dann mit Schuhcreme poliert. Wenn ich das früher gewusst hätte, dann hätte ich richtiges Bohnerwachs bestellt.«

»Das sieht richtig gut aus«, sagte ich.

»Der Glanz wird sich ein paar Tage halten, wenn es nur nicht anfängt zu regnen. Und dann habe ich das Auto innen mit Luftreiniger aus der Dose eingesprüht. Sowohl Rosen- als auch Lilienduft. Und noch ein paar Wunderbäume aufgehängt.«

»Aber der Wohnwagen? Ist das nicht der, den Lasse hinter seiner Scheune stehen hatte?«

»Genau«, sagte Magnus. »Den haben wir auch ein bisschen herausgeputzt. Hier und da ein Klacks Farbe. Ich denke, der eignet sich jetzt gut als Hauptquartier für Robbie. Solche Stars lieben es ja, sich im Luxus zu suhlen.«

Es kamen mehrere Neugierige, die sich das schicke Fahrzeug ansahen und dann wissen wollten, ob das der Wagen sei, für den sie ein Los gekauft hätten.

»Der Wagen ist ähnlich«, erklärte der Junge, »nur ein neueres Modell. Und dann hat er das Lenkrad auf der richtigen Seite. Ich habe ein Foto von ihm in meinem Zimmer. Es ist einfach toll, abends dazuliegen und sich das Foto von dem Auto anzugucken, auf den ich mein Konfirmationsgeld gesetzt habe.«

Die Fähre hatte angelegt, und Magnus stand neben dem Steg, um Mr. Bruce, den Manager, auf der Insel willkommen zu heißen.

»Eine fantastische Seereise«, sagte Mr. Bruce, »werden wir dieses Schiff auch benutzen, um die Trailer mit der ganzen Ausrüstung hinüberzubringen?«

»Ja, klar, dieses Schiff, ja«, bestätigte Magnus. »Das werden wir benutzen, natürlich, klar. Robbie wird sich über die Überfahrt freuen.«

»Mr. Williams wird mit dem Hubschrauber hierhergebracht. Das stand doch im Vertrag, Erinnern Sie sich nicht mehr daran?«

»Hubschrauber? Doch, natürlich, ich dachte nur, wenn er die schöne Natur hier sehen möchte, dann könnte er das auch von der Fähre aus genießen.«

»Ich werde es mit ihm besprechen. Und wenn Sie einfach einen Hubschrauberlandeplatz an Deck freimachen, dann könnte das in Betracht kommen. Ist das der Wagen, der benutzt werden soll?«

Er nickte in Richtung des glänzenden Bentleys.

»*Yes, I am*«, sagte Magnus. »Ist der nicht schön?«

»Nein. Aber wir sind es gewohnt, dass die Organisatoren nicht in der Lage sind, zufriedenstellende Fahrzeuge herbeizuschaffen. Wir haben uns in einem kleinen Land in Südamerika sogar einmal mit einem Minibus zufriedengeben müssen. Der Wagen muss also reichen.«

Ich öffnete Mr. Bruce die Wagentür. Magnus ging auf die andere Seite, und ich wollte mich hinters Steuer setzen. Als ich die Fahrertür öffnete, sprang Mr. Bruce bereits wieder heraus.

»*Bollocks! Shit!* So etwas Schreckliches habe ich ja noch nie erlebt. Habt ihr einen dänischen Schweinestall mit Parfüm aus einem französischen Puff eingesprüht? Ihr werdet für die Reinigung meines Anzugs bezahlen müssen. Und meines Toupets.«

Ich konnte ihn gut verstehen. Obwohl ich nur kurz den Kopf durch die Tür gesteckt hatte, warf mich der Gestank fast um. Monrads Neffe hatte nicht an Duftpräparaten gespart. Und die schienen sich mit dem Fischgeruch zu etwas vermischt zu haben, was sicher als Kampfgas benutzt werden konnte. Magnus stand hinter dem Wagen und erbrach sich.

»Bis Robbie kommt, werden wir einen anderen Wagen besorgen«, keuchte er. »Einen richtig schönen. Einen, der auch gut riecht.«

»Faxen Sie mir die Papiere des Wagens, wenn Sie ihn haben. Und dann brauchen wir vier luxuriöse Minibusse für die Crew. Haben Sie die besorgt? Kann ich sie mir ansehen?«

»Minibusse? Ja, natürlich, das geht in Ordnung. Aber Sie

können sie jetzt noch nicht sehen, denn wir haben welche bestellt, die sind so neu, dass sie noch nicht vom Band gelaufen sind. Die werden bald bereitstehen. In ein oder zwei Wochen. *Brand new.*«

»Das muss klappen. Schicken Sie mir auch darüber die Papiere. Und für die Cateringbusse und die Stabswagen. Wofür ist dieser Wohnwagen?«

Er zeigte auf den Wagen, den Monrads Neffe hinten am Bentley festzuzurren versuchte.

»Sehen Sie nicht den Stern, den wir auf die Tür gemalt haben?«, fragte Magnus. »Das ist Robbies luxuriöses Hauptquartier. Es gibt sogar eine eigene Chemietoilette drinnen in einem Schrank.«

»Wollen wir uns jetzt erst einmal die Konzertarena anschauen?«, fragte Mr. Bruce.

Magnus lief voran. Wir gingen nach Hognavåg hinauf, während Magnus Mr. Bruce von den Attraktionen des Ortes erzählte, von der Landfrauenvereinigung, dem Sanitäterstützpunkt, der Schule und dem Altersheim. Mr. Bruce schien nicht besonders beeindruckt zu sein.

»Hier ist es«, sagte Magnus und zeigte auf ein Feld. Ein blauer Trecker pflügte gerade die Erde. Ein Möwenschwarm folgte dem Trecker, ungefähr wie einem Fischerboot. Jedes Mal, wenn ein dicker Wurm zum Vorschein kam, stürzten sie sich auf ihn und schlugen sich um den Leckerbissen. Hinten auf dem Hofplatz stand ein wütender Hofhund und bellte uns an.

»Was soll das sein?«, fragte Mr. Bruce.

»Hier werden wir das Konzert abhalten.«

»Hier? Aber das ist doch nur ein Acker. Keine Arena, keine Bühne, keine Facilitys. Wo soll denn der Hubschrauber landen? Und was ist mit dem Publikum? Bei so einem Konzert braucht man mindestens hundert Toiletten. Und die Verkaufsbuden? Und die Sicherheitsabsperrung? Wo ist das denn alles?«

»*We shall fix it …*«

»Das geht nicht«, stellte Mr. Bruce fest. »Es hat keinen Zweck. Mr. Williams ist einer der größten Künstler der Welt, der spielt doch nicht in der Scheune!«

»Aber warten Sie, wir haben alles genau geplant. Kommen Sie mit.«

Magnus schob uns zu den Häusern von Edvin Bergs Hof. Der bellende Köter kam uns entgegen, blieb stehen und musterte uns.

»Wir haben eine große Bühne aus Bømlo bestellt. Die ist schon für ein Konzert mit Hanne Krogh benutzt worden, *famous Norwegian singer.* Und Lill Babs. *Little Babs.* Die soll genau hier stehen, über dem Tulpenbeet. Die Tulpen sind dann verblüht. Und drinnen in der Scheune werden wir die herrlichsten Facilitys einrichten, mit Colaautomaten und Wasserklosetts. Und ein bequemes Sofa, auf dem sich die Musiker ausruhen können, wenn sie ihr Kokain genommen haben.«

Mr. Bruce verdrehte die Augen.

»Und was ist mit der Stromversorgung? Habt ihr dafür gesorgt, dass es genug Strom für die Verstärker gibt? Wann kommen die eigentlich? Und die Lautsprecher?«

»Spielen solche Musiker nicht schon laut genug, auch ohne Verstärker? Außerdem darf es nicht zu laut werden, wissen Sie, es gibt auf dem Nachbarhof ein Konzert mit Kvinesdal Country Stars, das wäre blöd, wenn die sich gegenseitig übertönen. Und außerdem müssen wir Rücksicht auf die Haustiere nehmen. *The chickens and the foxes.* Wir können ja nicht riskieren, dass die aufhören zu brüten, nur weil wir hier ein Konzert veranstalten.«

Mr. Bruce sah aus, als wäre er einer Ohnmacht nahe.

Edvins Köter schnupperte an Mr. Bruce' Schritt und fing an, sich an seinem rechten Fuß zu reiben. Der Agent starrte das Tier ungläubig an.

»Kurz gesagt«, erklärte Magnus, »wir haben fast alles voll unter Kontrolle. Und das, was wir noch nicht unter Kontrolle haben, das werden wir auch noch unter Kontrolle kriegen. *No problem.*«

Edvin Berg war mit seinem Trecker auf den Hof gefahren und kam jetzt auf uns zu.

»Gut, dass du kommst, Magnus«, sagte er. »Das Konzert kann doch nicht hier auf meinen Feldern stattfinden. Ich hatte eigentlich geplant, dieses Jahr Frühkartoffeln zu setzen, aber die waren so teuer, dass ich lieber eine spätere Sorte genommen habe, nämlich Pimpernell. Vielleicht könnten wir das Konzert auf nächstes Jahr verschieben?«

Ich übersetzte Edvins Worte. Da platzte Mr. Bruce. Er trat nach dem Hund, Schaum trat ihm aus dem Mund.

»Das ist der größte Skandal, seit Elvis ermordet wurde! Hier wird überhaupt niemals ein Konzert stattfinden, das verspreche ich euch! Und die gesamte Garantiesumme wird einbehalten. Und ich werde Sie für weitere Ausfälle verklagen. Sie werden noch von mir hören. Wie komme ich zurück zur Fähre?«

Magnus zeigte in die genau entgegengesetzte Richtung. Wir blieben stehen und sahen Mr. Bruce hinterher, wie er den matschigen Ackerweg hinaufeilte, während der Hund es immer noch auf sein Hosenbein abgesehen hatte.

»Das war's ja wohl«, sagte ich. »Das Konzert können wir vergessen.«

»Da wird Monrad aber traurig sein«, erklärte Magnus. »Er wird alles verlieren, was er besitzt, und alles, was er noch an Einkünften haben wird. Schließlich hat er ja für alles gebürgt.«

»Und du musst das Eintrittsgeld an diejenigen zurückzahlen, die Karten für das Konzert mit Robbie Williams gekauft haben.«

»Zurückzahlen? Das geht nicht, das Geld brauchen wir. Wir werden einfach noch ein bisschen warten, bis wir das den Leuten erzählen, und dann melden wir das ganze Festival Konkurs, einen Tag, nachdem es zu Ende ist. Dann haben wir das Geld gerettet.«

»Das ist doch der reinste Schwindel.«

»Ist nicht das meiste der reinste Schwindel? Das Geld liegt auf einem sicheren Konto irgendwo im Ausland, dafür hast du doch selbst gesorgt. Keiner kann es mir wegnehmen.«

»Und was willst du tun, wenn die Leute davon Wind kriegen? Da wird es einen Riesenaufschrei geben, und alle, die eine Eintrittskarte gekauft haben, werden ihr Geld zurückfordern.«

»Am besten sagen wir es überhaupt niemandem. Bis jetzt wissen nur du und ich davon. Und Edvins Köter.«

»Was ist mit Mr. Bruce? Der schickt doch bestimmt eine Pressemitteilung heraus.«

»Dann schicken wir auch eine Pressemitteilung heraus und sagen, dass Robbie Williams vertraglich an uns gebunden ist.«

»Außerdem wird Mr. Bruce die Garantiesumme einfordern, und spätestens dann wird Monrad es merken.«

»Kommt Zeit, kommt Rat.«

Als wir wieder zum Fähranleger kamen, stießen wir auf Silje Wang, die mit ihrer Digitalkamera dort stand und eine Sensation witterte.

»Jemand hat mir den Tipp gegeben, dass Robbie Williams' Agent gekommen ist.«

»Du musst nicht alles glauben, was dir so als Tipp verkauft wird«, erklärte Magnus.

In dem Moment hastete Mr. Bruce direkt an uns vorbei, ohne uns auch nur eines Blickes zu würdigen. Seine Kleidung war zerrissen, die Schuhe verdreckt. Er hatte wohl auf dem Weg quer über die Insel einige Abkürzungen ausprobiert. Die Fähre ließ bereits die Glocke ertönen, aber der Agent schaffte es gerade noch an Deck, bevor die »Hogna« vom Kai ablegte.

»War er hier, um sich die Verhältnisse anzugucken?«, fragte Silje. »Wird das Konzert abgesagt?«

»Warst du noch gar nicht hinten auf den Feldern von Buvik und hast die Archäologen genervt?«, fragte Magnus. »Die haben bestimmt interessante Sachen, die sie dir erzählen können, über das, was sie da in der Erde gefunden haben.«

»Doch, klar, ich habe schon mit ihnen gesprochen, sie haben spannende Dinge gefunden, am Donnerstag wollen sie eine öffentliche Versammlung abhalten. Da werden wir mehr über ihre Funde erfahren. Aber was ist nun mit Robbie Williams' Agenten? Stimmt es, dass es kein Konzert geben wird?«

»Jetzt hör mal zu«, sagte Magnus und legte Silje väterlich die Hand auf den Arm. »Am Donnerstag wird die Auslosung der Lotterie stattfinden, und zwar direkt vor der Versammlung der Archäologen. Dann wird irgendjemand den tollen Wagen gewinnen. Und du hast das Exklusivrecht, über diese Begebenheit zu berichten und den glücklichen Gewinner exklusiv zu interviewen. Ist das etwa nichts? Robbie Williams und diese Megastars, die sind nicht so einfach zu begreifen, deshalb gibt es doch auch all diese

Tratschblätter draußen in der Welt. Wir, die wir hier auf unserer abgelegenen Insel leben, wir sollten lieber auf das achten, was hier bei uns geschieht. Ist es nicht toll, dass einer von Hognas Einwohnern bald Besitzer so einer noblen Luxuslimousine wird? Weißt du eigentlich, dass der Bentley vom gleichen Hersteller stammt wie der Rolls Royce? Inzwischen sind beide Automarken an deutsche Hersteller verkauft, aber als unser Exemplar gebaut wurde, da war die Welt noch in Ordnung, das kannst du mir glauben ...«

Als die Fähre um die Mole herumfuhr, konnte ich sehen, wie Mr. Bruce aus einem Fenster schaute. Silje machte Fotos vom Bentley, während Magnus vor ihm posierte und geschickt die Rostflecken am Radkasten verdeckte.

»Willst du die Ziehung wirklich Donnerstag stattfinden lassen?«, fragte ich Magnus, als Silje gegangen war.

»Natürlich, der rechtmäßige Gewinner soll endlich seinen Wagen kriegen. Ich will auf dem Schrotthaufen nicht sitzen bleiben. Und dann haben die Leute etwas, worüber sie reden können.«

Die Turnhalle der Schule war bis zum letzten Platz gefüllt mit aufgeregten Loskäufern. Alle hatten das Foto des Bentleys in der Hognaposten gesehen und waren jetzt gespannt, ob sie vielleicht das schicke Fahrzeug gewinnen würden. Damit alles ordnungsgemäß vonstattenging, hatte Magnus Gregersen überredet, den Gewinner zu ziehen. Nancy und ihre Söhne saßen neben mir.

»Bevor ich mit der Ziehung beginne, möchte ich gern ein paar Worte an euch alle richten«, sagte der Polizist. »Wie ihr wisst, sind in der letzten Zeit hier auf der Insel mysteriöse und erschreckende Dinge passiert. Es sind mehrere tote Personen aufgefunden worden, und ein Banküberfall hat stattgefunden. Unter anderem. Jetzt hat die Polizei Mitglieder der serbischen Mafia wegen des Überfalls festgenommen. Sie haben noch nicht gestanden, sondern behaupten, sie seien nur hier gewesen, um nach einem Freund zu suchen, den sie vermissen. Aber der Betreffende ist vor Kurzem in Deutschland verhaftet worden, er war auf dem Weg zurück nach Serbien und hat einen deutschen Führerschein benutzt. Der Führerschein gehörte dem Mann, der im Fjord versenkt worden war und jetzt gefunden wurde. Deshalb steht der Serbe unter Mordverdacht, und die Anklage gegen den Einwohner von Hogna, der unter Verdacht stand, ist fallen gelassen worden. Der Betreffende wird aber dennoch in Haft bleiben, weil die Anklagebehörden hinsichtlich des Schiffbruchs mit einer Schulklasse ermitteln. Der Serbe, der in Deutschland festgenommen wurde, hat bei einem Verhör erklärt, dass er aus Norwegen geflohen sei, nachdem der Mob auf Hogna mehrere Male versucht hätte, ihn umzubringen. Die finnischen Musiker, die in ihrem Tourbus tot aufgefunden wurden, hatten verdorbenen Rakefisk gegessen. Die Polizei in Valdres hat aufgedeckt, dass der Laden, der den Fisch verkauft hat, ihn wiederum von einer männlichen Person bezogen hat, die den Fisch auf einer Halde in der Nähe von Kristiansand gefunden hat. Es wird kaum möglich sein herauszufinden, wie der Fisch dorthin gelangt ist, abgesehen von der Tatsache, dass das Gelände oft von ausländischen Lastwagenfahrern als Müllplatz für verdorbene Ladung benutzt wird. Das ist der bisherige Stand der Ermittlungen ...«

Ich spürte, wie mein Herz klopfte. Sowohl, weil Dragan am Leben war, als auch, weil der Rakefisk unserer sein konnte.

»Und jetzt wollen wir die Ziehung für einen Personenkraftwagen der Marke Bentley durchführen. Die Lotterie wurde vom Junggesellenverein hier auf Hogna ins Leben gerufen, eine putzmuntere Gruppe, möchte ich meinen. Könnte Magnus Storvik auf die Bühne kommen?«

Magnus bahnte sich den Weg nach vorn.

Der Polizist schob ihm das Mikrofon vors Gesicht.

»Was kannst du über den Wagen sagen, den wir heute verlosen?«

»Den Wagen? Ach, der. Ja, das ist ein Bentley. Ein englischer Wagen der Luxusklasse. Der ist so elegant, dass man fast ›Sir‹ zu ihm sagen muss, wenn man nur den Kühler öffnet. So ein edles Fahrzeug hat bestimmt noch niemand hier auf Hogna besessen, dessen bin ich mir sicher.«

»Kannst du etwas über den Wert des Wagens sagen?«

»Oh, der ist wahnsinnig viel wert. Über eine Million Kronen. Vielleicht sogar zwei.«

»Und du kannst allen, die hier sind, bestätigen, dass es der Wagen ist, mit dem du in der letzten Ausgabe von Hognaposten abgebildet wurdest?«

»Sage und schreibe derselbe Wagen, das kann ich bestätigen.«

»Wie viele sicher bemerkt haben, hat der Wagen auf dem Foto ein britisches Kennzeichen. Ich habe nachgefragt, ob ein Bentley nach der Überführung verzollt worden ist, aber dem ist nicht so. Folglich ist der Wagen unerlaubt importiert worden und darf nicht in Norwegen gefahren werden. Der Besitzer muss außerdem 953 000 Kronen an Abgaben, Strafen, Zoll und Steuern bezahlen. So, jetzt brauchen wir nur noch das Gewinnerlos zu ziehen. Bleib doch gleich neben mir stehen, Magnus, damit du dem glücklichen Besitzer die Schlüssel überreichen kannst.«

In dem Moment ging ein lautes Gemurmel in der Turnhalle los. Ich sah, wie einige ihre Loszettel zerknüllten und auf den Boden warfen. Der Dorfpolizist schüttelte seine Lostrommel und gab dann bekannt, dass der Besitzer des Loses mit der Nummer 439 der glückliche Gewinner war.

»Hier, das ist hier!«, rief eine Frauenstimme.

»Kannst du auf die Bühne kommen?«, fragte Dorfpolizist Gregersen.

Nelly Midtbø hastete nach vorn.

»Dann bist du auf deine alten Tage noch eine Autobesitzerin geworden, Nelly?«

»Ich? O nein, ich will kein Auto haben. Aber ich habe einen ganzen Stapel Lose gekauft, und zwar im Auftrag von Gudrun Storv …«

»Mama!«, platzte Magnus heraus.

»Ja, sie wollte so gern, dass ihr sich aufopfernder Sohn den schönen Wagen gewinnt, darum hat sie ihr gesamtes Erspartes eingesetzt, um Lose zu kaufen. Ist es nicht schön, dass sie tatsächlich gewonnen hat?«

Nelly gab Magnus den Stapel Lose, und der Polizist stellte fest, dass das Gewinnerlos darunter war.

»Dann kann ich dir nur noch zu deinem neuen Wagen gratulieren, Magnus. Du kannst ihn ja auf deinem schönen neuen Parkplatz unten am Wasser abstellen, wo früher dein Packhaus stand. Zu so einem edlen Wagen passt natürlich ein Privatchauffeur, und das ist nur gut so, weil du deinen Führerschein ja ein für alle Mal verloren hast. Und wenn du alle Kosten für das Auto beglichen hast, kannst du es in Norwegen anmelden. Was deinen Gläubigern sicher gefallen wird, dann können sie es gleich pfänden.«

Das Gelächter hielt mehrere Minuten lang an.

Die Archäologen standen parat, um die Versammlung zu übernehmen.

»Etwas so Tolles wie eine Luxuskarosserie haben wir nicht zu bieten, aber wir haben etwas anderes, was sicher auch wertvoll ist. Obwohl wir erst wenige Tage hier auf Hogna unsere Untersuchungen betrieben haben, können wir bereits jetzt feststellen, dass die Funde spektakulär sind und dass Teile der norwegischen Frühgeschichte umgeschrieben werden müssen. Was wir im Augenblick mit Sicherheit sagen können: Es kann keine Straße in Buvik gebaut werden …«

Der halbe Saal applaudierte, während der Rest beleidigt dreinschaute.

»… außerdem ist klar, dass aufgrund der Untersuchungen alle Ackerbestellungen um Hognavåg erst einmal eingestellt werden müssen.«

»Damit fällt Magnus' Festival mangels Platz ins Wasser«, flüsterte Nancy. »Du hast gute Arbeit geleistet.«

»Wir haben so viele Siedlungsspuren gefunden, dass deutlich geworden ist, dass sowohl in der Eisenzeit als auch im frühen Mittelalter hier ein Zentrum war. Was wir gefunden haben, ist eine Stadt, wahrscheinlich die älteste Stadt Norwegens, und unsere vorläufigen Schlussfolgerungen lauten, dass es Norwegens erste Hauptstadt gewesen sein muss, mehrere Hundert Jahre, bevor Avaldsnes gegründet wurde.«

Jetzt applaudierten alle.

»Außerdem sind vereinzelte Gegenstände direkt unter dem Mutterboden gefunden worden. Diese Gegenstände deuten auf den Handel mit den Mittelmeerregionen hin, speziell mit Kreta, Rhodos und Zypern ...«

Es wurde still im Saal.

»... woraus zu schließen ist, dass hier wohl ein Scherzkeks im Süden Urlaub gemacht hat, dort Kopien alter Funde gekauft und sich den Spaß gemacht hat, sie hier für uns zu verstecken.«

»Wo ist Magnus geblieben?«, fragte Ann mich.

»Ich weiß es nicht. Als er das letzte Mal gesehen wurde, nahm er mit seinem Fischtrawler voller Schnapsflaschen Kurs auf Karmøy. Sicher hat er alles, was er mitnehmen konnte, verkauft und ist dann außer Landes verschwunden. Er hat ja ein hübsches kleines Vermögen auf seinem Konto, er wird schon zurechtkommen.«

»Hat er das?«

»Ja, sowohl das Geld, das er nach dem Brand gekriegt hat, als auch den Überschuss aus dem Schnapsverkauf, beides ist auf seinem Konto gelandet. Ich habe ihm auch das, was bei der Autolotterie eingenommen wurde, zukommen lassen. Er muss uns nicht leidtun, wenn er nur so schlau ist, sich in einem Land ohne Auslieferungsabkommen mit Norwegen niederzulassen.«

»Und was ist mit Rest von Geld?«

»Was durch den Kartenverkauf eingegangen ist? Das haben wir. Fast zwanzig Millionen, und davon werden du und ich leben. Das sollte ein paar Jahre reichen.«

Die Stewardess machte uns darauf aufmerksam, dass wir bald in Bangkok landen würden, und bat uns, die Sicherheitsgurte anzulegen. Ich beugte mich zur Seite und gab Ann einen Kuss auf den Mund.

»Ich liebe dich, Ann«, sagte ich.
Sie lächelte mich an.
»Ich liebe dich auch, Monica.«